I0823533

EL BESO FINAL

ALICIA JASINSKA

EL BESO FINAL

Publicado por primera vez en los Estados Unidos bajo el título *THIS FATAL KISS* de Alicia Jasinska. Texto © 2024 por Alicia Jasinska. Publicado por acuerdo con Peachtree Publishing Company Inc. Todos los derechos reservados.

Copyright de la traducción © 2025 por Claudia Santos
Ilustraciones de interiores: Andie Lugtu
Diseño de interiores: Angélica Irene Carmona Bistráin

© 2025, Editorial Planeta Mexicana, S.A. de C.V.
Bajo el sello editorial PLANETA M.R.
Avenida Presidente Masarik núm. 111,
Piso 2, Polanco V Sección, Miguel Hidalgo
C.P. 11560, Ciudad de México
www.planetadelibros.com.mx

Primera edición en formato epub: mayo de 2025
ISBN: 978-607-39-2886-1

Primera edición impresa en México: mayo de 2025
ISBN: 978-607-39-2797-0

Impreso en los talleres de Litográfica Ingramex, S.A. de C.V.
Centeno núm. 162, colonia Granjas Esmeralda, Ciudad de México
Impreso y hecho en México - *Printed and made in Mexico*

NOTA PARA LA LECTURA

En el folclore eslavo, una rusalka es una ninfa acuática o espíritu femenino del agua. Las historias varían, pero la mayoría describe a estas creaturas como los espíritus inquietos de jóvenes doncellas que murieron de forma trágica y violenta en un lago, río u otro cuerpo de agua. A veces maliciosas y otras veces juguetonas, son famosas por hechizar a los mortales con su belleza y arrastrarlos a las profundidades.

Por lo tanto, aunque esta historia es, en general, ligera, también contiene algunas descripciones de violencia y muerte de tipo fantástico, ahogamientos y casi ahogamientos, relaciones abusivas, antecedentes de agresión sexual, agresiones físicas, cuestionamientos sobre la identidad sexual propia e ideación suicida. Se recomienda a las personas sensibles a estos temas que lo tomen en cuenta.

GUÍA DE PRONUNCIACIÓN

Personajes

Aleksey: a-LE-xi
Babcia: BAP-cha
Gisela: yi-ZE-la
Kazik: KÁ-zik
Leszek: LÉ-shek
Wojciech: VÓY-chek

Lugares

Leśna Woda: LESH-na VO-da

Espíritus

bannik / banniki (espíritu de los baños): BÁ-nik / BÁ-ni-ki
bies / biesy (demonio del bosque): BIES / BIE-si
chort / chorts (demonio): CHORT / CHORTS
domowik / domowiki (espíritu del hogar): do-MO-vik / do-MÓ-vi-ki
latawiec / latawiecs (demonio del aire): la-TA-viec / la-TA-viecs
leshi / leshis (espíritu del bosque): LE-shi / LE-shis
ognik / ogniki (espíritu del fuego): ÓG-nik / ÓG-ni-ki
rusalka / rusalki (ninfa acuática): ru-SAUL-ka / ru-SAUL-ki
skrzat / skrzats (gnomo): sk-SHÁT / sk-SHÁTS
utopiec / utopiecs (ahogador): u-TO-pyet / u-TO-pyets
willa / willi (ninfa): VI-la / VI-li
wodnik / wodniki (goblin acuático): VÓD-nik / VÓD-ni-ki

1 LA DONCELLA QUE SE AHOGÓ

Gisela

—Es muy temprano para que te vayas, ¿no? —le dijo Wojciech—. Todavía no comienza a caer el sol.

Los pasos de Gisela dudaron. Un torrente de luz arcoíris se filtraba a través de la cúpula del Palacio de Cristal, postrándose sobre el suelo para formar un círculo acuoso que iluminaba la elegante figura que, en ese momento, descendía por una monumental escalera hacia ella.

Por un breve y confuso segundo, Gisela pensó que podría estar viendo un espejo. El cabello negro verdoso y los encapotados ojos color vino de Wojciech podrían haber sido un reflejo de los suyos. Pero la piel de él era más oscura, de un cálido tono arcilla, mientras que ella poseía una fantasmal palidez azul verdosa. Sus labios eran carmesí, mientras que los de ella tenían un matiz violáceo. Por lo general, prefería cuando el goblin acuático adoptaba una forma humana; su forma verdadera era, con franqueza, aterradora. Pero este nuevo disfraz la inquietaba.

—Se ve terriblemente joven, abuelo. ¿Otra vez se siente acomplejado por su edad? Puede ser honesto conmigo. Apenas tiene, *al menos,* mil años.

Wojciech, que en ese momento no aparentaba ni un día más de veinte, se fijó en ella con una mirada poco impresionada que no mostraba mucho. Pero un suave tintineo, como el sonido que hace una cuchara al golpear una taza de té, llenó el aire como advertencia.

Gisela miró por encima de su hombro hacia el enorme pilar en el centro del atrio del palacio. La reluciente monstruosidad se alzaba hasta el techo y tenía una base tan ancha que ni media docena de ninfas acuáticas con los brazos extendidos habrían podido rodearla. Un panal de estantes estaba tallado en su superficie, y en esos estantes descansaban miles y miles de tazas de té, aparentemente inofensivas, todas boca abajo sobre sus platitos.

—Permíteme recordarte, niña —dijo Wojciech en una voz baja y melódica—, que envejecer es un logro. He vivido más que civilizaciones enteras; he sobrevivido más de lo que podrías imaginar.

El tintineo etéreo aumentó su volumen; las almas ahogadas que él había atrapado en cada taza de té luchaban contra las paredes de sus diminutas prisiones de porcelana. Solo el zar del Mar era conocido por tener una colección mayor de almas humanas.

Wojciech llegó al piso del atrio.

—Si vas a salir, lleva contigo a Tamara. No me hagas repetírtelo.

—¿Qué? ¿Por qué? —se quejó Gisela.

Una segunda figura apareció en la cima de la escalera: una chica con rizos suaves castaño claro y ojos ansiosos de color rojo; su piel tenía la misma palidez fantasmal que la de Gisela.

La chica nueva.

La mirada de Gisela volvió a Wojciech, con el entrecejo fruncido, en una silenciosa súplica.

La sonrisa de Wojciech era como la de un tiburón: llena de dientes absurdamente afilados. Incluso en esta atractiva forma humana, conservaba algunos rasgos monstruosos.

—Es la primera vez que Tamara celebra la Semana de las Rusalki con nosotros. Muéstrale dónde dejan sus ofrendas los humanos. Conózcanse. Creo que ustedes dos podrían tener mucho en común.

Gisela lo dudó. Por Dios, no quería terminar atorada cuidando a alguien que era nueva en todo esto. Quizá no debería haber bromeado sobre que Wojciech necesitaba una dentadura postiza… ¿o tal vez este era un castigo por haber roto una de sus preciadas tazas de té y liberado un alma por accidente?

O tal vez era otro de sus juegos. No había forma de saberlo.

Tamara bajó la escalera y se detuvo, cambió el peso de un pie al otro y retorció sus dedos en la tela blanca y fantasmal de su vestido suelto. Se frotó los brazos desnudos de arriba abajo, como si estuviera ansiosa o tuviera frío. El aire siempre era más fresco ahí en las profundidades del río, en el reino de Wojciech, y extrañamente húmedo, como si una caminara constantemente a través de la niebla.

Cuando era una niña mortal, los cuentos para dormir favoritos de Gisela habían sido sobre los wodniki: los goblins acuáticos, los viejos dioses de los ríos, los guardianes de los ahogados, que vivían en grandiosos palacios submarinos tallados en cristal y oro. Pero esto no era algo que admitiría alguna vez ante Wojciech.

«Reconocerás a un goblin acuático por su ropa empapada, por el chapoteo de sus botas mojadas y por las huellas húmedas que deja tras de sí», le había contado su tía abuela Zela. «Si alguna vez visitas el país antiguo, querida, al cruzar un río, lleva migas de pan en el bolsillo y reza una oración para evitar encontrarte con él. Podrá ahogarte en tierra firme teniendo incluso una sola cucharada de agua».

La falda de Gisela ondeaba alrededor de sus rodillas, libre de las ataduras de la gravedad que gobernaba el mundo de los vivos. No hacía tanto que ella había sido la chica nueva ahí, que había despertado en un lugar extraño y desconocido, en aquel palacio construido sobre el lecho del río. Cuando Wojciech le dijo que su vida mortal había terminado, que nunca llegaría a cumplir diecisiete años ni a envejecer ni volvería a ver a las personas que amaba, casi había perdido toda esperanza.

Había deseado tanto regresar a casa en ese momento.

Y todavía lo hacía, estaba decidida a lograrlo, y por eso no tenía tiempo para *esto*.

—¿No puede hacerlo alguno de los ahogadores? —preguntó, aunque ya conocía la respuesta—. O Yulia. ¿No puede Yulia mostrarle todo? Se le da bien eso. Yo estoy ocupada. Tengo cosas que hacer —dijo y le lanzó a Tamara una mirada como disculpándose.

—Yulia ya está en la superficie —dijo Wojciech—. Se escapó hace rato murmurando algo sobre pastel de miel.

Gisela maldijo. Cada primavera, durante la Semana de las Rusalki, los aldeanos locales honraban a las rusalki: ninfas acuáticas como ella, Yulia y Tamara. Dejaban chucherías llamativas y baratijas en las orillas del río; colgaban regalos de las ramas de los árboles del bosque: guirnaldas de flores brillantes, cintas para el cabello de colores vivos y collares de cuentas relucientes. Incluso dejaban comida como ofrenda: huevos, bocadillos dulces como pasteles de miel y frutos rojos azucarados. Eran sobornos, premios que dejaban para apaciguar a los fantasmas hambrientos. La gente creía que, si las complacían, las ninfas acuáticas no embrujarían ni dañarían a sus seres queridos.

La competencia por esas ofrendas era feroz. Había un número limitado de manjares para repartir, pero, por muchos años que pasara una habitando las profundidades, por más acostumbrada que estuvieras a los banquetes de bagre y anguila del goblin acuático, el sabor de la comida humana no se olvidaba del todo: era el sabor del hogar.

Si Yulia se comía todo el pastel de miel, Gisela se aseguraría de que se ahogara en el río.

Otra vez.

—Ah, y Gisela… —Wojciech sacó un pañuelo del bolsillo de su traje verde esmeralda y comenzó a pulir una taza de té que había tomado de uno de los huequitos del pilar—. Asegúrate de decirle a Tamara lo que le pasará si se aleja demasiado de mi río. Quiero evitar problemas esta semana. Mantén los ojos abiertos por si ves a nuestro cazador residente. Últimamente ha estado demasiado entusiasta con sus tareas. Tan entusiasta que no puedo evitar preguntarme si *alguien* lo ha estado provocando.

—¿Quién podrá ser? —preguntó Gisela en un intento de sonar inocente, sin mucho éxito.

Las tazas de té en los estantes tintinearon ominosamente. El súbito destello en los ojos de Wojciech le recordó con quién estaba tratando.

Quizá era mejor seguir haciendo lo que él quisiera… por ahora.

—Está bien, está bien. La llevaré conmigo. Pero ¿seguro que no prefieres que se quede a ayudarte a pulir? Quiero decir, ¿deberías estar haciendo todo el trabajo de la casa a tu edad?

El labio de Wojciech se contrajo.

Gisela tomó a Tamara de la muñeca rápidamente.

—¡Nos vemos luego! ¡No te rompas la cadera!

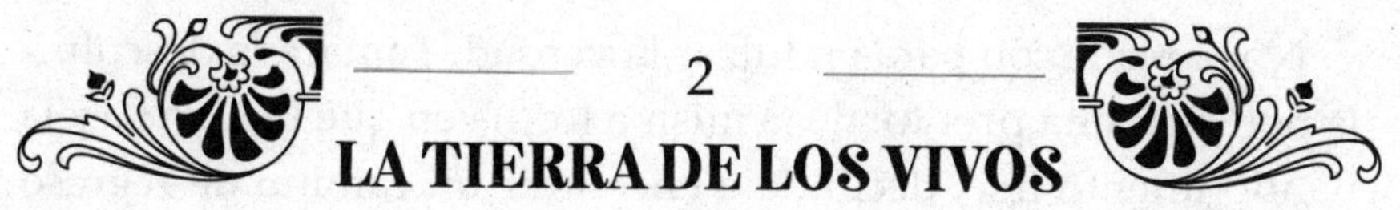

2
LA TIERRA DE LOS VIVOS

Gisela

El sol envolvía la escena en un halo cuando Gisela y Tamara emergieron del río, saliendo del agua por debajo de un puente de piedra que estaba desierto, como si fuera un portal hacia otro mundo. Gisela ayudó a Tamara a trepar junto a ella. Nubes perezosas flotaban sobre sus cabezas, arrastradas por una brisa cálida.

Gisela sacó un polvo compacto de los bolsillos de su vestido blanco de tirantes; se puso algo de color en las mejillas para disimular la palidez mortecina de su piel y lápiz labial para ocultar el tono morado de sus labios. No podía hacer mucho por el color antinatural de sus ojos, pero pronto oscurecería lo suficiente como para que la mayoría de la gente no lo notara a menos que la miraran muy de cerca.

Tamara la observaba con curiosidad mientras exprimía el agua de su vestido.

—¿A qué se refería el goblin acuático cuando dijo que me explicaras qué me podría pasar si me alejo demasiado del río?

—¿Alguna vez has visto a una rana que se quedó atrapada en una casa durante días? —respondió Gisela. Ella sí lo había visto. Una vez se encontró una rana muerta en la biblioteca de su escuela. Su cuerpo se había marchitado hasta convertirse en un triste y seco cascarón—. Es algo así. Te secarás y morirás.

No había razón para endulzar la verdad. Tamara la descubriría por sí misma pronto, de la misma forma en que lo hizo Gisela cuando intentó irse, decidida a encontrar un camino de regreso con su familia. Apenas había logrado pasar el viejo santuario del bosque al borde del pueblo cuando sintió la resequedad en la garganta y sus labios comenzaron a agrietarse: su piel sedienta le exigía que regresara.

No podían irse de ese lugar, por mucho que lo intentaran.

Gisela terminó de pintarse los labios de un dulce rojo fresa.

—No podemos alejarnos mucho de donde morimos. Y es importante mantenerse hidratada. Deja tu cabello mojado —le indicó cuando Tamara empezó a escurrir el agua de sus mechones—. No te preocupes. La gente solo pensará que acabas de visitar uno de los baños.

Le ofreció a la otra chica su polvo y su labial.

—¿Eres de aquí? ¿O simplemente…? —Gisela deslizó un dedo por su garganta.

Tamara negó con la cabeza.

—Me dijeron que aquí podría encontrar trabajo como mucama. Quería salir de la ciudad. Se suponía que iba a ser un nuevo comienzo. Pero… me enamoré de alguien de quien no debía. Me hizo muchas promesas y, como una tonta, le creí. No era una buena persona, y tenía un carácter horrible…

Gisela frunció el ceño ante lo que quedaba desagradablemente implícito.

En cualquier caso, tenía sentido que Tamara hubiera pensado que encontraría trabajo ahí como mucama. Leśna Woda era un destino turístico famoso y de moda. Decenas de miles de visitantes iban y venían a lo largo del año. El paisaje de ensueño y los poderes milagrosos de los manantiales benditos del pueblo, sus mágicas aguas termales; todo eso había atraído a la gente ahí durante siglos: tanto a los plebeyos como a la flor y nata de la sociedad, e incluso a la élite cultural: poetas, artistas, emperadores y reinas. Era uno de los pueblos spa más antiguos del continente.

Gisela, por su parte, tampoco era de ahí. Su padre había llevado a su familia de viaje al extranjero. Siempre estaba haciendo negocios en lugares lejanos. La mayoría de las veces dejaba atrás a Gisela y a su hermano menor, pero esa vez, esa única vez, realmente la escuchó cuando ella le rogó que la llevara. Le prometió que no interrumpirían su trabajo ni se perderían ni causarían ningún problema, aunque Gisela sospechaba que él accedió simplemente porque ella tenía un conocimiento vago del idioma que se hablaba ahí. Lo había aprendido de la tía abuela Zela. Su padre quería usarla como intérprete.

—Yo soy de Caldella.

—¿La isla de las brujas? —dijo Tamara, con los ojos muy abiertos. Gisela sonrió.

—Relájate. No soy una bruja, lo prometo. Llevo casi un año aquí. Conozco este lugar como la palma de mi mano.

Se le ocurrió que sería más fácil simplemente abandonar a Tamara ahí: seguramente ya conocía el lugar. Podría decirle dónde encontrar las ofrendas que los humanos dejaban y listo. Pero si Wojciech se enteraba…

Gisela no quería lidiar con eso.

Condujo a Tamara por el puente. Las calles del pueblo se alzaban a su alrededor. El ánimo de Gisela mejoró. Como siempre, la asombrosa arquitectura de otros tiempos le hizo sentir que había viajado al pasado o entrado en las páginas de un cuento. Leśna Woda parecía el lugar donde comienza un cuento de hadas.

Los sinuosos callejones empedrados recibían la sombra de árboles frondosos, mientras que los grandes manantiales estaban rodeados de parques y jardines llenos de estanques ornamentales y el rumor del agua de las fuentes.

Una ráfaga de viento sopló, esparciendo pétalos color rosa pastel a lo largo de su camino. Dado que se celebraba la Semana de las Rusalki, todo estaba adornado con vegetación. Abundantes flores silvestres y hierbas aromáticas decoraban los escaparates de cada tienda, cada ventana, cada entrada que conducía a una casa de huéspedes centenaria. El aire estaba impregnado de un dulce aroma a rosas, como si todo el pueblo estuviera floreciendo.

—¿Conoces Villa Lilia, verdad? —Gisela señaló un tejado distante. Cinco manantiales principales atravesaban el pueblo, y cada manantial abastecía diferentes baños. Beber o bañarse en las aguas de Villa Lilia realzaba tu belleza y dejaba tu piel tan brillante como polvo de estrellas—. La mayoría de los baños están muy protegidos para que los espíritus no puedan entrar, pero al dueño de Villa Lilia no le importa si una o dos de nosotras entran, siempre y cuando no nos comamos a ningún humano. Ah, y… la iglesia de allá… evítala.

—¿Por el cazador? —preguntó Tamara—. ¿Es realmente peligroso?

—Es más una molestia que otra cosa. No te preocupes. Probablemente esté por ahí, trabajando para convertirse en santo. —Gisela jaló a Tamara a su lado, dejando espacio para que un anciano de piel oscura con un bastón pasara tambaleándose.

A medida que se acercaban al corazón del pueblo, las calles estaban cada vez más concurridas; turistas y locales paseaban hacia el mercado nocturno de la plaza principal: chicas con vestidos ligeros, cintas trenzadas en el cabello y encajes en los bordes de sus calcetas; chicos con impecables camisas abotonadas y tirantes; parejas felices con las cabezas inclinadas la una hacia la otra. El aire estaba lleno de conversaciones en una gran multitud de idiomas. El continente era un mosaico de incontables países y pequeños reinos, tantos que se confundían todos en la mente de Gisela.

Su mirada se posó en una familia que se había detenido afuera de una tienda de recuerdos. Los padres buscaban entre pilas de postales ilustradas con acuarelas, mientras una niña y un niño pequeños susurraban y reían, señalando algo en el escaparate.

Los recuerdos la golpearon como una ola, amenazando con arrastrarla. Su corazón se apretó.

—No es el peor lugar del mundo para deambular —dijo tras una pausa.

Tamara la miró con atención.

—¿Lo dices de verdad? Yulia me dijo que estás tratando de engañar a la muerte, de volverte humana otra vez para regresar a casa. ¿Es cierto?

Yulia.

Por supuesto que *Yulia* había dicho algo. No podía mantener la boca cerrada. Actuaba extraña y distante desde que Wojciech admitió la existencia de una manera en que una rusalka recuperara su humanidad. Yulia odiaba la idea. No parecía importarle el hogar que había dejado atrás, mientras que Gisela quería desesperadamente regresar al suyo. Después de todo, habría que ser un verdadero monstruo para no querer volver con tu familia, ¿no?

Deseaba entender por qué Yulia estaba tan dispuesta a olvidar a las personas que la vieron crecer, pero una parte de ella tenía miedo de preguntar.

—¿De verdad hay una forma de volver a ser humana? —preguntó Tamara.

Gisela se mordió el labio inferior. ¿Era esta la razón por la que Wojciech insistió en que visitaran la superficie juntas? ¿Era esto a lo que se refería cuando dijo que tenían algo en común? Las otras ninfas acuáticas no parecían sentir el mismo empuje que ella hacia el mundo de los vivos.

—Es sencillo —O al menos sonaba sencillo cuando Wojciech le explicó el secreto. En la práctica, había resultado ser mucho más difícil—. Todo lo que tienes que hacer es conseguir que un humano te bese.

—¿Que te bese? —repitió Tamara, confundida.

Gisela asintió. Las rusalki eran doncellas que sufrieron muertes prematuras y violentas. Estaban condenadas a rondar las corrientes de agua donde se ahogaron, destinadas a vivir como espíritus inquietos, a menos que ocurriera una de dos cosas. La primera era que su muerte fuera vengada. Si lograban vengarse de quienes las agraviaron, resolviendo el rencor que las convirtió en espíritus, podrían pasar al más allá, que era lo que Yulia había sugerido que Gisela hiciera si odiaba tanto ser una rusalka. Lo cual no era así. Lo de ser un espíritu no era para nada el problema. El problema era que Gisela estaba enfadada: quería recuperar su vida. Quería lo que le habían robado.

Lo cual, en realidad, era irónico porque cuando estaba viva, Gisela no se sentía demasiado encariñada con la vida. Solía tener episodios de melancolía y a menudo se sentía abrumada por pensamientos oscuros y negativos. ¿Cuántas veces había bromeado con lo muerta que se sentía por dentro? ¿Cuántas veces había soñado con no volver a despertar?

¿Cuántas veces había pensado: «Sería más fácil si simplemente no estuviera aquí»?

Algunos días se sentía como el mayor y más patético cliché porque solo después de perder su vida se dio cuenta de cuánto la valoraba. Incluso ahora, el hambre animal que sentía por seguir *viviendo* la sorprendía.

Así que, opción dos.

—Estamos atrapadas aquí por nuestro dolor, nuestra ira y nuestros remordimientos —le explicó a Tamara—. Eso es lo que nos convirtió en rusalki. Si quieres recuperar tu humanidad, tienes que encontrar la manera de atarte al mundo mortal con otro sentimiento igual de poderoso, transformador y arrollador, como el amor. Necesitas forjar una conexión emocional con un humano que actúe como tu ancla.

Y entonces, una vez que lograra eso, una vez que saliera de este extraño estado liminal entre la vida y la muerte verdadera, Gisela se encargaría de resolver sus rencores. Desentrañaría el misterio de su muerte. Quería vengarse *y* recuperar su humanidad, y no le importaba si Yulia pensaba que era codiciosa por desear ambas cosas.

Se detuvieron para recuperar el aliento en las orillas de una plaza pavimentada rodeada de acogedoras casas de té y café, tiendas de materiales de arte y pequeños quioscos que vendían artesanías hechas a mano y curiosas tazas de porcelana para spa con popotes integrados.

Los ojos de Gisela se posaron de inmediato en un chico que jugaba con sus amigos junto a la fuente de piedra central. Sobre el agua alborotada se alzaba la curvilínea estatua de una sirena. El chico era bajito y delgado y tenía un cabello con adorables rizos color castaño miel. Uno de sus amigos, al verlo lanzando una mirada furtiva hacia Gisela, lo empujó con un codazo y casi lo hace perder el equilibrio.

Gisela fingió timidez, observándolo a través de la húmeda cortina negra de su cabello largo hasta la cintura. No era su tipo habitual. Su amigo le parecía más atractivo: alto y despreocupado, con una sonrisa que casi rozaba la arrogancia. El tipo de chico que todos admiraban.

Pero el chico delgado era el que la miraba y no podía darse el lujo de ser exigente. Estaba desesperada. No importaba si le gustaba o lo deseaba. No necesitaba encontrar a alguien perfecto para ella. Lo importante era que la desearan lo suficiente como para besarla.

Porque no podía simplemente pedir un beso. Ese era el truco. Tenían que ofrecérselo en total libertad. La otra persona tenía que iniciarlo. Pero cada vez que estaba cerca, cuando comenzaba a inclinarse para ese perfecto encuentro de labios… era entonces cuando surgía el problema. Los interrumpían de forma grosera o la persona con la que estaba de repente se daba cuenta de lo que ella era. Sus expresiones cambiaban de deseo a confusión y luego a un horror absoluto antes de huir aterrados.

Aun así, no se daba por vencida.

Gisela entrelazó su brazo con el de Tamara. Quizá, después de todo, era algo bueno que Wojciech le hubiera asignado cuidar a la nueva chica. Aún no habían encontrado ninguna ofrenda de la Semana de las Rusalki, pero Tamara podría ayudarle a obtener algo mucho mejor.

—¿Quieres ayudarme?

—¿Ayudarte?

—A volverme humana —Gisela checó su reflejo en el escaparate de una tienda—. Este es el plan: vamos a caminar cerca de la fuente y tú vas a fingir que te tropiezas y me empujas hacia los brazos de ese tímido chico de cabello rizado.

—¿Qué? ¿Por qué?

—Para que tenga una excusa para atraparme y empezar una conversación, obviamente. —Gisela se retocó el lápiz labial y estaba a punto de arrastrar a Tamara por la plaza cuando algo brilló en su visión periférica y llamó su atención.

La luz del sol se reflejaba en unos lentes de alambre que le resultaron demasiado familiares.

Mierda.

Gisela soltó un gruñido. Tamara ladeó la cabeza con curiosidad.

Maldita sea. ¿Por qué siempre, siempre estaba interfiriendo?

—Cambio de planes —dijo Gisela y empujó a Tamara en dirección opuesta, lejos de los chicos de la fuente—. ¡Corre! *¡Ahora!*

3
LAS ESCONDIDAS

Gisela

Un rugido de pasos furiosos las persiguió por la calle lateral.

—¡Cielos, Kazik! —gritó Gisela por encima de su hombro—, siempre interrumpes en la mejor parte. ¡Es como si no quisieras que me divierta!

La única respuesta que obtuvo fue una maldición y un grito mientras un grupo de peatones se apartaba velozmente del camino del cazador.

Gisela dio vuelta en la siguiente esquina, arrastrando con ella a una Tamara sin aire. Esquivaron con destreza a un hombre que empujaba una carriola y casi chocaron con una viejita que cargaba una canasta de mimbre llena de fresas silvestres.

—¿Por qué estamos corriendo? —jadeó Tamara—. ¿Quién es ese?

—Rápido, escóndete aquí. —Gisela empujó a Tamara por las puertas abiertas de una panadería famosa por sus deliciosos panecillos de arándano.

—¿Y tú?

—Si no regreso, ve a la orilla del río. Las otras chicas estarán ahí. Si hay problemas, usa tu peine. ¿Tienes uno, verdad? —Tamara la miró, desconcertada.

Por todos los santos. ¿Acaso Wojciech esperaba que Gisela hiciera literalmente todo? Buscó en los bolsillos de su vestido hasta sacar un peine ornamentado de color blanco hueso. Tenía incrustadas perlas oscuras de río y los dientes eran finos y afilados como agujas.

Todas las ninfas acuáticas tenían uno así: un peine hecho de coral, ámbar o hueso.

Gisela puso el suyo en la mano de Tamara.

—Puedes usar el mío. Luego te acompaño por el tuyo; hay un cofre lleno de ellos en el palacio. Puedes usarlo como arma o para conjurar y controlar el agua. Solo sujétalo con fuerza y concéntrate. La magia hará el resto.

Bajo sus dedos, el agarre de Tamara era flojo e inseguro. Pero Gisela no tenía tiempo para darle más instrucciones. Empujó aún más a Tamara dentro de la panadería y luego salió corriendo, dejando atrás el tentador aroma a pan recién horneado. Sabía que Kazik la seguiría. No era la primera vez que jugaban a perseguirse. Siempre intentaba arruinar sus planes, interfería constantemente y aparecía como una especie de cupido inverso decidido a sabotear su vida amorosa.

Y, como era de esperarse, cuando se atrevió a mirar hacia atrás, vio un destello de cabello castaño oscuro despeinado dando vuelta en la esquina, prácticamente pisándole los talones. Pero, como Gisela le había dicho a Tamara, conocía el pueblo como la palma de su mano. Estaba familiarizada con cada grieta en el pavimento, cada curva repentina, cada callejón oculto, cada jardín, cada atajo.

—¿Tan irresistible soy? —gritó, con los pies descalzos golpeando el sendero—. ¿No tienes nada mejor que hacer que acosarme?

—¡Te lo advertí! ¿Cuántas veces tengo que regresarte al río, demonio? —Los oscuros ojos de Kazik centelleaban detrás de sus lentes, llenos de una ira tan ardiente que casi se sentía su calor.

—¡Pero me gusta venir aquí! —Gisela sonrió y aceleró el paso, dejando atrás las amenazas del cazador mientras ponía más distancia entre ellos. Su velocidad y agilidad de ninfa acuática superaban por mucho las de un humano. Casi parecía volar.

De un salto, Gisela pasó por encima de una hilera de arbustos bien cuidados en los jardines que rodeaban Villa Lilia. Deslizándose hacia un lado, apenas sin aliento, navegó por un estanque plateado hasta una banca calentada por el sol, y se coló por un estrecho sendero entre dos edificios. Se dirigió a un carril concurrido del otro lado. Lo cruzó.

Otra plaza se abrió ante ella, y se deslizó con una facilidad calculada entre una multitud de peatones que exploraban un mercado lleno de puestos, zigzagueando entre el bullicio y confundiéndose en él.

Desapareció.

Los vendedores regateaban en voz alta. Los precios de mantequillas con hierbas, velas aromáticas, licores caseros y bagels frescos se exhibían en pizarrones de gis. Gisela tomó un pañuelo con rosas bordadas de una de las exhibiciones, lo envolvió sobre su cabello húmedo y se unió a la fila de turistas que esperaban para comprar conos de helado baratos en un puesto de toldo rojo. Contuvo la respiración cuando Kazik irrumpió en el mercado apenas segundos después.

Kazic se agachó casi por completo, agarrándose de las rodillas y tratando de recuperar el aliento. El medallón bendito que llevaba en una cadena alrededor del cuello y la cruz plateada que colgaba de uno de los piercings en la curva de su oreja izquierda brillaron por la luz cuando levantó la cabeza, escaneando la multitud con un ceño feroz en su rostro bronceado por el sol.

Kazik siempre estaba frunciendo el ceño, mirando con desaprobación o fulminando a alguien o algo y, sin embargo, a pesar de sus expresiones malhumoradas, el cazador residente de Leśna Woda era sorprendentemente lindo. Sus rasgos eran delicados. Sus cejas enfadadas, tan finas como pinceladas. Sus intensos ojos cafés estaban enmarcados por las pestañas más largas y oscuras que Gisela había visto jamás.

Ocultó una sonrisa mientras él desaparecía de su vista, buscándola en vano. Aunque era cierto que Kazik estaba activamente tratando de exorcizarla, no podía evitar encontrar divertidos sus pequeños esfuerzos.

La fila en la que estaba avanzó, por lo que ella también tuvo que moverse. La pareja de atrás platicaba en voz alta, debatían qué sabores de helado pedir: azafrán con crema de limón o frambuesa con pistache.

El estómago de Gisela gruñó, recordándole que no había comido en horas. Había estado guardando espacio para todas las delicias de la Semana de las Rusalki. Poniéndose de puntitas, trató de ver qué tan lejos estaba del comienzo de la fila.

El chico frente a ella era injustamente alto, pero eligió ese momento para agacharse y atarse las agujetas. Había algo en la forma de sus anchos hombros, encorvados así, algo en el rizo rubio oscurecido por el sudor de su nuca…

Un escalofrío inexplicable recorrió la piel de Gisela. Toda la euforia que sentía tras su escape se evaporó. Algo se agitó en los recovecos de su mente mientras retrocedía instintivamente, pero desapareció antes de que pudiera comprenderlo, y terminó chocando con la pareja detrás de ella, que respondió con gruñidos de irritación.

—¡Oye! ¡Cuidado!

—Perdón, yo… —Gisela tropezó, alejándose de la fila. ¿Qué fue eso?

Antes de que pudiera recuperarse, una mano le agarró el codo y otra le arrojó ajenjo al rostro.

Soltó un grito agudo y levantó los brazos para protegerse: sus ojos ardían y empezaron a llenarse de lágrimas. Tosió violentamente. El ajenjo era venenoso para las ninfas acuáticas.

Un rosario de ámbar brillante se enroscó alrededor de su antebrazo.

—¡Espera! —jadeó, tratando desesperadamente de liberarse.

Las cuentas del rosario destellaron con un brillo cálido e intenso y después se apretaron más a su brazo, cortándole la piel.

—¡Ay, ay, ay! ¡Espera, suéltame! ¡Me estás lastimando! Por favor, Kazik. ¿De verdad quieres hacer esto frente a todo el mundo? ¿Aquí? ¡Vas a parecer un loco!

4
EL NIETO DE LA BRUJA

Kazik

La presión detrás de la frente de Kazik estaba convirtiéndose a gran velocidad en una migraña. Las ninfas acuáticas siempre eran un fastidio en los meses más cálidos, especialmente durante la Semana de las Rusalki, y este año tenía que lidiar con ellas solo. Únicamente necesitaba un minuto, un maldito minuto de paz.

Apretó los dientes contra una oleada de náuseas. Su visión comenzaba a nublarse, lo cual no era nada útil cuando tenía un demonio, literalmente, en su sala.

El enemigo público número uno de Leśna Woda.

—¡Ka-ziiik! Me *aburrooo* —se quejó Gisela, alargando cada palabra—. ¿Cuánto tiempo más vas a mantenerme aquí? ¡Déjame salir!

Kazik dirigió una mirada al rincón de la habitación, donde la ninfa acuática estaba atrapada dentro de un círculo dibujado con tiza bendita. Formaba una barrera invisible que ella no podía cruzar. Su corazón se hinchó de satisfacción al verla. Finalmente, *finalmente* la tenía atrapada.

Gisela lo miró con un puchero desde donde estaba, hecha un ovillo en el suelo. Se veía extrañamente patética, con las muñecas atadas con un rosario y las rodillas abrazadas contra el pecho, pero no había peligro alguno de que él sintiera lástima por ella. Gisela era tan inquietantemente hermosa como cualquiera de las nietas sedientas de sangre del goblin acuático, con su largo cabello negro y su diminuto rostro en forma de corazón. Humana en apariencia, hasta que notabas el tono verdiazul de su piel pálida y el antinatural brillo color rojo sangre de sus ojos.

No podías permitirte olvidar que esos rostros bonitos escondían corazones perversos.

El chico al que había estado observando en el mercado probablemente ni siquiera se dio cuenta de la suerte que había tenido al escapar. Pero claro, los compañeros de clase que Kazik tuvo en la infancia no eran precisamente conocidos por su inteligencia.

Gisela bufó.

—No sabía que estabas tan desesperado por mi compañía como para secuestrarme.

—Sí, me di cuenta de que no podía vivir sin ti —respondió Kazik con una expresión impasible.

Gisela sonrió.

—¿Entonces los otros espíritus no reciben este tipo de trato? ¿Soy especial? ¿Arruinaste mi pequeño encuentro romántico en la fuente porque estabas celoso? Sabes, te ves muy apuesto hoy. ¿Son nuevos tus lentes?

Kazik no mordió el anzuelo; involucrarse en sus juegos era pedir problemas a gritos. Conocía sus trucos. Los coqueteos no lo engañaban. Gisela coqueteaba con todo lo que respiraba. Decía literalmente cualquier cosa. A veces ni siquiera podía procesar las cosas ridículas que salían de su boca. No tenía absolutamente nada de vergüenza.

Desviando su atención hacia la canasta de mimbre sobre la mesa de la sala, empezó a buscar entre ramilletes de menta, cardo mariano, escutelaria y manzanilla. Todo esto había sido mucho más fácil cuando su abuela estaba viva. Babcia mantenía a raya a los terrores que acechaban a los habitantes de Leśna Woda. Era reverenciada por los habitantes del pueblo; todos sabían que podían recurrir a ella en caso de fiebre, dolor de espalda o algún suceso extraño. La llamaban curandera, hierbera, bruja... aunque odiaba este último término. Su abuela no era una bruja.

Era peligroso que te llamaran bruja en estas tierras. Los únicos poderes que tenían, como Babcia había hecho repetir a Kazik una y otra vez, eran un don de Dios que debía ser usado al servicio de los demás. No había nada pecaminoso en eso. Podían deshacer hechizos lanzados por brujas de verdad y ahuyentar enfermedades, dar propiedades curativas al agua simplemente rezando sobre ella. Leían el futuro en charquitos de cera derretida, hablaban con los santos y los muertos, y exorcizaban espíritus malignos.

Kazik se había mudado con sus abuelos después de que su padre se marchara. Su madre no podía cuidar de él sola. Ella también había sido una curandera talentosa, pero eso fue antes de que usara mal sus poderes y los perdiera para siempre. Le enviaba dinero que ganaba trabajando como secretaria en la ciudad, pero rara vez lo visitaba. Para ella, este lugar estaba lleno de recuerdos dolorosos.

Eso no impedía que Kazik le guardara rencor. Y ahora sus abuelos habían fallecido: su abuelo de una fiebre que resistió incluso los mejores esfuerzos de Kazik por sanarlo, y su abuela tras un encuentro fatal con un demonio del bosque. Él se había quedado para continuar con sus tradiciones, para enfrentarse a las creaturas impías que acechaban al pueblo y sus manantiales sagrados.

Una palpable soledad impregnaba la casa.

—Me duelen las muñecas —se quejó Gisela, lo que sacó a Kazik de sus pensamientos.

La observó levantarse y caminar alrededor del diámetro del círculo, como una bestia salvaje enjaulada. Llamas blancas se encendieron cuando presionó sus manos contra la barrera invisible que la rodeaba. Gritó y soltó una maldición.

Kazik puso los ojos en blanco y repasó mentalmente la lista de cosas que necesitaba hacer. Tenía preocupaciones más importantes que una exasperante ninfa acuática. Media docena de clientes visitaban la casa todos los días, excepto los domingos. En su mayoría eran locales y gente de pueblos vecinos, aunque algunos viajaban grandes distancias en busca de los servicios de su familia. Pero solo aquellos en quienes podía confiar eran invitados a la pequeña y ordenada sala principal, decorada con doradas y resplandecientes imágenes de santos.

Kazik aún tenía que preparar algo de corteza de tilo y hacer un amuleto de tela para que el señor Novak lo enterrara junto a un arroyo y así curara su dolor de muelas. Frunció el ceño, intentando ignorar los insistentes pasos de Gisela, el ruido de su vestido mientras se movía y se quejaba, haciendo todo lo posible por ser una molestia. Finalmente, incluso empezó a cantar, cada nota insidiosamente suave diseñada para nublar la mente y tentarlo a acercarse un poco más a ella. Era la misma canción que las ninfas acuáticas usaban para atraer a los mortales a su río.

Con un autocontrol casi santo, Kazik mantuvo su expresión en blanco. Ni en sueños le daría la satisfacción de hechizarlo con tanta facilidad. Cuando ella le lanzó una mirada esperanzada, él fingió estar ocupado, tratando con tal desesperación de *no* prestarle atención que se golpeó la rodilla contra una pata de la mesa.

Gisela hizo una mueca de exagerada simpatía.

—¡Oh! —comentó con falsa preocupación—. Eso definitivamente se va a hinchar.

Kazik respiró hondo por la nariz.

—Vamos, Kazik. Déjame salir. Me portaré bien. Lo prometo.

—No me creo eso ni por un segundo.

—Es casi como si no te cayera bien, ¿sabes?

—No me caes bien.

Gisela ahogó un grito fingiendo estar horrorizada. Sus ojos se llenaron de lágrimas falsas.

—Me hieres.

—Tal vez lo haga si sigues molestándome.

—Es un poco sexy cuando eres malo. ¿Te he dicho que me encanta cuando te pones así de autoritario conmigo?

Kazik sintió que se le calentaban las orejas.

Gisela esbozó una sonrisa maliciosa.

—Está bien, está bien, solo bromeo. Pararé si me dejas ir.

—¿Para que puedas escapar y atacar a más personas inocentes? Te advertí la última vez lo que pasaría si seguías causando problemas.

—¡Nunca he atacado a nadie!

—Ah, ¿entonces Jacek Adler quería ahogarse en el río?

Por un instante, Gisela pareció sentirse culpable.

—Fue un accidente. Estábamos teniendo una pelea de cosquillas, se tropezó y *cayó* al agua. ¿Cómo iba a imaginar que no sabía nadar? ¡Yo también estaba molesta! ¿Tienes idea de cuánto tiempo desperdicié tratando de llamar su atención? Y luego va y casi muere. ¿Por qué tengo tan mala suerte, Kazik?

—¿Y Sara? —Kazik nombró a la chica turista que, otro día en la mañana, había encontrado vagando desorientada y temblorosa por la orilla del río. Vestida solo con su camisón, hablando de hermosas chicas fantasmales, de manos frías y húmedas que la jalaban para bailar con los muertos en círculos interminables.

—¿Qué? ¿Ahora no puedo invitar a una chica a bailar?

Kazik intentó ahuyentar la migraña que comenzaba a formarse.

—¿Y Dmitri?

—Lo invité a dar un paseo por la tarde, y hacía calor, así que le sugerí que fuéramos a nadar desnudos al río. No sé por qué empezó a actuar tan raro —Gisela hizo un puchero—. No pensé que sería tan recatado. Creo que empezó a sospechar lo que soy. Solo lo agarré para intentar que no se fuera. No estaba tratando de arrastrarlo al agua. ¿Te dijo que sí? ¡Porque eso es mentira!

Kazik se subió los lentes a la cabeza y se presionó las palmas contra los ojos. Al menos Dmitri tenía algo de instinto de supervivencia. Mucha gente de la edad de Kazik ni siquiera creía que creaturas como Gisela existieran, a pesar de participar en las festividades de la Semana de las Rusalki. No prestaban atención a los viejos relatos que advertían que no era seguro bañarse en el río antes de la víspera de San Juan.

—¡Solo intento que alguien me quiera! —protestó Gisela.

Kazik soltó una risa incrédula.

—¿Sabías, Kazik, que si un mortal besa a una ninfa acuática, ella puede recuperar su humanidad?

—No sabía que todavía creías en cuentos de hadas. Pero si estás tan cansada de vivir como lo haces, te haré un favor y te haré un exorcismo. Podrás ir al otro mundo, a donde perteneces.

Kazik levantó la mano intentando asustarla, buscando la chispa de poder divino en su interior, la magia con la que había sido bendecido, aunque algunos días sentía que era más una maldición que una bendición. Disfrutaba la sensación cuando su palma se calentaba, una fulgurante corriente de poder vibrando por sus venas mientras invocaba al cielo para que le diera fuerza.

«Santos que me protegen, escúchenme ahora…».

Al otro lado de la habitación, los ojos de Gisela se abrieron de par en par por el susto. Qué satisfacción tenerla por fin a su merced. Leśna Woda sería mucho más pacífica sin esta molestia.

«Concédanme su…».

De repente, la magia se contrajo, retorciéndose en su interior como una anguila antes de escaparse de su control.

—¿Qué…?

Kazik se quedó inmóvil, con el brazo aún alzado en el aire. Volteó la cabeza, mirando su palma. ¿Qué demonios? Miró a Gisela, pero ella parecía tan confundida como él. Ella levantó una ceja.

El calor subió por el cuello de Kazik. Entre todos los espíritus ante los cuales podía fallar, ¿tenía que estar frente a ella? Ni siquiera entendía cómo había fallado. Su magia nunca se negaba a responder a su voluntad. ¿Por qué ahora?

El viejo reloj de pie en la esquina dejó escapar un campanazo excepcionalmente *fuerte*. Sus ojos volaron para ver la hora. Santos. No tenía tiempo para resolver esto. Se suponía que debía encontrarse con Zuzanna en la estación de autobuses. Su prima le había avisado que venía a quedarse unos días. Tenía un descanso antes de sus exámenes de verano.

Caviló un momento, dudando. ¿Sería seguro dejar a Gisela sola? Estaba sellada dentro de los límites del círculo de tiza, y él había esparcido ramas de artemisa por el suelo como una medida de protección adicional. Sus muñecas estaban atadas por su rosario de ámbar, una reliquia familiar. ¿Cuántos problemas podría causar? No estaría fuera más de media hora. Caminaría rápido. Zuzanna podría ayudarle a lidiar con todo esto cuando regresaran.

Kazik se tocó un arete y buscó las llaves de la casa en sus bolsillos antes de verlas en un estante cerca del reloj. Las agarró.

—¿Qué haces? —preguntó Gisela—. ¿A dónde vas?

—Afuera.

—¿Afuera? ¡Pero no puedes dejarme aquí! No hay agua. ¡Sabes que no puedo sobrevivir mucho tiempo en tierra firme!

—¿No puedes? Qué pena. Rezaré por tu alma.

Gisela le lanzó una mirada que era a partes iguales de furia y desesperación.

—Empezaré a gritar —amenazó—. Alguien me oirá.

—¿De verdad lo crees? ¿Aquí, en las afueras del pueblo? Quédate y reflexiona sobre tus pecados.

Kazik se dió la vuelta.

—¡Espera! ¡Vuelve! ¡No puedes simplemente...! ¡Kazik!

La voz de Gisela se cortó cuando la puerta principal se cerró con un clic.

Por fin, paz.

Una brisa fresca despeinó el cabello de Kazik. Afuera estaba tranquilo, salvo por el lejano ladrido de un perro y el persistente canto de los grillos. Como acababa de recordarle a Gisela, la cabaña de sus abuelos se encontraba en total soledad, a las afueras del pueblo, al borde de un bosque oscuro e interminable.

El crepúsculo caía, y el largo día estaba cediendo finalmente a la noche. Kazik caminó rápido, echando miradas ocasionales por encima de su hombro y manteniendo los oídos atentos. Nunca sabías quién podría aparecer o con qué te podrías topar. El próximo sonido en romper el silencio podía ser una rama quebrándose bajo el pie de un dios, o de un monstruo.

Las rusalki no eran las únicas creaturas que causaban problemas. Estaban los ahogadores y el goblin acuático, con su tendencia a capturar humanos y atrapar sus almas en tazas de té. También estaban las apariciones diurnas, que acechaban los campos al sol del mediodía, y los mortales demonios nocturnos que se deslizaban como gatos dentro de las casas después del anochecer. Leśna Woda estaba plagada de todo tipo de demonios y fantasmas hambrientos, de espíritus malignos del bosque que disfrutaban deslizarse dentro de cuerpos mortales y usarlos como abrigos nuevos.

Cualquiera de esas abominaciones celebraría saber que Kazik estaba teniendo problemas con sus poderes. Lo que acababa de pasarle con su magia... Su cabeza latía de dolor. Tal vez esa era la causa. Solo necesitaba descansar.

Un suave y escalofriante sonido, como un parloteo, surgió de los arbustos. Kazik se detuvo, tensándose, buscando ojos brillantes y destellos de dientes entre el follaje, examinando el camino de tierra. No vio nada fuera de lo ordinario, solo inocentes casas de madera con techos a dos aguas y macetas rebosantes de flores en las ventanas. El gato de un vecino lo miró de reojo, su larga cola negra moviéndose lentamente de un lado a otro.

Kazik siguió caminando, un poco más rápido ahora. Su puño se cerró alrededor del frasco de agua bendita que siempre llevaba en el bolsillo. Si algún terror impío pensaba que podría enfrentarlo sin que le hiciera pelea, estaba a punto de llevarse una gran decepción.

5

EL SABOR DE LA AMABILIDAD

Gisela

Algunos días, Gisela pensaba que Kazik no era tan terrible como todos decían. Claro, se tomaba su papel de protector autoproclamado de Leśna Woda demasiado en serio, pero por eso mismo era tan divertido molestarlo. No podía resistirse a jugar con alguien que creía tanto ser el bueno, probando hasta dónde podía llegar antes de que perdiera la paciencia y tratara de rociarla con agua bendita.

Pero, claramente, se había equivocado.

Era tan terrible como los otros espíritus decían. Y cruel. Completamente despiadado. Por un instante fugaz, realmente había creído que estaba a punto de exorcizarla. Se preguntaba qué lo había hecho cambiar de opinión. Quizá pensó que sería más fácil dejar que se secara.

¿Cuál era su problema, de cualquier forma? No es como si Gisela fuera indescriptiblemente malvada. Solo era una chica muerta tratando de recuperar su vida. No tenía por qué ser tan cruel.

Dio una vuelta sobre sí misma, examinando su entorno e intentando determinar cómo demonios iba a salir de esta. La casa de Kazik no era un lugar que hubiera imaginado visitar. No estaba segura de lo que esperaba. ¿Manchas de sangre en el suelo? ¿Demonios encadenados a las paredes, aprisionados en jaulas de hierro?

Técnicamente, supuso Gisela, *ella* era el demonio en este caso.

¿Había algo ahí que pudiera usar para liberarse?

Unos santos severos la miraban con el ceño fruncido desde las paredes, sus imágenes sagradas resplandecían en oro. Hierbas secas y ornamentos de papel colgaban del techo atados con cuerdas. Frascos de agua bendita y sal consagrada abarrotaban las repisas. En una esquina, una pequeña mesa de madera cubierta con un mantel blanco servía como altar privado. Sobre ella descansaban velas y una Biblia de bordes dorados y páginas tan delgadas que parecía un grimorio antiguo usado por brujas para lanzar hechizos. El aroma a cera de abejas, incienso y lino quemado, que Gisela ya asociaba con Kazik, impregnaba el aire y le hacía cosquillas en la nariz. Toda la casa olía a capilla o iglesia.

Y era diminuta, al menos según los estándares de Gisela. La sala se fundía con una sencilla cocina equipada con una estufa de leña y ollas de hierro colgadas en la pared. Dos puertas se abrían desde el espacio principal: una conducía a un dormitorio y la otra a un corredor en penumbra. Apenas alcanzaba a distinguir una escalera de madera que subía al segundo piso.

Kazik vivía solo, así que probablemente no había nadie arriba a quien pudiera suplicar ayuda. Gritar, como él había señalado, sería un desperdicio de energía.

En una esquina, un viejo reloj de péndulo marcaba el tiempo con un insistente *tic-tac*. Gisela observó las manecillas. La luz que se filtraba a través de las cortinas de encaje estaba perdiendo rápidamente su tonalidad dorada. La noche se acercaba.

Parecía que Kazik realmente tenía la intención de dejarla ahí para que se secara y muriera.

Con cautela, Gisela se acercó al borde del círculo de tiza. El aire frente a su nariz brillaba como la superficie de una burbuja, con una iridiscencia arcoíris. Levantó sus manos atadas y, con cautela, extendió un dedo.

Era como intentar juntar dos imanes por sus polos opuestos. El aire la empujó hacia atrás. Las líneas blancas de la tiza centellearon. Unas chispas brotaron, y Gisela retiró las manos con una maldición.

No sabía si era el pánico el que hacía que su imaginación corriera desenfrenada, pero de pronto su piel comenzó a sentirse peligrosamente seca. No había mentido al decirle a Kazik que no podía sobrevivir mucho tiempo en tierra firme; probablemente debería haberle mencionado eso también a Tamara. No era solo que no pudieran alejarse del río, sino que tenían que regresar constantemente a este, o encontrar otra forma de rehidratarse.

Gisela esperaba que Tamara hubiera tenido la sensatez de buscar a las otras ninfas acuáticas. Con suerte, les contaría que Kazik las persiguió e irían a buscarla. Aunque no sabía si se atreverían a llegar hasta ahí.

Se ató el cabello y trató de pensar. Antes, las sedosas hebras negras habían sido un peso frío y pesado contra su espalda. Ahora se sentían casi secas.

Maldita sea.

Deseaba no haberle dado a Tamara su peine. Podría haberlo usado ahora para mojar su cabello o, si realmente fuera rencorosa, para invocar olas y suficiente agua como para inundar toda la casa. Kazik se lo merecía, y hacerlo habría mejorado su humor drásticamente.

Si tan solo Wojciech no hubiera insistido en que jugara a ser niñera. Estaba tratando de no pensar en la reprimenda que recibiría del goblin acuático cuando finalmente saliera de este lío… si lograba salir antes de convertirse en un cascarón seco y desmoronarse.

Si llegaba a convertirse en polvo, ¿Wojciech se tomaría la molestia de mover su viejo trasero e inundar el pueblo para vengarla? Se iba a enojar muchísimo.

Gisela apartó esos pensamientos intrusivos de su mente. «Concéntrate», murmuró. Su mente tenía la costumbre de quedarse dando vueltas imaginando escenarios catastróficos. De todos modos, invocar agua de la nada no era la única habilidad útil que había adquirido desde que se convirtió en un espíritu.

Esbozó una sonrisa sombría al mirar las gruesas cuentas del rosario que le rodeaba las muñecas. Los amarres eran firmes, y las cuentas aún se sentían calientes contra su piel desnuda.

Obligándose a mantenerse quieta, Gisela cerró los ojos y se concentró. La magia responde a tu voluntad, le había enseñado Wojciech. Todo se trata de la intención.

Después de veintidós respiraciones profundas, la voz en su mente finalmente guardó silencio. Un escalofrío recorrió su cuerpo. Su piel hormigueó, y una luz plateada envolvió su figura. Con un pop similar al de una burbuja, Gisela desapareció. El vestido blanco que llevaba puesto se desplomó silenciosamente y cayó al suelo. El rosario de Kazik cayó sobre él con un ruido seco.

Un segundo después, una pequeña rana verde asomó la cabeza entre la tela y saltó para liberarse.

Eso estaba mejor. No se secaría tan rápido en esta forma. Y tal vez, si no podía atravesar la barrera en su forma humana… Gisela saltó… solo para chocar contra una pared invisible. Su pequeño cuerpo verde resbaló, como si se deslizara por un panel de vidrio, antes de caer al suelo con un húmedo y triste plaf.

Vaya, maldita sea.

Aturdida, magullada y mentalmente jurando una oscura venganza contra Kazik —iba a sufrir cuando ella se liberara, de eso se aseguraría— le tomó un minuto completo registrar el sonido lejano de nudillos golpeando madera. Alguien estaba tocando la puerta principal.

Una voz llamó débilmente:

—¿Hola?

La manija de la puerta giró.

—¿Hay alguien en casa? Vaya.

La exclamación fue seguida por el crujido de las bisagras de la puerta principal al abrirse. Hubo una pausa, luego el sonido de pasos vacilantes.

—¿Hola?

Una silueta alta, de hombros anchos y cuerpo robusto, oscureció la entrada de la sala.

Un escalofrío recorrió la espalda de Gisela, el mismo inexplicable presentimiento que había congelado su cuerpo en el mercado. Un chico, aproximadamente de su edad, entró en la habitación, bañándose en los últimos rayos de luz del día.

No lo reconoció.

O al menos eso creía. Su corto cabello color miel estaba peinado hacia atrás, descubriendo su rostro pálido. Era un rostro bastante común: delgado, con una nariz larga y fina, y un mentón puntiagudo que parecía travieso. Pero sus ojos...

Sus ojos.

A Gisela se le detuvo el aliento. Su ojo izquierdo era tan azul como el cielo de verano, mientras que el derecho era tan verde como las hojas en primavera.

Él también la estaba estudiando, con las cejas levantadas, lucía tan sorprendido de verla como ella de verlo a él. Gisela permaneció completamente inmóvil, su instinto animal le gritaba que se hiciera lo más pequeña e imperceptible posible.

¿Debería intentar cambiar de nuevo a su forma humana? No. Definitivamente lo asustaría, y además estaría completamente desnuda, lo que siempre resultaba terriblemente incómodo.

Una pizca de gusto curvó las comisuras de los labios del chico.

—¿Y cómo terminaste atrapada aquí, ranita?

El timbre profundo de su voz la sobresaltó. Casi le resultaba familiar.

¿Había intentado coquetear con él antes? Claro que no, habría recordado esos ojos.

Él se acercó, su mirada recorrió las ramas de ajenjo plateado esparcidas por el suelo, el vestido arrugado de Gisela y las cuentas del rosario caídas, hasta que solo la curva del círculo de tiza los separaba.

Gisela dejó escapar un alentador croac. «¡Sí! Un buen humano».

Si tan solo pudiera borrar la tiza con la punta de su zapato, tal vez podría liberarse del círculo mágico de Kazik.

Saltó hacia atrás, tratando de atraerlo más. El chico le lanzó otra mirada ligeramente divertida. Había algo entrañablemente desaliñado en él. Una hoja verde limón estaba atorada en su cabello, y una de sus agujetas estaba desatada.

Se agachó frente a ella, en cuclillas sobre las puntas de los pies, y frotó con curiosidad la línea de tiza, rompiéndola. Levantó un dedo cubierto de polvo hasta su rostro.

No hubo ningún destello ni chisporroteo de magia. Ningún trueno ni relámpago. Ningún indicio de que un hechizo hubiera sido roto. Pero Gisela juró sentir algo reverberar en la habitación. El aire se volvió más ligero cuando la barrera invisible se disipó.

¡Ja! Ya vería Kazik. Se preparó para dar otro salto. Iba a hacer que se arrepintiera de haberla…

Una mano, sorprendentemente cálida y grande, se cerró alrededor de su pequeño cuerpo. Gisela se retorció y luchó frenéticamente, sus instintos de supervivencia activados al máximo. La mano la apretó con más fuerza.

—¡Oye, oye! Espera, está bien. No te voy a hacer daño.

El chico rio y emitió unos ruiditos para tratar de tranquilizarla mientras la sujetaba entre sus enormes palmas.

—No puedes quedarte aquí. Vamos a llevarte afuera, donde perteneces, ¿de acuerdo?

El estómago de Gisela dio un vuelco ante la repentina subida. ¿En qué demonios estaba pensando al cambiar de forma?

Salieron de la sala y luego de la casa. Afuera, el aire era más ligero, libre del sofocante aroma a incienso. El chico la llevó por los escalones de la entrada y rodeó la cabaña hasta el jardín trasero, esquivando con destreza a tres gallinas curiosas y dos gansos aterradores que intentaron picotearle los tobillos. Pasaron junto a una letrina, un pequeño granero medio destruido, y un huerto rebosante de coles y pepinos jóvenes. Una cerca marcaba el límite del jardín, pero la mitad de sus postes eran tan viejos que ya habían colapsado.

El joven cruzó un hueco en la cerca, siguió un sendero desgastado que se alejaba de la casa y se adentró en el bosque circundante. El denso dosel arbóreo los sumergió en sombras color verde. Un fuerte graznido sonó entre las ramas cuando un ave emprendió el vuelo en una ráfaga de alas oscuras.

Un nuevo temor se apoderó de Gisela.

Pero finalmente, y con una delicadeza que la sorprendió, con un cuidado que hizo que una extraña calidez floreciera en su pecho, el chico la depositó junto a un tronco cubierto de musgo, entre flores silvestres de un morado vibrante.

—Listo. Vete ya. Si fuera tú, evitaría el pueblo por unos días. No dejes que Kazik te atrape de nuevo.

Le dedicó una sonrisa cómplice, y un hoyuelo travieso apareció en su mejilla.

Unas mariposas revolotearon en el estómago de Gisela.

—Deberías buscar agua. No querrás secarte.

El chico se enderezó, levantó los brazos sobre su cabeza para estirarse.

Gisela dejó escapar un suave croac, el más diminuto *gracias*.

Su héroe le lanzó una última mirada complacida antes de empezar a regresar por donde había llegado. Gisela escuchó hasta que sus pasos se desvanecieron, hasta que su ancha espalda desapareció entre las sombras de los árboles.

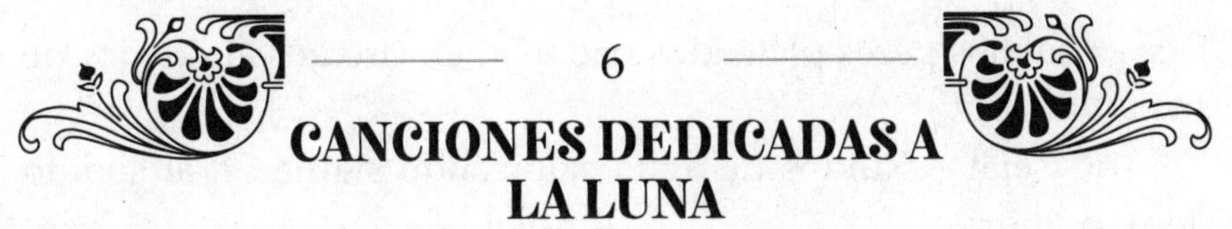

6
CANCIONES DEDICADAS A LA LUNA

Gisela

Cuando Gisela regresó al río, la noche ya se había puesto sobre el pueblo. La luz de las estrellas vestía a sus compañeras con un plateado fantasmal. Las ninfas, las seis de ellas, descansaban descalzas en la orilla de césped y tejían coronas de flores de cempasúchil y orquídeas rana con aroma a miel, mientras Zamira, la más pequeña de todas, que solo tenía trece años cuando fue asesinada, le cantaba una canción de amor a la luna. Cada nota melancólica se deslizaba de sus labios azulados y tejía una melodía cautivadora a través de la oscuridad.

Gisela las saludó con la mano, pero no se unió a ellas. Estaba *un poco* ofendida de que no se hubieran preocupado por su ausencia. Y, de todas formas, su objetivo en ese momento era rehidratarse.

Dejó escapar un suspiro de alivio al sumergir sus dedos en el agua fresca. Casi de inmediato se sintió reconfortada, renovada y menos como si fuera a secarse y marchitarse hasta desvanecerse. El río ahí era estrecho y corría a un ritmo lento; las corrientes eran pausadas, el agua densa traía cañas y lirios de agua. Se adentró un poco más, disfrutando del suave roce de las piedras de río bajo sus pies; levantó el dobladillo de su falda mientras el agua oscura subía por encima de sus rodillas.

Se había transformado de nuevo a su forma humana y había tomado un camisón blanco del tendedero en el jardín de alguien.

Dos pequeños peces plateados nadaban en círculos alrededor de sus tobillos.

—¡Gisela! —Ruidos de agua salpicando siguieron al sonido de su nombre.

Tamara apareció de repente. Le rodeó el cuello con los brazos en un abrazo aplastante que la hizo dar un paso atrás.

—¡Estaba tan preocupada! Pensé que te habían capturado.

—Bueno, más o menos. —Gisela le dio una palmada incómoda en la espalda para intentar librarse del abrazo—. Pero puedo manejar a Kazik. En serio, todo está… —Dio un paso atrás y las piedras bajo sus pies se movieron, lo que la dejó sobre el lodo resbaladizo. Gisela perdió el equilibrio y cayó hacia atrás.

El agua fría y negra se cerró sobre su cabeza, y el pánico la invadió.

La parte razonable de su mente sabía que, como ninfa acuática, podía nadar como un pez y que tener miedo era absurdo. Pero el viejo y pesadillesco terror de ahogarse la desbordó.

Se agitó y pataleó. Gritó. El agua entró en su boca y nariz, empapó su camisón, lo que lo hizo más pesado. Estaba atrapada y enredada en la tela.

Un par de manos rudas la agarraron por debajo de los brazos y la levantaron. Gisela emergió a la superficie con un jadeo. El aire fresco golpeó su piel empapada. Su cabello estaba pegado a su cara. Sobre el ruido de su propia tos, podía oír a Tamara disculpándose y a alguien diciéndole que no se preocupara: Yulia.

Porque, por supuesto, era Yulia. La mayor de las chicas la sacó del río y la arrastró hacia la orilla del césped. Gisela se desplomó temblorosa y empapada.

—Respira —le ordenó Yulia, autoritaria. Ella era la líder no oficial del grupo. La que todas buscaban cuando necesitaban alguien fuerte en quien apoyarse, cuando necesitaban ayuda o algún consejo o tenían que levantar algo pesado. Yulia era una especie de hermana mayor para ellas, de las confiables. De todas, ella era la que más tiempo llevaba en el reino del goblin acuático.

De rodillas junto a Gisela, lucía apuesta y galante. Su cabello era color arena y estaba cortado en un estilo masculino, llevaba pantalones ajustados de tiro alto con una blusa blanca suelta que se amarraba con listones en el cuello. Se había subido las mangas hasta los codos, lo que mostraba sus delgados antebrazos. Yulia había confesado una vez que no sabía si realmente pertenecía ahí entre las rusalki. Algunos días sentía que podría ser un utopiec o ahogador, lo que los humanos llamaban espíritu acuático masculino.

Lo más probable era que Wojciech la habría dejado unirse a los ahogadores en su ala del Palacio de Cristal si eso era lo que ella deseaba. Después de todo, según las demás, él simplemente se había encogido de hombros y había entregado a Miray un peine de ninfa acuática cuando ella le había informado tímidamente que no era un utopiec como Wojciech había asumido al principio. A diferencia de los humanos, los espíritus como Wojciech parecían ver el concepto de género como algo de poca importancia.

Gisela no tenía sentimientos muy intensos respecto a su propio género. Solo le era más fácil dejar que todos la pensaran como una chica en lugar de agotarse explicando que no siempre se sentía como tal.

Sin embargo, envidiaba la figura esbelta de Yulia, su pecho plano y sus caderas delgadas, y el hecho de que podía pasar fácilmente por un chico o una chica según como se sintiera. Tal vez, en otra vida, Gisela podría renacer como un tipo alto y musculoso o algo así. Eso sería increíble.

—¿Ya estás aquí con nosotras? —preguntó Yulia con un tono cortante. Empezó a pararse y luego retiró el brazo tan rápidamente como lo había extendido, como si hubiera estado a punto de tomar la mano de Gisela o darle un golpecito reconfortante en el hombro, pero después lo hubiera pensado mejor.

Gisela se pasó la mano por la mejilla, se quitó un alga, y asintió.

—Estoy bien —mintió, las palabras salieron más ásperas de lo que pretendía. Se sintió molesta al darse cuenta de que sus ojos ardían. No se había permitido llorar en mucho tiempo. Realmente deseaba que Yulia no la viera en ese estado.

Gisela fijó la vista en el río, en el reflejo de la luna en forma de hoz que se ahogaba en su oscura superficie, las estrellas parecían manchadas de tinta en las profundidades. Se clavó las uñas en las palmas de las manos; odiaba tener que recurrir a autolesionarse para calmarse. Sus uñas le lastimaban la carne, pero la magia dentro de ella curó los cortes casi de inmediato, sin darle ni un segundo para saborear el dolor.

Una brisa agitó el aire. Pasó otro minuto antes de que Gisela pudiera orientarse, de que su cuerpo aceptara que estaba a salvo, que todo estaba bien. Las otras chicas se acercaron para sentarse a su alrededor, rodeándola como una familia de fantasmas hambrientas. Estaba la alegre Miray; la seria Clara; la pequeña Zamira con su rizado cabello oscuro; la rubia y estudiosa Nina-Marie; y por supuesto, Tamara y Yulia. Sus pieles variaban en tonalidades, desde el marfil pálido hasta el bronce profundo, aunque todas compartían el color mortecino de las ahogadas. Sus edades iban de los trece a los veinte, sin contar los años que pasaron como espíritus atrapadas entre la tierra y el cielo. Tamara le entregó a Gisela su peine tímidamente. Nina-Marie le dejó una canasta de mimbre llena de deliciosas ofrendas de la Semana de las Rusalki: huevos cocidos, manzanas rojas como la sangre y pequeños frascos de miel de diente de león. Había pastel nube de frambuesa cubierto con merengue y galletas de azúcar con flores, incluso un plato de pudín de granos y semillas de amapola, del tipo que se mezcla con nueces y frutos secos y que la gente pone en sus altares en casa para los fantasmas de sus antepasados.

—Ayuda comer algo dulce después de un susto —dijo Nina-Marie con sabiduría.

—Clara, eres una golosa —se quejó Zamira—. ¡Te comiste todos los pasteles de avena!

—¿Y qué? —dijo Clara—. Si querías, debiste haber dicho algo antes.

Miray le dio un codazo a Gisela.

—La chica nueva dijo que Kazik te atrapó. Pensamos que estabas muerta. O bueno, más muerta.

—¿Y ninguna de ustedes pensó en venir a ayudarme o, no sé, enviar a un grupo de búsqueda? —Con el ceño fruncido, Gisela tomó una cuchara y se sirvió un bocado de pudín. El sabor a nuez, rico y dulce, se derritió en su lengua y le trajo recuerdos de los días en que la tía Zela preparaba un plato para ella y otro para su hermano pequeño. Era uno de sus favoritos en la infancia. —Sí, me atrapó. Me encarceló en su casa.

—¿Cómo lograste escapar? —preguntó Yulia de inmediato.

—¡Santos! —Miray se estremeció dramáticamente—. Es *el* peor.

—Por eso odio a los humanos —dijo Nina-Marie.

—Tú solías ser una —respondió Clara canturreando.

Nina-Marie se subió los lentes.

—Por favor, no me lo recuerdes.

—No te preocupes —dijo Zamira—, un día habrá pasado tanto tiempo desde que estuviste viva que ya nada en ti recordará haber sido humana.

Gisela se estremeció.

—Tuviste suerte de haberte escapado —dijo Clara mientras luchaba por abrir la tapa de un frasco de miel de diente de león—, dicen que Kazik tiene poderes espirituales inmensos. Ha exorcizado innumerables demonios y espíritus malignos. Las estriges lo llaman «el terror sagrado».

—Nos culpa a los espíritus como nosotras por la muerte de su abuela —dijo Yulia, y tomó el frasco de Clara y lo abrió para ella. Olió su contenido con curiosidad—. No era tan malo cuando ella estaba viva. Incluso los ahogadores se han quejado últimamente de «ese vil exorcista».

—No diría que es vil —dijo Miray tocándose la barbilla—. Es bastante lindo para ser un cazador de monstruos. Especialmente cuando se pone todo dramático, sudado y enojado.

Nina-Marie puso los ojos en blanco. Pero en privado, Gisela estuvo de acuerdo. Era una de las razones por las que le gustaba molestar a Kazik. Aunque no lo dijo en voz alta, especialmente no frente a Yulia.

—¿Cómo escapaste? —preguntó Zamira de nuevo.

—Bueno… —Gisela hizo una pausa para efecto dramático. Tragó rápidamente otro bocado de pudín de granos y se sentó erguida para asegurarse de tener la atención de todas. Clara y Zamira abrazaron sus rodillas mientras ella les contaba la historia, exagerando un poco para que fuera más emocionante, omitiendo el momento en que Kazik se paralizó. Nina-Marie soltó un siseo cuando les contó cómo él le había lanzado ajenjo y amenazado con dejarla secar, mientras Tamara la miraba con admiración.

Miray gritó de emoción y aplaudió cuando Gisela describió al misterioso extraño que la había liberado del círculo mágico y la había sacado de la casa. Durante todo el relato, Yulia mantuvo una expresión vagamente juzgona en su rostro.

—Deberíamos alejarnos del pueblo por un tiempo —decidió Yulia cuando Gisela finalmente hizo una pausa para tomar aire.

—¿Qué? —protestó Clara—. ¡Pero es la Semana de las Rusalki!

—Exactamente. Kazik estará vigilándonos —Yulia le lanzó una mirada llena de intención a Gisela—. Sigues provocándolo. Estás llevando las cosas demasiado lejos.

Gisela apretó la cuchara con los dientes. En otros tiempos, Yulia había sido su defensora más firme. Fue Yulia quien le explicó los caminos del mundo espiritual. Yulia la integró cuando ella dudó de unirse a las demás. Se habían vuelto más cercanas porque a ambas les gustaban las chicas bonitas, el maquillaje y la ropa. Yulia incluso la defendió cuando Gisela no compartió la historia de cómo había acabado así. Las demás parecían disfrutar contando sus trágicos finales. Había una especie de competencia mórbida por ver quién había tenido la muerte más horrible. Gisela en realidad hubiera querido unirse, pero la verdad era que no recordaba cómo había muerto.

Recordaba el viaje hasta ahí, la sensación de malestar en su estómago mientras el barco cruzaba el mar, el ruido estridente del tren mientras avanzaba por campos y valles, y el último y ajetreado viaje en autobús. Recordaba haber llegado a Leśna Woda y los primeros días de su estancia y luego… nada.

Era como si un par de garras hubiera abierto un gran hueco en sus recuerdos. Al principio se preocupó, pero una vez que escuchó las historias de las demás chicas sobre asesinatos, violaciones y suicidios, empezó a pensar que era una bendición. Parte de ella se sintió aliviada de que su mente estuviera bloqueando lo que le había sucedido.

—Estás tan obsesionada con regresar al mundo mortal —continuó Yulia—, que estás causándole problemas a todas.

Gisela mantenía la cabeza erguida, aunque la culpa y el dolor burbujeaban en su estómago. Estaba desesperada por recuperar su vida, pero no quería causar problemas. No si podía evitarlo. Especialmente no para esas chicas que la habían aceptado tan fácilmente como una más de ellas, que nunca habían hecho nada más que darle la bienvenida a su extraña familia de no-muertas.

—Oh, por favor —dijo Miray, que vino a su rescate. Era la segunda más grande y la única que se atrevía a discutir con Yulia—. Déjala en paz. La mayoría de nosotras lo hemos intentado alguna vez. ¿No recuerdas cuando Zamira nos arrastró a ver al artista que había puesto su caballete cerca de la casa de botes de Villa Hyacinth? Estaba obsesionada con él.

—¡Dios mío, cállate! —Zamira le tiró una manzana a Miray, quien la esquivó sin esfuerzo.

Clara atrapó la manzana en el aire con reflejos sobrehumanos.

—¡Ey, no desperdicies las ofrendas!

—Estás así de alterada esta vez porque es Gisela —terminó Miray, con una mirada cargada de significado hacia Yulia.

Yulia parecía querer lanzarle algo a Miray también.

—Es dulce que te preocupes por mí —añadió Gisela.

—No me preocupo por ti —respondió Yulia de inmediato—, bésate y coquetea con quien te dé la gana. No me importa. Solo creo que estás siendo una idiota. Los vivos siempre van a elegir estar con los vivos. Así funciona. Ningún humano va a elegir estar con una chica muerta.

Gisela dio un respingo.

—Los mortales y los espíritus no deben estar juntos —dijo Yulia—. Estás desafiando el orden natural del mundo.

—Una verdadera historia de amor para la posteridad —intervino Miray con un guiño—. Entonces, ¿cómo era este chico que te rescató? Cuéntame de nuevo cómo era. Quiero todos los detalles.

—Él era… —Gisela parpadeó, desconcertada por el cambio abrupto de tema, pero agradecida por la oportunidad de dejar que sus pensamientos se deslizaran de nuevo hacia el momento en que lo vio por primera vez. Aún no podía identificar qué, pero había algo en él. Algo casi familiar. Esos ojos hipnotizantes, uno azul perfecto como el verano, el otro verde deslumbrante como las hojas de primavera, brillaban en su memoria tan claramente que podría haber estado sentado directamente frente a a ella—. Tiene la voz más deliciosa y unos ojos increíbles y el cabello del color del trigo o la miel.

Miray asintió con entusiasmo.

Lo más importante, sin embargo, lo que realmente se quedó grabado en la mente de Gisela, fue el hecho de que él había sido amable. Con qué cuidado la había sostenido en sus manos mientras la llevaba al bosque, buscándole un lugar donde estaría a salvo. ¿Cuántas personas se habrían molestado en hacer eso por una rana? Era algo tan pequeño, pero eran esas pequeñas cosas las que más importaban.

—En el momento en que lo vi, sentí que teníamos una conexión. Es muy alto y fornido, así que al principio se ve intimidante, pero es muy gentil y tierno con los animales. Eso me gustó.

Yulia resopló.

—Te enamorarías de cualquiera que te hiciera un favor. Un poco de atención y ya estás lista para abalanzarte sobre ellos.

—Entonces —interrumpió Clara en voz alta—, ¿qué vamos a hacer mañana?

Su intento por cambiar de tema fue incluso menos sutil que el de Miray, pero Gisela le dio crédito por intentarlo. Zamira lo hizo mejor y jaló del brazo a Yulia para distraerla al preguntarle si podía cortar el pastel nube de frambuesa.

—Podríamos mostrarle a Tamara el naufragio —sugirió Nina-Marie, acostándose y recostando la cabeza sobre las piernas de Clara—. O podríamos alimentar a los cisnes o bucear debajo de los botes que los turistas llevan al río y robarles los remos. Arrastrar nuestras uñas por la parte inferior hasta que empiecen a gritar.

—Oh, sí —dijo Clara, muy sarcástica. Le dio una galleta de azúcar a Nina-Marie—, eso definitivamente no va a enfurecer al cazador.

Miray pasó su brazo delgado como un fideo por los hombros de Gisela. Había un brillo malicioso en sus ojos color rojo rubí; a diferencia de las otras, a ella le gustaba echarle leña al fuego. Si había algo que la ninfa acuática pelirroja adoraba, era el drama.

—Entonces, ¿vas a intentar verlo otra vez? Al chico que te rescató.

—Bueno, pues… —Gisela dijo, enrollando un mechón de su cabello húmedo alrededor de su dedo, ignorando intencionalmente el hecho de que Yulia la escuchaba—. Le debo al menos las gracias, ¿no creen?

7
ALMAS PERDIDAS

Kazik

—No creo que la vayas a encontrar.

Kazik frunció el ceño, escuchando con solo medio oído mientras seguía examinando la calle. A su lado, Zuzanna suspiró y levantó una mano para proteger sus ojos del resplandor. Aunque ambos habían heredado los dones de su abuela, Kazik y su prima eran polos opuestos. Kazik era bajito y delgado, con ojos oscuros, cabello aún más oscuro, y piel que se bronceaba en apenas unos segundos bajo el sol, mientras que Zuzanna era alta y curvilínea, con cabello rubio y piel pálida como la luna. Sus ojos eran de un azul angelical, y le gustaba vestirse con terciopelo y encaje, y adornar su cuello con rosarios brillantes, de modo que el tintineo de las cuentas sagradas siempre anunciaba su presencia. Ella era la persona más genial que Kazik conocía. La extrañaba con intensidad cuando no estaba, y se sentía exasperado a más no poder cuando sí estaba. Parecían hermanos más que primos. Zuzanna era una de las pocas personas que aún podía hacerlo sentir como un niño.

—No es propio de ti ponerte tan nervioso por una simple ninfa acuática —dijo mientras caminaban por la calle más concurrida de Leśna Woda, pasando frente a las tiendas caras donde los turistas derrochaban sus riquezas—. Nunca había visto que alguien te pusiera así.

Kazik volteó hacia la calle de enfrente, al lugar en el que anteriormente había encontrado a Gisela siguiéndolo con la mirada desde las ventanas de una librería elegante.

—No sabes de lo que es capaz. —Había pasado la mitad de la noche maldiciéndose después de descubrir que Gisela había encontrado la forma de escapar del círculo en el que la había atrapado.

Pero, la verdad, ¿qué esperaba? No había forma de que un espíritu tan rebelde como ella fuera a aceptar quedarse quieta y permanecer capturada. Era una fuerza que siempre encontraba cómo crear más caos. No debió dejarla sola ni un segundo. ¿Cómo podía una sola chica crear tanto alboroto? Esta vez, ya no iba a mostrar piedad. Iba a llevar a cabo el exorcismo de forma adecuada y deshacerse de ella de una vez por todas.

Sus ojos iban de tienda a tienda, buscando huellas húmedas en cada banqueta y pasillo, y cualquier rastro de su largo cabello negro.

—Ella piensa que, si logra seducir a un mortal, de alguna forma eso la hará humana otra vez.

—¿Qué? —Zuzanna ladeó un poco su cabeza—. ¿Como en la historia?

—¿Qué historia?

—La que solían contarnos de pequeños: la rusalka y el monje, en la que la ninfa acuática… —Zuzanna tomó la muñeca de su primo para detenerlo de forma abrupta.

Él se volteó sorprendido, pero después vio lo que ella había visto: el padre Pawel acababa de salir de una cabina telefónica de cristal. El delgado sacerdote, ya de edad, se sorprendió cuando sus ojos se encontraron; su cara se puso tan roja que Kazik casi se sorprendió de que no le saliera espuma por la boca.

—Qué bueno saber que todavía nos busca para saciar su sed de sangre —comentó Zuzanna cuando el sacerdote había pasado.

Kazik resopló. No había una buena relación entre su familia y el sacerdote local. El padre Pawel consideraba sus rituales y su trato con los espíritus como lo más cercano a la brujería. La tensión entre él y Babcia podría haber encendido una fogata. Incluso les había prohibido a ella y a Kazik tomar velas y agua bendita de la iglesia. Lo que era increíblemente frustrante, porque las velas del altar eran las mejores para la magia. Las velas comunes no servían: tenían que estar bendecidas.

Afortunadamente, la mayoría de los miembros de la parroquia también eran leales clientes suyos, incluida la anciana que limpiaba la iglesia y cuya vida Babcia había salvado cuando su esposo fue poseído por un demonio del bosque. La señora Mróz estaba más que feliz de suministrarle a Kazik pedazos de velas robadas e incluso algunos hilos cortados de las vestimentas sacerdotales del padre Pawel para usarlos en sus encantamientos. En esa parte del país, existía todo un mercado negro de bienes sagrados. Si alguna vez la señora Mróz se cansara de ayudar, había muchas otras personas dispuestas a tomar su puesto. Casi todo el pueblo los reconocía a los dos, ya fuera con una mirada disimulada, un asentimiento cauteloso o una mirada visiblemente nerviosa. Todo el mundo, a excepción de los turistas, conocía a todo el mundo en el pueblo, y todos sabían que Kazik y Zuzanna eran los nietos de Babcia. Cada residente de ahí había solicitado los servicios de su abuela al menos una vez en su vida, aunque solo fuera cuando eran niños, cuando *su* abuela los llevaba a su casa para ayudarles con sus terrores nocturnos o para leerles la fortuna.

Todos sabían que las sanadoras como su abuela pasaban sus conocimientos secretos a los miembros más jóvenes de la familia.

—Había extrañado esto —dijo Zuzanna—. No me malinterpretes. Me encanta la ciudad y estudiar en la universidad. Pero, pues, ¿cuántas personas pueden decir que su profesión es «bruja del pueblo»?

—No somos brujas, Zuza. Somos sanadores.

—Creo que alguna vez hubo brujas en nuestra familia. ¿Quién crees que le enseñó a Babcia todas las cosas que nos enseñó? *Su* abuela podría haber sido una bruja. ¿A dónde crees que se fueron todas las brujas de aquí?

El tintineo de la campanilla de una tienda fue su única respuesta.

—Huyeron a países más seguros —continuó—, o se escondieron, y disfrazaron sus hechizos como rezos. Añadieron los nombres de los ángeles a sus encantamientos. Recurrieron a los santos en lugar de a los espíritus.

Kazik apretó los labios. Sabía que algunos de los antiguos ritos y rituales que le habían transmitido tenían sus raíces en prácticas paganas. No era que no hubiera notado las similitudes entre sus encantamientos y las maldiciones que lanzaban las brujas. Solo era su naturaleza devota la que no lo dejaba deslizar su mente hacia ese territorio peligroso. Una parte de él temía que el Cielo pudiera percibir que su fe vacilaba y lo castigara por ello.

—¿Eso es lo que te han enseñado en esa elegante universidad? Babcia se horrorizaría.

Zuzanna soltó una carcajada.

—Todo el mundo en los dormitorios me llama bruja. Me piden que les ayude con hechizos de amor. Incluso ofrecen pagarme... y buen dinero. Además, ¿cuál es el punto de tener poderes mágicos dados por Dios si no los usas para obtener ganancias? —bromeó, al notar la expresión de Kazik—. No soy tonta. No soy como, bueno, ya sabes.

La referencia a *tu madre* quedó sobrentendida.

Había reglas que gobernaban su magia. Reglas poco razonables, pensaba a veces Kazik. Como aquella que dictaba que debías ayudar a cualquiera que lo necesitara, sin importar lo atroz que fuera. O la que decía que nunca podrías recibir pago, solo agradecimientos y pequeños obsequios: una canasta de huevos de gallina, una caja de cerezas ácidas, un queso fresco, un suflé de manzana. Las ofrendas votivas hechas a la iglesia en tu nombre eran, por supuesto, aceptables. El dinero metido en la alcancía de donaciones y las velas encendidas frente a los santos. Pero incluso una sola moneda puesta sobre la mesa de la cocina de Babcia se rechazaba con firmeza.

Ningún sanador debía usar sus habilidades para beneficio personal, o perdería sus dones para siempre.

Como su madre lo había hecho.

Esta era otra razón más por la que Kazik sabía que no eran como las brujas. Las verdaderas brujas podían usar su magia como quisieran. No estaban sometidas a un poder superior. La magia formaba tanto parte de una bruja que, si se agotaba, ella se desvanecía hasta desaparecer. Kazik era simplemente un instrumento devoto, un vehículo para los santos.

Se detuvo un momento para mirar de reojo a su prima. *Él* seguía las reglas como si fueran mandamientos sagrados, aunque a veces le parecieran equivocadas, pero Zuzanna tenía la peligrosa costumbre de tratarlas como si fueran simples sugerencias.

—En realidad, ni siquiera se trata del dinero —dijo mientras jugueteaba con uno de los rosarios que colgaban de su cuello—. Solo creo que algunas de las personas que me han pedido ayuda realmente la necesitan. Y no me gusta darle la espalda a nadie que esté en problemas.

—Si quisieras ayudar a la gente, podrías haber venido a vivir aquí. —Zuzanna hizo un sonido que parecía de reflexión—. Sabes que no *tienes* que quedarte aquí, ¿verdad? Si no quieres.

—Alguien tiene que ocupar el lugar de Babcia.

Y no era que Kazik tuviera grandes ambiciones más allá de cumplir con las expectativas de su abuela. No tenía otros talentos. No era particularmente inteligente ni estudioso. No como Zuzanna. No cuando se trataba de cosas como matemáticas, historia y geografía. Dejó la escuela tan pronto como pudo legalmente, hace tres años, cuando cumplió quince.

No importaba si a veces también sentía esa desesperada necesidad de subirse a un autobús o a un tren, de escapar y no regresar jamás, de dejarlo todo atrás: la responsabilidad, el peligro. Podría abandonarlo todo.

Pero esos eran pensamientos intrusivos. Había demasiada gente que dependía de él. ¿Quién más iba a ahuyentar a los demonios y espíritus malignos, a proteger los manantiales sagrados de Leśna Woda?

Se lo había prometido a Babcia. Su abuela nunca dudó que él seguiría sus pasos. A pesar de las circunstancias de su muerte, ella se fue en paz, sabiendo que él se encargaría.

Aun así, no podía evitar sentir que no estaba listo. No sabía si podía hacerlo solo, sin su abuela, sin su sabiduría y su guía. Se sentía como si uno de sus viejos maestros lo hubiera llamado frente a toda la clase para responder un problema que no sabía cómo resolver.

Tenía que ser mejor, más fuerte. Tenía que demostrarle a los espíritus que tenían que respetarlo. Debía asegurarse de ello antes de que lo atacaran a él o a alguien más.

Kazik desabrochó un botón del cuello de su camisa. Ni siquiera era mediodía y ya estaba haciendo calor. Se asomó por el espacio sombreado entre dos edificios.

Aún sin señales de Gisela.

Era como buscar flor de helecho: imposible. ¿Dónde demonios se había metido? No dejó pistas en la casa, solo su vestido. Y Kazik realmente no quería pensar en lo que eso significaba sobre lo que llevaba o no llevaba puesto cuando escapó.

Pero la conocía lo suficiente como para saber que ya estaría de vuelta en su habitual rutina de maldad. Estaba ahí afuera, en algún lugar, probablemente ya acechando a otra víctima potencial.

O peor, por ahí contándole a todos los otros espíritus cómo se paralizó el día anterior al querer exorcizarla. De todas las veces que su magia podía fallar, tuvo que ser frente a Gisela. Lo último que necesitaba era que ella comenzara a esparcir rumores sobre que estaba perdiendo su don.

—Llevamos horas buscando —señaló Zuzanna, cuando dieron vuelta en la esquina hacia un callejón más lejano—. No creo que…

Y esquivó a una figura de cabello oscuro que llevaba un ramo de girasoles más grande que su cabeza.

Kazik volteó bruscamente, pero solo era Adele, una de las chicas de la tienda de la oficina de correos, quien movió tímidamente su cabeza para saludarlo.

Volvieron a caminar despacio hacia el final del callejón, donde un público cautivado se había reunido para ver al Sr. Czerny barrer su tienda con una escoba hecha de ramas de abedul. Era todo un espectáculo: le informaba a los turistas de los listones para el cabello que vendía y que podrían dejar como ofrendas para las ninfas acuáticas.

—Ten cuidado —le advirtió Zuzanna—, puede cambiar el viento y tu cara se quedará así para siempre.

—La gente debería dejar de alentarlas.

—Siempre les hemos dejado regalos a las rusalki; es parte de nuestras tradiciones.

—No significa que tengamos que seguir haciéndolo. Son como sobornos que no llevan a ninguna parte.

La verdad era que Kazik sabía que no había forma en que pudiera convencer a la gente de dejar ir esa tradición. La economía de todo el pueblo se basaba en el turismo: la mayoría de los habitantes tenía tiendas de recuerditos o rentaba cuartos, o trabajaba para alguno de los baños. Y la Semana de las Rusalki atraía muchos turistas. Las familias planeaban viajes solo para ser parte de dichas festividades. Si intentaba cambiar estas tradiciones, tendría tanto éxito como el que el padre Pawel había tenido cuando intentó que Babcia dejara la magia: cero. En palabras de su abuela: «Yo sano, y no hay nada que el padre pueda hacer al respecto».

Además, muchas personas de ahí tenían dos religiones: en Leśna Woda los límites entre la religión dominante y las creencias antiguas eran fluidos. Había incluso quienes creían que las gotas de agua que caían del cabello húmedo de las ninfas junto con sus pisadas eran lo que humectaba las plantas y las hacía florecer cada primavera. Creían que las chicas eran juguetonas y no las creaturas malvadas que Kazik sabía que eran.

—A veces —dijo Zuzanna— siento pena por ellas.

Kazik le lanzó a su prima una mirada incrédula.

Zuzanna levantó una ceja.

—¿Qué? Son creaturas tristes, en realidad. Almas perdidas que no pudieron viajar al más allá. Espíritus de doncellas que murieron antes de tiempo. Chicas condenadas a rondar los cuerpos de agua donde sufrieron muertes violentas. ¿No te parece triste?

Kazik no respondió. Claro que sabía cómo nacía una ninfa acuática. Conocía los orígenes de todos los terrores impíos que acechaban el mundo mortal. La violencia, la tragedia y la crueldad humana crean monstruos. Espíritus como Gisela no se materializaban de la nada.

Pero no era asunto suyo, aunque eso lo hiciera preguntarse…

Nunca había pensado en cómo Gisela se había convertido en una ninfa acuática. ¿Cómo había muerto? ¿Qué le había pasado para que se convirtiera en lo que era ahora?

¿Realmente quería saberlo? Era más fácil creer que ella era solo otro espíritu malvado con intenciones perversas que pensarla como una víctima.

A pesar del calor, Kazik no pudo evitar un escalofrío. Ignoró la forma incómoda en que se retorcía su estómago. No quería escuchar las historias tristes y las justificaciones que tenían para sembrar el caos. No había justificación. Todo el mundo lo tenía difícil. Eso no era excusa para desquitarse.

—Debieron seguir su camino hacia el siguiente mundo en lugar de quedarse a causar problemas en este. Babcia decía que eran plagas.

—Babcia solía llamarnos plaga a ti y a mí —dijo Zuzanna—. Plaga era prácticamente un término de cariño para ella.

Kazik contuvo una sonrisa. Dios, extrañaba a su abuela gruñona.

—Eventualmente quitarán las decoraciones. ¿Vas a realizar el ritual para proteger a las vacas el domingo?

Kazik asintió y trató de no pensar en las miradas que recibiría de algunos de sus compañeros de la infancia. Una arruga reapareció entre sus cejas.

—No te preocupes —le aseguró Zuzanna—. Estaré ahí para asegurarme de que no lo arruines.

—Aprecio la confianza que me tienes.

—¿Estará alguno de tus amigos ahí?

De nuevo, Kazik no respondió. Zuzanna siempre lo presionaba para que socializara. Había soportado tantos de sus sermones que podía recitarlos de memoria:

«¡Realmente creo que más interacción humana podría ser buena para ti!».

«¡No puedes seguir cerrándote a todo el mundo!».

«Sé que es más difícil interactuar con la gente por nuestras habilidades, pero no puedes olvidar cómo vivir en el mundo común. Necesitas dejar que la gente te quiera. Necesitas personas que te mantengan con los pies en la tierra».

Parecía creer que estaba condenado a una vida miserable, como de recluso.

—¿Qué pasó con ese chico que te gustaba? —insistió—. El popular. ¿Arek? ¿Aleksey?

—No sé de quién hablas.

Por un segundo se separaron, obligados a rodear a una multitud que ocupaba toda la banqueta: extranjeros y gente del pueblo que daba paseos entre tratamientos de spa.

Turistas que hablaban sin parar sobre escapar del ajetreo y reconectar con la naturaleza, hasta que algún terror sobrenatural salía de los árboles e intentaba devorarlos. Se deslizaron por un camino sombreado que estaba entre una cafetería y una famosa chocolatería; Kazik miró hacia atrás en busca de su prima... y sintió cómo se le erizaban los pelos de la nuca.

Se dio vuelta justo a tiempo para vislumbrar unos ojos dorados, un despliegue de extremidades. Un poder ardiente recorrió su pecho y bajó por su brazo. Una luz brilló debajo de su palma mientras atrapaba con una mano al chort del tamaño de un gato.

El pequeño demonio dejó escapar un aullido desgarrador, se soltó y se agarró la cara con unas manos inquietantemente humanas. Su piel humeaba. Jadeó de dolor y huyó hacia las sombras.

Antes de que Kazik pudiera decidir si perseguirlo y reducirlo a cenizas, se escucharon pasos y Zuzanna reapareció.

—¿Estás bien? —le preguntó.

—Nunca había estado mejor —respondió Kazik y se acomodó los lentes. El poder en sus venas se estaba enfriando a gran velocidad. Frunció el ceño al mirar su palma y consideró brevemente preguntarle a Zuzanna si su magia alguna vez había fluctuado de esa forma, pero dejó ir la idea. Eso solo la preocuparía más de lo que ya se preocupaba.

Continuaron avanzando por el callejón entre las dos tiendas y al salir a la calle principal, llegaron a otro cruce. Señalamientos de metal apuntaban el camino hacia el manantial más cercano, Villa Hyacinth, y hacia otro de los lugares más populares de Leśna Woda: el antiguo puente de piedra de los deseos, desde donde podías tirar una moneda al río y pedir un milagro.

La leyenda decía que estos milagros eran realizados por el wodnik local, el goblin acuático que era, según diferentes versiones del relato, o maligno o servicial. Durante la guerra, se decía que él mantenía el río abastecido de peces para que el pueblo nunca se quedara sin comida. Babcia, por supuesto, había argumentado que era Dios quien se encargaba. Al igual que había afirmado que fue un ángel quien ayudó a esconderlos a ella y al abuelo de Kazik en el bosque durante otros momentos de peligro, a pesar de que su esposo repetía constantemente que había sido el leshi local, el espíritu guardián del bosque.

—No creo que la vayas a encontrar —repitió Zuzanna por tercera vez.

Kazik chasqueó la lengua, frustrado. Gisela lo estaba haciendo quedar como un tonto. Nunca debió dejarla escapar de su vista. Todos los espíritus se estaban volviendo más audaces.

Una voz susurró dentro de su cabeza: «Porque creen que eres más débil que tu abuela. No te tienen miedo».

—¿Por qué no paramos en Villa Hyacinth y nos refrescamos en las albercas de agua fría? —sugirió Zuzanna.

Kazik puso los ojos en blanco. Ni siquiera estaba intentando ser sutil ahora. Una visita a Villa Hyacinth garantizaba mejorar mágicamente el estado de ánimo. Sumergirse en las aguas del manantial evocaba agradables recuerdos olvidados y eliminaba los malos. Pero a Kazik le gustaba visitar el manantial en temporada baja, cuando no estaba saturado de turistas, o en pleno invierno, cuando podías sumergirte en las piscinas exteriores y el vapor que liberaban mientras la nieve caía a tu alrededor.

—Tú ve —dijo—. Yo me uniré más tarde. Tal vez. —No podía permitir que Gisela escapara de nuevo—. Hay un lugar más que quiero revisar.

8

EN BUSCA DEL AMOR

Gisela

Encontrar a su salvador resultó ser sorprendentemente difícil. Gisela interrogó a media doçena de espíritus —dos ahogadores, un espíritu del campo y un demonio del granero, entre otros— antes de encontrar a alguien que afirmara haber visto a un chico humano con ojos de dos colores diferentes.

—Su familia es dueña de Villa Hyacinth —dijo Nadia con su suave voz de flauta dulce. Era un espíritu del aire, una de las willi, las hermanas espirituales de las rusalki. A menudo se les confundía con ninfas acuáticas porque vivían cerca del agua y en el bosque, o en brillantes castillos flotantes construidos sobre las crestas de las nubes.

—¿En serio? ¿Son dueños de esos baños? —Gisela estaba impresionada. «Este chico debía ser millonario». Villa Hyacinth tenía los baños más populares de Leśna Woda. ¿Qué había llevado a un chico así a la casa de Kazik?

— ¿Y ahí fue donde lo viste por última vez?

Nadia asintió. Su piel pálida era casi translúcida bajo la luz del sol. Su cabello largo y rubio flotaba en un viento inexistente. Pero, aparte de eso y de las luminosas alas emplumadas que brotaban de su espalda, parecía una joven común de poco más de veinte años.

—Pasó por aquí esta mañana —respondió Nadia.

Se encontraban en un rincón con sombra de los vastos jardines perfumados que rodeaban los baños. Estaban medio escondidas detrás de un árbol porque Gisela no quería parecer una loca hablando sola. Muchos espíritus no se molestaban en asumir una forma que los humanos pudieran ver; eran invisibles para los ojos mortales. Si lo deseaba, Nadia podía recorrer el pueblo sin ser vista. A menos, claro, que alguien con los dones de Kazik la detectara. Cuando una familia de tres pasó cerca del árbol, miraron a Gisela pero no a su acompañante.

Gisela espantó una abeja que la había confundido con una flor y se preguntó si perdería la capacidad de ver espíritus cuando recuperara su humanidad. La idea la dejó con una sensación extrañamente triste.

—¿Por qué estás tan interesada en este chico? —preguntó Nadia.

—Voy a conseguir que me dé un beso y me volveré humana.

—¿Que te dé un beso *él*?

—¿No crees que quiera besarme?

—Creo que… —las plumas de Nadia se erizaron—. Puede que eso traiga problemas.

Gisela ladeó la cabeza, intrigada, pero Nadia no elaboró. Estaba mirando fijamente y con una expresión extrañamente intensa a la familia que había pasado junto a ellas.

O, para ser precisos, estaba mirando a un miembro de la familia: una mujer seria, de cabello oscuro.

La piel de Gisela se erizó con incomodidad. Trató de recordar las historias de la tía abuela Zela; como las rusalki, las willi eran famosas por hechizar a hombres jóvenes e incautos y llevarlos a la muerte, pero solían ser amables con las mujeres jóvenes. Al menos eso creía.

—Es solo un presentimiento —dijo Nadia y volvió a enfocarse en Gisela—. Solo ten cuidado. El cazador todavía anda por aquí.

—Ah, lo sé, he estado al pendiente de él —respondió Gisela. Esa era otra razón por la que estaban escondidas en ese rincón sombreado detrás del árbol. Si Kazik las atrapaba, habría problemas. Gisela ya lo había visto esa mañana cuando cruzó el Puente de los Deseos hacia los jardines. Tuvo que lanzarse debajo de un seto para esconderse y debido a eso todavía estaba quitándose hojas y ramitas del cabello media hora más tarde.

En serio. Era *tan* fastidioso. Gisela ni siquiera estaba haciendo algo malo. Simplemente quería agradecerle a un chico humano por haberle ayudado. Lo más educado era dar las gracias. Si conseguía un beso en el proceso, bueno, eso sería solo un extra.

—Estoy tan contenta de que supieras de quién estaba hablando —dijo—. Lo he estado buscando por todas partes. Te debo una.

Nadia la miró durante largo rato.

—Lo recordaré, y recuerda *tú* lo que te dije.

Gisela echó su largo cabello hacia atrás, por encima del hombro y unas gotas de agua salpicaron el camino.

—No te preocupes. Siempre soy cuidadosa.

Se despidió, dejó a Nadia continuar los planes que estuviera tramando —esperaba que no fueran demasiado nefastos—, y siguió el sendero que serpenteaba entre los parterres de flores y los arbustos verdes de los jardines. Cada vez que daba vuelta en alguna esquina, contenía la respiración, medio esperando tropezarse con Kazik al acecho. Por mucho que le gustara burlarse de él, la verdad es que era peligroso. Tenía el poder de destruirla si así lo decidía.

Unos minutos después, Gisela atravesó una puerta de hierro, rodeó un estanque con cisnes y se detuvo. Frente a ella estaba Villa Hyacinth. Torres rojas de cuento de hadas coronaban las paredes amarillo limón de los baños. Se oían voces a lo lejos: conversaciones animadas y exclamaciones de asombro. Observó a un grupo de turistas acercarse a la entrada para intercambiar monedas por boletos; se los entregaba un portero vestido con un trajecito rojo. Gisela no tenía dinero para pagar la entrada; había aprendido que los espíritus comerciaban sobre todo con favores y objetos brillantes.

Pero ese era un problema fácil de solucionar.

Tras regresar un poco, Gisela se ocultó detrás de una reja arqueada cubierta de rosales en flor e inhaló el dulce aroma de los pétalos calentados por el sol. Incluso el aire olía diferente ahí en tierra firme. Echaba de menos el aroma salino y fuerte del mar, la brisa dulce y salada. Incluso extrañaba la voz de la marea, ese suave pero persistente shush-shush y el coro constante de las gaviotas.

Apartó esos pensamientos, respiró profundamente diez veces y se concentró hasta que su piel comenzó a hormiguear. Su cuerpo se dobló en sí mismo. En un destello de luz plateada, Gisela desapareció una vez más. Su corto vestido blanco cayó al suelo. Por segunda vez en dos días, una pequeña rana verde emergió de un charco de ropa.

De ahí, solo fue cuestión de tiempo y esperar a que el portero se distrajera para buscar un boleto en su cartera. Gisela se preparó para cruzar las barreras mágicas y saltó al interior. Sintió una ligera resistencia en el aire. No fue nada comparado con intentar atravesar la barrera invisible del círculo de tiza, pero sus sentidos se inundaron de un inexplicable miedo. «Vete de aquí», susurró algo en su mente. «Da la vuelta. Aléjate de este lugar».

La piel de Gisela se erizó, pero ella se obligó a avanzar de todos modos. «Todo está en tu cabeza», se dijo a sí misma. «Aquí no hay nada que temer».

Un salto más y atravesó las barreras. El efecto desapareció. Villa Hyacinth no estaba tan bien protegida como otros baños. Después de todo, si un espíritu se colaba ahí, solo acabaría de buen humor. Nada desastroso. Cazadores como Kazik estaban más preocupados por mantener a creaturas como ella alejadas de lugares como Villa Violetta. El agua del manantial de ahí estaba llena de una energía especial que fortalecía a los espíritus cada vez que se bañaban en ella.

Con cuidado de no ser aplastada por algún par de pies de alguien que no estuviera poniendo atención, Gisela saltó de una baldosa de mármol rosado a otra, hasta que cruzó el gran vestíbulo y pasó junto al enorme mostrador de la recepción. Como todos los baños, Villa Hyacinth era un complejo que parecía castillo. Tenía áreas separadas para mujeres y hombres. Había múltiples piscinas interiores y exteriores, salas de jabón, salas de vapor, saunas, habitaciones para masajes, salones de descanso y salas de juegos donde se podía jugar al ajedrez mientras se bebía kéfir o tés herbales mezclados con miel. Incluso había un restaurante que servía la mejor sopa de betabel joven y terroso, y una orquesta que tocaba todos los días durante el verano.

Una puerta se abrió y burbujas de jabón con aroma a lavanda flotaron hacia afuera junto con un grupo de chicas de mejillas sonrojadas con el cabello húmedo y rizado por el vapor. A través de una segunda puerta, Gisela divisó una enorme tina tamaño alberca que burbujeaba como un caldero. No estaba segura por dónde comenzar a buscar al chico de los ojos de dos colores, pero el área de hombres parecía un buen lugar para empezar.

Poco después, terminó en lo que estaba casi segura era un closet. Era difícil leer los letreros de las paredes estando tan cerca del suelo.

Gisela se apresuró a esconderse debajo de un banco de madera y cerró los ojos; su respiración se aceleró cuando un grupo de chicos desnudos pasó corriendo. Y bueno, tal vez abrió un ojo. Solo para asegurarse de que ninguno de ellos fuera el que la salvó.

No tenía más remedio que mirar. ¿Cómo se suponía que lo encontraría de otra manera?

Saltó hacia adelante, se asomó desde la pata del banco, y su mirada ascendió, subió y subió, más allá de los dedos de los pies, los tobillos, las pantorrillas, los músculos lisos de los muslos, y… aun si no encontraba a quien la salvó, había algunos chicos ahí con… muy buen aspecto.

Un movimiento repentino llamó su atención, pero no tuvo tiempo de reaccionar cuando el banco se deslizó hacia atrás con un chirrido y una gran sombra cayó sobre ella con un golpe estruendoso. El mundo se oscureció. Algo, una canasta tejida que se usaba para recolectar toallas húmedas, cayó sobre ella como una jaula.

—¿No tiene límites tu maldad? —le susurró una voz demasiado familiar.

Gisela dejó escapar un croac ofendido. *Kazik*. ¿Por qué no podía dejarla en paz?

El tejido de mimbre crujió como si estuviera a punto de romperse cuando él se recargó sobre la canasta, poniendo su peso encima.

—No creas que escaparás esta vez.

Gisela soltó otro croac, la versión rana de un insulto muy explícito. El sonido quedó ahogado por alguien que le habló a Kazik. Gisela guardó silencio al instante. Reconoció esa voz sorprendentemente grave. ¡Le pertenecía a él! Al chico que la había rescatado. Estaba casi segura.

—¿Necesitas ayuda? —preguntó el chico.

Gisela intentó mirar a través del tejido de la canasta. No pudo ver mucho: solo el vago contorno de unas piernas desnudas y el destello pálido de una toalla.

—No es nada —dijo Kazik, con un tono casi de asfixia—. Tiré las toallas. Yo me encargo.

—Puedes dejárselo a las chicas del aseo.

—Está bien. Yo lo haré.

—De verdad, ellas…

—¡He dicho que está bien! —gruñó Kazik, mordaz. No hizo esfuerzo alguno por levantarse ni cambió la incómoda posición con la que mantenía la canasta sobre Gisela.

Hubo una pausa larguísima.

Gisela esperaba que el chico estuviera lanzándole a Kazik una mirada muy rara. La mitad del pueblo, especialmente la generación más joven, pensaba que estaba loco, pues perseguía criaturas que no podían ver o en las que no creían.

Por fin regresó el movimiento y se oyeron unos pasos que se alejaban lentamente. La frustración le arañó la piel. El silencio le dijo que probablemente estaban solos. Sin pensarlo dos veces, y sin preocuparse por cómo se vería, Gisela volvió a transformarse a su forma humana.

Un destello plateado iluminó la habitación, seguido del sonido de una burbuja al estallar. Siempre era más fácil volver a su forma humana que transformarse en algo más. Su cuerpo se desplegó, sus extremidades se alargaron.

Kazik soltó un grito ahogado cuando una Gisela completamente desnuda emergió de debajo de la canasta de mimbre.

—¡Eres… eres una degenerada! —balbuceó escandalizado mientras su rostro pasaba por al menos cinco tonos de rojo.

Je. Era tan fácil irritarlo.

Kazik tomó una toalla del suelo y se la lanzó. Gisela la atrapó con una sonrisa burlona. Decidió aprovecharse de su vergüenza: agarró la canasta de mimbre y se la lanzó a la cabeza.

En menos de un suspiro, se paró, envolvió la toalla alrededor de su cuerpo y corrió desesperada hacia la puerta.

No llegó muy lejos.

Kazik se lanzó sobre ella y la abrazó de la cintura. Cayeron al suelo en un enredo caótico.

—¡Ay, ay, ay! ¡Suéltame! —protestó Gisela mientras lo golpeaba con el codo e intentaba zafarse. Se retorció y le jaló el cabello.

Kazik hizo lo mismo y empezó a jalarle el cabello, por lo que rodaron hasta que él la inmovilizó, y no de una forma divertida o sexy. Su rodilla presionó su estómago.

—¿Quieres morir? —le preguntó él, le costaba respirar.

—¡Ya estoy muerta! —se burló Gisela.

—Entonces muere como es debido esta vez. —Kazik levantó su brazo. Su voz sonó fuerte en el vestidor—. Príncipe celestial, concédeme la fuerza para enviar a esta insoportable, exasperante… —Su palma se llenó de una luz dorada intensa y llamas blancas surgieron entre sus dedos.

El corazón de Gisela se retorció del miedo.

—¡...espíritu maligno, al más allá! —Kazik llevó su mano hacia su pecho para canalizar la ira del cielo en un estallido letal de magia sagrada.

9
UN TRATO CON EL DIABLO

Gisela

Gisela cerró los ojos con fuerza y se preparó para el final, para el calor abrasador, el dolor agonizante.

Este no llegó.

Abrió un ojo con cautela. El fuego celestial que Kazik había invocado, el poder que había llamado, se apagó como una vela que se extingue por una ráfaga de viento.

Él miraba su palma con la boca abierta de incredulidad.

—¿Acaso tu exorcismo…? —la voz de Gisela bajó un tono— ¿Falló?

La mortificación y el asombro lucharon por el control del rostro de Kazik. Un rubor nuevo subió por su cuello y la punta de sus orejas ardió color rojo furioso. Sus lentes, que quedaron torcidos después de la pelea, colgaban de una de sus orejas perforadas.

—¿Quieres intentarlo de nuevo? —ofreció Gisela amablemente.

La mirada fulminante que Kazik le lanzó podría haber derretido una piedra.

—¡Dios mío! ¿Estás perdiendo tu magia? —exclamó, sentándose y empujándolo para quitárselo de encima mientras se recorría hacia atrás y se acomodaba la toalla con cuidado—. ¡Sabía que algo andaba mal cuando te quedaste paralizado así ayer! ¿Es por eso que has estado tan taciturno últimamente? ¿Hiciste algo malo, algo terrible? —le preguntó Gisela, que recordaba que Wojciech le había contado que la madre de Kazik había perdido sus poderes.

—Nada tan terrible como lo que te voy a hacer a ti —siseó Kazik y sacudió su muñeca mientras fulminaba con la mirada su mano, como si pudiera recuperar su magia con pura fuerza de voluntad.

Gisela sonrió al ver que nada sucedía.

—Todo esto es tu culpa —le dijo Kazik y se puso de pie.

—¿Mi culpa? ¿Cómo es mi culpa?

—¡Porque nunca tuve problemas con mis poderes hasta que te conocí! —Kazik hizo un gesto de frustración y se colocó los lentes de nuevo sobre la nariz. Se frotó la mandíbula, donde ella lo había golpeado con el codo. Su camisa estaba medio desabrochada; debió de haber estado cambiándose cuando la vio. Era típico de su mala suerte que hubieran coincidido ahí.

—Probablemente los santos perdieron la fe en mí porque he fallado en castigarte. Decidieron que no soy digno de su don porque te dejé libre para causar problemas y acechar a personas inocentes. ¡Me están castigando por tu culpa!

—Vaya, ¿en serio? Eso suena un poco extremo —comentó Gisela y se puso de pie. Volteó a ver hacia la puerta. Era su oportunidad de decirle algo burlón y coqueto antes de hacer una salida triunfal.

O…

Una idea peligrosa surgió en lo profundo de su mente. Una idea alocada. Una idea medio desesperada.

Pero *estaba* desesperada. Todos sus intentos torpes de conseguir que alguien la besara habían sido en vano. Una parte de ella comenzaba a pensar que quizá era demasiado repulsiva para ser amada, demasiado extraña.

¿Y si nunca le gustaba a nadie?

Ya había intentado llamar la atención de chicos y chicas con miradas coquetas, había intentado por su cuenta recuperar su humanidad y había fracasado, una y otra vez… o Kazik había interferido. Así que lo que más sentido tenía era intentar algo nuevo, ¿no? No podía hacer daño tomar un riesgo.

Kazik la vio con sospecha. Su cabello estaba alborotado en todas direcciones y tenía los ojos hinchados y ojerosos. Estaba cansada de pelear con él. Y quizá, tal vez, él también estaba cansado de pelear con ella.

—No creas que necesito la ayuda del cielo para terminar contigo —fingió Kazik—. Soy perfectamente capaz de estrangularte sin ayuda.

Gisela sonrió burlona. Sus intentos fallidos de destruirla le dieron valor para dar un paso hacia él, y después otro, disfrutando la forma en que él se tensaba, incluso mientras se negaba a retroceder.

Kazik estiró una mano hacia su bolsillo, en el que ella sabía que guardaba su rosario. Estaban frente a frente, prácticamente nariz con nariz. A Gisela le divertía que el feroz cazador de Leśna Woda midiera menos de uno setenta, justo como ella.

Kazik tuvo el descaro de soltar una exhalación dramática como si ella fuera la que estuviera trayéndole problemas a él y no al revés.

—¿Qué tal si… —Gisela se mordió el labio inferior— qué tal si hay una forma de garantizar que no cause más problemas?

Kazik la vio como si le hubiera salido una segunda cabeza.

—Ayúdame.

—¿Qué?

—Ayúdame a que un mortal me bese antes de que termine el verano. Hay un chico… emparéjame con él. Sé nuestro cupido. Ya te lo dije, todo lo que quiero es volver a ser humana. Solo intento recuperar mi vida.

Kazik soltó una risa áspera y desagradable.

—¿Otra vez con esa historia? Sigues soñando. Eso no es posible.

—Sí lo es —insistió Gisela—. Wojciech me lo dijo. El goblin acuático podrá ser muchas cosas, pero no un mentiroso.

Un pequeño surco apareció entre las cejas de Kazik. Su escepticismo tambaleó ante la implacable certeza de ella.

—Escúchame. Si recupero mi humanidad, entonces no tendré razones para causar problemas. Ni para hechizar a nadie. Podrás recuperar el favor del cielo. Tal vez tus santos incluso quieran que me ayudes. Por eso tu magia falló cuando intentaste atacarme.

Kazik no estaba impresionado con su lógica.

—Eso es ridículo.

—Ayer te ofreciste a ayudarme.

—Me ofrecí a exorcizarte.

—Y mira cómo resultó eso. ¿Sabes…? —Gisela se llevó un dedo a la barbilla, pensativa—. Me pregunto qué harían todos los demás espíritus y demonios si se enteraran de que estás teniendo problemas para realizar un simple exorcismo, ¿eh?

La mandíbula de Kazik se tensó. Gisela esperaba que entendiera lo vulnerable que era sin los poderes divinos que lo protegían.

—¿Me estás amenazando?

—¿Por qué iba a amenazar a la persona que va a ayudarme? Vamos —añadió al ver su expresión seria—, esto terminará igual de todas maneras, ¿no? Me ayudas, te deshaces de mí, y ambos salimos ganando. ¿Qué no tienes que ayudar a cualquiera que te lo pida? —dijo en un tono persuasivo—. ¿No es esa una de tus reglas sagradas?

Kazik parecía molesto de que ella supiera tanto.

—No cuenta si la persona que lo pide no es humana.

—¿Y quién decidió eso? Eso no es justo. Una vez fui humana. Puedo serlo otra vez. Solo quiero recuperar la vida que me arrebataron. No es como si hubiera elegido terminar así. No me desperté un día y decidí ahogarme para atormentar a tu estúpido pueblo. Tengo un hogar: una familia. No quería morir.

Los ojos de Kazik se entrecerraron detrás de sus lentes, mostró una emoción indescifrable que duró un instante y luego desapareció. Aspiró aire entre los dientes y exhaló con las fosas nasales dilatadas. Pasó un momento en el que no dijo nada, y Gisela contuvo el aliento al darse cuenta de que quizá estaba considerando aceptar su propuesta.

—¿De verdad deseas recuperar tu humanidad?

—¡Sí!

—¿Y todo lo que necesitas es un beso?

—¡Sí!

—Y si acepto ayudarte, ¿dejarás de hacerle daño a las personas? Nada de seducir a inocentes. No más llevar gente al río. Sin trampas.

—Sí, sí, sí. Ya lo dije —dijo Gisela y extendió la mano para sellar el trato—. ¿Entonces, tenemos un acuerdo?

Kazik hizo una mueca y vio la mano que le ofrecía como si fuera una serpiente venenosa. Lanzó una mirada al cielo, como si rezara por intervención divina, pero al no recibir respuesta, finalmente, de mala gana, se armó de valor, tomó su mano y la estrechó.

10
LA MUERTE NO ES LIMPIA

Kazik

Kazik se fue directo a su casa después de los baños y le rezó a todos los santos cuyos nombres pudo recordar.

Pidió que lo guiaran.

Pidió respuestas.

Pidió una explicación del por qué su magia lo había abandonado cuando intentó exorcizar a Gisela.

No podía entenderlo. No tenía sentido. Él no era como su madre. No había estado abusando de sus poderes… al menos no que él supiera. Sabía que no estaba completamente libre de pecado. Se había confesado por sus pecados con suficiente frecuencia y era usual que se sintiera culpable incluso por las cosas más pequeñas. Pero, aunque el cielo estuviera molesto con él, no creía haber hecho nada tan terrible como para merecer este tipo de castigo divino. Su don era una parte tan intrínseca de él que no podía imaginar perderlo.

Le gustaba tener el poder de ayudar a las personas. Le gustaba saber que podía hacer la diferencia, que protegía a los demás.

Entonces, ¿qué estaba pasando? ¿Una pérdida temporal de sus habilidades? ¿Quizás estaba cansado? O como dijo Gisela… ¿querían los santos que la ayudara?

Si era así, estaban sospechosamente callados al respecto. No le ofrecieron respuestas ni esa noche ni la siguiente. Tal vez esto era una prueba, y tenía que mostrar ser digno de la magia que le habían permitido tener. Definitivamente sentía que lo estaban poniendo a prueba, como si estuviera al borde de un precipicio y un paso en falso lo fuera a lanzar al abismo de la condena eterna.

Su abuela habría dicho que eso era lo que significaba tener fe, creer que un poder superior tenía un plan para ti incluso cuando tu vida se estaba desmoronando. Su abuelo, por otro lado, probablemente lo habría animado a ayudar a Gisela. Finalmente, Kazik recordó la vieja leyenda que Zuzanna había mencionado, la del monje que salvó el alma de una ninfa acuática y la ayudó a recuperar su humanidad al atarle su cruz al cuello y prometer casarse con ella.

Todo sonaba muy improbable y vagamente blasfemo. ¿Un hombre que renunció a la iglesia y eligió amar a un monstruo? ¿Un espíritu malvado transformado por amor? El amor parecía ser un tema recurrente. En otros cuentos, la ninfa acuática se convertía en la esposa del goblin acuático y gobernaba el río junto a él por toda la eternidad.

Kazik deseaba saber qué hacer. Deseaba que alguien le dijera qué hacer, que le dijera qué era correcto en esta situación.

Se pasó una mano por el cabello y frunció el ceño. Su mano, y ahora su cabello, estaban cubiertos de tierra del cementerio. Normalmente no le importaría. A menudo visitaba el viejo cementerio junto al parque. De niño jugaba ahí a la casita, con Zuzanna, entre las tumbas y las plantas, mientras Babcia recogía flores y tierra para usar en sus rituales, como él hacía ahora.

Solo que ahora era la Semana de las Rusalki, fechas para honrar la vida y la muerte, y el cementerio estaba tan lleno como había estado el Día de Todos los Santos, cuando todo el mundo acudía con velas y rosarios para cuidar las tumbas de sus ancestros. Hoy, coloridos tapetes de picnic cubrían el pasto entre los monumentos y las lápidas. La gente había ido a comer con los difuntos, a compartir bebidas con los que ya se fueron.

Sintió las miradas cuando una familia pasó cerca, como si no hubiera llamado ya suficiente la atención cuando arrastró a Gisela fuera de la plaza del mercado la otra noche. Kazik bajó la cabeza e intentó desesperadamente no sonrojarse cuando Adam, un chico guapo de la iglesia que lo había besado una vez como experimento, levantó las cejas al verlo cavar en la tierra junto a una lápida cubierta de musgo.

¿Por qué era esta su vida?

Algunos días, Kazik se consolaba pensando en lo aburridas y ordinarias que debían de ser las vidas de los demás. Otros días, envidiaba tanto su capacidad para vivir vidas normales que el sentimiento amenazaba con consumirlo.

Al menos esa esquina del cementerio estaba relativamente vacía. Las lápidas ahí estaban desgastadas y desmoronadas, cubiertas de musgo verde vibrante y sombreadas por los árboles. La maleza brotaba del suelo húmedo donde estaba arrodillado. No había ramos de flores marchitas ni velas funerarias. Tampoco había señales vagamente ominosas como en las secciones más nuevas del cementerio, con advertencias escritas en cursiva: *Este será tu lugar en el futuro, así que cuídalo bien.*

Ya no quedaba nadie que visitara y limpiara esas tumbas desde hace mucho, mucho tiempo.

Kazik pasó los dedos por la inscripción de una de las lápidas para quitar una capa de tierra y líquenes. Los vellos de la nuca se le erizaron, y apretó los dientes contra una repentina oleada de paranoia.

Trató de sacudirse la sensación de que algo estaba mal, de ignorar la inquietante impresión de ser observado. Podría no ser nada. Tal vez alguien más lo había visto… uno de los chicos que solían burlarse de él y llamarlo niña por recoger hierbas y flores con su abuela.

Entonces, ¿por qué de repente se sentía tan inquieto?

Metió la mano en su bolsillo y sacó su rosario.

—Deja de esconderte —dijo en voz baja— y muéstrate antes de que me enoje.

Durante varios momentos no pasó nada. A la distancia, pudo escuchar el alegre murmullo de los habitantes del pueblo que vivían sus picnics en completa normalidad. Entonces, un crujido sonó en algún lugar detrás de él.

No.

Encima de él.

Kazik levantó bruscamente la cabeza, y estuvo a punto de abandonar este mundo para siempre al ver un rostro pálido que lo miraba de entre las ramas frondosas. Dio un salto hacia atrás y un grito vergonzoso, lo que hizo que sus hombros chocaran contra otra lápida desmoronada.

Gisela rio.

—Vaya. Deberías relajarte un poco.

Estaba acostada en una rama robusta, con la espalda apoyada en el tronco del árbol. Como siempre, su largo cabello negro y su vestido blanco y fantasmagórico parecían ligeramente húmedos, como si acabara de caminar bajo la lluvia. En su regazo, utilizaba flores botón de oro para hacer una corona verde y dorada.

—¿Fui demasiado obvia?

—¿Qué haces aquí?

—Siempre tan hostil. ¿Me creerías si te dijera que te extrañé?

—No eres mi tipo.

—Qué lástima. ¿Y tú qué haces aquí? —preguntó Gisela y miró con curiosidad la pequeña pila de tierra del cementerio que traía Kazik.

—No es asunto tuyo.

—Vamos, no seas así. Sé que te gusta cuando vengo a verte. Prácticamente soy tu única amiga. Necesitas relajarte, Kazik. ¿Cuándo fue la última vez que hiciste algo divertido? No puedes pasar toda tu vida enojado, peleando contra espíritus malignos.

Kazik no se dignó a responder. Principalmente porque, de hecho, pasaba la mayor parte de su tiempo enfurruñado y peleando contra espíritus malignos. Frunció el ceño.

Gisela balanceó las piernas sobre la rama y movió despreocupada sus pies descalzos, mostrando mucho más de su suave pierna de lo que debería permitirse.

Kazik desvió la mirada apresuradamente. Le molestaba que ella pudiera sentirse tan cómoda a su alrededor. Era como si no lo considerara una amenaza.

Pero no lo era, ¿verdad? No ahora que su magia fallaba. La certeza le dolió.

—¿Pensaste que era un espíritu del bosque? —preguntó Gisela—. ¿Un bies? Deben adorarte. Un mortal con poder divino en su sangre. Eres como un delicioso bocadillo. Piensa en el caos que uno de esos demonios podría causar si te devorara o si poseyera tu cuerpo.

Kazik resopló y presionó una mano contra su clavícula, donde un medallón ovalado descansaba cálido sobre su piel. Fue un reflejo. La medalla de San Jacinto era solo una de las muchas protecciones espirituales que usaba para cuidarse contra ese tipo de posesión.

—No te preocupes —lo tranquilizó Gisela—. Yo te cubro la espalda. Ahora somos un equipo. Conmigo aquí, nadie más se atreverá a tocarte.

Kazik la miró impasible.

—¿Estás segura de eso? Por lo que he oído, las ninfas acuáticas no son precisamente poderosas.

El mundo espiritual tenía una jerarquía. Los espíritus y demonios más fuertes y peligrosos eran los espíritus de la naturaleza, como el wodnik y el leshi, seres antiguos que alguna vez fueron adorados como dioses. Eran más poderosos de lo que podía imaginarse y gobernaban a las creaturas menores que habitaban en sus dominios. Los demonios de rango medio incluían a los feroces biesy y a los diabólicos chorts. Las creaturas de rango más bajo eran aquellas que alguna vez habían sido humanas: los muertos impuros, como las estriges chupasangre, los ígneos ogniki, y, por supuesto, los utopiecs y las rusalki, los ahogadores y las ninfas acuáticas.

—¿No es este —Kazik señaló el bosque que iba más allá de los terrenos sagrados del cementerio— técnicamente el dominio de Leszek? —El leshi residente de Leśna Woda, el gobernante de sus bosques, era territorial y caprichoso por naturaleza, tan propenso a extraviar excursionistas como a ayudar a un niño perdido entre los árboles—. Tal vez deberías preocuparte más por protegerte a ti misma.

Gisela resopló.

—Algunos espíritus podrían menospreciarnos porque alguna vez fuimos humanas, pero eso no significa que seamos débiles.

Sacó de su bolsillo un peine color blanco hueso y lo pasó por el aire, lo que materializó un gran chorro de agua cristalina, que después hizo bailar como un listón.

A pesar de sí, Kazik estaba impresionado. Gisela manejaba el agua como si fuera una extensión de sí misma, otra parte de su cuerpo.

A veces olvidaba lo hermosa que podía ser la magia de los espíritus.

Gisela bajó el peine y dejó que el agua cayera como lluvia.

—Nosotras tenemos nuestra propia magia. Podría invocar suficientes olas para inundar todo este cementerio. En cuanto a de quién es este territorio… Wojciech y Leszek tienen una tregua. Puedo ir a donde quiera.

—Y viniste aquí. ¿Por qué?

—¿Por qué crees? ¿Por qué estás recogiendo tierra de las tumbas?

—Porque una madre preocupada me pidió deshacerme del joven indeseable con el que está saliendo su hija.

Los ojos de Gisela, de un rojo vino, se abrieron de par en par.

—¿Vas a matarlo?

—¿Qué? No. Yo… La tierra es para un hechizo que hará que la chica pierda interés en él.

—Eso no es tan efectivo. Pero ya que decidiste compartir algo conmigo, supongo que es justo que yo también lo haga. Estoy aquí porque alguien me ha estado evitado últimamente.

Kazik tuvo la decencia de parecer culpable.

Maldita sea su conciencia. Y maldita sea Gisela.

—Espero que no hayas olvidado nuestro trato. Me prometiste que serías mi cupido, ¿o romperás tu palabra?

Siendo completamente honesto, Kazik admitió que solo había aceptado ayudarla para ganar tiempo, para averiguar por qué su magia había fallado cuando trató de exorcizarla. Así podría exorcizarla la próxima vez. Le sorprendía que ella realmente fuera a cumplir con su parte del profano trato. Habían pasado dos días enteros sin incidentes: ninguna otra chica había sido encontrada vagando aturdida por la orilla del río. No se tenían nuevos reportes de posibles ahogamientos.

Así no era como debían funcionar las cosas. Él no negociaba con espíritus malignos. Su deber era eliminarlos, castigarlos y evitar que causaran daño. No debía ayudar a una creatura como Gisela.

Pero quizá quedaba un rastro de humanidad en ese oscuro corazón suyo. Empezaba a sentir una especie de deber moral de cumplir su parte del trato también. Era un hombre de palabra.

—Dijiste que me ayudarías —insistió Gisela—. No puedes hacer tratos con espíritus a la ligera.

Una parte de Kazik tenía ganas de seguir peleando con ella solo por el gusto de hacerlo; aún no creía que un simple beso pudiera convertirla en humana. Pero era más fácil complacerla. Con un suspiro, se resignó a su destino. Valía la pena intentarlo, aun si era solo para mantenerla alejada de los problemas, además, como ella había dicho, las consecuencias de romper su trato podrían ser fatales. Gisela podría ir con el goblin acuático a contarle todo.

Kazik no solía retroceder ante una pelea, pero tampoco era tan tonto como para empezar una con Wojciech si podía evitarlo. Tenía que confiar en que el cielo tenía un plan, que había cosas más grandes en juego.

—Entonces, ¿quién es la desafortunada víctima de tus afectos esta vez? Ese pobre idiota al que quieres besar.

Por lo que había deducido, Gisela era increíblemente superficial y solía ir tras chicos altos y atractivos con hombros anchos, o chicas geniales con cortes de cabello andróginos. No discriminaba por género, pero Kazik tampoco.

—Tiene un corazón bondadoso —dijo Gisela, y jugó con sus dedos con la corona de flores que había estado tejiendo.

Las cejas de Kazik se alzaron.

—Y es alto, musculoso, y tiene unos hombros realmente bonitos…

Ahí estaba.

—Probablemente lo conoces. Me rescató del círculo de tiza en el que me atrapaste.

—¿Que hizo qué?

—Aunque, bueno —continuó Gisela sin inmutarse—, en ese momento pensaba que yo era una rana.

Kazik se mostró perturbado. Si ese chico había estado en su casa… ¿significaba que Kazik lo conocía? Espera, si había sacado a Gisela del círculo de tiza en la sala, ¿cómo había entrado? ¿Acaso había olvidado cerrar la puerta principal otra vez? Zuzanna lo iba a matar.

—No sé su nombre —dijo Gisela—, pero si vuelve a buscarte… —Le mostró la corona de flores a Kazik— Puedes presentármelo. Habla de mis mejores cualidades: «Ella es mi dulce y querida amiga Gisela. Es tan amable. Tan bonita. Es…».

—Un demonio frío y despiadado.

—Eso podría atraerle a alguien, en realidad. Es como cuando los otros espíritus dicen cosas sobre ti. Vaya, ese malvado exorcista. Tan peligroso. *Tan sexy.*

Kazik mantuvo su expresión furiosa e impasible, pero sabía, por la sonrisa de Gisela, que no había logrado del todo evitar el rubor que ardía en sus mejillas.

Dios, esa sonrisa. Un estallido de fuego sagrado la borraría de su rostro. Antes de pensarlo, empezó un encantamiento y la magia dentro de él se encendió con las palabras. El calor se extendió por sus venas, pero un latido después, como la última vez, se escurrió, perdió el control. Le costó todo su autocontrol no gritar al cielo.

¿Por qué? Solo, «¿por qué?».

«¿Por qué me has abandonado?».

Kazik apretó los dientes.

—No me había dado cuenta de que necesitabas ese tipo de ayuda. ¿No que eras una experta en seducir a la gente?

—¿Qué? —Gisela batió sus pestañas—. ¿Has caído víctima de mis encantos?

—No te adules.

—¿Ves? Claramente mis métodos no son suficientes. Dame tus mejores consejos, esos que usas para seducir chicos turistas.

Kazik se atragantó con el aire. Después de un estallido de tos, sonrojado, dijo:

—¿Cómo sabes tú sobre…?

—¿Tus citas clandestinas? —terminó Gisela con una carcajada.

—Olvídalo. No respondas. No quiero saberlo. Y no te atrevas a decirle a nadie.

—¿Kazik? —Una voz habló detrás de él.

Kazik sintió que su alma intentaba abandonar su cuerpo. Gisela entrecerró los ojos para ver desde su rama al dueño de aquella voz. Su rostro se iluminó con emoción, de una forma que indicaba que este bien podría ser el humano que había elegido como objetivo.

No.

Ay, Dios, por favor, no.

Quizá había escuchado mal la voz. Quizá estaba imaginando cosas. Era todo el estrés de esta situación desastrosa. Tal vez no era *él*.

Kazik se volteó y vio a la última persona que quería ver: Aleksey, parado a unos pasos de distancia, mirándolos con una sonrisa.

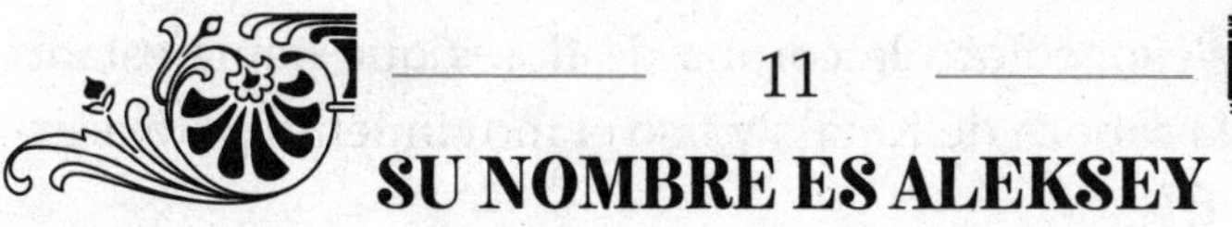

11
SU NOMBRE ES ALEKSEY

Gisela

Gisela saltó de su rama y aterrizó junto a Kazik con una gracia sobrenatural. ¡Era él! El chico que la había liberado del círculo mágico de Kazik. Sus ojos eran tan cautivadores como los recordaba: el derecho, de un azul cielo perfecto; el izquierdo, de un brillante verde bosque. Llevaba una camisa suelta de lino metida en unos pantalones cafés, y su cabello desordenado, rubio miel, estaba perfectamente despeinado. Era difícil no mirarlo.

No estaba mentalmente preparada para esto. No se había vestido para esto. Por todos los santos, ¿se veía bien? ¿Parecía humana? ¿Había aplicado suficiente polvo y rubor a su piel? ¿Estaba escondido el tono rojizo antinatural de sus ojos bajo las sombras de los árboles del cementerio? No podía hacer nada por su cabello perpetuamente húmedo. ¿Le creería si decía que acababa de salir de uno de los baños?

Maldición.

¡Ni siquiera traía zapatos!

—Aleksey —Kazik apenas le echó un vistazo a la figura celestial que los había honrado con su presencia; lo saludó de la forma más desganada posible. Si el destino de Gisela no dependiera de causar una buena impresión, le habría dado una patada.

En lugar de eso, colocó la corona de flores que había estado tejiendo sobre la cabeza de Kazik, y usó el movimiento para acercarse y susurrar:

—Preséntame.

Kazik se puso tenso. Sus rostros estaban tan cerca que casi se tocaban las narices. «No arruines esto para mí», le gritó Gisela con la mente.

—¿Estoy interrumpiendo algo? —Los ojos dispares iban de uno al otro, examinándolos.

—¿Qué? ¡No! ¡Por Dios, no! —dijeron a coro Gisela y Kazik, y se separaron de golpe, horrorizados. Kazik empezó a quitarse la corona de flores de la cabeza.

—¡Vaya, pero se ve tan bonita! —Las palabras salieron de la boca de Gisela antes de que pudiera detenerse—. ¿No crees que se ve lindo? —dijo y le echó una mirada juguetona de reojo a su acompañante, para tantear el terreno.

Aleksey —¡Su nombre era Aleksey!— le supo seguir la corriente. Sus ojos brillaron con picardía. Un hoyuelo apareció en su mejilla.

—Muy lindo. Tan lindo que dan ganas de devorárselo.

Gisela parpadeó, sorprendida por el tono de cariño en su voz. Kazik, por su parte, se puso rojo como un tomate. Je. Era tan fácil hacerlo enojar.

—Tú estuviste en mi casa —dijo Kazik entre dientes— y dejaste escapar a la maldita rana.

—¿Ah, sí? ¿Cómo lo supiste? —La sonrisa de Aleksey era completamente descarada. Era como el sol, radiante y luminosa, al lado de la nube de tormenta enfurecida que era Kazik. La diferencia de altura entre ellos era casi cómica: Kazik, bajo y delgado, mientras Aleksey era alto y robusto.

—Fue un gesto muy amable —intervino Gisela—. Estoy segura de que la ranita estuvo muy agradecida.

—Estaba preocupado por lo que Kazik pudiera hacerle. —Aleksey se acercó con las manos en los bolsillos y rodeó una lápida para unirse a ellos. Se inclinó hacia Gisela y fingió susurrar—. Kazik y su abuela solían sacrificar ranas para invocar la lluvia.

—¡No! —Gisela exclamó teatralmente y se llevó una mano al pecho—. ¡Esas pobres creaturas! —Le lanzó a Kazik una mirada de reojo con los ojos entrecerrados. Más les valía que hubieran sido ranas de verdad y no alguna otra creatura disfrazada—. Si querías que lloviera, podrías haberle pedido a una willa que... —Se detuvo de golpe. ¿Era normal decir algo así? ¿Una chica humana común sabría acerca de las ninfas que vivían en las nubes? Tenía que recordar cómo ocultar su verdadera naturaleza—. Podrías haber rezado para que lloviera —terminó con prisa.

Por suerte, Aleksey parecía no haber notado su torpe autocorrección. Gisela estaba casi segura de que escuchó a Kazik exhalar aliviado.

—Algunas chicas lo llaman Asesino de Ranas —le dijo Aleksey.

—Como es debido. —Gisela cruzó los brazos.

Kazik parecía estar debatiendo a quién de los dos estrangular primero. La corona de flores seguía olvidada y torcida sobre su cabeza.

—¿Ya terminaron?

—¿Vas a hacer más magia hoy? —preguntó Aleksey—. Ah, estás recogiendo tierra de las tumbas.

—Está preparando una maldición para deshacerse del novio indeseado de alguien —dijo Gisela.

—Eso no es... Yo no le lanzo *maldiciones* a la gente —gruñó Kazik y frunció el ceño.

Aleksey intercambió una mirada cómplice con Gisela.

—También es lindo cuando está enojado, ¿verdad?

—¿Verdad que sí? —Gisela enrolló un mechón de cabello alrededor de su dedo. Esta vez fue ella quien se inclinó hacia él. Aleksey olía tan dulce como la primavera, como algo verde y vivo—. Parece que sabes mucho sobre él.

—Oh, sé todos los secretos vergonzosos de Kazik.

Kazik dejó escapar un sonido ahogado.

—Fuimos a la escuela juntos —explicó Aleksey.

Oh.

Vaya, eso era perfecto. Gisela se felicitó mentalmente. Había sido una idea increíble reclutar a Kazik para su causa. Podría contarle todo sobre Aleksey: qué le gustaba hacer para divertirse, su color favorito, el tipo de personas que le atraían. Podría decirle exactamente cómo conquistarlo.

—No quiero ser grosero —dijo Aleksey—, creo que no nos han presentado, ¿verdad? —Su tono se elevó al final, lo que transformó la frase en una pregunta. Su mirada se dirigió a Kazik.

Gisela carraspeó fuerte.

Una expresión de dolor cruzó el rostro de Kazik. Por un segundo, Gisela se preguntó si estaba a punto de echarse para atrás respecto a su acuerdo.

—Ella es Gisela —dijo finalmente—. Es mi…

—Amiga. —Ahora que conocía los crímenes del cazador contra las ranas, no tenía tantas ganas de ser su amiga, pero valía la pena por ver cómo su expresión se agriaba—. Una amiga muy querida —añadió, solo para hacerlo retorcerse.

Las cejas de Aleksey se alzaron. Parecía estar a punto de decir algo más, pero alguien lo llamó.

Los tres voltearon. Al final del sendero cubierto de maleza que serpenteaba entre las tumbas, se encontraba parada una chica pálida, tan delgada como un suspiro. Sostenía una canasta de picnic de mimbre y una sombrilla de encaje. Y como llevaba puesto un vestido blanco ligero, podría haber sido confundida con otra ninfa acuática.

—Ah —dijo Aleksey.

Gisela alisó su vestido, consciente de la forma en que la otra chica los observaba a ella y a Kazik, con los ojos entrecerrados bajo el sol. La chica hizo un gesto impaciente con la sombrilla, indicándole que se acercara.

Aleksey se ajustó el cuello de la camisa.

—Creo que mis amigos están ansiosos por empezar a comer.

—¿Vas a hacer un picnic en el cementerio? —dijo Gisela con envidia.

—Los invitaría a ambos, pero sé cuánto odia Kazik socializar —Aleksey se quedó un segundo más, con los pies plantados en el suelo, como si le costara irse. Finalmente, pareció sacudirse ese sentimiento—. Fue un placer conocerte, Gisela. Espero que nos veamos de nuevo.

Mientras se alejaba, se despidió de Kazik con un pequeño asentimiento que Kazik devolvió.

—¡Yo también espero que nos veamos de nuevo! —le gritó Gisela.

Aleksey volteó hacia atrás, con una expresión que oscilaba entre la curiosidad y la confusión, su mirada se detuvo en ella, como si fuera un rompecabezas que no lograba descifrar del todo.

—Creo que le gusto —le susurró Gisela a Kazik.

Él no la escuchaba. Seguía mirando hacia donde Aleksey se había ido y se veía inusualmente pensativo, incluso para sus estándares.

En silencio, observaron cómo Aleksey insistía en cargar la canasta de picnic de su bonita amiga. Su *muy* bonita amiga.

—¿Será un obstáculo para llamar su atención? —preguntó Gisela al mismo tiempo que Kazik decía:

—Es solo su amiga. No te atrevas a intentar lastimarla.

Se miraron el uno al otro.

Kazik dejó escapar un suspiro profundamente resignado.

—¿Cómo supe que eso era exactamente lo que estabas pensando?

—¿Ahora puedes leer la mente? ¡Oh! ¿Estás recuperando tus poderes? ¿Ves? Sabía que tu Papá del Cielo te perdonaría si me ayudabas.

—Por favor, nunca vuelvas a llamar a Dios así. —Kazik se pasó una mano por la frente—. Gisela, no creo que…

—Dímelo después —lo interrumpió ella—. Necesito rehidratarme.

—¿Ahora?

—Sí, ahora.

El sol del mediodía era como un beso ardiente sobre la coronilla de su cabeza. Había una razón por la cual las ninfas acuáticas preferían salir del río a horas tardías o tempranas, al amanecer o al anochecer. Gisela empezaba a sentirse un poco mareada por el calor, y su cabello comenzaba a secarse. Necesitaba volver al río o encontrar agua para bañarse en otro lugar.

—¿Triste de verme partir? No temas, no iré lejos. No creas que esto ha terminado. ¡Tenemos que planear qué hacer a continuación!

12
UN PICNIC EN EL CEMENTERIO

Aleksey

—¿Quién era esa chica, la que estaba con Kazik?

—No tengo ni idea. —Aleksey se dejó caer sobre la manta de picnic, frente a Roza; ella la había extendido sobre el césped, debajo de un nogal que protegía las lápidas—. Dijo que era su amiga.

—¿Ahora tiene amigos? —Roza alisó los olanes de su vestido—. Pensé que habías dicho que él estaba por encima de las conexiones humanas. Dijiste que era difícil acercarse a él.

—Lo es.

Era raro ver a Kazik con alguien que no fuera su prima. Emitía una energía tan fuerte de *no me hables* que la mayoría de la gente se sentía demasiado intimidada para acercarse. Evitaba las fiestas y los bailes, cualquier tipo de reunión social. Siempre mantenía su guardia alta. Incluso Aleksey, que se había ganado una reputación como alguien amable y accesible, no había logrado hacerse su amigo. Todos sus intentos habían fracasado.

Pero la victoria no se lograba de la noche a la mañana y Aleksey estaba dispuesto a librar tantas batallas como fueran necesarias para lograr sus objetivos, para obtener lo que quería.

Y a quien quería.

Siempre le habían gustado los desafíos.

—Tal vez yo tendría más suerte —dijo Roza y se metió un mechón de cabello entre blanco y dorado detrás de la oreja—. Puedo ayudar. Puedo acercarme a él por ti.

Aleksey no tuvo oportunidad de rechazar la oferta antes de que el resto del habitual grupito de amigos se uniera a ellos: Kana y Kamil, de Villa Jasmin; Adam, de Villa Violetta; y Hanna, de Villa Lilia. Las hijas los hijos bien alimentados, consentidos y, lamentablemente, malcriados de las familias propietarias de los baños mágicos de Leśna Woda.

Aleksey sonrió por instinto e inmediatamente lo cubrieron de besos y abrazos. Los chicos sacaron lo que había en las canastas. Las chicas se pusieron a desenvolver la comida. El papel encerado crujió al ser abierto bajo sus «¡ohs!» y «¡ahs!»: pan recién horneado, galletas de lavanda y esponjoso pastel de miel y limón. Había ensalada de pepino y crema agria, papas cocidas, pequeños sándwiches cortados en triángulos, salchichas frías, ruedas de queso ahumado. Las ramas del nogal danzaban y dejaban caer flores pálidas que, con la brisa, caían en espiral hacia abajo, fragantes y suaves como la nieve, decorando el festín.

—Lo estás arruinando —se quejó Hanna y apartó juguetonamente las manos de Adam, quien intentaba robar algunos de los frutos rojos que ella estaba organizando con mucho arte sobre una bandeja de plata.

Aleksey vio su propio rostro reflejado en el metal y parpadeó, sin reconocerlo por un momento.

—¡Listo! —dijo Hanna.

—¿Ya podemos comer? A comer —insistió Adam y se sirvió una jugosa frambuesa roja.

—¿Quieres una almohada, Aleksey? —preguntó Kana y sacó algunos cojines con borlas de seda de otra canasta de mimbre para que todos pudieran acostarse. Se acomodó junto a él y se sentó tan cerca que sus brazos rozaron.

Roza frunció el ceño, disgustada.

Aleksey solía encontrar entrañable el toque posesivo de Roza, pero deseaba que intentara esconder un poco más lo que sentía. No podían permitirse ser descuidados.

Colocó un cojín detrás de él y se recostó sobre sus codos, volteó a ver hacia arriba, a las ramas que proyectaban sombra sobre el picnic. Normalmente se habría metido de lleno en la actividad, participando, disfrutando del juego, del engaño, habría probado todos los alimentos distintos y saboreado cada nuevo sabor y textura. Siempre había tenido un apetito voraz. Pero hoy estaba distraído. Su mente volvía a la esquina más antigua del cementerio, a Kazik y la extraña chica que estaba con él, que había declarado ser su amiga.

Gisela.

No era un nombre con el que estuviera familiarizado, y, sin embargo, estaba casi seguro de que se habían conocido antes. La había visto en alguna parte. Pero ella no pareció reconocerlo, lo cual era extraño.

—Vi a Kazik desenterrando una tumba hace rato —dijo Kamil, casualmente, mientras masticaba un trozo de pastel.

Aleksey se distrajo de sus pensamientos.

—¿Qué? —Roza miró hacia arriba— ¿Eso era lo que estaba haciendo? ¿Por qué?

—¡Dios mío! —Hanna agitó un sándwich a medio comer, su espeso cabello castaño rojizo cayó sobre sus hombros—. ¿Te acuerdas de aquella vez que puso tierra de tumba debajo de la almohada de Aśka? Porque su madre quería que rompiera con algún chico —preguntó Hanna y le dio un pequeño codazo a Roza—. ¿No lo recuerdas?

Roza hizo una expresión deliberadamente pensativa. Aleksey pudo notar que estaba concentrada, intentando recordar.

—Claro, lo recuerdo. Aleksey, ¿no vas a comer? —preguntó, cambiando hábilmente de tema.

Aleksey se sentó y tomó un puñado de cerezas para satisfacerla. A su alrededor, la conversación continuó y media docena de voces se unieron:

—¿Quién estaba desenterrando tumbas?

—Kazik. ¿Quién más? Esa familia es rara en todos los aspectos.

—Mis padres dicen que son un fraude, que se aprovechan de la gente vulnerable.

—El padre Pawel dice que son igual que las brujas.

—No son brujas. Ni fraudes.

Los ojos de Aleksey se entrecerraron ligeramente. Fue Adam quien habló. El chico se incorporó, un rizo de cabello tan negro como la noche cayó sobre su frente. Decir que Adam era atractivo era quedarse corto. Era alto y delgado con piernas largas y sus ojos tenían un tono ámbar miel, un contraste nítido con el moreno profundo de su piel.

Si alguien había llegado a acercarse a Kazik, ese era Adam. No tenía reparos en hablar de sus conquistas.

—No piden dinero por sus servicios —dijo Adam—. Conocen todo tipo de remedios populares y saben mucho sobre los espíritus. Kazik es solo intenso.

—¿Solo intenso? —interrumpió Kamil—. Parece que piensa que todos estamos por debajo de él. Como si fuera demasiado santo para nosotros.

Adam lo ignoró.

—Mucha gente cree en esas cosas antiguas o simplemente son supersticiosos. Mi padre hizo que la abuela de Kazik enterrara amuletos alrededor de Villa Violetta para mantener alejadas las energías malignas. Colocó hierbas consagradas junto a todas nuestras puertas para protegernos. ¿No les pidió a tus padres que hicieran lo mismo? —dijo Adam.

Kamil no respondió, pero Hanna intervino.

—Supuestamente mi tío ha visto cosas extrañas en sus paseos de senderismo. Siempre deja una ofrenda para el Abuelo Bosque cuando va a cazar: pan y grano en un tronco. Y siempre me advierte que no maldiga ni silbe demasiado fuerte cuando buscamos setas, para no ofender a nadie o a nada…

—Inteligente —dijo Roza—, el leshi no es amable con aquellos que no respetan la naturaleza.

—Nuestra niñera solía decir que había un pequeño skrzat, un gnomo, que vivía detrás de nuestra estufa —añadió Kana—. Decía que quemaría la casa si Kamil y yo no limpiábamos y no rezábamos por la mañana.

Aleksey sonrió mientras mordía una cereza y guardó el hueso en su mejilla mientras hablaba.

—¿Lo llegaste a ver?

Kana se rio. Era un sonido bonito, como una campanita.

—Solo estaba inventando cosas para asustarnos y que nos comportáramos. Pero tú has estado dentro de la casa de Kazik, ¿verdad? ¿No te llevó tu madre para una sanación el año pasado cuando estuviste enfermo?

La primavera pasada, Aleksey había sido víctima de una enfermedad repentina que lo dejó en cama con fiebre y fatiga. Incluso los mejores médicos estaban desconcertados.

Kana entrecerró los ojos, miró a Aleksey a través de sus espesas pestañas y movió las cejas de forma juguetona.

—¿Cómo fue? He oído que Kazik puede eliminar el dolor con un susurro.

Aleksey se encogió de hombros.

—No lo sé. Mi madre quería llevarme para una sanación, pero la abuela de Kazik estaba mal en ese momento, así que no estaban atendiendo pacientes.

Y la fiebre de Aleksey finalmente cedió. Poco a poco se recuperó, y una nueva forma de existencia se arraigaba dentro de él. Después, su madre dijo que parecía un niño diferente: pálido y delgado por la fiebre, pero con una nueva determinación en su mirada.

—Dudo que pudieran haberte ayudado —dijo Kamil.

Aleksey asintió con la cabeza. También lo dudaba. Mordió una segunda cereza, hundió sus dientes en la fruta roja y crujiente.

—No son todopoderosos.

—No son doctores —dijo Kana—. O sea, el sanar por fe es un tema fascinante, pero como dijo Adam, es sobre todo superstición, ¿no?

Esto desató una discusión en el grupo: Hanna intervino para discrepar, pero Kamil estuvo de acuerdo con lo que su hermana había dicho. Después de la guerra, hubo un impulso por abrazar lo racional sobre lo místico. Los avances tecnológicos estaban eliminando la necesidad de fe y la creencia en espíritus y brujas. Las viejas tradiciones y costumbres ya no tenían cabida en el mundo moderno. Solo los individuos no educados e infantiles creían en esas cosas, le habían dicho a Aleksey. Incluso las propiedades místicas de los manantiales sagrados de Leśna Woda podían explicarse con ciencia. Algo relacionado con los minerales en el agua.

No entendía exactamente por qué estaban tan ansiosos por explicar toda la magia del mundo, pero se abstuvo de discutir. Mientras la conversación continuaba, escupió el hueso de la cereza en el pasto y se recostó de nuevo sobre sus codos, perdiendo rápidamente el interés. Dejó que el murmullo lo envolviera, sin molestarse en seguir la plática, escuchando en cambio las voces de las ramas que se mecían sobre su cabeza.

La luz del sol parpadeaba a través de las hojas verdes que el viento mecía. Una libélula de alas de cristal se posó en el ala del sombrero de paja de Hanna.

Aleksey inhaló, disfrutó del aire fresco y los aromas de tierra, humus y pasto calentados por el sol. Imaginó hundir sus raíces profundamente en la tierra, dejar que este cuerpo frágil se descompusiera hasta que la hierba creciera a través de su esqueleto.

De nuevo, su mente volvió a la esquina descuidada del cementerio, donde el musgo cubría las lápidas, hacia la chica que Kazik había presentado como su amiga.

Había estado casi reacio a presentarla. Aleksey recordó la manera en que ella se aclaró la garganta, la mirada fija que le lanzó a Kazik antes de que este hablara. Sus ojos tenían el tono más extraño de café. Casi un rojo profundo. El color de la sangre vieja o del vino.

Todo era muy misterioso y ligeramente preocupante. Había algo sucediendo ahí, algo que necesitaba darse prisa en resolver.

13 PREMONICIONES EN LAS AGUAS TERMALES

Gisela

Al final, Gisela decidió no regresar al río. No quería tomar el riesgo de encontrarse a Yulia, de verse atrapada como niñera otra vez, o de tener que hacerle algún otro tedioso favor a Wojciech. Había otras maneras de mantenerse hidratada, como visitar uno de los baños mágicos del pueblo. O por lo menos los únicos baños donde no les importaba que algunos espíritus se colaran.

Villa Lilia era famosa por sus baños de leche y flores y por las propiedades embellecedoras de sus aguas vaporosas; bañarse ahí a diario aumentaba tu belleza exponencialmente y dejaba tu piel tan resplandeciente como polvo de estrellas. Había sido uno de los lugares favoritos de Gisela en los primeros días de su visita, de lo que podía recordar.

Originalmente, había querido que su padre pasara más tiempo con Hugo y con ella, pero él había estado ocupado con su trabajo, como siempre. Gisela no pensaba que fuera un mal padre exactamente. No es que tuviera intenciones crueles. Nunca la había lastimado de una manera que dejara marca física. Solo estaba absorbido en su trabajo, en su propia vida, ausente con tanta frecuencia que la mitad del tiempo apenas reconocía su existencia, o se acordaba de ella solamente para verificar que estuviera cuidando a su hermano pequeño. Las cosas podrían haber sido diferentes si su madre hubiera estado viva, pero había muerto al dar a luz a Hugo. Gisela apenas la recordaba. Su padre había hablado poco de la mujer con la que se casó y se veía tan triste cada vez que ella tocaba el tema que dejó de preguntar: no quiso causarle más dolor.

Se mordió una uña. Necesitaba darse prisa y volverse humana otra vez. Si pasaba más tiempo… No quería ser como una de esas chicas de las historias de la tía Zela, que regresaban a casa cientos de años después para encontrar su mundo diferente y a todos los que conocían y amaban muertos o tan viejos que eran irreconocibles.

El dolor la atravesó. No estaba segura si era un dolor en el corazón o simplemente las atenciones demasiado entusiastas del espíritu de los baños que en ese momento le daba palmaditas en la espalda con un manojo de ramas de abedul.

—¡Ay! ¡Por todos los santos! ¿En serio? ¿No puedes hacerlo con más suavidad?

—¡Es bueno para ti! —declaró con una voz que sonaba como el chisporroteo del agua al caer sobre las brasas. El hombrecillo arrugado, no más alto que la rodilla de Gisela, la miraba enojado. Era una creatura etérea. Su cuerpo desnudo y regordete y su larga barba que parecía nube no estaban hechos de carne, hueso y pelo, sino de vapor.

Los banniki vivían principalmente en los países más al este del continente. Era curioso pensar que este hubiera viajado aquí simplemente para probar las aguas, de la misma manera que lo hacían los turistas humanos.

Pero no era tan divertido pensar que él quizá estuvo cerca, en la sala de vapor, completamente invisible para ella y para todos los humanos la última vez que Gisela había estado ahí, cuando aún era mortal. O tal vez no invisible para todos.

Se preguntó qué se sentiría ser Kazik, capaz de ver cosas que la mayoría de las personas no podía. ¿Era eso lo que lo ponía siempre de mal humor?

El espíritu parpadeó con sus ojos rojo carbón. Gisela cruzó los brazos sobre su pecho desnudo y se dio la vuelta, hizo una mueca viendo al suelo mientras las ramitas de abedul azotaban ahora la parte posterior de sus piernas.

Unas gotas de humedad bajaron por su columna vertebral y un golpe de mareo hizo que la cabeza le diera vueltas, pero sabía que después se sentiría celestial y su piel estaría suave y resplandeciente.

Tal vez debería también ir por un masaje de miel o un baño de leche con aroma a flores silvestres a la luz de las velas. Necesitaba hacer todo lo posible para verse más atractiva, para mejorar sus posibilidades con Aleksey.

Pensaba que tenía una oportunidad. Había tenido una corazonada sobre él desde el momento en que lo había visto por primera vez. Había química entre ellos, un sentido del humor similar: los dos disfrutaban burlándose de Kazik. Aleksey había dicho que esperaba volver a verla. Lo cual significaba que esperaba volver a verla. Probablemente. Pero tal vez solo lo había dicho por ser amable, ¿quizá solo quiso ser cortés?

Gisela repasó la conversación en su cabeza, trató de recordar exactamente qué le había dicho a él y qué le había dicho él a ella, cómo lo había dicho y cómo se veía cuando lo dijo, trató de descifrar cualquier posible significado oculto.

Su pequeño acompañante dejó la vara de abedul y trepó al banco de madera junto a la pared. El vapor salía de su cuerpo como de un plato de sopa recién hecha. Su desordenada barba blanca flotaba como una nube con cada respiración. Se decía que los guardianes de los baños tenían el don de predecir el futuro. A menudo, todo lo que se necesitaba para obtener la ayuda de un espíritu era dirigirse a él directa y respetuosamente, aunque un soborno siempre ayudaba.

Gisela echó agua sobre las piedras calientes de la estufa de leña en el centro del cuarto. El vapor se elevó y llenó el aire con una nube de vapor tan espesa que apenas pudo ver a través de ella.

El bannik soltó un suspiro satisfecho.

Gisela se sentó en el banco a su lado en un silencio amistoso, respiró el calor, y movió un pie con impaciencia antes de acercarse más.

—Abuelo —le dirigió la palabra—, ¿me concede otro favor? ¿Qué piensa? ¿Encontraré el amor con un chico humano este verano? ¿Me diría lo que ve en mi futuro?

El espíritu se acarició la barba blanca como nube y la observó con los ojos entrecerrados. Su mirada se hizo distante hasta que parecía que estaba viendo a través de ella. Luego, hizo un gesto con el dedo índice, invitándola a acercarse.

Con ansias, Gisela se inclinó hacia él. Su voz era crujiente, le hablaba tan cerca del oído que le provocó un escalofrío.

—Pequeña y tonta ninfa acuática. ¿Cómo podría algo muerto tener futuro?

Gisela retrocedió.

—¿Qué hombre mortal estaría tan loco como para casarse con una niña muerta? —El espíritu se rio estruendosamente, balanceándose hacia adelante y hacia atrás sobre el banco de madera, su cuerpecito de vapor temblando de risa.

Gisela se sintió tan ofendida que salió furiosa del cuarto de vapor, deteniéndose solo para echarse una cubeta de agua helada y ponerse una bata blanca y esponjosa. Sus pantuflas golpeaban el suelo mientras caminaba furiosa entre un grupo de mujeres con el cabello mojado y la piel rosada, y junto a un empleado con uniforme que estaba junto a un ascensor dorado.

Los baños de Villa Lilia, como todos los de la región, eran un gran complejo estilo palacio.

No se detuvo hasta llegar a una sala de descanso vacía. Una figura solitaria de mármol se erguía en el centro y vertía agua cristalina en una alberca ornamental redonda. Gisela se sentó en el borde de la alberca y maldijo a sus compañeros espíritus. ¿Qué sabía, en todo caso, el estúpido viejo bannik? ¡Le demostraría que ella todavía tenía un futuro!

Sumergió una mano en la piscina y movió los dedos de un lado a otro, lo que creó ondas furiosas. El agua estaba casi hirviendo, lo suficientemente caliente como para que doliera. Dejó su mano ahí hasta que se adormeció y comenzó a hormiguear, y se aferró a esa sensación para calmarse.

La estatua de mármol la observaba con sus ojos de piedra sin alma. Sobre el agua flotaban hojas de lirio verde brillante y una hermosa flor acuática de color rosa pálido. Gisela extendió la mano hacia la flor sin pensarlo.

La flor se retorció como una anguila ante su agarre.

Gisela soltó un grito de sorpresa y la dejó ir.

El lirio acuático desapareció con un estallido de luz audible y se volvió un joven sorprendentemente apuesto, con cabello entre negro y verde y ojos color vino, vestido con una elegante túnica de seda y una sonrisa de satisfacción en el rostro.

Gisela le dio a Wojciech su mejor mirada inexpresiva.

—Claro, eres tú.

Los espíritus acuáticos eran conocidos por ser cambiantes, y a diferencia de Gisela, que solo podía transformarse en pez o rana, Wojciech era perfectamente capaz de disfrazarse de objeto inanimado.

Así es como los wodniki atraían a sus víctimas: las tentaban con regalos. Las niñas y los niños se acercaban a agarrar pequeños objetos brillantes que flotaban inocentemente sobre la superficie del río: flores, pulseras, collares de perlas y relojes de oro de bolsillo, solo para terminar arrastrados a las profundidades por una creatura que parecía sacada de sus peores pesadillas.

—Qué impertinente —la regañó Wojciech—. ¿Acaso los humanos de tu isla no respetan a sus mayores? En mis tiempos, habría devorado viva a quien se atreviera a hablarme como lo haces tú.

Gisela puso los ojos en blanco. Sabía que a Wojciech le divertía su impertinencia más que ofenderlo, tanto que una vez incluso le había ofrecido en broma volverla su esposa cuando fuera mayor. Después de vivir tanto tiempo, estaba siempre en busca de una nueva diversión. La dejaba salirse con la suya tantas veces que no podía resistir la tentación de seguir probando su suerte solo para ver si él ponía algún límite.

Era extrañamente tranquilizante cuando no lo hacía.

Wojciech salió de la alberca y se acomodó a su lado en el borde de mármol, dejando que el agua escurriera por el suelo.

—Estás dejando charcos por todas partes —le dijo, pero él se encogió de hombros—. Hoy es difícil ser humano —Y vaya que eso lo resumía *todo*—. ¿Qué haces aquí? —gruñó Gisela—. Pensé que la abuela de Kazik te había prohibido bañarte en las aguas sagradas de Leśna Woda bajo pena de muerte.

—¿Por qué los mortales deberían ser los únicos en disfrutar de la magia de estas cosas? Este lugar fue nuestro mucho antes que de los humanos. —Wojciech parpadeó. Luego sacó una lengua increíblemente larga, como de rana y atrapó una desafortunada mosca que había volado dentro del baño.

—Además —dijo después de tragarse la mosca entera—, Kasia ya no está en este mundo. Ya no puede detenerme.

Sonaba arrogante pero también triste, como si lamentara que la bruja, su antigua adversaria, ya no estuviera para maldecirlo y echarlo fuera. El goblin acuático había estado un poco enamorado de la abuela de Kazik, que había sido tan feroz y bonita como Kazik cuando era joven. Gisela sospechaba que por eso Wojciech no había enfrentado a Kazik él mismo. Tenía compasión por la familia.

—Pareces extrañarla. —Durante algunos segundos, Wojciech no respondió.

—Las barreras que ella colocó alrededor de este pueblo están debilitándose. Ahora solo puedo sentir los ecos de su presencia.

—Entonces, ¿debería esperar ver hordas de espíritus aquí en el futuro, descansando en el vapor y disfrutando de los baños de leche con flores?

—Quizás. —Wojciech se volteó.

Gisela siguió su mirada. Un grupo de mujeres de mediana edad, charlando, estaban por entrar en la sala de descanso. Sus ojos se detenían a apreciar a Wojciech, algunas incluso le ofrecían una sonrisa invitante. Gisela resistió el impulso de vomitar. Todo lo que veían era un joven engañosamente guapo. No tenían idea de quién era él, qué era él, qué era ella. La atención de Wojciech ni siquiera estaba en ellas, sino en el pequeño chort que había entrado después del grupo. Invisible. Inadvertido. Los pies del demonio eran garras afiladas como las de un ave de rapiña. Llevaba puesta una de las batas de uso gratuito de los baños

Al notar que ella lo observaba, levantó un dedo hacia sus labios. Gisela contuvo una sonrisa.

—Quizás algún día estos baños serán exclusivos para espíritus y los humanos serán quienes tengan prohibido entrar —reflexionó Wojciech—. Me sorprende que más de los nuestros no hayan aprovechado la ausencia de Kasia. Ya ha pasado casi un año desde que murió. El equilibrio de poder ha cambiado. Pensé que Leszek habría aprovechado la oportunidad para devorar a su nieto y expandir su territorio.

Gisela no había conocido al leshi que gobernaba el bosque que rodeaba la ciudad manantial. Mentalmente, lo imaginaba como una versión más frondosa de Wojciech, un ser divino tan viejo y alto como los árboles.

Sin embargo, estaba familiarizada con algunos de los espíritus del bosque: las temibles mamuny, que secuestraban niños, y los adorables ogniki, fuegos errantes que se manifestaban de noche como orbes de llamas azul y verde. Los ogniki eran conocidos como embaucadores y les gustaba desviar a los viajeros perdidos, pero si te comportabas adecuadamente o les ofrecías pan o dinero, podías ganarte su ayuda. Quizá incluso te llevaran a un tesoro escondido: antiguos montículos funerarios y lugares donde personas que huían de la guerra habían enterrado sus posesiones más preciadas con la esperanza de algún día regresar por ellas.

Y luego estaban los biesy.

Fuerzas feroces y voraces de la naturaleza. Demonios astutos del bosque que apestaban a calamidad y muerte, a sangre recién derramada, que devoraban humanos solo por diversión. Gisela nunca se había encontrado cara a cara con un bies, al menos hasta donde sabía. Podían ser difíciles de detectar, incluso para espíritus como ella. Les gustaba disfrazarse, poseer cuerpos humanos y pasear por las calles haciéndose pasar por mortales.

—¿Entonces? Yulia me contó —empezó Wojciech.

Claro, fue Yulia, pensó Gisela, y soltó un suspiro.

—Que abandonaste a Tamara en la primera oportunidad que tuviste y te has estado escapando por tu cuenta, además de antagonizar al cazador. —Su mirada rojo vino estaba cargada de desaprobación—. Te pedí que cuidaras de Tamara.

—Yo sí la cuidé —protestó Gisela—. Le mostré el lugar y le advertí que no se alejara mucho del río. Le dije cómo usar mi peine para conjurar agua. No la abandoné. Kazik apareció y nos separamos. No fue mi culpa. Y después ella estuvo con las otras chicas, así que… Así que supe que estaría a salvo si la dejaba. Y sabes lo que estoy haciendo. Me prometiste que no interferirías.

—¿Lo hice? Qué extraño, no recuerdo haberte prometido eso.

—Eso es porque eres viejo —dijo Gisela—. Tu memoria falla.

Wojciech cerró los ojos y suspiró. El sonido fue como agua corriendo entre los juncos.

—Entonces, osa contarme, mi dulce y desquiciada niña de verano, ¿cómo va la búsqueda?

A veces hablar con Wojciech era como hablar con alguien de otro siglo. Utilizaba frases anticuadas y las mezclaba con el lenguaje más casual de los jóvenes de su edad.

—¿Has encontrado a algún humano dispuesto a besarte?

Gisela estiró las piernas.

—Estoy trabajando en eso.

—Te advertí al principio que no te hicieras muchas ilusiones.

—Siempre eres tan negativo.

—Como te gusta recordármelo, he vivido mucho más tiempo que tú, y si puedo decir una cosa con certeza, es esta: los enredos con los humanos siempre conducen al dolor de corazón. Nada dura en el mundo mortal. Los humanos son creaturas frágiles que…

—¿Entonces, se supone que haga qué? —Estalló Gisela y volvió a sentir ira hacia el bannik—, ¿que simplemente me rinda?

¿Rendirse y aceptar que su vida había terminado antes de comenzar?

Ni siquiera había vivido aún. Solo tenía dieciséis años. Solo *había tenido* dieciséis años, aunque ya no envejecía de manera mortal.

Se había perdido de tantas cosas, cosas que ya nunca podría hacer ni ver. Todavía no había descubierto qué quería hacer de su vida, ni siquiera sabía quién era realmente.

—Tú fuiste quien me dijo que había una manera de volver a ser humana.

—Esperaba que te rindieras después de los primeros intentos —admitió Wojciech—, como las demás antes que tú. No eres la primera chica que no está dispuesta a aceptar lo que le pasó.

Gisela se aferró al borde de la alberca.

—No estoy en negación. Yo…

—Las demás no eran ni la mitad de tercas que tú. No pensé que seguirías intentándolo tanto tiempo. No pensé que quisieras volver a tu antigua vida. Pensé que habías empezado a disfrutar de tu tiempo con nosotros.

Gisela no pudo sostener su mirada. Porque era cierto que una vez que el shock inicial y el miedo de despertar en su reino submarino se desvanecieron, había comenzado a disfrutarlo.

No disfrutaba de la amenaza constante de secarse ni de la sensación de estar atrapada ahí, pero… le gustaban los poderes que había adquirido como ninfa acuática. La magia. Conjurar y controlar el agua con su peine. Cambiar de forma si lo deseaba.

Le gustaba cómo sus cortes y raspones sanaban rápidamente y cómo podía ver con la misma claridad por la noche que durante el día. Le gustaba poder ver espíritus.

Ahora era diferente, para bien y para mal.

Y el Palacio de Cristal era indudablemente encantador. Le gustaba ser parte de la extraña familia adoptiva de Wojciech…

Le gustaba tanto que había empezado a sentirse culpable porque ya tenía una familia que la quería. Tal vez. Su padre no era una persona afectuosa, pero su hermanito la adoraba.

¿Qué clase de persona sería si dijera que nunca quería verlos de nuevo? ¿Si no quisiera regresar a casa solo porque se estaba divirtiendo más ahí?

¿Qué clase de hija sería? ¿Qué clase de hermana?

Dependían de ella. Su padre lo había dicho. Repetidamente. «Estoy tan ocupado con mi trabajo, Gisela. Si no cuidas a Hugo, ¿quién lo hará?».

Se mordió el labio.

—Tengo que regresar a casa. Mi hermanito…

—No es tu responsabilidad. No eres su madre. Tienes un padre.

—Lo sé, pero mi padre siempre está tan ocupado, y Hugo está solo. Solamente tiene doce años.

—¿Y no lograste tú cuidarte a ti misma a esa edad?

—Bueno, sí. —Después de que su madre muriera, Gisela y Hugo fueron criados por la tía abuela Zela hasta que ella también falleció, después de lo cual Gisela fue considerada lo suficientemente mayor para cuidar la casa mientras su padre estaba fuera—. Pero…

Pero si ella no estaba ahí, ¿quién se aseguraría de que Hugo comiera? ¿Quién le prepararía el baño y lo haría acostarse? ¿Quién lavaría la ropa? ¿Quién se aseguraría de que fuera a la escuela?

—Tal vez estés subestimando a tu hermano —dijo Wojciech—. Y tal vez deberías dejar que tu padre haga su trabajo.

Gisela levantó el mentón desafiante.

—No entiendes. ¿Y por qué importa tanto si me voy? ¿Por qué te importa?

—Porque, quién sabe por qué, pero me he encariñado bastante contigo. Todos lo hemos hecho. Y creo que puedo ofrecerte un hogar en el que podrías ser feliz, donde podrías vivir tranquila. Puedo asegurarme de que esta nueva vida tuya esté llena de toda la felicidad que te faltó en la anterior.

Gisela se quedó sin palabras por un momento.

—Sé que te importa mucho tu hermano —dijo Wojciech suavemente—, lo admiro. Pero tú también mereces que te cuiden. ¿Has considerado cómo será regresar a tu familia humana después de vivir así tanto tiempo? ¿Puedes estar segura de que, una vez que estés de vuelta en casa, no anhelarás con la misma pasión este lugar?

Después de haber probado este mundo, ¿encontraría insípida su vida anterior?

Gisela tragó para despejar el nudo repentino en su garganta. Su isla tenía su propia magia, y mucha, se recordó.

—Estoy agradecida por todo lo que has hecho por mí, pero este no es mi lugar. Y si no vas a ayudarme, está bien—Manejaría sus problemas ella misma, como siempre había tenido que hacerlo. Se levantó y apretó el cinturón de su bata de baño alrededor de su cintura—. Quítate de mi camino. No trates de detenerme.

La resignación se postró en el rostro sin edad de Wojciech.

—No te detendré si deseas seguir intentándolo. Pero… —Hizo un gesto con la mano. Cintas de agua se levantaron de la alberca de mármol y danzaron por el aire.

Gisela dejó escapar un grito cuando una de las cintas se metió en el bolsillo de su bata y sacó su peine.

—¡Oye! ¡Devuélvelo!

El listón de agua dejó el peine en el regazo de Wojciech.

—Lo voy a confiscar.

—¿¡Qué!?

—Si insistes en comportarte como una niña desobediente, me veré obligado a tratarte como tal. Me caes bien —repitió Wojciech, erguido—, pero no perdono tanto como parece que crees. Cuando te pido algo, como cuidar a una de tus hermanas rusalki, espero que me obedezcas.

Gisela lo miró boquiabierta.

—Sé agradecida de que no te confine a tu habitación en el palacio.

—Pe-pero, ¿qué hago si me quedo atrapada en algún lugar sin agua? —Como el círculo mágico de Kazik—. ¿Cómo salgo del río? ¿Cómo evito que mi cabello se seque? ¿Cómo me defiendo?

—Tal vez deberías haber pensado en eso antes de abandonar egoístamente a Tamara —dijo Wojciech, y desapareció en el charco que estaba a sus pies.

14
UN HUÉSPED EN TU CASA ES UN DIOS EN SU CASA

Kazik

De todas las personas en Leśna Woda, de todas las personas en el mundo, ¿era tan difícil pedir que Gisela no pusiera su atención en Aleksey?

Era como si alguien allá arriba tuviera algo en contra de Kazik. ¿Había asesinado a un santo en una vida pasada o algo así? Tiró la sábana de la cama y miró al techo sin poner atención a las sombras que se deslizaban sobre las vigas inclinadas del techo de su habitación.

No era que Gisela no se hubiera interesado por uno de sus compañeros de infancia antes, y no era que tuviera algo en contra de Aleksey, todo lo contrario. Si le preguntabas a cualquier persona, te diría que Aleksey era perfecto.

Era amable y hablar con él era fácil, era el tipo de chico que ayudaba a las abuelas a cruzar la calle y a cargar sus compras. Su familia era una de las más ricas del pueblo. Y luego estaban esos ojos, esos hombros y esa cintura…

Kazik se puso la almohada sobre la cara.

Aleksey era uno de esos chicos con los que soñabas despierto, consciente, en el fondo, que nunca estaría con alguien como tú.

Kazik no tenía una buena opinión de los gustos de Gisela, pero esa vez no podía culparla.

Se acostó sobre su lado izquierdo, luego sobre el derecho y luego se sentó. Se quitó la camiseta con dificultad y la lanzó por la habitación antes de caer de nuevo sobre el colchón con un gemido. La casa aún estaba cálida por el sol que las paredes habían absorbido durante el día. Incluso la suave brisa que soplaba por la ventana abierta hacía poco para disminuir el calor.

Cerró los ojos e intentó obligarse a quedar inconsciente. Físicamente, estaba exhausto, pero su mente seguía dando vueltas. Un momento pensaba en Aleksey y al siguiente en Gisela. Eventualmente, en algún punto, debió haberse quedado dormido, porque al siguiente minuto, sus ojos se abrieron de golpe.

Kazik se incorporó de un salto, respirando rápido. Su piel se erizó por la sensación de pánico, como si algo no estuviera bien. Algo lo había despertado. ¿Un... ruido?

El sudor brillaba en la frente de Kazik mientras este permanecía lo más quieto posible en la oscuridad, con todos sus sentidos atentos para descubrir qué lo había despertado. Intentó respirar de manera superficial para que el sonido no se escuchara.

¿Estaba imaginando cosas? ¿Siendo paranoico?

Extendió un brazo, buscó sus lentes y el cuchillo sagrado que mantenía en la mesita de noche. Una cara espectral emergió de las sombras.

—¿Pesadillas?

—¡Dios mío! —Kazik brincó del susto y se dejó caer sobre su costado.

El borde del colchón desapareció debajo de él. Se cayó de la cama y aterrizó en el suelo de madera con un golpe doloroso.

—¿Cómo entraste aquí? ¿Qué estás haciendo en mi casa?

Le dolía el hombro. Estaba fúrico. Había muy pocos lugares donde se sentía seguro, donde sabía que no sería atacado por espíritus malvados. Su habitación era su santuario.

—Te duermes muy temprano —se quejó Gisela, y se asomó por el borde del colchón con un puchero exagerado. En la oscuridad, sus ojos color vino tenían un brillo felino.

Kazik quería estrangularla. Se incorporó sobre los codos. La luz de la luna se derramaba dentro del cuarto a través de la ventana y, gracias a ello, Gisela parecía etérea, aún más como el espíritu de una niña ahogada que de costumbre. Su largo cabello goteaba agua sobre las sábanas. La tela mojada de su vestido blanco era escandalosamente transparente y se pegaba a su piel como un pecado. Kazik podía discernir cada línea y curva de su cuerpo.

Por un momento imperdonable, el cuerpo de Kazik lo traicionó y su corazón se aceleró ante la vista. Le avergonzaba sentir cómo la sangre subía a su rostro. Pero, por otro lado, al menos no estaba subiendo a otro lugar.

Pequeñas bendiciones.

Gisela sonrió y se inclinó sobre el borde del colchón, claramente disfrutando la manera en que Kazik retrocedía incómodo. Se estaba divirtiendo mucho con esto. Y él… se sentía muy expuesto, sin camiseta y vestido solo con un par de shorts de pijama desgastados.

—No deberías dejar la ventana de tu habitación abierta, Kazik. Nunca sabes qué tipo de creatura malvada puede querer entrar.

—¿Como tú? —le contestó Kazik y recogió su camiseta del suelo para después ponérsela con un solo movimiento rápido. No lo entendía. Había protecciones mágicas alrededor de la casa, barreras invisibles que él y su abuela habían creado al enterrar páginas de escrituras sagradas en las cuatro esquinas de la propiedad. ¿Cómo diablos había pasado Gisela a través de ellas?

Por supuesto, esas barreras solo debían disuadir de entrar a los espíritus con malas intenciones. No impedían que creaturas benevolentes como los domowiki, espíritus del hogar que cuidaban las casas de las personas, entraran. En teoría, esto significaba que Gisela no tenía malas intenciones aquí.

En teoría.

Los instintos de Kazik gritaban que no bajara la guardia. Ella seguía siendo una rusalka. Una abominación. Una chica que se negaba a quedarse muerta. No podía olvidar con quién estaba tratando. Esto tenía que ser una táctica de intimidación. Era como el coqueteo; ella estaba tratando de confundirlo, tratando de demostrar que tenía un efecto sobre él.

—Espera un momento. —A Kazik se le ocurrió algo—. Mi habitación está en el segundo piso.

—Soy buena trepando —dijo Gisela, como si esta fuera una explicación normal y se dejó caer de lado con un suspiro, acomodándose en la cama. *Su* cama—, no quería regresar al Palacio de Cristal. El viejo sapo está molesto hoy.

Kazik parpadeó, su cerebro adormilado luchaba por mantenerse despierto. ¿El viejo sapo? ¿Se refería al goblin acuático? Buscó sus lentes a tientas sobre el buró.

—¿Entonces decidiste honrarme con tu presencia?

—No pretendas que no estás feliz. Sé que en realidad estás loco por mí. Es mi encanto innegable. —Gisela se sentó y se pasó la mano por el cabello—. Te dije que volvería. Aún no te has librado de mí. Hablemos de chicos… O más bien, de un chico. ¿Cómo hago para que Aleksey quiera besarme?

—¿Por qué sabría eso? —dijo Kazik. Él y Aleksey no eran amigos. Se movían en círculos diferentes, vivían en mundos distintos.

Él intentaba activamente evitar al otro chico porque era difícil funcionar en el mismo espacio que alguien tan atractivo.

Aunque, gracias a su maldita suerte y porque parecía atraer justamente lo que más trataba de evitar —espíritus, demonios, a Gisela—, de alguna manera siempre parecía encontrarse con Aleksey: en la calle, en los baños, mientras caminaba a casa o de camino a la iglesia, incluso una vez en el mercado. No podía librarse de él.

—¿No aprendiste nada cuando lo acosaste el otro día?

—No lo estaba acosando —dijo Gisela—. Solo intentaba observarlo de lejos. Únicamente se considera acoso cuando los sigues hasta su casa.

—Me pregunto por qué sabes eso.

—Él dijo que ustedes fueron juntos a la escuela. Debes saber algo. ¿Le gusta alguien? ¿Le ha gustado alguien antes? ¿Cómo era? ¿Bonita? ¿Callada? ¿Graciosa?

Kazik se puso los lentes sobre la nariz.

—Bonita. Probablemente. Como la chica con la que lo viste en el cementerio. —Aleksey siempre estaba rodeado de admiradoras, chicas que harían cualquier cosa por complacerlo. Él toleraba la atención con buen humor, pero nunca había parecido enamorado de alguien en particular—. Es difícil saber quién le gusta porque es amable y simpático con todo el mundo.

A diferencia de Kazik, que era malhumorado, antisocial y tendía a asumir lo peor de la gente.

—¿Qué le interesa entonces? —insistió Gisela—. ¿Qué hace para divertirse? ¿Qué le gusta?

—El senderismo y los animales, supongo. —Kazik había visto a Aleksey rescatar erizos heridos y, una vez, un pajarito que había caído de su nido—. Y dibujar. Es una de las pocas personas de nuestra edad que cree en los espíritus.

Gisela se puso contenta con eso.

—Lo cual solo hará que sea más difícil engañarlo. Es más probable que descubra lo que eres.

Gisela se desinfló cómicamente, sus hombros cayeron.

El labio de Kazik se movió con algo que parecía risa.

—Lo he visto dejarle ofrendas al leshi. Me ha hecho preguntas sobre magia y lo que puedo hacer. —Y no había perdido el interés después de escuchar las respuestas como la mayoría de los chicos cuando Kazik les explicaba que su poder tenía más que ver con la fe y la curación que con invocar rayos de fuego y relámpagos.

No es que no pudiera hacer esas cosas.

—Y dijiste que no sabías nada sobre él.

Kazik puso los ojos en blanco.

—Esas son cosas que todo el mundo sabe.

—¿Te gusta?

—¿Qué? No. —Las palabras salieron demasiado rápido, demasiado fuerte. Maldita sea—. No —repitió Kazik con más firmeza—, por supuesto que no. Creo que es guapo; eso no significa que me guste.

Era una pérdida de tiempo suspirar por alguien que nunca lo miraría de esa forma. Sin embargo, se sentía extrañamente liberador admitir su atracción en voz alta, consciente de que no tenía que prepararse para las críticas de Gisela ni preocuparse de que reaccionara mal.

A diferencia de Aleksey, Gisela también se sentía atraída por personas de más de un género. En este único aspecto, Kazik se sentía seguro con ella.

Gisela sonrió.

—Ah, tenemos los mismos gustos.

Kazik se rio con desdén.

—¿Estamos creando un vínculo? Siento que estamos creando un vínculo.

Kazik ignoró la pregunta.

—Ya te presenté como mi amiga. ¿No fue suficiente?

—¡Eso fue solo el principio! Nuestro trato fue que tú harías de cupido. —Gisela frotó sus manos—. Necesitamos una estrategia.

—¿Qué?

—Una estrategia: necesitamos idear un plan. Tenemos que organizar otro encuentro casual. Arreglar las cosas para que Aleksey y yo terminemos juntos hasta que se enamore locamente de mí y quiera besarme. Estaba pensando que podrías invitarlo a remar en el río contigo y luego yo podría nadar debajo del bote, volcarlo y fingir que lo rescato de ahogarse para que él me vea como su salvadora.

—¿O…? —Gisela continuó al ver la expresión horrorizada en el rostro de Kazik—. Los tres podríamos ir a caminar por el bosque y tú finges que sientes un espíritu peligroso para que Aleksey y yo tengamos que correr y escondernos en algún lugar para estar a salvo. Preferiblemente en un espacio pequeño y oscuro, como el hueco de un árbol, para que estemos bien juntos. ¿Sabes qué sería aún mejor? Si él se lastimara de alguna forma. Solo un poquito. Entonces podría curar sus heridas con ternura.

—Empiezo a entender —dijo Kazik lentamente— por qué no has tenido éxito en hacer que alguien quiera besarte.

—No he tenido éxito —corrigió Gisela—, porque *alguien* ha estado interfiriendo con mis planes. Pero podemos hacer algo simple. Organicemos las cosas para que yo esté casualmente en algún lugar al que él también vaya. Tú lo invitas, y yo simplemente estaré ahí; luego inventas una excusa para escabullirte y nos dejas solos.

Kazik abrió la boca para discutir y se congeló. Levantó una mano para callar a Gisela.

—¿Oíste eso?

—¿Oír qué?

Podría haber jurado que…

El sonido se repitió: el crujido de advertencia de la escalera que llevaba a su habitación cuando alguien subía.

Kazik maldijo y tiró a Gisela de la cama.

No había tiempo para empujarla por la ventana.

—¡Rápido! ¡Métete debajo!

Gisela se metió debajo de la cama.

Kazik se levantó y dio la vuelta para enfrentarse a la puerta justo cuando esta se abría de golpe para mostrar a su prima, que hubiera estado sorprendida pero encantada de encontrar a alguien en su habitación a esa hora.

Menos encantada, claro, cuando se diera cuenta de que Gisela no era humana. Probablemente intentaría exorcizar a la ninfa acuática. Por un segundo, Kazik se preguntó por qué ese pensamiento le preocupaba.

—¿Q-qué? —tartamudeó con la voz quebrada.

—¿Kazik? ¿Estás despierto?

—Ahora sí.

—¿Sentiste eso? —Zuzanna levantó la vela que sostenía. Su luz titiló sobre su rostro y proyectó sombras sobre las paredes—. Podría jurar que sentí… Pensé que oí voces.

—¿Voces? No. Quiero decir, no oí nada. —la garganta de Kazik se secó—. Debe haber sido el viento. ¿Quizá una rama se cayó? —Miró hacia la ventana abierta. Zuzanna cruzó al otro lado de la habitación en un instante, cerró los cristales de golpe y revisó el seguro—. ¡No deberías dejarla abierta mientras duermes! Cualquier ser malvado podría intentar entrar —lo regañó.

—Demasiado tarde para eso.

—¿Qué?

—Nada. —Kazik se sentó al borde de la cama e inquieto movió una pierna, rezando para que ella se fuera. En lugar de eso, Zuzanna levantó una prenda de ropa que estaba tirada y la dobló lentamente. Siempre estaba tratando de ordenar todo. Después Kazik no encontraba nada—. Zuza —dijo y odió cómo su voz se convirtió en una queja.

—Si sigues secando tus calzoncillos en el radiador vas a quemar la casa, ¿sabes?

El rostro de Kazik se calentó.

—Yo no… no he tenido tiempo de guardar la ropa. —Solo secaba sus calzoncillos en el radiador en invierno, cuando quería que estuvieran bien calentitos.

Zuzanna levantó una ceja incrédula. Pero los pensamientos de Kazik estaban en otro lado. Santos, ¿había visto Gisela su…?

—¿Tienes problemas para dormir? ¿Quieres un té de manzanilla?

Kazik se pasó una mano por el cabello, lo que lo despeinó más todavía.

—Estoy bien. Solo hace calor. ¿Por qué sigues despierta? ¿No tienes que tomar el autobús mañana temprano?

Zuzanna lo miró con una seriedad que la hacía parecer mucho mayor de lo que era.

—Te lo dije. Pensé que había sentido algo. Me despertó. Y… y tuve otro sueño.

Oh.

—Como…

—Como los sueños que Babcia solía tener sobre ti. Estaba caminando descalza por el bosque. Estaba oscuro, casi completamente negro, y pétalos de flores caían a mi alrededor como lluvia. Te vi acostado al pie de un gran árbol, estrangulado entre las raíces.

—Solo fue un sueño —dijo Kazik rápidamente.

Zuzanna le echó otra mirada. Sabía lo que significaba. A veces, los sueños eran mensajes del más allá.

Su prima permaneció en el cuarto un minuto más, enmarcada por la luz de la vela, hasta que suspiró y se fue hacia la puerta.

—Ten más cuidado con las ventanas, ¿de acuerdo?

Kazik gruñó. La observó para asegurarse de que cerrara bien la puerta y contó hasta diez en su cabeza, por si acaso decidía regresar. Rezó para que Gisela no le hubiera puesto atención a su conversación, pero sus esperanzas se desplomaron cuando la cara sonriente de la ninfa acuática reapareció.

—No te preocupes, no vi tus calzoncillos.

—¿Sabes qué? —dijo Kazik—. Cancelo nuestro trato. Sal de mi casa.

—Demasiado tarde —canturreó Gisela y subió nuevamente a la cama—. Solo ayúdame a conseguir un beso y luego puedes volver a tu aburrida vida de melancolía.

—Mi vida no es aburrida.

El colchón se hundió con el peso de Gisela. Una mano pálida aterrizó sobre el muslo de Kazik en busca de equilibrio.

Él se estremeció violentamente. No había ni un solo atisbo de calor en ese toque. Los dedos de Gisela estaban sorprendentemente fríos.

Era como ser tocado por algo muerto.

Ella *era* algo muerto.

Un escalofrío de repulsión recorrió a Kazik. Estaba compartiendo su cama con el fantasma de una chica.

Gisela retiró su mano y apretó los dedos en un puño. Por primera vez desde que Kazik la conocía, parecía apenada. Incluso avergonzada. Sin embargo, no se sonrojó. ¿Cómo podría hacerlo si no tenía un corazón vivo que bombeara sangre por sus venas?

Se alejó hasta quedar sentada al pie de la cama, enredada entre las sábanas y con las rodillas contra su pecho. De repente se veía más pequeña, vulnerable, su máscara de coquetería habitual abandonada. Un mejor cazador habría aprovechado la oportunidad para atacarla ahora, cuando su guardia estaba baja, pero Kazik no se movió.

La voz de Zuzanna resonó en su cabeza.

«Son cosas tristes, realmente. Almas perdidas que no pudieron viajar al más allá. Los espíritus de doncellas que murieron antes de tiempo. Chicas malditas que tienen que rondar los cuerpos de agua donde sufrieron muertes violentas».

Gisela tenía más o menos la misma edad que él. Así que ella solo tenía su edad cuando…

—¿Era tu prima? —Gisela enrolló un mechón de cabello alrededor de un dedo—. Es más amable de lo que esperaba. He oído hablar de ella entre los otros espíritus. Tiene una reputación. Creo que incluso le temen más a ella que a ti.

La envidia atravesó a Kazik como un cuchillo. No lo dudaba. Zuzanna tenía una fuerza muy intimidante cuando se ponía seria.

—La he visto enfrentarse a una estrige ella sola. No creo que le tenga miedo a nada. ¿Tú tienes…? ¿Tenías…?

—Tengo un hermanito. Hugo. Tiene doce años. Bueno, ahora trece. Me perdí su último cumpleaños después de que… —La mirada de Gisela cayó sobre su regazo. Aún estaba enredando el mechón de cabello alrededor de su dedo.

Kazik contuvo el aliento y esperó que ella continuara, que revelara qué le había pasado, cómo se había convertido en una ninfa acuática, cómo había muerto. Una parte morbosa de él deseaba saberlo desesperadamente.

—No lo recuerdo —dijo finalmente—. Lo que pasó. Es como si hubiera un gran hueco en mi memoria. Un momento llego a Leśna Woda; al siguiente me despierto como un espíritu.

Kazik frunció el ceño.

—¿No recuerdas nada en absoluto?

—A veces tengo pesadillas en las que siento que me persiguen, como si estuviera huyendo de algún horror sin nombre, pero no estoy segura de si eso es realmente un recuerdo —Gisela frotó distraídamente la base de su cráneo—. Y a veces siento que he estado en algún lugar o que he visto a alguien antes. Oigo una voz que me suena familiar. Me asusto sin razón aparente. Pero no hay contexto. Nunca sé por qué reacciono de esa manera. Ni siquiera Wojciech sabe qué me pasó, y él sabe todo lo que ocurre en su río. Las otras ninfas acuáticas dijeron que él estaba distraído esa noche porque escuchó que tu abuela había sido atacada.

El ceño de Kazik se veía cada vez más marcado.

—Pero no importa. En cierto modo, me alegra no recordar. No necesito saber lo que pasó. Lo único que me importa es recuperar mi humanidad, volver a tener mi vida. Mi familia… —Gisela mordió su labio—. Mi padre no es… Él pasa mucho tiempo fuera, viajando y haciendo negocios. Depende de mí para que cuide las cosas. Yo soy la que cuida a mi hermano. Por eso realmente necesito un beso, para poder dejar de rondar este lugar e irme a casa.

La luz de la luna los envolvía.

Kazik trató de decirse a sí mismo que no le importaba esta última revelación sobre la motivación de Gisela. Los espíritus eran manipuladores. Eran mentirosos. Se complacían en confundir y engañar a los humanos. Pero lo que ella había dicho sobre su familia lo hizo pensar en su madre: siempre ocupada con el trabajo o un nuevo novio, indiferente y ajena a su vida. Una parte de él siempre se había preguntado qué habría pasado si sus abuelos no hubieran estado ahí para recibirlo, si no hubiera habido alguien para cuidarlo.

Gisela suspiró en el silencio.

—No tienes que creerme. Pero me siento culpable, como si hubiera escapado a un nuevo mundo mágico y hubiera dejado a Hugo atrás, solo. Tengo miedo de que esté completamente solo. Me preocupa que nadie esté al pendiente de él.

—No deberías sentirte culpable —dijo Kazik, las palabras salieron de su boca a pesar de que la parte racional de su mente le gritaba en protesta—. No pediste esto. Tú… podrás ver cómo está cuando seas humana otra vez.

Gisela levantó la mirada.

—Aún no estoy completamente convencido. —Todavía tenía sus dudas. ¿Un beso sería realmente suficiente para devolverle la vida a Gisela?—. Pero prometí que te ayudaría, ¿verdad? Así que hablemos de chicos.

15
LA TRANSFORMACIÓN

Kazik

Se quedaron despiertos casi toda la noche hablando, lo cual fue extraño porque hablar con personas usualmente agotaba a Kazik. Le contó a Gisela sobre sus diversos encuentros con chicos turistas atractivos —los buenos y los hilarantemente malos—. Le explicó cómo eran los chicos y lo que les gustaba. A la mañana siguiente, después de que Zuzanna se fue, hasta terminó haciéndole un mini cambio de look. Honestamente, era un milagro que Gisela hubiera logrado que alguien pensara que era humana mientras iba corriendo por ahí como un espectro descalzo con sus vestidos blancos como de fantasma y su largo cabello empapado.

—No puedo dejar que se seque —protestó ella.

—Entonces al menos trénzalo o amárralo o algo así.

La dejó usar una de las ligas para el cabello de Zuzanna, un par de sus sandalias viejas y un sombrero de paja de ala ancha con un listón rojo fresa que su prima había dejado en la casa. Lamentablemente, no podía prestarle ninguno de los coloridos vestidos de terciopelo de Zuzanna —su prima hacía casi toda su ropa ella misma y lo mataría si dejaba que una creatura como Gisela los usara—. La siguiente persona más cercana al tamaño de la ninfa acuática, por mucho que le doliera admitirlo, era él.

No iba a prestarle su ropa.

—¿Por qué no? —se quejó Gisela, siguiéndolo por el pueblo—. Apuesto a que me vería bien —Y le lanzó una mirada coqueta.

Kazik soltó una carcajada y caminó más rápido. ¿Por qué querría ella usar ropa de chico cuando la ropa de chica era mucho más bonita? Al menos era más fácil lidiar con ella cuando era coqueta y molesta que cuando estaba triste y vulnerable.

Se secó el sudor de la frente. Otro día soleado. El cielo estaba insoportablemente hermoso, de un azul perfecto. El aire olía a miel y flores de manzano. La avenida estaba rodeada de árboles y cubierta de pétalos, y serpenteaba por las tiendas hasta el mercado de agricultores; parecía algo sacado de un cuento de hadas. Kazik solía estar tan ocupado corriendo de un lugar a otro que no se daba cuenta de la belleza a su alrededor. Hacía mucho tiempo que no se detenía a disfrutarlo, que no se tomaba el tiempo para realmente observar todo.

Solo dio unos pocos pasos más antes de que Gisela se metiera en su camino. Ella volteó y comenzó a saltar hacia atrás frente a él, sonriendo maliciosamente bajo la sombra de su sombrero de paja. Su piel seguía brillando débilmente, verdiazul bajo el sol, pero tan débilmente que podría haber pasado por un truco de la luz.

Un destello extraño en la visión periférica de Kazik lo hizo darse la vuelta, luego se quitó los lentes y los limpió para asegurarse de que no fuera una mancha la que causaba el efecto. Pero no había visto ni siquiera un atisbo de otro terror profano, no había tenido la sensación escalofriante de ser observado. Supuso que era porque Gisela estaba con él. En su mayoría, los espíritus tendían a evitar las presas de otros.

—Podrías comprarme algo más colorido —dijo ella y vió con añoranza a través de las ventanas lustrosas de una tienda de ropa elegante, donde había un maniquí en exhibición. Traía un vestido de color verde menta con mangas cortas y abultadas, un escote bajo en forma de pico, y un listón de seda cremosa apretaba la tela etérea debajo del busto y se ataba en un tierno moño en la parte de atrás.

Parecía algo que usaría un ángel.

Gisela emitió un suave suspiro de anhelo. Los muertos impuros siempre estaban sedientos de aquello que habían perdido, de los adornos de las vidas que una vez vivieron. Las rusalki, en particular, tenían apetito por las cosas bonitas y frívolas: listones para el cabello, pañuelos y joyas brillantes, todos los tesoros que la gente les dejaba como ofrendas. Kazik ni siquiera quería pensar en cuánto costaría un vestido como el que estaba en la ventana.

—No te quedaría bien —dijo y continuó su camino. Gisela mantuvo el paso—. Eso no fue exactamente un no.

—Definitivamente no fue un sí. —Claramente, su costumbre de discutir tomaría más de una noche juntos para romperse—. ¿No te da ropa el goblin acuático?

—Claro que sí. Pero son cosas imposibles de usar: vestidos hechos de niebla y rayos de luna o de remolinos de espuma y burbujas de agua. No puedes usarlos en el mundo mortal, así que cuando venimos aquí, usamos la ropa con la que morimos o harapos que robamos de los tendederos.

Kazik volteó a verla, pero Gisela no parecía particularmente triste por lo que acababa de confesar.

Miró a través de otro aparador y admiró la selección de pasteles de crema y bollos de queso dulce de una panadería, puestos sobre camas de pétalos de flores.

—Entonces, ¿qué sigue?

—Como dije, me acercaré a Aleksey. Veré si puedo averiguar qué tipo de chicas le gustan y te pasaré la información. Luego le pediré que venga a hacer senderismo con nosotros. Diré que estás de visita por el verano y que yo no conozco bien los senderos. Al rato a Villa Hyacinth. Ahora tengo que hacer unos mandados en el mercado.

—¿Ahora?

—Ahora. Mira —dijo Kazik serio, desacelerando—, no puedo dejar todo por ti. Tengo responsabilidades. Hay otras personas que también necesitan mi ayuda. —Tenía que encontrarse con la señora Mróz y recoger las velas del altar que ella le había conseguido para poder hacer un ritual. Y quería ver a la señora Mróz por otra razón. Algo que Gisela había dicho anoche le rondaba la cabeza.

«Ni siquiera Wojciech sabe lo que me pasó, y él sabe todo lo que pasa en su río. Las otras chicas dijeron que él estaba distraído esa noche porque había oído que tu abuela había sido atacada».

Un presagio incómodo recorrió a Kazik. Solo era el misterio, la sincronía, se dijo a sí mismo, lo que lo tenía preocupado.

—Después te cuento qué dice Aleksey. Entonces podremos ensayar lo que le vas a decir y cómo deberías actuar.

Era mejor tomárselo con calma. A pesar de sus muchos encuentros, Kazik no era exactamente un experto en esto. El romance —especialmente entre un chico y una chica— no era algo en lo que estuviera muy versado. Una pequeña parte él temía estar preparando a Gisela para el fracaso. Pero ella tenía tan pocas probabilidades con Aleksey como Kazik, con o sin su ayuda, lo que es decir que no tenía muchas probabilidades en absoluto.

No era que no la encontrara atractiva. Desafortunadamente. Kazik no pensaba que *él* fuera poco atractivo tampoco. Pero Gisela era, bueno, el espíritu lujurioso de una chica muerta, y él era el nieto de una bruja, un chico que se comunicaba con demonios. Ninguno de los dos era exactamente… candidato idóneo para unos besos.

No era como que Aleksey fuera a escoger a alguno de ellos cuando podría tener literalmente a cualquier persona.

Pero cuando Aleksey inevitablemente rechazara a Gisela, eso sería todo. Kazik podría redirigir su atención hacia alguien más adecuado. Mientras tanto, ella no estaría causando problemas. Tal vez esto incluso sería suficiente para que lo volvieran a recibir en buenos términos en el Cielo. Kazik se animó un poco al pensarlo.

—Pero ¿qué se supone que debo hacer hasta entonces? —gruñó Gisela.

—Lo que quieras. ¿Qué hacen normalmente las ninfas acuáticas cuando no están tratando de engañar a humanos desprevenidos para que se enamoren de ustedes?

—A veces nos entretenemos volcando los pequeños botes de remos que los turistas sacan al río, para asustarlos.

—No hagas eso —le dijo Kazik de inmediato. Levantó una mano para proteger su rostro cuando una brisa sopló por la calle y arrancó hojas y flores de los árboles a su alrededor. Atrapó un pétalo en su palma. Era liviano como el aire. De un rojo sangre profundo.

—Voy contigo —dijo Gisela— al mercado. Puedo ayudarte con los mandados. Será más rápido. No voy a permitir que me dejes otra vez. Sabes, es casi sospechoso cómo sigues tratando de retrasar juntarme con alguien. ¿Estás seguro de que no estás secretamente enamorado de mí? Sabes… podrías besarme tú mismo.

—Eso te gustaría, ¿verdad? No va a suceder.

—Te gusto, admítelo.

—No puedo esperar al día en que finalmente me libre de ti.

El alegre sonido de una campanita de bicicleta los hizo saltar y alejarse cuando una chica en una bicicleta rosa con canastilla pasó a toda velocidad, peligrosamente cerca. Los malditos turistas las alquilaban en la estación de autobuses para pedalear por la ciudad. El sonido asustó a un gato atigrado y gordo que estaba en el umbral de una tienda cercana.

El gato cruzó la calle para saludarlos, pero decidió escapar con un furioso siseo y todo su pelaje erizado en el momento en que olió a Gisela y se dio cuenta de lo que era.

Gisela hizo un puchero. Los animales siempre eran más sensibles a la presencia de un espíritu que los humanos. Algunos demonios incluso le temían a los gatos y los perros.

—Solo espérame —dijo Kazik.

—Pero ¿qué hago mientras te espero?

—Yo podría hacerte compañía —ofreció alguien con voz grave.

Kazik se tensó. Gisela volteó.

Aleksey estaba a unos pasos detrás de ellos, sus pies rodeados de pétalos rojo sangre. Los saludó con una inclinación casual de la cabeza, y una sonrisa dibujó hoyuelos en sus mejillas.

El corazón traidor de Kazik dio un salto. No necesitaba mirar a Gisela para saber que también se estaba derritiendo. Sabía lo que esa sonrisa con hoyuelos le hacía a la gente, incluido él mismo. A veces resentía la habilidad de Aleksey para hechizar a todos, pero nunca podía sostener el resentimiento por mucho tiempo.

Aun así, no deberían permitir que la gente anduviera por ahí sonriendo de esa manera.

—¿Otra vez estás aquí? —notó Aleksey y fijó su mirada en Gisela.

Gisela sonrió de oreja a oreja.

—No es fácil deshacerse de mí, ¿verdad, Kazik?

Su voz sonaba aguda.

—No es que no lo intente —dijo Kazik.

Gisela le dio un codazo en el costado.

Kazik se quejó.

Aleksey parecía estar tratando de no reírse.

—Sabes, creo que te tengo celos, Gisela. Kazik es prácticamente un ermitaño, pero esta es la segunda vez que lo veo contigo. Debes ser una persona muy especial —Sus ojos subieron para encontrarse con los de Kazik por un momento antes de que su atención volviera a Gisela—. O realmente debes gustarle.

Kazik se atragantó con su propia saliva.

—¡Eso es lo que estaba diciendo yo! —exclamó Gisela.

—¿Eh?

—Pero solo somos amigos. Kazik no es *para nada* mi tipo —añadió, tan rápido y tajante que el temperamento de Kazik se encendió.

—¿De veras? —dijo él—, pensé que habías dicho en el cementerio que yo era peligroso y sexy.

—E-esos fueron solo… —Gisela se quedó sin palabras.

Kazik no recordaba haber sido él quien la desconcertara alguna vez.

Daba mucha satisfacción hacerlo.

Ella le lanzó una mirada fulminante. Él ni siquiera intentó ocultar su sonrisa burlona.

—¿No tenías que hacer unos mandados? —preguntó Aleksey, antes de que la situación pudiera escalar—. ¿En el mercado? Yo también voy para allá. No pude evitar escuchar.

Kazik se preguntó cuántos de sus comentarios había escuchado Aleksey, cuánto tiempo llevaba ahí.

Gisela se veía igualmente incómoda, pero eso no le impidió decir:

—Es cierto, Kazik, ¿no tenías unos mandados que hacer? Mejor apúrate.

—Yo le mostraré la ciudad a Gisela —dijo Aleksey mirándola—. Esperaba tener la oportunidad de hablar contigo otra vez.

Los ojos de Gisela se abrieron de par en par. Si hubiera sido humana, probablemente se habría sonrojado. Kazik quería gritarle que no actuara tan desesperada. Seguro que Aleksey no encontraría eso atractivo.

Los miró a los dos y sintió una extraña e irracional sensación de traición.

—Está bien. Hazlo —dijo, hundiendo los hombros sin más, y reprimió un estallido innecesario de celos para sacudirse esta extraña e inapropiada sensación de posesividad. No era como si tuviera algún derecho sobre Aleksey, ni sobre Gisela—. No me tardaré. Solo tengo que hablar con la señora Mróz —Y comenzó a alejarse con pasos largos.

—Tómate tu tiempo —gritó Aleksey detrás de él.

16
EL BANQUETE DE LOS DIOSES

Gisela

A pesar de lo ansiosa que estaba Gisela por volver a hablar con Aleksey, una ola de ansiedad recorrió su cuerpo cuando Kazik los dejó solos. Probablemente no debía encontrar tanto consuelo en la presencia del cazador. Pero debía darle crédito: usar el sombrero de paja y trenzar su cabello realmente estaba ayudando a que no se secara tan rápido, lo cual era bueno porque no tenía su peine para conjurar agua de emergencia.

Levantó la barbilla para mirar a Aleksey y sostuvo la orilla de su sombrero para evitar que se volara con la brisa. Trató de pensar con rapidez en algo inteligente que decir. ¿Qué había dicho Kazik anoche? ¿Cómo le había dicho que debía actuar? ¿Cómo debía cautivar a Aleksey? Ambos habían coincidido en que reírse de todos sus chistes y hacerle cumplidos probablemente era un buen comienzo.

Aleksey la miraba atentamente, casi con expectación, como si estuviera esperando que le dijera algo ahora que estaban solo los dos. Sus ojos se entrecerraron, llenos de curiosidad.

¿O era sospecha?

Gisela tragó saliva. Kazik le había advertido que Aleksey creía en los espíritus, que sería difícil engañarlo. Luchó contra el impulso de retorcerse de nervios.

—¿Tienes hambre? —preguntó Aleksey, cuando el silencio amenazó con volverse incómodo.

—¡Sí! —dijo Gisela, aliviada. Kazik no se había molestado con el desayuno. No sabía si estaba ayunando por el bien de su alma o por algo igual de santo, o si simplemente se había olvidado de comer. De cualquier manera, eso explicaba por qué el cazador era tan delgado—. Tengo un hambre terrible.

—Yo también —Con una sonrisa desarmante, Aleksey la guio hasta el bullicioso mercado de agricultores de Leśna Woda. El lugar estaba lleno de gente caminando hombro con hombro, regateando, quejándose del calor, del gobierno y del precio de la carne. Los puestos a ambos lados de la calle vendían todo tipo de golosinas: canastas de jugosos frutos silvestres y hierbas recolectadas en el bosque y los campos, ruibarbo y enormes repollos, chantarelas y botellas de jugo de abedul, incluso zapatillas tejidas a mano y mucho queso de cabra.

El delicioso aroma de la carne asada y las cebollas flotaba en el aire. A la izquierda de Gisela, un carrito de comida vendía salchichas ahumadas; a su derecha, un puesto sombreado por una lona a rayas exhibía un cartel que afirmaba servir los mejores dumplings de la región.

Aleksey se alejó de su lado y regresó momentos después con tenedores y dos platos de dumplings rellenos de arándanos frescos, cada porción cubierta con una generosa cucharada de crema agria y espolvoreada con azúcar crujiente.

Gisela estaba en el paraíso. Los dumplings eran la comida de los dioses. Aleksey debió pensar lo mismo, porque prácticamente estaba inhalando su porción.

—Divinos, ¿verdad? —dijo, observándola tragar, complacido por su reacción—. Hay otro puesto más adelante donde sirven los mejores panqueques crujientes de papa con gulash. Pero este es mi favorito. ¿Ya habías probado los dumplings dulces?

Gisela lamió su tenedor y asintió.

—Mi tía abuela solía hacerlos para nosotros. Tenía un puesto en los mercados flotantes de mi ciudad.

—¿Mercados flotantes?

Solo por ser cautelosa, Gisela evitaba hablar sobre sí misma cuando estaba tratando de gustarle a un humano; había demasiadas cosas que no podía contarles. Pero cuando tenía que hablar de sí misma, su isla natal era un tema seguro, algo que inmediatamente la hacía parecer más interesante. Después de todo, Caldella era un misterio, una isla-ciudad mágica donde los humanos vivían bajo el gobierno de una malvada reina bruja. Durante más de una década se había prohibido a los forasteros visitar la isla. Incluso la existencia de la isla era tema de debate.

—Son mercados donde todo se vende desde pequeñas lanchas. Soy de Caldella —Lanzó el nombre como un anzuelo, y como esperaba, Aleksey lo mordió. Su voz subió de tono.

—¿Eres de la isla de las brujas? ¿Cómo es ahí?

Así que, entre deliciosos bocados de dumpling, le contó sobre los puentes en forma de media luna que se arqueaban sobre los canales de la ciudad. Sobre los botes escoba, las pequeñas embarcaciones mágicas que te llevaban por esos canales con solo un golpe de nudillos. Sobre las casas adosadas pintadas de colores pastel y las brujas que atrapaban estrellas fugaces y preparaban cócteles en teteras. Sobre los horribles sacrificios que la reina hacía para evitar que la ciudad se hundiera y el gran pilar de piedra grabado con las palabras «nuestro amor evita que nos ahoguemos». Le habló de las pozas de marea donde solía llevar a Hugo a atrapar pequeños cangrejos naranjas, sobre cómo en invierno, cuando las brujas congelaban el mar por completo, caminaban sobre las olas heladas y sentían la marea oscura golpeando como un latido bajo sus talones.

Aleksey escuchaba atentamente cada una de sus palabras, con una fascinación halagadora y casi infantil.

Gisela sonrió para sí misma.

Cuanto más hablaba sobre la isla, más cerca se sentía de ella. Sentía que podía levantar la vista ahí mismo y ver el brillo del mar y las oscuras torres del palacio de la reina bruja surgiendo de las profundidades; que podía escuchar el estallido de las olas negras como tinta, y las melodías suaves flotando desde las ventanas del famoso conservatorio.

—Pareces extrañarla —dijo Aleksey y le regresó sus platos vacíos a la mujer que atendía el puesto de dumplings.

Lo hacía. Extrañaba el aire salado y dulce, y a Hugo, con tanta intensidad que era como un dolor. Anhelaba la familiaridad, las cosas que conocía a la perfección. Pero también había algunas cosas que no extrañaba. Como tener que ir a la escuela, donde siempre estaba en problemas por llegar tarde o no terminar su tarea porque estaba ocupada ayudando a su hermano a terminar la suya. Y su padre… Había intentado convertir su constante ausencia en un juego. La primera vez que se quedó a cargo, se sintió muy orgullosa de que él confiara en ella para encargarse de todo mientras él estaba fuera. Se sintió importante, valorada y, ah, tan adulta. Ninguno de sus compañeros tenía ese tipo de responsabilidad ni libertad. Ella y Hugo podían acostarse tan tarde como quisieran, comer lo que les gustara —postre en cada comida— y a nadie le importaba.

—La extraño —dijo ella, sincera por una vez. Kazik había respondido mejor a su sinceridad y sus miedos que a sus coqueteos, lo cual no era nada cómodo. Gisela no estaba acostumbrada a ser tan honesta sobre lo que sentía. Pero tal vez Aleksey reaccionara de la misma manera. Valía la pena intentarlo—. Pero también me gusta aquí. Es solo que… es diferente. —Se puso a caminar al lado de Aleksey. Deambularon sin rumbo a través de los puestos del mercado—. Ha sido difícil acostumbrarse.

—Creo que sé a qué te refieres.

Gisela levantó una ceja.

—¿No has vivido aquí toda tu vida? Kazik me había dicho que sí.

Una expresión peculiar cruzó el rostro de Aleksey. Su mirada se fijó en ella, aún con más curiosidad que antes.

—¿Tú y Kazik hablaron de mí?

Mierda.

—Eh…

—Parecen muy cercanos.

—Te dije que solo somos amigos.

—¿Solo amigos?

—Solo amigos —enfatizó Gisela. Aleksey sonrió.

—No protestes tanto. Podría pensar algo que no.

—¿Por qué te importa, de todos modos? —le dijo Gisela—. ¿Por qué tienes tanta curiosidad sobre si nos gustamos? ¿Me trajiste aquí solo para interrogarme sobre nuestra relación?

Aleksey levantó las manos en una rendición falsa.

—Me atrapaste. Quería ver qué tipo de persona eras y asegurarme de que no tuvieras malas intenciones con Kazik. Él tiende a atraer a personas nefastas.

Vaya.

Eso… Bueno, era decepcionante, obviamente. Ella había esperado que quisiera pasar tiempo juntos simplemente porque le había gustado. Pero también era un poco dulce, la forma en que estaba cuidando a su compañero de escuela de la infancia.

Aleksey realmente era una buena persona. No era de extrañar que hasta Kazik lo encontrara atractivo.

—¿Entonces… cómo te convertiste en «solo amiga» de él? —le preguntó Aleksey—. Kazik no suele permitir que se le acerquen. Es difícil encontrar una entrada en su armadura. —Su mirada se deslizó nuevamente sobre ella, esos hermosos ojos extrañamente intensos buscaron los suyos—. Él no está aquí. No tienes que fingir. Entiendo por qué te atrae. El cazador famoso de Leśna Woda es muy guapo. Y tiene el tamaño perfecto para comérselo de un mordisco.

—Haces que suene como si quisiera comérmelo.

—¿No quieres?

Gisela se distrajo demasiado para responder. Habían pasado por un puesto de mermeladas artesanales y miel de abeja natural. El dueño, que se veía enojón, estaba hablando con un cliente. Ningún humano reparó en ella, pero tampoco en el pequeño y sucio chort que estaba detrás de los frascos. Era del tamaño de un gato, pero tenía un cuerpo humanoide. Traía un pequeño bote de humo y unos cuernos curvos salían de su sombrerito.

La tía abuela Zela susurró al oído de Gisela: «Demonio apicultor».

Un tipo de espíritu doméstico que habitaba el mundo humano. Gisela los había visto vigilando las colmenas que algunas de las familias locales mantenían en el bosque. Los había escuchado cantándole a las abejas. Miray le había mostrado cómo escabullirse entre ellos para robar panales cuando tenía hambre.

El pequeño demonio la miraba fijamente.

Trató de hacer como si no lo viera. Lo último que necesitaba en ese momento era que reconocieran lo que era, que montara un escándalo y la delatara. Con el sombrero de paja y su cabello trenzado, esperaba que no...

Con un sonido emocionado, el demonio saltó y derribó un frasco de miel. El dueño del puesto volteó hacia el estruendo. Aleksey se detuvo.

Si él creía en los espíritus, ¿significaba eso que también podía verlos? ¿Ver al pequeño demonio que agitaba su bote de humo con rabia?

Entrando en pánico, Gisela se quedó paralizada. Pero, gracias a todos los santos, un ladrido fuerte cortó el bullicio del mercado.

Un perrito blanco y esponjoso se lanzó hacia sus rodillas. Ella tropezó contra Aleksey, que apoyó una mano en su espalda para estabilizarla.

Mientras lo hacía, Gisela vio al demonio apicultor huir detrás de los frascos de miel.

—¡Lo siento mucho! —gritó una voz, pidiendo disculpas. Una chica de cabello rubio y largo, vestida con un vestido veraniego color durazno, salió de la multitud—. Le encanta escaparse.

Gisela se mantuvo muy quieta y miró al pequeño perro que olisqueaba sus piernas. Su correa se arrastraba por toda la banqueta.

Siempre había una probabilidad del cincuenta por ciento de que un animal reaccionara mal a su presencia, lo cual probablemente era el motivo por el que el demonio apicultor se estaba escondiendo.

Con cautela, se agachó para acariciar al perro en la cabeza, casi desmayándose de alivio cuando él le olfateó la palma con su fría y húmeda nariz y movió la cola como loco.

Eso había estado muy cerca.

Se arriesgó a mirar a Aleksey y rezó para que no hubiera notado nada extraño. Pero él estaba ocupado frunciéndole el ceño a la chica. Algo hizo clic en la cabeza de Gisela: esta era la chica que había estado con él en el cementerio el otro día.

—No te preocupes —le dijo a la chica, y luego se dirigió al perro—. Sí, sí, me alegra mucho verte también, de verdad. ¿No eres adorable? ¡Sí, lo eres!

—Es un desastre —dijo la chica. De cerca, era incluso más bonita de lo que Gisela había sospechado. Sus ojos eran del color del humo, y sus labios se veían tan suaves y rosados como pétalos de rosa—. A veces solo quiero pellizcarle las orejitas hasta que chille.

Dándose cuenta de que se le quedó viendo muy fijamente, Gisela volvió a mirar al perrito. Tal vez podría ofrecerse a pasearlo y así usarlo para ahuyentar a los espíritus que aparecieran.

El perro terminó de olfatearla y corrió hacia Aleksey para inspeccionarlo.

—No esperaba verte aquí, Roza —dijo él—. Pensé que tenías clase de piano esta mañana.

—Voy para allá —dijo Roza, todavía con la atención en Gisela—. Tú eres la chica con la que Kazik estaba el otro día, su amiga. —Le lanzó a Aleksey una mirada interrogante y después se puso a escanear el mercado con mucho interés—. ¿Dónde está nuestro encantador cazador el día de hoy? Debería saludarlo.

El perrito le ladró a Aleksey, luego saltó de vuelta hacia Gisela antes de tirarse de espaldas a sus pies y mover las patas en el aire, lo que dejó claro que quería que le rascara la panza. Frunciendo el ceño, Gisela accedió. Algo en el tono de Roza la irritaba, no le gustó escuchar a esta chica describir a Kazik como encantador. A Aleksey pareció afectarle de la misma manera.

—Tenía que hacer unos mandados —respondió él con tono cortante.

—Claro, tenía que hacer mandados. Es tan difícil estar con él —Un tenue surco apareció entre las cejas pálidas de Roza—. ¿Cómo te empezaste a llevar con él? —le preguntó a Gisela.

—Es una larga historia. —Gisela no quería entrar en detalles, así que señaló al perro—. ¿Cómo se llama?

—Poppy. ¿Y tú, cómo te llamas? ¿Por qué andas por ahí con Aleksey? Sabes, me pareces conocida. ¿Nos hemos visto antes?

—No lo creo —Gisela no recordaba haberlo hecho.

—¿De verdad? Porque siento que…

Un gruñido profundo salió de la garganta de Poppy. El perro estaba de pie nuevamente, olfateando el aire en busca de una amenaza. Gisela miró hacia el puesto de miel; el diablillo apicultor había sacado su cabecita ensombrerada de entre los tarros.

—¿Qué te pasa ahora? —regañó Roza a Poppy cuando empezó a ladrar—. ¡Cállate!

Aleksey levantó al perro y lo puso en los brazos de Roza. Había un tono en su voz que Gisela no había oído antes.

—Llévatelo de aquí. Está haciendo un escándalo.

—Pero… —dijo Roza.

—Y vas a llegar tarde a tu clase. La gente va a hablar.

Poppy se retorció en los brazos de Roza e intentó morderle la barbilla. Ella siseó y le mostró los dientes. Ella y Aleksey intercambiaron una mirada indescifrable, manteniendo el contacto visual por un tiempo desconcertantemente largo antes de que la atención de Aleksey volviera a Gisela.

—Ven, Gisela. Vámonos.

Deseosa de alejarse del puesto de miel, Gisela fue tras él. Echó un último vistazo por encima de su hombro. El diablillo apicultor se había escondido otra vez, pero los ojos de Roza estaban fijos en ella, observándola y evaluándola.

Gisela estudió a Aleksey después, pero nada en su perfil revelaba lo que estaba pensando.

—Entonces —dijo—, ¿tú y Roza?

—Es una amiga —respondió Aleksey.

—¿*Solo* una amiga?

Los pasos de Aleksey se hicieron más lentos. Su mirada se desvió hacia un lado.

Gisela le sonrió inocentemente. Aleksey soltó una carcajada.

—Solo una amiga. Es alguien que conozco desde hace mucho tiempo. Le gusta seguirme y meterse en lo que sea que esté haciendo. De alguna forma es como una molesta hermana pequeña.

—Ah. —Entonces ella era como Hugo. No era que Hugo fuera tan molesto, excepto cuando hacía berrinches, le decía mandona y se negaba a ir a la cama. En cualquier caso, Gisela se sintió aliviada de saber que Aleksey no estaba interesado en Roza como algo más que una amiga. Tal vez había bromeado con Kazik sobre la otra chica siendo un obstáculo, pero no tenía ningún deseo de competir con nadie por el afecto de Aleksey.

Una brisa hizo bailar los listones de su sombrero.

—¿Habías dicho algo sobre panqueques de papa?

El rostro de Aleksey se iluminó.

—¿Quieres probarlos?

—Deberíamos comprar algo para Kazik también —dijo Gisela—. No come lo suficiente.

—Esa es una excelente idea.

17

CIRIOS DE LA IGLESIA

Kazik

Quizá Kazik no encajaba con las personas de su edad, pero los mayores lo adoraban. La señora Mróz sonrió y se emocionó en cuanto lo vio acercarse al pequeño puesto donde vendía flores.

—¡Kazik! Me estaba preguntando cuándo ibas a pasar. Tu rostro se ve delgado. ¿Has estado comiendo bien?

—¿Tiene velas para mí? —preguntó, y se apartó un poco para dejarle espacio a un posible cliente. Un apuesto hombre con barba había hecho una pausa para admirar la variedad de ramos listos que estaban expuestos en cubetas: ramos de lilas y narcisos con gotas de rocío, ramitas de tulipanes rosas y naranjas, jacintos azules y primaveras de todos los colores.

La señora Mróz le guiñó un ojo a Kazik.

—¡Por supuesto! Ven. —Era una mujer corpulenta con cabello blanco como la nieve que siempre llevaba el mismo chal floral, sin importar el clima—. ¡María! Kazik llegó.

Una segunda mujer, casi idéntica, salió de abajo de la sombrilla verde del puesto. Su cabello blanco estaba cubierto por un pañuelo que se ataba en un nudo bajo su barbilla. Sostenía un enorme ramo de lirios amarrado con una cinta amarilla.

Kazik hizo una señal de saludo con las manos, como Babcia le había enseñado. La hermana menor de la señora Mróz no había pronunciado una palabra desde la guerra. Le puso una mano en el brazo y lo guió detrás del puesto. Los hombros de las hermanas estaban encorvados por la edad, pero aun así lograban ser más altas que él. Por todos los santos, odiaba ser siempre la persona más baja de la habitación.

La señora Mróz echó una mirada furtiva por encima del hombro antes de agacharse a buscar en una caja de madera lo que Zuzanna solía llamar las mercancías ilegales.

En otras palabras, velas de cera de abeja para altar, sacadas de la iglesia.

—David hizo sopa —le dijo la señora Mróz y puso un termo caliente en las manos de Kazik—. Es tu favorita. —Lo que significaba que era sopa de acedera con zanahorias y papas jóvenes.

Kazik tomó el termo solo porque sabía que la señora Mróz no aceptaría un no por respuesta. Siempre intentaba alimentarlo. La forma en que las ancianas del círculo de rosarios de Babcia insistían en cuidarlo siempre lo hacía sentir querido, pero también agobiado. Algunos días sentía que nunca se quedaría sin abuelas.

—¿Cómo está? —preguntó. David era el segundo esposo de la señora Mróz—. ¿Sigue teniendo problemas para dormir?

—El té de toronjil que nos recomendaste ayudó mucho. Sigo diciéndole que necesita cansarse, pero se niega a ir a caminar. —La señora Mróz suspiró—. Ahora evita el bosque. No lo admitirá, pero sé que tiene miedo.

La primavera pasada, David Mróz había ido de excursión con un amigo.

Los dos hombres se adentraron fuera de los senderos habituales y caminaron mucho más lejos de lo que generalmente se aconsejaba. Habían oído a un niño llorando. Deberían haber tenido mejor instinto que el de seguir ese sonido, viviendo ahí. Había al menos una docena de horrores capaces de imitar voces humanas, espíritus que podían asumir incluso las formas de seres queridos. Y así, esa misma noche, regresaron a casa con algo más dentro de ellos.

Había un tipo particularmente sagaz de demonio del bosque que disfrutaba hacerse pasar por humano. Los biesy eran creaturas astutas conocidas por poseer mortales y causar caos. Era difícil pelear con ellos y aún más difícil atraparlos porque, cuando poseían a alguien, podían tomar sus recuerdos, lo que facilitaba su imitación de esa persona. Cuando querían, podían integrarse casi sin esfuerzo en la sociedad humana.

Normalmente, solo un rastro de cuerpos los delataba.

Kazik aún recordaba cómo se le había erizado la piel cuando miró al señor Mróz y vio otra cosa: algo miserable y hambriento que lo miraba desde detrás de la máscara de ese rostro familiar curtido por el sol. Recordaba toda la maldad que emanaba del anciano y la velocidad antinatural con la que se había movido, la forma en que el demonio había burlado a Kazik cuando le exigió que dejara el cuerpo que estaba controlando.

«¿O qué? No puedes hacerme daño, cazador, sin lastimar al hombre que llevo puesto».

La mirada en esos ojos, tan confiada, tan llena de desprecio.

Kazik torció el labio. Lo había subestimado. Había arrancado esa cosa de raíz, expulsado a los demonios de los cuerpos de ambos hombres. Pero el más poderoso de los dos había herido a su abuela en represalia antes de huir de nuevo al bosque a lamerse sus heridas. Kazik debería haber perseguido a las creaturas y terminado con ellas, pero se quedó con su abuela. Ella falleció poco tiempo después, por una caída que no estuvo relacionada, pero una parte de Kazik culpaba a los biesy de su muerte. Si no hubiera estado debilitada por las heridas, quizá habría tenido la fuerza para recuperarse.

Frunció el entrecejo; la historia de Gisela volvió a su mente.

«Incluso Wojciech no sabe qué me pasó… Las otras ninfas acuáticas dijeron que estaba distraído esa noche porque tu abuela había sido atacada».

Una explosión de risa lo sacó de sus pensamientos. Volteó la cabeza para ver a dos de sus compañeros de infancia pasar frente al puesto, brazo con brazo. Stefan, quien solía burlarse de Kazik por recoger flores con su abuela, y Anna, quien, cuando tenían once años, había invitado a Kazik a una fiesta de té solo para chicas y le había pedido que les enseñara cómo invocar un demonio. Aún se veían como niños, despreocupados de una manera que él sabía que nunca podría ser. A veces se sentía tan desconectado de las personas a su alrededor que era como si viviera en una realidad completamente diferente. El mundo por el que ellos se movían no era su mundo.

Kazik se preguntó cómo sería no tener preocupaciones, responsabilidades, ni espíritus malignos tratando activamente de arruinar tu vida. ¿Qué hacían las personas normales?

Con un suspiro, guardó cuidadosamente el termo de sopa dentro de la bolsa de papel café llena de cirios que la señora Mróz le había dado.

—¿Recuerda haber oído algo sobre una turista que se ahogó en el río o que desapareció? —preguntó. Ella sabría algo; las abuelas locales se encargaban de saber todo.

—¿Una turista? —La señora Mróz frunció el ceño—. ¿No te refieres a esa pobre mucama de Villa Lilia? Dicen que se había involucrado con uno de los invitados, un hombre comprometido para casarse, y todos sabemos cómo acaban esas cosas. Hoy en día contratan a esas chicas de cualquier parte.

—No, no es ella. —Esa muerte había ocurrido más recientemente. Un suicidio, al parecer. Hubo una investigación, pero las autoridades descartaron cualquier acto criminal, aunque Kazik había escuchado rumores de lo contrario. No sería la primera vez que un turista rico sobornaba a alguien para salir de un lío—. Esto habría ocurrido la primavera pasada, el día en que viniste a ver a Babcia porque tu marido no estaba actuando como él mismo.

Frunciendo el ceño, la señora Mróz miró a su hermana, que estaba rociando con agua los ramos listos, para que las flores brillaran, y esta se detuvo para decir en lenguaje de señas algo demasiado rápido y complicado para que Kazik lo entendiera, pero la señora Mróz asintió con energía.

—Ah, sí, sí, claro. Esa chica extranjera que desapareció. Hubo equipos de búsqueda por todas partes.

Kazik, al escuchar a la señora Mróz, empezó a recordar que sí había escuchado algo al respecto en ese entonces. Simplemente no lo había conectado con Gisela. Toda su atención en ese momento había estado enfocada en su abuela. Nunca la había visto herida antes. Nunca la había visto tan frágil. Había estado aterrorizado.

La señora Mróz chasqueó la lengua.

—Lo había olvidado hasta ahora. Mi memoria ya no es lo que era. El padre de la chica estaba destrozado. Pobre hombre. Al parecer ella había ido a dar un paseo sola por el bosque después del anochecer.

Un escalofrío recorrió la columna de Kazik.

Los biesy habían huido de vuelta al bosque esa noche. Si uno de esos demonios se había cruzado con Gisela…

Probablemente solo fue una coincidencia. No había razón para conectar los dos eventos más allá de la coincidencia de los tiempos. Podría estar sacando conclusiones apresuradas.

Pero si no era así…

Eso podría significar que era su culpa que Gisela hubiera terminado así.

Apretó la mandíbula por el golpe de culpa que sintió. ¿Era esa la razón por la que no pudo exorcizarla?

—¿Es sobre la nueva casa de huéspedes? —La señora Mróz lo miró con entusiasmo. ¿La de la calle Hortensia? ¿Es esa chica extranjera el fantasma que la está ocupando?

Kazik la miró fijamente antes de entender. Gritó por dentro; con todo lo que estaba pasando con Gisela, había olvidado la promesa que le había hecho al señor Haase, el dueño de una de las casas de huéspedes de Leśna Woda.

Rápidamente le agradeció a las hermanas, quienes le recordaron comerse la sopa.

—¡David se sentirá mal si no lo haces! ¡La preparó especialmente para ti! —Dejó el puesto y se preguntó si tenía tiempo para hacer una breve escala antes de encontrar a Gisela.

Necesitaba hablar con ella. Interrogarla. Preguntarle sobre sus recuerdos perdidos.

Y después de escucharla describir sus anteriores planes para conquistar a Aleksey, no confiaba en dejarla sola con él por mucho tiempo. Podría salir con algún plan descabellado, como intentar envenenarlo o algo así, solo para poder cuidarlo suavemente y ganarse un beso.

Se suponía que debían ir despacio. Conociéndola, diría algo inapropiado si Kazik no estaba ahí, y se delataría.

Deberían haber tenido una cita de práctica ellos dos.

Un minuto después, Kazik por fin vio la alta figura de Aleksey junto a un puesto de comida. Aceleró el paso y luego lo disminuyó. Aleksey parecía salido de un sueño, del tipo que hacía que Kazik se echara agua fría en la cara y pidiera perdón. Su cabello dorado estaba alborotado hacia atrás por el viento, lo que dirigía toda la atención a sus hipnotizantes ojos de dos colores, y la camisa blanca y nítida que llevaba solo resaltaba su amplio pecho de una forma que te hacía querer sujetarlo por los tirantes y…

La garganta de Kazik se secó.

Aleksey se inclinó para susurrar algo al oído de Gisela.

Estaban tan absortos el uno en el otro que, por un momento, ninguno de los dos notó su presencia. Kazik no pasó por alto la forma en que la cara de Gisela se iluminó mientras se tapaba la boca, riéndose de algo que Aleksey había dicho y que no podía ser tan gracioso.

Realmente coqueteaba con todo el mundo, ¿verdad? Kazik no era especial. Y Aleksey… Kazik no se esperaba que fuera él quien diera el primer paso. No esperaba que Aleksey diera ningún paso.

El estómago de Kazik se retorció con algo… No estaba seguro de qué sentía. De repente, tuvo la loca urgencia de poner su cuerpo entre ellos como un escudo. En serio, ¿qué hizo al aceptar emparejar a Aleksey con un demonio? ¿Con una chica muerta? ¿Con una creatura hambrienta de amor que se hacía pasar por humana?

Estaba mal.

Era antinatural.

Con el sombrero de paja de su prima, el cabello húmedo perfectamente trenzado y los pies metidos en zapatos prestados, Gisela parecía pertenecer a ese lugar, pero no era una chica común de dieciséis años que pasaba por ahí de visita, aunque quisiera serlo.

Esto no debería estar pasando. Las alarmas deberían haberse activado. Kazik debería haber estado en modo de pelea. Debería haber tenido un cuchillo consagrado contra su garganta y unos rosarios en sus muñecas.

¿Y qué si anoche había mostrado un destello de vulnerabilidad?

¿Y qué si tenían un trato?

¿Y qué si solo quería un beso porque estaba desesperada por regresar a casa con su hermano pequeño?

Ese pensamiento lo hizo entrar en razón.

Gisela tampoco había pedido esto, y si un espíritu que él no había logrado destruir había tenido algo que ver con su muerte, entonces… entonces debía ayudar a Gisela.

—¡Kazik! —Gisela le habló al verlo y llegó a su lado al instante, rodeándole los hombros con un abrazo mortalmente frío en un movimiento demasiado rápido para detenerlo.

Malditos reflejos inhumanos de ella.

—Llegas justo a tiempo —dijo Aleksey, y le acercó un panecillo suave y redondo relleno de requesón dulce y espolvoreado. Estaba envuelto en un trozo de papel—. Te trajimos algo. Gisela pensó que podrías tener hambre.

—Ella… ¿qué?

—No comes lo suficiente —lo regañó Gisela y le quitó la bolsa de papel café de la señora Mróz para ver dentro—. ¿Son estas las velas mágicas del altar? ¿Ya terminaste con los mandados?

—Casi —Kazik tomó el panecillo de queso dulce que le ofreció Aleksey. No tenía hambre, pero no iba a rechazar comida gratis, y de alguna manera se sintió conmovido de que hubieran pensado en comprarle algo—. Tengo que pasar por una de las casas de huéspedes.

—¿La de Hydrangea Lane? —adivinó Aleksey.

Las cejas de Kazik se alzaron.

Aleksey se volteó hacia Gisela y bajó la voz.

—Todos dicen que está embrujada por un espíritu vengativo. Las puertas se cierran cuando no hay nadie cerca. Las velas se apagan de repente. La gente dice que ha escuchado llanto y pasos que corren de habitación en habitación. Todos los huéspedes están demasiado asustados para quedarse. El dueño está haciendo un escándalo. El lugar acababa de abrir.

—Y déjame adivinar, ¿prometiste ayudarlo a expulsar al espíritu?

Gisela se acercó a Kazik. Sus labios fríos como de cadáver rozaron el contorno de su oído, haciendo que se estremeciera mientras le susurraba.

—Es curioso cómo estás tan dispuesto a ayudar a algunas personas mientras el resto de nosotros prácticamente tenemos que rogarte.

Porque, por supuesto, eso era lo que le preocupaba.

—Eso es porque… —susurró Kazik, con la boca llena de pan.

—¿Cómo vas a manejar esto si ni siquiera puedes… ya sabes?

Kazik se tensó.

—¿Todo bien? —preguntó Aleksey.

Kazik y Gisela se sobresaltaron. Aleksey sonrió.

—¿Quieren ir a ver el lugar? Está a solo unos minutos caminando de aquí. —No volteó para ver si lo seguían antes de comenzar a caminar entre la multitud.

Gisela corrió tras él, aún con la bolsa de cirios contra su pecho.

—Tú crees en los espíritus, ¿verdad? Kazik me lo dijo.

—¿Te dijo eso también? —Aleksey levantó una ceja mirando a Kazik—. ¿Qué tan seguido hablan de mí ustedes dos?

Kazik se metió más pan de queso dulce en la boca para no tener que responder.

—No tengo los dones sagrados de Kazik —dijo Aleksey—, pero siempre he pensado que debe haber algo de verdad en las historias que cuentan los ancianos. Y luego me enfermé mucho la primavera pasada. Desde entonces puedo ver espíritus.

—¿De verdad? —Kazik no pudo evitar que el asombro se colara en su voz. Casi no conocía a nadie de su edad que pudiera hacerlo. Había otro chico, en un pueblo varias horas al norte, pero su abuela era sanadora, como la de Kazik.

—Dicen que eso puede pasar después de un roce con la muerte —dijo Aleksey.

Kazik no se había dado cuenta de lo grave que había sido la enfermedad de Aleksey. Vio la preocupación en el rostro de Gisela; Aleksey realmente sería difícil de engañar. ¿Había notado algo raro sobre ella ya?

Dieron vuelta en un callejón, luego en otro, y otro más, para así tomar un camino serpenteante que los llevó junto a un cementerio y a la pequeña tienda de la esquina a la que el abuelo de Kazik solía enviarlo a comprar cigarros. Gisela y Aleksey comenzaron a teorizar sobre qué tipo de creatura podría estar acechando la casa de huéspedes.

—Podría ser una licho —dijo Gisela, refiriéndose a un demonio que trae desgracia a las casas.

—O un poltergeist —sugirió Aleksey—, algunas de las casas de huéspedes aquí son tan viejas que sus habitaciones ya vienen con fantasmas.

—Podría ser una kikímora gruñona. —Un temible espíritu femenino del hogar.

—O…

—O podría ser solo el gorgoteo de las tuberías de agua caliente, o el viento haciendo ruido —terminó Kazik—. Las casas viejas crujen. —La mitad de las veces eso era todo lo que sucedía en esos casos.

—Ah, pero, ¿dónde está la diversión en eso? —Aleksey miró de reojo a Gisela—. Sabes mucho sobre espíritus tú también.

Gisela miró a Kazik en pánico.

Kazik resistió con valentía la tentación de voltear los ojos.

—Le he contado mucho —dijo para ayudarla.

Aleksey sonrió.

No tardaron mucho en llegar a su destino. Arbustos de hortensias color rosa, azul y morado vívidos florecían a ambos ados de la calle homónima. Se sentía muy tranquilo estar ahí después de la aglomeración y el bullicio del mercado. Solo se escuchaba el suave golpeteo de sus pasos y el canto lejano de los pájaros.

Al final de la calle se encontraba una gran casa antigua de madera con tejados inclinados, balcones y un espacioso porche delantero con pilares tallados. Durante la guerra, la mayoría de las grandes residencias de Leśna Woda se habían convertido en hospitales militares y de convalecencia. Ahora solo funcionaban como pequeñas casas de huéspedes para turistas adinerados.

—No parece haber nada fuera de lo común —comentó Aleksey.

Kazik hizo bola el envoltorio de papel del panecillo de queso dulce y lo metió en su bolsillo. Puso su atención en su interior, hacia el lugar de sí en el que buscaba esa chispa de fuego divino, y sintió… su magia apagarse como una llama moribunda.

Esto lo estaba volviendo loco.

Gisela inclinó la cabeza hacia él a forma de pregunta.

Kazik evitó el contacto visual. Sacudió la tensión de sus hombros, molesto consigo mismo por sentirse tan nervioso. No estaba totalmente desarmado. Incluso si algo estaba acechando este lugar, aún podía defenderse, aunque de manera menos efectiva. Agarró el dije alrededor de su cuello para encontrar fuerza en él.

—Voy a echar un vistazo rápido adentro. Quédense aquí.

18 PÉTALOS ROJO SANGRE

Gisela

Si Kazik pensó que Gisela no iba a aprovechar la situación, era un idiota. Aventurarse a entrar a una casa potencialmente peligrosa y supuestamente embrujada le daba la oportunidad perfecta para gritar y lanzarse a los brazos de Aleksey aterrada si las cosas se ponían feas. Ya parece que iban a quedarse afuera.

Agarró la manga de Aleksey y lo jaló para que se moviera, subió rápidamente los escalones delanteros y se deslizó silenciosamente en la casa de huéspedes detrás de Kazik. La puerta principal se cerró tras ellos con un estruendoso golpe. Gisela dio un salto.

Kazik se volteó.

—¿Qué creen que están haciendo?

—¿Qué quieres decir? No podemos dejar que entres solo, ¿verdad, Aleksey?

—Definitivamente no —dijo Aleksey—. Los amigos se cuidan entre sí.

Gisela dejó caer la bolsa de cirios junto a un perchero en el oscuro vestíbulo.

—Nunca antes había estado en una casa embrujada —dijo Aleksey, y volteó para observar su entorno: el suelo de mármol, el candelabro de cristal que colgaba como una araña sobre sus cabezas, la escalera ornamentada que se curvaba hacia arriba, conduciendo a más pisos.

—¿Cómo crees que atraeremos al espíritu? ¿Deberíamos hablar con el dueño primero?

Kazik agarró el codo de Gisela y clavó los dedos en su antebrazo con suficiente fuerza como para dejarle un moretón. Bajó la voz.

—Esto no es un juego. Si realmente hay algo aquí, alguien podría salir lastimado.

—Qué lindo, ¿estás preocupado por mí?

—No estoy hablando de ti. Sé que puedes cuidarte sola.

Gisela se sintió extrañamente halagada.

—Estoy hablando de Aleksey —continuó Kazik—. Tú, más que nadie, deberías saber lo que un espíritu maligno puede hacerle a un humano común.

—¿Y qué? Yo lo mantendré a salvo.

Gisela metió la mano en su bolsillo para buscar su peine… y no estaba. Porque, por supuesto, el maldito Wojciech lo había confiscado. Ahora estaba en tanta desventaja como Kazik sin su magia sagrada.

Un atisbo de incertidumbre perforó su confianza. Pero no era como si estuviera completamente indefensa, y no podía dejar pasar esa oportunidad. De todos modos, no habría podido usar su peine frente a Aleksey sin revelar su identidad.

—No es divertido a menos que haya un poco de peligro —le dijo a Kazik con una sonrisa que seguramente lo enfurecería—. Y este espíritu solo ha estado asustando a la gente, ¿no? Dijiste que no había lastimado a nadie.

Estarían bien. Esperaba.

—¿Hola? —La voz de Aleksey los alcanzó—. Venimos por el fantasma.

Empezó a caminar hacia el pasillo de la izquierda.

Gisela se soltó del agarre de Kazik y fue a acompañarlo, por lo que Kazik no tuvo más remedio que seguirlos.

—¿Dijo el dueño que estaría en casa? —preguntó Aleksey.

—La puerta principal no estaba cerrada con llave —respondió Kazik con seriedad.

Gisela no estaba segura de si era su imaginación, pero juraba que sentía un escalofrío hostil que emanaba de las paredes mientras se adentraban más en la casa de huéspedes. Era como si el edificio mismo no estuviera contento de tener visitantes.

Pasaron por una oficina elegante y una biblioteca privada, luego miraron dentro de un dormitorio hacia un baño con una enorme bañera con patas y una sala con un reluciente piano negro.

La vista hizo que Gisela pensara en su hermano menor y las clases que habían tomado juntos; los dos solían deslizar sus manos sobre las frías teclas de marfil sentados lado a lado en el banco del piano.

Inconscientemente, se acercó al instrumento.

El frío en el aire se intensificó, parecía filtrarse de las paredes como una neblina cargada de hostilidad. Gisela sintió algo susurrar junto a su nuca, pero cuando se volteó bruscamente, el espacio detrás de ella estaba vacío. No había nadie.

Aleksey y Kazik la miraban desde la puerta.

—¿Sintieron eso? —dijo ella.

—¿Sentir qué? —preguntó Kazik.

Un escalofrío de inquietud recorrió la columna de Gisela. Su piel se erizó.

—Nada.

Se dio la vuelta y los siguió fuera de la habitación. Subieron al segundo piso, recorrieron más habitaciones, ahora parecían demasiado oscuras, llenas de sombras y lugares donde alguien o algo podría esconderse.

Todavía no había señales del dueño de la casa de huéspedes. La mayoría de las cortinas estaban corridas y algunos muebles estaban cubiertos con sábanas. Habitación vacía tras habitación vacía, todo evocaba una sensación de melancolía.

Kazik se detuvo repentinamente y soltó una maldición en voz baja.

—¿Tú también lo perdiste? —preguntó Aleksey en voz baja.

—¿Qué perdieron? —dijo Gisela—. ¿Estaban siguiendo algo?

—Creí que podía sentir algo. —Aleksey miró por encima de su hombro.

—Manténganse cerca —advirtió Kazik—. Y guarden silencio.

Se movió; ellos lo siguieron.

Al acercarse a Aleksey, Gisela se recordó a sí misma que ella era, o al menos debería ser, lo más aterrador ahí, incluso sin su peine. Tenía que concentrarse en la verdadera tarea: encontrar una manera de ganarse a Aleksey.

El crujido de una tabla del piso la hizo detenerse a medio paso. Los tres se tensaron. El silencio que siguió fue como un aliento contenido, la pausa antes de un grito. Gisela vio a Kazik sacar un frasco de agua bendita de su bolsillo.

Al girar en otra esquina, entraron en un polvoso estudio lleno de libros, con una chimenea abierta y un escritorio sólido de caoba. El polvo danzaba en un rayo de luz pálida que se filtraba por una abertura entre las cortinas. El aire olía a cera de madera y cuero viejo.

Gisela vio de reojo a Aleksey, y lo cachó haciendo exactamente lo mismo: lanzándole una mirada curiosa.

Gisela parpadeó. Aleksey también.

Un fuerte golpe resonó sobre sus cabezas.

Aleksey volteó hacia arriba de inmediato. Gisela dio un salto de un metro, y aun así logró aprovechar la oportunidad: soltó un grito de terror falso y tomó la mano del chico.

Aleksey casi se muere del susto. Retiró su mano de un tirón y agarró a Kazik, quien dejó escapar un grito como si lo estuvieran asesinando.

—¡Dios mío! No vuelvas a tocarme así de repente…

—Tu mano —gritó Aleksey y volteo a ver a Gisela—. Está helada. Pensé que eras.

«El fantasma», terminó Gisela en silencio. Quería que se la tragara el suelo. Era exactamente como cuando había tocado a Kazik y él se había estremecido y retirado con horror. Qué estúpida había sido al pensar que podía agarrarle la mano a alguien como una persona normal.

—Quédense aquí —les ordenó Kazik sin aliento, y salió corriendo del estudio, probablemente tras lo que había provocado el ruido.

Aleksey se volteó, mirando tras él.

—No te preocupes —le dijo rápida Gisela—. Es bastante letal con un frasco de agua bendita.

Lo decía por experiencia. Si algo era seguro, era que Kazik era más peligroso para cualquier presencia oscura que estuviera rondando la casa que esta para él. Al menos… debería haberlo sido. Pero su magia había fallado las últimas dos veces que había luchado contra un espíritu, contra ella.

La mente de Gisela, siempre tan útil en este tipo de situaciones, se apresuró a invocar imágenes de todos los posibles peligros que él podría enfrentar.

¿Qué le pasaba? Estaba pensando en Kazik. El taciturno cazador de Leśna Woda. La pesadilla de su existencia. ¿Desde cuándo le importaba lo que le sucediera?

Aunque sería terriblemente inconveniente si otro espíritu lo devoraba antes de que pudiera terminar su misión de cupido. Arruinaría todos sus planes. No le servía de nada muerto. Pero tampoco podía simplemente abandonar a Aleksey e ir tras él. ¿Y qué pasaría si el espíritu la encontraba sola? No tenía su peine para defenderse.

—Oh, no estoy preocupado —dijo Aleksey, lo que la ayudó a salirse de su cabeza—. Sé lo poderoso que es Kazik cuando se pone serio. Tiene incluso más poder espiritual que su abuela y nunca baja la guardia. ¿Te has dado cuenta de que nunca se quita todas esas protecciones? Lleva ese medallón sagrado y sus rosarios incluso cuando visita los baños.

Gisela lo había notado. No era sorprendente. Así era Kazik: paranoico y demasiado cauteloso. Y tenía sentido; si la molestaba a ella y a sus compañeras espíritus del agua, seguramente habría hecho otros enemigos. Probablemente estaba rodeado de creaturas ansiosas por consumir las gotas de poder divino que había en su sangre.

—¿Alguna vez lo has visto quitarse el medallón que lleva en el cuello? —preguntó Aleksey.

—Nunca —respondió Gisela—. Lo usa hasta para dormir.

Aleksey la miró y siguió mirándola, hasta que Gisela empezó a sentirse cohibida. La intensidad de su mirada le despertó mariposas en el estómago. Cuando volvió a hablar, había un toque de admiración renuente en su voz… y más de una pizca de picardía.

—Sigues diciendo que solo son amigos, pero…

Los ojos de Gisela se abrieron de par en par mientras repasaba lo que había dicho.

—¡No quise decirlo así! Solo lo he visto en pijama.

Aleksey hizo un sonido de incredulidad. O tal vez solo estaba disfrutando de molestarla, de ver cómo se ponía nerviosa.

—No es lo que piensas. Solo me está ayudando.

La sonrisa burlona de Aleksey desapareció.

—¿Ayudándote? ¿Por qué te ayudaría?

Gisela no tuvo oportunidad de responder porque un grito desgarrador resonó de repente por toda la casa de huéspedes. Sobresaltada, golpeó con el codo un jarrón de flores que cayó de un estante.

—¡Mierda! —Gisela se lanzó para agarrar el jarrón al momento en que este tocaba la alfombra y rodaba bajo el elegante escritorio de caoba del estudio.

—Eso vino de arriba —dijo Aleksey—. Tenemos que…

Gisela miró la oscuridad bajo el escritorio.

Algo la miraba de vuelta. Dos ojos que brillaban como brasas al rojo vivo. El grito brotó de su garganta esta vez mientras tropezaba hacia atrás, chocando con Aleksey.

Un silbido de viento atravesó la habitación y le arrancó el sombrero de paja de la cabeza. Las cortinas se inflaron. La puerta se abrió y cerró de golpe. Papeles sueltos y plumas estilográficas salieron volando del escritorio.

Gisela retrocedió de un salto mientras un segundo jarrón atravesaba el aire. La porcelana estalló en pedazos contra la pared a su izquierda. Una voz como aullido que susurraba al borde de su audición y murmuraba indistintamente creció en volumen hasta que Gisela logró distinguir las palabras: «¡Fuera! ¡Fuera, fuera, fuera, fuera!».

Se tapó los oídos con las manos, pero la voz reverberaba dentro de su cabeza. La casa misma estaba temblando. Las ventanas vibraban. ¿Qué clase de espíritu era este? ¿Y dónde demonios estaba Kazik cuando lo necesitaba?

Algo destelló a su derecha.

Un pesado candelabro de bronce cayó desde la repisa sobre la chimenea y voló directo hacia sus cabezas.

Gisela se movió con una velocidad sobrenatural para agarrar a Aleksey y jalarlo hacia ella justo a tiempo para esquivar el golpe. El candelabro le rozó la sien. Vió estrellas frente a sus ojos en una explosión de dolor. Una chica humana ordinaria habría caído al suelo de pura agonía. Ella apretó los dientes y contuvo las lágrimas. Pero era mejor que le diera a ella. Sanaba mucho más rápido que cualquier mortal. Sin su peine, lo mejor que podía hacer ahora era usar su cuerpo como escudo.

Volvió a sujetar a Aleksey y lo jaló hacia abajo con ella mientras libros pesados volaban de los estantes del estudio. Él la miró, con sus hermosos ojos abiertos de par en par por el shock. La culpa la atravesó como un cuchillo. Kazik tenía razón. Nunca debió haberlo llevado ahí.

Las sombras se hicieron más espesas; una noche antinatural descendió sobre la habitación.

Gisela se paró de un salto y retrocedió para empujar a Aleksey detrás de ella, buscando desesperadamente a su alrededor algo que pudiera ayudarlos.

Tenía que hacer algo.

No podía conjurar una inundación. Transformarse en pez o rana no serviría de nada. Podría intentar cantar, intentar hechizar a lo que fuera que los estuviera atacando con la dulce canción de las ninfas acuáticas, pero si lo hacía, se delataría. Aleksey sabría la verdad sobre lo que era, sabría que no era humana, que era algo más.

Algo muerto.

Una chica que había salido de su tumba acuática y llegado a él.

Podría despedirse de cualquier posibilidad de recibir un beso suyo.

Un siseo de aire. Una horquilla de hierro pasó zumbando junto a su oído y apenas esquivó a Aleksey.

Su afilada punta de hierro se incrustó en la pared. Eso la hizo decidirse. Incluso si él huía de ella con asco, no podía quedarse ahí de brazos cruzados. Si tenía que revelar su identidad para mantenerlo a salvo, lo haría. Le había dicho a Kazik que no dejaría que nada le pasara a Aleksey.

Con el corazón encogido, Gisela inhaló profundamente y se volteó para enfrentar lo que estuviera debajo del escritorio. Notas suaves y etéreas brotaron de su garganta.

—¡Gisela! —gritó Aleksey. ¡Cuidado!

Con un rugido furioso y chisporroteante, el fuego cobró vida en la chimenea. Una ola de llamas se deslizó hacia ella e inundó su visión. Se movía demasiado rápido. No pudo esquivarlo.

Gisela apretó los ojos.

El calor lamió su rostro. Pero las llamas no envolvieron su cuerpo. Un brazo la rodeó por la cintura desde atrás y la jaló contra un pecho firme.

Abrió los ojos con un suspiro. Una explosión de pétalos rojo sangre llenó el aire alrededor de ella y de Aleksey como un torbellino salvador, protegiéndolos y poniendo las llamas a raya. Cien mil pétalos rojo sangre giraban en una tormenta violenta con ellos dos en su centro.

Un alarido angustiado rasgó el aire.

¿Qué… qué era esto?

Remolinos de humo salían de los bordes chamuscados de innumerables pétalos.

Al inhalar, Gisela pudo oler el bosque, un aroma dulce, oscuro y terroso. Un recuerdo se desbloqueó de golpe y flotó hacia la superficie de su mente:

Una lluvia de pétalos rojos. Un claro rodeado de árboles gigantes.

Ramas pesadas crujían con el viento. Un grito de dolor… y una figura de cabellos dorados encorvada sobre la hierba.

El agarre de Aleksey alrededor de la cintura de Gisela se apretó, lo que la trajo de regreso a la realidad, al presente. Parpadeó rápidamente, su cabeza daba vueltas. Las extrañas imágenes se desvanecieron, se deslizaron lejos mientras ella se esforzaba por retenerlas.

—Creo que es un domowik —dijo Aleksey cerca de su oído, haciéndola estremecer—. Uno poderoso.

¿Un domowik? Gisela luchó por pensar con claridad. ¿Un espíritu del hogar? No sabía mucho sobre ellos, salvo que podían arreglar cosas y a veces hacían labores domésticas. Según su tía abuela…

—¿No se supone que deben ser benevolentes con los humanos?

—Lo son. Pero no creo que le caigamos bien.

Gisela frunció el ceño, su ánimo desgastado.

¿Pero por qué los pétalos? Sabía que la creatura debía haberlos conjurado porque ella ciertamente no lo había hecho —las ninfas acuáticas no tenían ese tipo de magia— y Aleksey era humano. Entonces, ¿por qué el espíritu los protegió de su propio ataque?

Debía haber cambiado de opinión en el último segundo. O tal vez estaba jugando con ellos. Muchos espíritus disfrutaban de jugar con los mortales.

Un estruendo. Su mirada se volteó hacia el sonido; a través de la caída y el remolino de pétalos, pudo distinguir una sombra. Una silueta. Una pequeña figura, del tamaño de un niño, acurrucada contra un estante.

Aleksey comenzó a decir algo, pero Gisela se movió. La ira la llevó hacia adelante; este pequeño demonio casi la había incinerado. Casi la había obligado a delatarse.

Saltó con una velocidad antinatural y agarró a la creatura por el frente de su sucio chaleco antes de que pudiera defenderse. Tenía una forma humanoide, pero más peluda, y de su frente sobresalían dos pequeños cuernos puntiagudos. Su espeso y rojo bigote y su aspecto de abuelo le recordaron al espíritu de los baños.

De repente, el torbellino se dispersó y las sombras se esclarecieron, los pétalos revolotearon por la alfombra como nieve manchada de sangre y fueron desapareciendo al tocar el suelo.

Gisela levantó a la diminuta creatura en el aire. Sus ojos rojos se encontraron. En voz baja, siseó:

—Gran error. Vas a lamentar habernos atacado.

Un tablón del piso crujió. La creatura dirigió una mirada de pánico por encima de su hombro hacia Aleksey. El color se fue de su rostro sonrojado.

Aleksey sonrió y mostró todos sus dientes.

—Lo que ella dijo.

Sus palabras fueron interrumpidas por el violento golpe de la puerta del estudio. Kazik entró de nuevo en la habitación, se veía igual de furioso que ellos. Un cegador destello de luz emanaba del medallón de plata que colgaba de su cuello.

Instintivamente, Gisela se encogió ante el resplandor y soltó su agarre sobre el agresor. Cuando retrocedió, el talón de su sandalia se atoró en el borde de la alfombra, por lo que tropezó y se habría caído, si Aleksey no hubiera reaccionado para rodearla con un brazo alrededor de la cintura que la estabilizó, solo que esta vez él también perdió el equilibrio y ambos cayeron juntos.

Él cayó de espaldas y Gisela se desplomó sobre su pecho. Sus frentes chocaron. Cuando levantó el rostro, haciendo una mueca de dolor, se quedó paralizada, pues encontró sus labios a tan solo un suspiro de los suyos. Su respiración se detuvo.

¡Tan cerca!

Podía sentir sus manos en la parte baja de su espalda y el calor sólido de su cuerpo debajo del suyo, ver su propio rostro sorprendido reflejado en esa cautivadora mirada de dos colores.

¿Podía él verla con la misma claridad? No había sombrero de paja que le cubriera los ojos. Ciertas hebras de su cabello escapaban de su trenza húmeda. ¿Veía un monstruo cuando la miraba? ¿Podía sentir el frío mortecino que emanaba de su piel?

Un fuerte suspiro se escuchó al otro lado de la habitación.

En pánico, Gisela se incorporó sobre la cintura de Aleksey. El sonido venía de Kazik, sus ojos pasando de ella a Aleksey y luego de nuevo a ella, con una expresión indescifrable. Luego su mirada se posó en la pequeña figura robusta que había estado amenazándolos.

Avanzó con determinación.

La aparición del famoso cazador de Leśna Woda fue la gota que derramó el vaso. Toda la resistencia de la creatura se fue. Se desinfló como un globo ponchado. Con un gemido lastimero, se tiró de cara al suelo y lloró:

—¡Ten piedad!

19

EL AMO DE LA CASA

Kazik

El culpable era un domowik. Un espíritu del hogar. Tomaban la forma de personas o animales pequeños como gatos y serpientes, y vivían en rincones pequeños como detrás de las estufas, en los rincones oscuros de las cocinas y los áticos. Este había asumido la apariencia de un pequeño hombre con aspecto de abuelo. Llevaba un chaleco negro lleno de hollín y tenía una larga barba tan roja como el fuego.

—¡Perdóname! —gritó y se arrastró ante los pies de Kazik—. Sentí una presencia maligna entrar en la casa. No sabía que eras una bruja poderosa con sirvientes demoníacos. ¡No dejes que me coman!

¿Presencia maligna? ¿Sirvientes demoníacos? Kazik le lanzó una mirada alarmada de reojo. La creatura solo podría estar refiriéndose a Gisela.

Los espíritus de la casa tenían sentidos agudos, podían identificar a otros espíritus a simple vista y eran protectores por naturaleza. Custodiaban el hogar de las fuerzas externas, a veces incluso advertían a su familia elegida de un peligro inminente.

¿Había Gisela arruinado su disfraz de alguna manera? ¿Sabía Aleksey ahora lo que ella era? No parecía angustiado, ni disgustado, ni sorprendido.

No. Parecían bastante cómodos juntos, si ese casi beso era algo que considerar.

Kazik no podía decidir si estaba más molesto con Gisela por dirigir sus encantos hacia Aleksey precisamente cuando todo esto sucedía —mientras tanto él corría en círculos frenéticos por la casa de huéspedes— o con Aleksey por caer en ellos. Ella había tenido razón: un poco de peligro era todo lo que necesitaba para que él se interesara.

Que se jodan los dos. Se merecían el uno al otro. Kazik no podía creer que realmente se hubiera preocupado de que algo malo les sucediera. Incluso había pensado que ellos podrían haberse preocupado por él.

—No soy una bruja —le dijo al domowik con una mueca—. Y estos dos no son mis sirvientes. Son mis… —escupió la palabra como si tuviera mal sabor— amigos. No son demonios.

El domowik parecía querer discutir.

Kazik lo miró fijamente, desafiante.

—No quiero oír una palabra más en su contra —Si el secreto de Gisela estaba a salvo, era mejor mantener la boca del espíritu cerrada respecto a su verdadera naturaleza—. No te van a comer.

—Mmm, no lo sé —dijo Aleksey y se puso de pie para sacudirse la ropa. Había un tono poco característico en su voz. Su habitual tono alegre estaba completamente ausente. Esto le causó un escalofrío nada desagradable a Kazik—. Él nos atacó.

—Lo hizo —Gisela avanzó con paso firme, se veía mortífera.

—Gisela —advirtió Kazik.

—Relájate, solo voy a darle un par de golpes.

—Romperle algunos huesos —añadió Aleksey y se tronó los nudillos—. Yo lo sujeto, Gisela, si quieres hacer los honores.

Kazik levantó los ojos hacia el cielo. Santo Dios, ¿realmente Aleksey, un simple mortal sin poderes divinos, pensaba que podría herir a un espíritu? ¿Estaba intentando quedar bien frente a Gisela?

¿Frente a él?

—¡Tú dijiste que no me harían daño! —La mirada aterrada del domowik saltó de Aleksey a Kazik.

—Él no dijo eso —corrigió Gisela—. Dijo que no te comeríamos. ¿Por qué lo proteges, Kazik? ¡Claramente es él quien ha estado aterrorizando a todos los huéspedes! ¡Casi nos incinera! ¡Nos atrapó a mí y a Aleksey en un torbellino de pétalos! —Se agachó y recogió un pétalo ennegrecido de la alfombra, que se desintegró en cenizas entre sus dedos.

Kazik frunció el ceño. Los espíritus del hogar trabajaban magia relacionada con la chimenea y el hogar. Podían controlar el fuego y manipular el espacio y los objetos dentro de su morada, convertir los pasillos en laberintos, hacer que la temperatura bajara, mover objetos personales, forzar la comida a echarse a perder y pudrirse. Pero, hasta donde él sabía, no tenían poder sobre las plantas. Eran los espíritus del bosque quienes utilizaban pétalos y hojas como armas.

¿Quizá Gisela exageraba? Los únicos pétalos que veía parecían haber venido de los jarrones rotos y esparcidos por el suelo. El estudio estaba hecho un desastre: libros, plumas y papeles regados por todos lados. Sin embargo, no tuvo tiempo para seguir pensando en eso, porque el temperamento del domowik estalló. La chimenea escupió llamas.

—¡El demonio está mintiendo! ¡Ellos fueron los que me atacaron!

—¡Porque tú nos atacaste primero! —interrumpió Gisela.

Aleksey se acercó a Kazik. El domowik retrocedió.

—¿Realmente puedes creer algo de lo que dice? —preguntó Aleksey.

—Los espíritus del hogar son creaturas manipuladoras. Deberías apurarte a exorcizarlo.

—¿¡E-exorcizar!? —tartamudeó el domowik—. ¿Tú eres el cazador?

—El único y verdadero —dijo Gisela.

Curiosamente, Kazik no estaba tan complacido con esa muestra de miedo como solía estarlo. En el pasado se había sentido justo, en su derecho, cuando confrontaba a espíritus problemáticos. Saboreaba la eufórica sensación de poder que sentía cuando los eliminaba del mundo, aunque, en el fondo, sabía que era pecaminosamente incorrecto sentir algo como alegría al arrebatar una vida.

Ahora mismo, solo se sentía extrañamente molesto.

Se acomodó y, con una respiración profunda, se agachó hasta quedar a la altura de los ojos del domowik. Habló en un tono lo suficientemente bajo para que solo ellos dos pudieran oír.

—¿Qué te dije sobre llamar demonio a mi amiga? Estoy al tanto de su verdadera naturaleza, y no me interesa escuchar más sobre eso.

Luego aclaró su garganta y habló a un volumen normal.

—¿Eres tú quien ha estado ahuyentando a todos los huéspedes?

No tenía sentido. Los espíritus del hogar no eran maliciosos por naturaleza. Les gustaba ser útiles y a menudo salían por la noche, cuando nadie los veía, para recoger los platos sucios, cortar leña y quitar las telarañas. Traían buena suerte a una casa y podían mejorar la fortuna de una familia.

A veces literalmente.

Había un espíritu del granero particularmente emprendedor que vivía en una granja a las afueras del pueblo; el pequeño demonio era conocido por robar grano y heno de las propiedades vecinas para alimentar a los animales de su propia familia. El abuelo de Kazik le había contado historias de otros espíritus domésticos que robaban monedas y gallinas cuando sus familias tenían necesidad. Pero nunca había oído hablar de un domowik que saboteara deliberadamente los negocios de su familia.

Aunque, además de carecer de moral, los espíritus eran temperamentales y se enojaban fácilmente. A menudo hacían travesuras si sentían que los habían menospreciado o les habían faltado el respeto.

—¿Hizo algo tu familia para molestarte? —preguntó Kazik.

Las llamas en la chimenea se calmaron; la pregunta parecía apaciguar al domowik. Tal vez porque era una pregunta, un intento de entender, no una acusación ni una amenaza.

La creatura infló su pecho para parecer más grande.

—Mi familia... La familia no está en casa en este momento. Yo cuido la casa hasta que regresen. He ahuyentado a todos los intrusos.

—¿Intrusos? Las personas que vienen aquí son invitados. El señor Haase me lo dijo —dijo Kazik, refiriéndose al dueño de la casa de huéspedes.

—Esta casa no le pertenece a él. No tiene derecho a invitar a la gente. Esta casa le pertenece a Emilia y a los niños.

El ceño de Kazik se frunció aún más.

—¿Estás hablando de la familia que solía ser dueña de este lugar, antes de que se vendiera?

—¿Por qué se vendió la casa? —El domowik cruzó sus brazos peludos sobre su pecho—. ¡No me consultaron! ¿Qué tiene de malo vivir aquí? No hay razón para irse.

Algunas personas creían que los domowiki eran espíritus de sus antepasados, almas que regresaban para velar por sus descendientes. En ese momento, Kazik lo creyó. La pequeña creatura sonaba exactamente como el abuelo gruñón de alguien.

—Ah —dijo Aleksey—. Creo que ahora entiendo.

Kazik y Gisela se voltearon a mirarlo.

—Se fueron sin ti, ¿verdad? Los hijos de Emilia no te pidieron que fueras con ellos cuando vendieron la casa y se mudaron. Por eso sigues aquí causando problemas, ¿cierto? Porque tu familia humana te abandonó.

—Oh... —dijo Gisela con voz suave.

Los labios del domowik hicieron una mueca, pero sus hombros temblaron.

—Volverán por mí. No me olvidarán. Emilia dejaba un plato de miel, avena y crema para mí todas las noches desde que era niña.

Lo cual habría sido hacía mucho tiempo. Emilia, o la señora Novak, como Kazik la conocía, había sido aún mayor que su abuela. No era de extrañar que la creatura fuera tan fuerte; los espíritus domésticos se fortalecían por las ofrendas y regalos de los mortales; sin ellos, se debilitaban y finalmente desaparecían.

Kazik se sorprendió de que este no hubiera comenzado a debilitarse y desvanecerse.

—Emilia falleció —dijo con suavidad—. Lo sabes, ¿verdad?

—Esa era una de las razones por las que sus hijos vendieron el lugar. Ninguno de sus dos hijos quería vivir en una casa tan grande.

El fuego en la chimenea se redujo a tristes brasas.

El domowik acercó sus manos a su barba.

—Intenté decirles que ella estaba enferma, pero los niños no podían verme ni oírme. —De repente, parecía estar a punto de llorar.

Era inquietante. Los espíritus no debían sentir cosas como los humanos. No eran capaces de sentir emociones verdaderas. Eran seres malévolos, creaturas de malicia y sed de sangre.

Un sentimiento de injusticia comenzó a florecer dentro de Kazik. Se enderezó y se levantó para poder mirar al domowik desde arriba, para sentirse más en control. Tenía que mantener la compostura. Era solo el sanador en él. Siempre había odiado ver a alguien sintiendo dolor.

—¿Esperabas —preguntó Kazik, teniendo una repentina epifanía— que si ahuyentabas al nuevo dueño de la casa y a sus invitados tu antigua familia regresaría?

El domowik se quedó en silencio.

Kazik se quitó los lentes y se pellizcó el puente de la nariz. ¿Por qué los espíritus siempre tenían que hacer las cosas de la manera más caótica?

—Se lo merecían —lloró el domowik—. ¡Eran malos huéspedes! Caminaban con pies enlodados sobre las alfombras. Maldecían y fumaban cigarrillos en la biblioteca.

—No puedes quedarte aquí si vas a causar problemas —dijo Kazik, y volvió a ponerse los lentes—. Espantas a personas inocentes.

Personas comunes. Humanos sin poder, a quienes Kazik tenía el deber de proteger.

—Si no te vas de este lugar por las buenas, entonces… —Dudó.

—Kazik tendrá que exorcizarte —terminó Aleksey.

Si los santos le concedían ese poder, pensó Kazik con incomodidad.

Los ojos rojos como brasas del domowik se veían redondos por el miedo. Kazik deseaba, en parte, que volviera a atacarlos para poder recordar visceralmente que la creatura era un peligro. Una amenaza que debía ser eliminada.

Era difícil mirar a la pequeña creatura y verla así. La cabeza del domowik apenas llegaba a sus rodillas.

Esta vez, Gisela se agachó.

—¿Tienes algún lugar adónde ir? —preguntó suavemente.

El espíritu del hogar jaló su barba. Kazik se preguntó cuánto tiempo habría vivido ahí, cuidado a la familia. La casa debía tener al menos cien años.

—Desaparecerás si te quedas —dijo Aleksey—. Sin nadie que te deje ofrendas.

El domowik hizo un ruido de protesta, pero Gisela asintió.

—Kazik te ayudará a reunirte con tu familia.

Kazik volteó la cabeza hacia ella.

—¿Yo qué?

Aleksey y el domowik se quedaron boquiabiertos y voltearon a ver a Gisela.

—¿Quieres que deje de causar problemas aquí, verdad? —le dijo Gisela a Kazik—. Entonces averigua a dónde se mudaron los hijos de Emilia y diles que no pueden simplemente dejarlo atrás. Ha estado cuidando la casa por ellos, Kazik. Ha estado esperando que regresaran todo este tiempo.

Claro, ella se aferraría a eso. Gisela sabía lo que era esperar a una familia que nunca había regresado por ella. Y Kazik también. Conocía la desgarradora sensación de abandono. ¿Cuántas horas había pasado esperando a su madre después de que ella lo dejara con sus abuelos? ¿Cuántas veces había insistido que definitivamente ella regresaría por él?

Eso no debería ser importante. No debería importarle. Y no lo hacía.

—No es mi problema —dijo—. Hace cinco minutos estabas literalmente amenazando con romperle los huesos.

—Eso fue antes de saber toda la historia. —Gisela miró al domowik—. No te preocupes —le dijo—. Kazik tiene que ayudar a cualquiera que se le acerque. Es una regla.

—Sabes que no cuenta si la persona que pide ayuda no es humana.

—Él me está ayudando —continuó Gisela, ignorándolo deliberadamente—. También te ayudará a ti. Solo le gusta quejarse.

Cuando volteó hacia Gisela, Kazik vio a Aleksey observarlos a ambos con curiosidad. Realmente no necesitaba eso en su vida.

Pero era solo un domowik. No era como si estuviera aceptando ayudar a una estrige chupasangre o, peor aún, a un bies. Y si intentaba exorcizar a la creatura ahora y fracasaba, y el rumor se esparcía…

Sin mencionar lo embarazoso que sería fallar frente a Aleksey.

—Está bien —cedió, ya consciente que esto no podía terminar bien para él—. Lo intentaremos a tu manera. —Y si no funcionaba, exorcizaría a la creatura en privado.

Algo parecido a la sorpresa cruzó el rostro de Aleksey y luego desapareció tan rápido que Kazik podría haberlo imaginado.

Gisela le dio al domowik una sonrisa triunfante.

—¿Ves, abuelo? ¿Qué te dije? No hay nada de qué preocuparse. ¿No es Kazik amable? ¿No tiene un corazón de oro?

El principio de una nueva migraña martilleaba detrás de los ojos de Kazik.

—Déjanos todo a nosotros —dijo Gisela—. Nos ocuparemos de ti.

20
TU TIPO

Gisela

Como sucede con todo lo relacionado con los espíritus, reunir al domowik con su familia resultó ser más fácil dicho que hecho.

Por un lado, Gisela descubrió que había todo un ritual para transferir un espíritu del hogar de un hogar a otro. A pesar de su año ahí y todas esas horas escuchando los relatos de su tía abuela, aún había mucho que no sabía sobre los espíritus. El jefe de la familia, le explicó Kazik, debía ofrecerle al domowik pan y sal e invitarlo formalmente a acompañar a la familia cuando se mudara. Una vez aceptada la invitación, las brasas del hogar de la casa antigua debían ser llevadas a la nueva para que el espíritu supiera dónde materializarse.

Y además de eso, pronto descubrieron que ambos hijos de Emilia se habían mudado al extranjero por trabajo.

Obligados a improvisar, terminaron por llevar a la pequeña creatura —a quien Gisela había comenzado a llamar Domek— al hogar de Kazik temporalmente, solo para que Domek se quejara de que la cocina era demasiado pequeña y Kazik un terrible amo de casa.

—¿No deberías estar agradecido de que estemos haciendo esto por ti? —señaló Gisela. Pero no le molestaban demasiado sus quejas porque Aleksey había insistido en ayudar también, y todo eso significaba que tenía una excusa para acercarse un poco más a él.

Se convirtió en un proyecto grupal. Investigaron. Buscaron soluciones. Ella y Aleksey también invadieron la casa de Kazik para no tener que dejar de hablar. Kazik, después de todo, era el único de ellos que vivía solo. Aleksey vivía con su madre, y no era como si Gisela pudiera arrastrar a los chicos al fondo del río para visitar el Palacio de Cristal. Wojciech habría tenido una crisis.

Los días pasaban rápidamente, un día se fundía en el siguiente, dos días se convertían en dos semanas. Cuando no intentaban encontrar otros familiares con los que Domek pudiera quedarse, paseaban por los exuberantes parques y jardines de Leśna Woda y comían helado. Se acostaban en el pasto, buscaban formas en las nubes y se reían de las caras que ponían los huéspedes de los baños al probar las aguas termales de los grifos decorativos y las fuentes, se reían de los gestos que hacían por los fuertes sabores salados.

En momentos como esos, era demasiado fácil olvidar que lo hacía solo para poder irse. La verdad era que se había perdido muchas cosas al crecer porque siempre estaba ocupada cuidando de Hugo. Cosas como estas. Pasar horas sin pensar, con amigos, o hacer algo divertido con un chico o chica que le gustara. Las pocas veces que Gisela había sido invitada a una cita, había recibido miradas raras por llevar a Hugo también, pero no era como si hubiera podido dejarlo solo en casa.

Era agradable poder hacer cosas sola. Para sí misma.

Ella y Aleksey incluso acompañaron a Kazik a recoger hierbas mágicas en el bosque, y después los tres fueron a recolectar frutos silvestres hasta que sus dedos estaban manchados y pegajosos por el jugo, hasta que sus bocas estaban tan moradas como la de ella sin lápiz labial.

Lo único realmente frustrante era que tenía que escabullirse en los momentos más inoportunos para regresar al río por un baño rápido o colarse en unos baños para evitar que su piel se deshidratara.

Gisela maldijo mientras se deslizaba detrás de un árbol para usar el nuevo peine con forma de concha que había logrado sacar del cofre encantado del palacio para invocar agua: gotas que ahora tomaba de los adornos ámbar-oro para empapar los mechones de su cabello largo.

El clima estaba divino. El sol implacable brillaba desde un despejado cielo azul pastel. El aire, como siempre, estaba impregnado con el aroma dulce de las flores silvestres.

Después de ver alrededor, Gisela se aseguró de que Aleksey siguiera ocupado ayudando a Kazik a limpiar el viejo santuario del bosque. A veces aún lo veía echándole miradas desconcertadas cuando pensaba que ella no lo miraba.

Pero, ¿quién no se sentiría desconcertado por sus constantes desapariciones y sus excusas incómodas? Sin mencionar lo que él podría o no haber notado de ella cuando estaban cerca después de ese casi beso accidental.

A veces, estaba casi segura de que él sospechaba algo. Tal vez era demasiado educado para decir algo, o tal vez asumía que ella no representaba una amenaza porque era amiga de Kazik. ¿Quizá él la había visto por lo que era y no le importaba?

¿Esperar eso era esperar demasiado?

Gisela hizo una mueca cuando el peine se atoró en un nudo. Se pasó un mechón de cabello sobre el hombro y se tensó al escuchar el susurro de las ramas del árbol sobre su cabeza.

—Entonces, ¿ese es tu tipo? —susurró alguien con una voz aguda.

Gisela miró hacia arriba. Dos, no, tres rostros fantasmales la observaban entre las hojas. Tres pares de ojos carmesí brillaban como rubíes bajo la luz del sol.

—¡Váyanse! —Gisela movió los labios en silencio e hizo un gesto frenético con el peine para que se fueran.

Tuvo el efecto contrario.

Miray sonrió y bajó de su rama. Zamira, avergonzada, la siguió y bajó por el tronco como un insecto. Yulia se deslizó de una manera mucho más digna. Gisela se preguntó brevemente dónde estaban Clara y Nina-Marie y si Tamara estaba con ellas. Esperaba que alguien estuviera cuidando de ella.

Las cuatro ninfas acuáticas se juntaron detrás del árbol y trataron de mantenerse escondidas. Fue afortunado que ese árbol en particular fuera tan grande; su tronco tenía el triple de ancho que Gisela y más del doble de su altura.

—El viejo sapo las envió a espiarme, ¿verdad? —dijo ella.

Miray pasó un brazo alrededor de sus hombros.

—Wojciech casi pierde la cabeza cuando no llegaste a casa otra vez. Nos envió a ver cómo estabas.

Una mezcla familiar de exasperación y calidez llenó el pecho de Gisela. La tía Zela le había dicho que, aunque muchos espíritus vivían solos, el goblin acuático era una creatura que se preocupaba profundamente por su familia elegida. Pero, sinceramente, no era una niña que necesitara supervisión constante. Se había cuidado a sí misma y a su hermano desde los diez años.

Se había quedado a pasar la noche en casa de Kazik. Habían tenido otra de sus charlas nocturnas; a pesar de sus protestas, estaba claro que Kazik moría por quejarse y chismear con alguien.

Así que había estado a salvo. Ni siquiera había pensado en avisarle a Wojciech dónde estaba.

Su padre nunca se había preocupado así. Probablemente ni siquiera habría notado su ausencia. Gisela se preguntó si así era tener un hermano mayor sobreprotector o un padre que realmente se preocupara por su bienestar.

No era una sensación completamente horrible.

—Y —añadió Miray después de asomarse alrededor del tronco del árbol hacia Aleksey y Kazik—, queríamos ver a tu nuevo ligue. Todas te apoyamos. Bueno, excepto Yulia. Pero ella está celosa.

—No pongas más ideas estúpidas en la cabeza de esa idiota —dijo Yulia.

—No soy una idiota —respondió Gisela, molesta.

—¡Yo también quiero ver al chico! —Zamira saltó de puntitas para intentar ver más allá de los hombros de Miray y Yulia. Se inclinó tanto hacia adelante que Gisela tuvo que sujetar su vestido blanco para evitar que cayera y las descubrieran a todas.

—¡Cuidado! —dijo Gisela.

—¿Qué crees que están diciendo?

—¡Shh! Te escucharán, idiota.

Miray le dio un codazo a Gisela.

—Entonces, ¿cuál de ellos es?

—El rubio —dijo Gisela tímidamente. Bajo el sol, el cabello dorado de Aleksey parecía estar hecho de luz. Llevaba pantalones de pana y una camisa de lino suelta que se ataba del cuello.

La mirada de Miray recorrió de arriba a abajo su alto y ancho cuerpo. Debió de haberle gustado lo que vio, porque hizo un sonido de aprobación.

—¡Vaya, qué guapo es! —Zamira le dio un codazo a Yulia—. ¿Qué piensas?

—¿Por qué siento esta extraña necesidad de recordarte que no me gustan los chicos?

Zamira frunció los labios.

—No tienes que sentirte atraída por alguien para reconocer que objetivamente es guapo.

—Olvídalo —dijo Miray—. Sabes lo mucho que a Yulia le molesta que nos derritamos por chicos.

—No me molesta —replicó Yulia—. Simplemente no veo qué tienen de especiales —Le dio la espalda a Miray, cruzó los brazos y le murmuró a Gisela—. Supongo que al final decidiste que sí te gustan más los chicos, ¿eh?

Gisela se estremeció. Las palabras le llegaron como un cuchillo en una herida abierta. No era como si nunca hubiera escuchado comentarios así antes, de otras chicas de su pueblo. De otras chicas a las que les gustaban las chicas. Tenían un verdadero talento para hacerla sentir menos, para hacerla sentir terriblemente culpable y como si tuviera que disculparse por esa parte de ella a la que le gustaban los chicos.

—No voy a defender mi sexualidad ante ti… —dijo Gisela, más herida de lo que estaba dispuesta a admitir— de nuevo. —Había tenido que defenderse demasiadas veces en el pasado, ante Yulia y otras, y ya estaba cansada de eso—. Si no quieres mirar chicos, puedes ir a imponer tu presencia sobre Nina-Marie o Clara o algo así.

—¿Dónde *están* las tortolitas? —preguntó Zamira.

—Están en alguna parte juntas —Miray sonrió—. No pueden mantener las manos fuera la una de la otra. O eso, o están en el río aterrorizando a más turistas. Es el juego favorito de Nina-Marie.

Gisela pudo imaginarlo con facilidad: Nina-Marie nadando bajo los pequeños botes azules que los turistas sacaban al agua, arrastrando sus uñas por los cascos hasta que gritaran de terror, mientras Clara se sentaba en la hierba con un libro en el regazo, mirando a su novia con una sonrisa indulgente.

Una sensación de inquietud invadió a Gisela.

—¿Está Tamara con ellas?

—¿Cómo vamos a saberlo? —dijo Yulia—. ¿No se supone que eres tú la que la cuida?

—Probablemente está con ellas —dijo Miray, antes de que empezaran a pelear—. Entonces, ¿cómo va todo con el chico? ¿Ya te besó?

—¿Estaría escondida detrás de un árbol, empapándose desesperadamente el cabello si lo hubiera hecho? —dijo Yulia.

Gisela frunció el ceño y guardó su peine.

—Va bien. Solo… —Era molesto tener que escaparse siempre de esta manera, y le daba nervios acercarse demasiado a Aleksey después de su casi beso y su desastroso intento de tomarle la mano.

Recordó cómo él había retirado sus dedos con miedo. Con repulsión. Como si no pudiera alejarse de ella lo suficientemente rápido. Hubiera pensado que después de tantos rechazos, uno más no dolería, pero sí. Siempre dolía.

No cometería el mismo error otra vez. Ahora se aseguraría de ni siquiera rozar sus dedos con los suyos. Aunque le preocupaba: ¿Cómo iba a avanzar su relación si ni siquiera podía tocarlo?

Les contó a las chicas, y ellas inmediatamente corrieron a consolarla.

—Las manos frías se sienten bien cuando hace calor —dijo Zamira—. Son más agradables de agarrar que las manos calientes y sudorosas.

—Solo miente y dile que tienes mala circulación —sugirió Miray—. Podrías intentar usar guantes.

—Porque eso no es sospechoso —dijo Yulia—, en verano.

—No tienen que ser guantes de invierno —dijo Miray—. Podría usar, no sé, guantes de encaje. Podríamos encontrar un par realmente bonito.

—O podrías intentar tomar la poción de Wojciech.

Las cabezas de Yulia y Miray se voltearon hacia Zamira.

Ella se encogió un poco bajo sus miradas.

—Quiero decir, si realmente estás desesperada…

—¿Poción? —dijo Gisela en blanco.

Las tres rusalki mayores parecían llevar a cabo una discusión silenciosa.

—Él tiene una poción —soltó finalmente Zamira, a pesar de la mirada fulminante de Yulia—, preparada por una bruja poderosa. Contiene media gota de Agua Viva y regresa a una ninfa acuática a la vida, la convierte de nuevo en humana. La guarda en un mueble especial en sus aposentos con todas sus tazas de té favoritas.

—¿Qué? ¿Qué dices? —Gisela se congeló y contuvo la respiración.

Tardíamente se tapó la boca con la mano y echó una mirada cautelosa alrededor del árbol.

Kazik y Aleksey estaban tan absortos el uno en el otro que ni siquiera levantaron la vista al oír su exclamación. Gisela dejó escapar un suspiro de alivio. Los observó un momento más, sintió de repente que su estómago se retorcía con una sensación de náusea que no entendía completamente. Una sensación casi como de celos, solo que no estaba segura de quién le daba celos. Le habría gustado ser el único centro de atención de Aleksey, pero también era algo nuevo ver a Kazik tan cautivado.

Probablemente solo era la extraña visión de él dignándose a hablar con otro ser humano.

Gisela se sacudió. Tenía cosas más importantes en qué concentrarse, como los secretos que un cierto goblin acuático traidor había estado ocultándole. Una ola de ira la recorrió. Todo ese tiempo había estado luchando para conseguir un beso. ¿Por qué no le había dicho que había una pócima que podría usar para recuperar su humanidad? El manantial de Agua Viva era legendario. Todos sabían que podía restaurar la vida de los moribundos, pero su ubicación era un misterio. ¿Cómo había conseguido Wojciech una poción así? ¿Y por qué ninguna de ellas le había hablado de eso antes?

Debe haber dicho la última pregunta en voz alta porque Miray respondió:

—Porque la transformación es solo temporal. La poción pierde su efecto, y cuando eso pasa, no regresas a tu forma actual. Ya no serías una ninfa acuática. Serías una sombra de lo que eres ahora. Una cosa fantasmagórica. Una creatura sin forma ni cuerpo.

Todas se tomaron un momento para digerir esto.

—¿No somos fantasmas? —dijo finalmente Zamira—. Quiero decir, técnicamente.

—Es diferente —dijo Yulia con voz grave—. No tendrías una forma física ni una voz. Nadie podría verte. No podrías comunicarte con nadie. Serías menos que una sombra. Nada más que aire. El susurro más leve contra la piel de alguien.

A pesar del calor, Gisela se estremeció.

Miray jugaba con el listón de terciopelo que llevaba como collar.

—Por eso no te lo dijimos. Es más seguro intentar que un mortal te bese si quieres recuperar tu humanidad.

—¿Pero no podría ella tomar la poción primero y luego conseguir que alguien la bese? —Zamira miró a Gisela.

—¿Y si no la besan antes de que la poción se acabe? —replicó Yulia.

Gisela se mordió una uña. Su mirada volvió a Aleksey y Kazik. Kazik se volteó hacia el árbol y enrolló las mangas de su camisa hasta los codos.

—Espera —dijo Zamira—. ¿Ese no es...?

—¿El cazador? —terminó Miray y se inclinó hacia adelante—. No había visto bien su cara. ¿Qué está haciendo aquí? ¿Está interfiriendo otra vez?

Gisela parpadeó. Luego una lenta y molesta sonrisa curvó sus labios.

—¿Él? —Enroscó un mechón de cabello húmedo alrededor de su dedo—. Kazik me está ayudando.

Le dio tanta satisfacción ver cómo todas se voltearon para mirarla con la boca abierta. Incluso Yulia. Casi fue suficiente para hacerle olvidar momentáneamente la poción de Wojciech.

—Lo embrujé con mi belleza y astucia, y ahora él es mi cupido.

—No. —Miray suspiró—. ¡Gisela, eres un demonio! ¿En serio?

—¡Dios mío! —Zamira apretó el antebrazo de Yulia—. Tienes que contarnos todo. ¡No puedo creer que no nos lo dijiste!

—¿Estás hablando en serio? —dijo Yulia. Su rostro era como un cielo nublado antes de la tormenta—. ¿Estás inventando cosas? No puedes confiar en él. Es peligroso.

—¿Por qué molestarte con el otro chico... —dijo Miray pensativa— si tienes al cazador en la palma de tu mano?

Gisela frunció el ceño, confundida.

—¿Qué quieres decir?

—Haz que te bese. Kazik.

Yulia soltó un sonido sofocado.

—No seas tonta. No —dijo Gisela, aunque ella misma le había sugerido algo similar. Pero había sido en broma—. No es así. No le gusto. Me odia. Solo me está ayudando para que me vaya. —Trató de ignorar el dolor repentino en su pecho. Kazik no la estaba ayudando porque quisiera; la estaba ayudando porque ella le había suplicado y lo había chantajeado para que lo hiciera.

Zamira canturreó pensativa.

—Creo que debe estar enamorado de ti. ¿O lo ves ayudando a otros espíritus? —Su sonrisa era tan traviesa como la de Miray.

—Está ayudando a Domek. Un espíritu del hogar —protestó Gisela débilmente—. Lo está ayudando a encontrar un nuevo hogar. —Pero eso también era por ella. Porque se lo había pedido, pensó. Pero rápidamente cortó ese tren de pensamiento—. Él solo está… No hay nada entre nosotros. Lo entenderías si lo conocieras. Es más complicado de lo que crees. —Se volteó de nuevo hacia los baños y se calló al observar la clara y vacía explanada.

—Bueno, no mires ahora —dijo Yulia—, pero creo que tu preciado cupido se ha llevado al chico con el que planeas besarte.

21
JUGANDO A SER CUPIDO

Kazik

Había sido un error dejar que Aleksey y Gisela lo acompañaran de nuevo hoy, decidió Kazik, y trató de no mirar mientras Aleksey estiraba los brazos por encima de su cabeza. El dobladillo de la camisa de Aleksey se levantó, ofreciéndole al mundo un tentador destello de piel pálida.

Kazik apartó la mirada. «Concéntrate», se dijo a sí mismo. «Enfócate en pensamientos puros».

Pensamientos puros.

Lanzó un ramo marchito en la vegetación a su alrededor, sus dedos crujieron sobre los pétalos secos. Esa era la razón por la que se esforzaba por evitar a Aleksey. No confiaba en sí mismo cuando estaba cerca del otro chico; estaba demasiado consciente de su presencia, de su cercanía, de cada movimiento que hacía.

Inclinó la cabeza hacia atrás y miró hacia el enorme tilo centenario que proyectaba sombras sobre el santuario. Era un santuario modesto, como tantos otros del campo: una pequeña caja de madera con techo que albergaba la estatua desgastada de un santo.

Kazik solo pudo identificar la estatua como Santa Bárbara por la torre que sostenía en sus manos. Cada santo tenía un símbolo con el que se representaba —un cuervo, una campana, una corona, una estrella— para que incluso aquellos que no sabían leer pudieran reconocerlos. Santa Bárbara era una de las santas a las que la gente rezaba para pedir protección contra las enfermedades. Kazik había acudido ahí con su abuela cada semana para cambiar las flores y acomodar las velas y pequeños objetos que los devotos dejaban como ofrenda. Juntos habían cantado himnos al comienzo de la primavera. Este era el lugar donde siempre se había sentido más en paz. Más que en cualquier iglesia o capilla. Ahí, en el borde del gran bosque primigenio, escuchando el suave crujido de las ramas que se balanceaban sobre sus cabezas. Ahí, donde el susurro de las hojas sonaba como el susurro de palabras sagradas. Había algo en este lugar que calmaba su alma.

«Somos gente del bosque», le había dicho una vez su abuelo.

El sonido agudo de un obturador de cámara sacó a Kazik de su ensueño. Frunció el ceño. Últimamente, el santuario se había convertido más en un punto turístico que en un lugar de oración y culto, un lugar que atraía a los enfermos y a los fieles. Estaba marcado en los mapas como una de las muchas atracciones cerca de la ciudad manantial, al igual que las ruinas del viejo castillo al otro lado del río.

—Parece que estás a punto de enterrar el cuerpo de ese turista debajo del santuario —comentó Aleksey, acercándose a Kazik.

Kazik lo miró de reojo con sobresalto. Una brisa se arremolinó entre los árboles, arrastrando hojas y flores caídas en un círculo alrededor de sus tobillos. Después se enredó en el cabello de Aleksey, lo que trajo sus mechones desordenados hacia sus ojos. Cómo eso no le bloqueaba la visión era un misterio. Un pequeño milagro.

—No valdría la pena el esfuerzo. Tú... —Kazik hizo un gesto— tienes una hoja.

Aleksey levantó la mano, intentó y fracasó en quitar la hoja culpable de su cabello. La mano de Kazik se movió por sí sola, sus dedos rozaron la sien de Aleksey. El cabello de Aleksey era sorprendentemente suave.

Rápidamente, Kazik le entregó la hoja a Aleksey, quien la tomó por el tallo.

Definitivamente fue una idea estúpida dejar que los dos lo acompañaran.

El sudor se acumuló sobre el labio superior de Kazik. Incómodo, preguntó:

—¿No tienes otro lugar al que ir?

Aleksey levantó una ceja.

—Está bien. Si quieres que me vaya, solo dilo.

De repente, Kazik se dio cuenta de lo grosera que había sonado su pregunta.

—Solo quería decir que esto no es algo que la gente haga por diversión.

Algo que se haga normalmente por diversión.

Aleksey no carecía de personas deseosas de pasar tiempo con él. Gisela y Kazik tenían su propio motivo para acercarse a él, pero Kazik seguía sorprendido de que Aleksey estuviera tan dispuesto a unirse a ellos. No se sentía real, de alguna manera.

—Me gusta estar con ustedes, contigo y Gisela.

—¿Te gusta? —Kazik no pudo evitar el escepticismo en su voz.

—Ustedes dos son muy divertidos.

Genial. Aleksey pensaba que él y Gisela eran algún tipo de acto de comedia.

—Pero tengo la sensación de que no te gusta estar cerca de mí por alguna razón —dijo Aleksey—. ¿Hice algo que te ofendiera?

—Eso no es… No me desagradas.

Por Dios, ¿por qué todo lo que salía de su boca sonaba tan…? ¿Dónde estaba Gisela cuando realmente la necesitaba? Ella era buena hablando con la gente. Kazik sabía que él parecía frío y poco amigable, y saberlo solo parecía empeorar sus esfuerzos en las raras ocasiones en las que sí intentaba interactuar.

—Y a mí me gusta estar aquí —dijo Aleksey, mirando las ramas que se movían sobre ellos.

Eso al menos tenía sentido. A Aleksey siempre le había gustado hacer senderismo y estar al aire libre. Kazik se relajó un poco.

—Es bonito aquí —dijo—, tranquilo.

Aleksey reordenó algunas de las veladoras.

—Mi madre vino a orar aquí la primavera pasada cuando estuve enfermo. Ella cree que por eso me recuperé.

La primavera pasada… Eso le recordó a Kazik que aún no había logrado interrogar a Gisela sobre su muerte. Aleksey siempre estaba con ellos, y Gisela cambiaba el tema cada que Kazik lo mencionaba. No parecía interesada en recordar lo que le había pasado.

El agudo crujido de una ramita hizo que Aleksey se volteara para examinar el límite del bosque. El turista y su cámara estaban regresando por un sendero hacia el pueblo.

—Gisela está tardando mucho en encontrar agua para las flores. —Probablemente porque estaba usando esa misma agua para rehidratarse—. Desaparece mucho, ¿no? ¿Deberíamos ir a ver qué está haciendo?

—Probablemente solo se distrajo —dijo Kazik—. O paró a retocarse el lápiz labial. Ya sabes cómo son las chicas.

—Mmm. Pero Gisela no es como las demás chicas que conozco. Ella es sin duda algo diferente. Algo más extraño.

La piel de Kazik se erizó en alarma. Claro, Gisela era diferente de las chicas con las que Aleksey solía pasar su tiempo. Ella era un demonio de sangre fría, por un lado, y mucho más molesta, por otro.

—Claro, ella es un poco extraña —dijo y sintió una necesidad irracional de defenderla—. Viene de una isla donde literalmente sacrifican niños al mar. —Ahora que lo pensaba, eso explicaba bastante bien la personalidad de Gisela, así como su indiferencia por la vida de los demás—. Al menos nunca te aburres con ella. ¿No es más interesante que no sea como los demás? Tal vez no comprende el concepto de los límites ni del espacio personal, y probablemente nunca le dijeron que no en toda su vida, pero ella no… —Kazik hizo una pausa y odió la verdad de lo que iba a decir—. No es una mala persona en el fondo. —Incluso él tenía que admitirlo. A pesar de sus muchos y numerosos defectos, Gisela era bondadosa a su manera.

Aleksey lo observó por un momento largo.

—Lo dije como un cumplido.

Vaya.

Bueno, ahora Kazik solo estaba molesto.

—Me gusta —dijo Aleksey.

Algo dentro de Kazik se estrujó.

—Bueno, qué bien. —Eso era lo que quería, ¿no? Bueno, no lo que quería quería, pero lo que necesitaba que sucediera.

—Solo quiero dejar algo claro. No quiero interponerme entre ustedes dos.

Kazik se rio.

Aleksey mostró una sonrisa con hoyuelos.

—Al menos no te preocupa que haya sido devorada por un espíritu maligno del bosque.

—No suelen acercarse al santuario.

—¿Porque si lo hicieran, serían cazados por exorcistas sedientos de sangre?

El tono de Aleksey era de burla, pero los ojos de Kazik se entrecerraron.

—Los exorcistas sedientos de sangre no tendrían que cazar espíritus si estos no atacaran a humanos indefensos.

—Tal vez los espíritus no atacarían a los humanos si los humanos los dejaran en paz.

—Los humanos no son los que constantemente atacan …

—¿No te cansas de ser tan moralista todo el tiempo?

Kazik abrió la boca como para decir algo.

—La mayoría de los espíritus —dijo Aleksey— son productos de la violencia humana, y el resto está constantemente siendo satanizado y menospreciado. Los humanos talan los bosques. Quitan la vegetación. Desvían los ríos y ahogan el aire con humo de carbón. Erigen barreras para ahuyentar a las creaturas. Los exorcistas humanos desaconsejan que la gente haga ofrendas. Enseñan a la gente a temer y huir de los espíritus. ¿Es tan sorprendente que los espíritus se venguen?

Kazik no tuvo oportunidad de responder.

—Los espíritus de la naturaleza, especialmente —continuó Aleksey, con las mejillas sonrojadas—, están atados a sus hogares de maneras que los humanos no podrían comprender. Piensa en el goblin acuático. Él es fuerte porque su río es fuerte. Sus corrientes son rápidas y siempre fluyen. Pero se debilitaría si esas aguas fueran contaminadas o desviadas. No es diferente para otros espíritus. Incluso la estatura del leshi está determinada por la altura de los árboles en su bosque. Con su reino constantemente siendo reducido, su propia existencia está bajo amenaza.

Kazik no pudo formular una respuesta. Nunca había visto a Aleksey tan seguro, nunca lo había escuchado hablar con tanta pasión. El Aleksey que conocía —o pensaba que conocía— pecaba de relajado y amigable. Kazik lo había tachado de superficial. Alguien que no se preocupaba profundamente por nada.

Nunca había considerado la desconcertante posibilidad de que Aleksey desaprobara lo que hacía.

—No sabía que pensabas así —dijo Kazik y trató de no sonar a la defensiva—. Estabas bastante ansioso por que exorcizara al domowik la otra semana.

Aleksey abrió la boca, luego pareció contenerse. Presionó sus labios brevemente.

—No soy tan tonto como para mostrar misericordia a una creatura que me ataca. No soy precisamente de los que perdonan. Solo simpatizo con los demás. He oído muchas historias de los guardabosques locales.

Así que ahí era donde obtenía su información. El abuelo de Kazik había sido guardabosques. También era empático con los espíritus.

—Pero tienes razón —dijo Aleksey, su tono nuevamente despreocupado… Kazik casi se sintió decepcionado—. Dudo que algún demonio se arriesgue a visitar el santuario. Probablemente ni siquiera necesites preocuparte por usar esto. —Metió un dedo por debajo de la cadena que Kazik llevaba alrededor del cuello y la jaló.

Kazik se congeló, demasiado sorprendido para reaccionar.

Pero no importó, porque al segundo siguiente Aleksey retiró la mano como si lo hubieran quemado.

—Descarga estática —dijo débilmente y se sacudió la mano. Bajó la cabeza, el sol iluminaba su cabello en todos los tonos dorados mientras su rostro se sumergía en la sombra.

—Era de mi abuela. —Kazik pasó el pulgar por el medallón, tocando los familiares surcos en el metal. Parecía una moneda de dos caras y estaba grabada con una imagen de San Jacinto. Llevarlo invocaba la protección del santo. Babcia lo había colocado alrededor de su cuello antes de morir y le hizo prometer que nunca se lo quitaría. No importaba quién se lo pidiera.

«Te mantendrá a salvo».

Aún podía sentir el toque fantasmal de sus dedos arrugados luchando por abrochar la cadena.

Kazik tragó con dificultad por el nudo que se formaba en su garganta.

La pérdida era como un cuchillo entrando lento en su estómago, un dolor que no paraba Algunos días todavía le resultaba difícil creer que ella se hubiera ido.

La brisa meció las ramas del tilo con más fuerza.

Aleksey inclinó la cabeza, sus cejas fruncidas en un ceño poco característico. Dejó a Kazik, se alejó del santuario y se adentró en los árboles circundantes.

—¿A dónde vas? —Kazik preguntó. Vaya, demonios. ¿Iba a buscar a Gisela como había sugerido antes? Si la encontraba mientras estaba conjurando agua con su peine o haciendo algo igual de comprometedor…

Kazik se activó.

—¡Oye! —gritó, corriendo tras él—. ¡Oye, deberíamos esperar aquí a Gisela! —Si se adentraban demasiado en el bosque, ella no podría seguirlos. Ya estaban bastante lejos del río.

No había ningún camino que pudiera discernir, pero Aleksey se movía entre los árboles como si caminara por ahí todos los días y presionaba sus dedos contra cada tronco como a manera de saludo.

—Escuché algo —dijo por encima de su hombro y desapareció detrás de otro árbol. Cuando Kazik dio la vuelta, casi choca con la espalda de Aleksey, pero logró detenerse en el último segundo—. Sonaba como…

Un extraño y penetrante grito de angustia atravesó el aire.

—Un niño llorando —terminó Aleksey.

Kazik se quedó quieto, pero Aleksey aumentó el paso.

Este idiota. Si pensabas que escuchabas a alguien llorando o gritando tu nombre en el bosque, si oías risas o sentías un repentino e incómodo deseo de voltear mientras caminabas…

No, no lo hacías. No te dabas la vuelta. No oías nada, no sentías nada, y seguías caminando. Caminabas más rápido.

¿No acababan de hablar de los espíritus del bosque que se tragan a las personas?

Los sollozos entrecortados los guiaron más profundo. El viento se agitaba entre las ramas. Un graznido furioso llegó a los oídos de Kazik. Más adelante, una multitud de cuervos negros y brillantes había acorralado a un pájaro más pequeño de alas oscuras. Este caminaba rengueando por el suelo, arrastrando un ala en la tierra mientras los cuervos se le abalanzaban y le daban vueltas.

—¡Oye! —gritó Aleksey, adelantándose.

Como niños sorprendidos con los dedos en la caja de galletas, los cuervos se quedaron quietos. Luego, despegaron con una cacofonía de chillidos frenéticos en un ruidoso tumulto de plumas negras.

Aleksey ya estaba de rodillas, examinando al pájaro en el suelo. Este intentó defenderse de él con un débil aleteo.

—¿Está herido? —Kazik se agachó junto a Aleksey, pero inmediatamente volvió a retroceder, cayó hacía atrás y maldijo, sentándose de golpe.

El pájaro tenía el rostro de un niño humano. Un rostro distintivamente aviar, pero, aun así, innegablemente humano. Sus labios carnosos parecidos a un pico emitían un sonido a medio camino entre el llanto entrecortado de un niño y un trino angustiado. Kazik pudo ver la pequeña protuberancia negra que tenía por lengua.

Se estremeció de repulsión.

Latawiec.

Uno de los espíritus del aire. Nacían de las almas de niños fallecidos y, como la mayoría de las almas que no encontraban su camino al siguiente mundo, a menudo eran dañinas para los mortales. No eran tan mortales como otros demonios del aire y del viento, como las estriges chupasangre nocturnas, pero aun así eran increíblemente peligrosos.

—Aleksey, no te muevas. —La luz del sol brillaba en las garras afiladas de la creatura. Kazik no podía permitirse provocarla hasta quitara Aleksey de en medio—. Tienes que… por el amor de Dios.

Ignorándolo, Aleksey tomó el ala caída de la creatura y la apartó suavemente de su cuerpo, buscando con los dedos si tenía alguna herida. El demonio emitió un pío lastimoso.

Kazik se encontró recordando todas las veces que había visto a Aleksey rescatar polluelos y otros animales pequeños. Aleksey lo miró de reojo.

—Quieres ayudarlo —dijo Kazik con tono amargo.

—Y tú quieres matarlo.

—Me haces sonar como el villano aquí.

Aleksey no dijo nada, pero su boca se curvó hacia arriba en las esquinas. El sol cedió de repente ante un banco de nubes, lo que los sumió en la oscuridad.

A Kazik se le puso la piel de gallina con la repentina caída de temperatura. Su mirada se deslizó de Aleksey al demonio. Sus plumas estaban erizadas por el estrés. Sus ojos estaban parcialmente cerrados. Eran ojos de cuervo: imposiblemente redondos y azules. La oración para exorcizar a la creatura impía sonaba en su cabeza: «Que el cielo conceda a este niño el descanso eterno. Que nuestra Santa Madre llene tu corazón de paz».

Instintivamente, buscó esa chispa de poder en su interior. Todavía estaba ahí, profundamente dentro de él, esperando. Era un calor leve, como de una brasa moribunda. Podía sentir cómo titilaba débilmente, pero por una vez, no estuvo seguro si era porque los santos habían encadenado su magia o si su propia voluntad era la culpable. ¿Dónde estaba la convicción que normalmente avivaba esa chispa y creaba una llama de justicia?

Se escucharon truenos a lo lejos. La creatura emitió otro pío patético.

Aleksey continuó observándolo. Kazik sabía que el otro chico lo estaba probando, desafiándolo, y una parte de él lo odiaba por eso. Dejar a los sentimientos nublar su juicio no solo era peligroso, sino que podía ser fatal. ¿Por qué no podía hacer lo que debía hacer, sin importar lo que Aleksey o Gisela pensaran de él?

¿Por qué estaba siendo tan malditamente débil?

Antes de que pudiera decidir qué hacer, Aleksey actuó. Se quitó la camisa y cuidadosamente envolvió a la creatura en la tela como si fuera un pájaro herido común.

Kazik apartó la mirada, pero no lo suficientemente rápido. Ahora la imagen del pecho desnudo de Aleksey estaba grabada en su mente. Miró a los ojos anormalmente azules del latawiec. ¿Era su imaginación, o el pájaro demoníaco parecía casi satisfecho?

—Si lo lastimas —dijo, dirigiéndose al pájaro y levantando el mentón hacia Aleksey—, te quemo las alas.

Aleksey lo miró con fascinación.

Por encima, las nubes se movieron, y el sol de repente volvió a brillar, lo que envió haces de luz a través del bosque. El crujido de las ramas y hojas secas bajo los pasos que se acercaban los hizo reaccionar.

Sobresaltado, Kazik miró por encima de su hombro cuando Gisela apareció entre los árboles. No debería haberse sentido tan aliviado al verla.

Ella volvió a voltear cuando vio a Aleksey sin camisa.

—No me quejo —dijo—, pero ¿por qué estás medio desnudo? ¿Qué están haciendo ustedes dos acá tan lejos?

—Debatiendo si deberíamos ayudar o exorcizar a otro espíritu —respondió Aleksey.

Gisela le lanzó una mirada fulminante a Kazik.

—¿Cómo sé ya lo que Kazik quiere hacer?

Kazik abrió la boca para defenderse, pero Gisela continuó y se acercó más.

—Deberíamos ayudarlo. No todos los espíritus son monstruos malvados. No es justo suponer siempre lo peor.

—Es más seguro hacerlo —dijo Kazik.

Gisela lo ignoró.

—Los espíritus también tienen sentimientos. Cometen errores. Merecen empatía y compasión. Mira a Domek, él solo… ¿Qué demonios es eso? —Dio un salto hacia atrás y gritó cuando el latawiec asomó su cabeza por la camisa de Aleksey.

La mejilla de Aleksey se hundió con una sonrisa.

—¿No es lindo? ¿Nunca has visto un demonio del aire? Ven, ven a acariciarlo.

Gisela retrocedió.

—¡No lo acerques a mí!

Aleksey se levantó, todavía sonriendo. Kazik sintió una extraña sensación de déjà vu; sentía que era un niño otra vez, viendo a un compañero de clase molestar a una chica que les gustaba con un gusano que habían sacado de la tierra.

—¡Vamos, Gisela! —canturreó Aleksey—. Los espíritus también tienen sentimientos. Lo estás poniendo triste. Ven, bésale la carita humana y espeluznante.

Gisela emitió otro grito mientras Aleksey acercaba al demonio.

—¿Por qué tiene cara?

Kazik no creía haber oído nunca a Aleksey reírse tan fuerte. Honestamente, la indignación audible de Gisela también hizo que le dieran ganas de reír. Ella podía decir que quería ayudar a la creatura, pero estaba claramente tan perturbada por ella como él.

Se reclinó sobre sus manos, observando a los dos idiotas corretearse alrededor de un árbol, la tensión dejando lentamente su cuerpo. Si hubiera sido un verdadero cupido, un verdadero amigo, habría inventado alguna excusa para irse y dejarlos a solas.

Pero sentía una extraña renuencia a moverse.

Se dijo a sí mismo que era porque aún le preocupaba el latawiec.

—¡Kazik! ¡Kazik, no te quedes ahí sentado! —jadeó Gisela. Su pecho también vibraba de risa ahora. Sus ojos brillaban de una manera que Kazik nunca había visto antes. Era bonito.

Realmente bonito.

—¡Tú que te haces llamar cazador... ven a ayudar! —Se detuvo en seco—. ¡Dios mío!

Aleksey se detuvo junto a ella, sorprendido.

—¿Qué?

Gisela señaló con un dedo acusador la cara de Kazik.

—Está sonriendo.

Kazik puso los ojos en blanco.

—No, no es cierto.

—Sí es cierto —dijo Aleksey, entrecerrando los ojos.

—De verdad no estoy sonriendo. —Kazik se levantó, sacudiéndose el polvo de los pantalones, y evitando el contacto visual. Sería una locura admitir que estaba sonriendo por un espanto profano como Gisela.

22

DALE UN CUERPO AL DIABLO

Aleksey

Estaba lloviendo cuando Aleksey finalmente regresó a casa. Entre los gruñidos de los truenos, podía escuchar las suaves voces infantiles de las plantas celebrando. La lluvia goteaba de las vigas inclinadas de la casa de dos pisos, cuyas paredes encaladas y persianas rosas se encontraban en una esquina tranquila de Villa Hyacinth.

Aleksey se quitó los zapatos enlodados en la puerta principal y se secó el cabello con una toalla que el ama de llaves le entregó. Ella le informó que el correo había llegado, que su madre estaba leyendo en la sala, y que la cena estaría lista pronto.

Sonriéndole agradecido, Aleksey se dirigió a una habitación luminosa y amplia en la parte trasera de la casa. La cabaña era espaciosa pero acogedora. Los muebles de madera encerados brillaban, y los recién pulidos tablones del suelo eran suavizados por alfombras decoradas que absorbían las pisadas. Lámparas de aceite iluminaban cada habitación, mientras que jarrones llenos de flores silvestres llenaban el aire con un dulce perfume.

Ocasionalmente, un extraño juego de luces hacía que pareciera como si las sombras de las hojas danzaran sobre las paredes, como si las ramas se movieran al compás de una brisa, aunque no había árboles afuera de las ventanas.

—¿Madre? —Aleksey asomó la cabeza por la puerta hacia la sala de estar.

Irina dormía profundamente en su sillón favorito. Un periódico yacía abierto sobre su regazo, y sobre la mesa de café frente a ella había un montón de violetas secas que debió estar prensando entre las páginas de un cuaderno. Un nuevo proyecto.

Una oleada de cariño desbordó a Aleksey. Recuerdos —no los suyos— llenaron su mente. Cruzó la habitación e impulsivamente besó la coronilla de su cabeza. Había una pequeña mancha de pintura azul en su suave cabello castaño.

Deslizó el periódico de su regazo y lo dobló.

Irina se movió al oír el crujido del papel. Sus ojos azul cielo se abrieron lentamente. Aleksey se detuvo mientras una mano pálida acariciaba su mejilla con una ternura devastadora. Otro sentimiento extraño floreció en su pecho, uno que no comprendía, así que lo apartó.

Todavía era una novedad no ser mirado como si fuera algo monstruoso e inhumano. Nadie lo había tocado así antes. Con suavidad. Sin agresión. Sin agarres no consensuados. Sin una amenaza de violencia.

Aún no sabía qué hacer con ello. Tomó su mano y la apretó, luego la devolvió a su regazo.

Irina sonrió somnolienta. Sus ojos se cerraron de nuevo.

Aleksey se enderezó.

—¿Y tú qué miras? —le susurró al helecho en maceta que se marchitaba sobre la mesa de café. Pasó su pulgar por una de sus hojas enrolladas y sonrió cuando este se desplegó y se enrolló alrededor de su dedo.

Salió de la sala de estar con la planta, teniendo cuidado de dejar que la puerta se cerrara tras él. Con la casa prácticamente vacía, podía dejar que su máscara cayera. Era agotador fingir ser alguien que no eras. Había tantas cosas que recordar cuando estaba cerca de los humanos. No hablar con los árboles era una; reprimir el impulso de devorar a quien lo molestara era otra.

—¿Y por qué estás así? —le preguntó al helecho—. Estabas erguida cuando me fui. ¿Alguien te molestó? ¿Debería regañarlo? Dime. —Aleksey se detuvo.

Unos pasos más adelante, una chica de cabello rubio salió del estudio y entró al pasillo. Se volteó al oír sus pasos.

—¿A-Aleksey? —La voz de Roza tembló. Había una mancha roja en la manga abombada de su vestido amarillo.

Los ojos de Aleksey se entrecerraron.

—No... ¿Esta es tu casa? —Roza miró a su alrededor confundida—. ¿Me desperté en el estudio? —Salió como una pregunta—. No puedo recordar cómo llegué aquí.

Aleksey la observó por un momento más, luego dejó la planta sobre una mesa del pasillo. Renuentes, sus hojas verde pálido soltaron su agarre.

Se puso su sonrisa más desarmante, una que había practicado frente al espejo. Una sonrisa diseñada para mostrar el hoyuelo en su mejilla. Cuando habló, su voz tenía la medida perfecta de amabilidad y un leve toque de preocupación.

—¿Por qué no subimos a mi cuarto?

Roza entrelazó sus dedos con nerviosismo.

—No, no, creo que debería irme a casa. ¿Sabes qué hora es? Mi madre...

—Siéntate un momento primero. No te ves bien.

—No, estoy bien. En serio. Solo que... estoy un poco confundida. —Dio un paso adelante, tratando de ver cómo pasar junto a él.

Aleksey se puso en su camino. Su expresión no cambió.

—Subamos y averigüemos qué está pasando. —Levantó las manos con las palmas abiertas para demostrar que no representaba una amenaza, y ajustó su tono, suavizándolo. —Solo soy yo, Roza. ¿Confías en mí, verdad?

Los labios de Roza se abrieron. Dejó escapar una risa débil. Pero aún había cautela en ella. Estaba tensa como un ciervo en el bosque después de escuchar una rama romperse.

—Por supuesto, confío en ti. Es solo que…

Respiró con fuerza, sujetándose el pecho.

Por un segundo, su mirada horrorizada se encontró con la de Aleksey. Luego su cabeza cayó hacia adelante y un violento escalofrío dobló su cuerpo hacia adentro. Sus extremidades se sacudieron como si las estuviera manipulando un titiritero invisible.

Un momento después se enderezó, parpadeó, y echó los hombros hacia atrás.

—Lo siento. —Sonaba avergonzada—. Perdí el control por un momento. Este maldito traje de piel me está volviendo loca.

—Roza —dijo Aleksey con un tono de advertencia y echó una mirada por encima del hombro. Roza no era su verdadero nombre, por supuesto, así como Aleksey no era el suyo, pero era más fácil y seguro referirse entre ellos por esos nombres, incluso en privado, porque nunca sabías quién podría estar escuchando.

—Lo sé, lo sé. —El bies que habitaba el cuerpo de Roza se tronó el cuello—. Seré más cuidadosa.

—Hay sangre en tu vestido.

—No toda es mía.

—¿Por qué eso no me reconforta?

—No es mi culpa que los cuerpos humanos sean cosas tan débiles e incómodas.

—Solo porque eres descuidada con ellos.

Roza raspó la mancha de su manga. Sus dedos absorbieron el rojo.

—Un pequeño rasguño y la vida empieza a escaparse de sus cuerpos. Ese estúpido perrito me mordió y salió corriendo otra vez. —Se encogió de hombros—. Está bien. Si rompo este cuerpo, simplemente encontraré otro. No es que escaseen.

—Si quieres que te atrapen y te exorcicen, entonces, por favor, adelante. Saltar de cuerpo en cuerpo con demasiada frecuencia es peligroso. Llama la atención.

—Lo dice alguien que solía cambiar de cuerpo tan a menudo como un humano cambia de abrigo. —Sus ojos grises recorrieron a Aleksey de arriba abajo—. No has estado actuando como tú mismo.

—Eso es porque tengo los ojos puestos en un abrigo muy particular esta vez.

Roza no parecía impresionada por su humor. Infló las mejillas, visiblemente frustrada.

—Te está tomando una eternidad conseguirlo. Espero que no te estés ablandando. Sé que te gusta jugar con tu comida, pero hay maneras más fáciles de vengarte de Kazik que poseyendo su cuerpo. Dijiste una vez que, cuando recuperaras tu fuerza, él sería la primera persona que matarías. Dijiste que devorarías su carne mientras aún estuviera gritando. Dijiste que sacarías sus huesos de tus dientes.

Lo había dicho. Había sido un poco dramático.

Aleksey no pudo evitar que se notara el filo en su voz.

—Te lo dije antes, eso sería demasiado fácil. —No sería suficiente. Quería ver a Kazik humillado, como él había estado. Lo quería a sus pies, inclinado en súplica—. No hace falta matar a alguien para destruirlo. Y la situación ha cambiado. Han ocurrido nuevos acontecimientos.

—¿Buenos o malos?

—Todavía es pronto para saberlo.

No ahondó, no explicó que el famoso cazador de Leśna Woda de repente se estaba rebajando para ayudar a los espíritus, no era que Aleksey creyera que eso iba a durar. Ya lo había vivido antes. Los humanos eran amables, hasta que dejaban de serlo. No se podía confiar en ellos. No, estos cambios se debían puramente a la influencia de Gisela. Aleksey aún trataba de entender cómo lo había logrado. Era desconcertante. Fascinante. Exasperante. Kazik no era del tipo que se dejaba influenciar por una cara bonita. Había rechazado cada intento de Aleksey por acercarse. Pero Gisela… Gisela había logrado pasar sus defensas y colocarlo en la palma de su mano sin el más mínimo esfuerzo visible.

Hacía mucho tiempo que nadie había despertado el interés de Aleksey de esa manera. ¿Cómo había logrado una simple ninfa acuática…? Y sí, ella era una ninfa del agua, sin importar cuánto intentaran ella y Kazik ocultar la verdad. Y eso también era desconcertante. ¿Kazik no quería que nadie supiera que había sido hechizado por un espíritu?

Aleksey tenía tantas preguntas, y no solo sobre Gisela: ¿era ella competencia o una posible aliada? Kazik también estaba resultando ser todo un enigma. Era tan diferente de lo que todos habían dicho que era. De lo que Aleksey había pensado que era.

No lograba entender a ninguno de los dos, y eso lo estaba distrayendo demasiado.

Hizo un gesto para que Roza lo siguiera, y comenzó a subir la escalera.

Nunca olvidaría su primer encuentro cara a cara con Kazik, esa persecución fatal a través de los jardines que florecían de noche alrededor de Villa Violetta. Lo recordaba como si fuera ayer: el aire fresco de la noche, el dulce aroma a jazmín, el calor abrasador de las llamas sagradas convocadas para exorcizarlo.

Incluso ahora, el recuerdo era suficiente para hacerle saltar el corazón.

El leshi le había dado instrucciones estrictas a Aleksey:

«Posee a un mortal. Infíltrate en la ciudad de Leśna Woda y observa a la vieja bruja y a su nieto. Aprende todo lo que puedas sobre él. Determina sus fortalezas y debilidades.

»No te distraigas.

»No te encariñes con ningún mortal que conozcas.

»No te dejes atrapar».

Aleksey había sido confiado hasta el aburrimiento. Era un príncipe entre su gente. Se comía a los exorcistas de desayuno. Se suponía que la vieja bruja estaba por desvanecerse, y nadie había esperado que su nieto fuera tan poderoso.

Recordó la forma en que Kazik se había mantenido firme, negándose a mostrar miedo, aunque sus manos temblaban. Qué furioso, qué absolutamente sublime se veía, como algo salido de una pintura sagrada. Un santo con sangre en los puños. Un arma divina hecha carne.

Recordó el toque de la magia de Kazik atravesando la frágil forma que habitaba, pasando por sangre, hueso y músculo. Recordó el golpe del bastón de la vieja bruja, la aspereza de su voz, el sonido de los rosarios corriendo entre los dedos de Kazik, y el dolor, el dolor abrasador y agonizante.

Aleksey no solía sentir miedo, pero esa… esa había sido una de las raras veces en las que realmente se había sentido asustado.

Había pensado mucho cómo vengarse de Kazik, por eso iba a convertir ese cuerpo santo en una marioneta, lo obligaría a hacer cosas tan terribles que se sentiría demasiado avergonzado como para ver a su abuela a los ojos en la otra vida. Kazik era el único mortal que había logrado echar a Aleksey de una casa de huéspedes. Fue por su culpa que Aleksey se había visto obligado a esconderse dentro de ese cuerpo mientras recuperaba su fuerza. Su humillación era un escozor constante, pero al menos la experiencia no le molestaba tanto como a Roza.

—No sé cómo aguantas esto —se quejó Roza, mientras llegaban al segundo piso—. ¿No te sientes raro dentro de esa piel? ¡Hasta sentir estos dientes en mi boca es… ugh! —Se rasguñó los antebrazos con las uñas—. No puedo evitar sentir asco con el sonido de mi propia voz. Su voz.

—Mantén la voz baja —replicó Aleksey.

Haciendo pucheros, Roza pasó junto a él y entró por una puerta a la izquierda.

El dormitorio de Aleksey tenía ventanas que daban al jardín y al pequeño estudio detrás de la casa, donde su madre solía pintar. Había una cama en una esquina, un closet de roble, un escritorio elegante y estanterías llenas de libros desordenados.

Una flor había brotado entre los tablones del piso.

—Hemos estado aquí un año entero —dijo Roza—. No entiendo por qué no estás más… —La mirada penetrante que le lanzó parecía intentar ver a través de él—. Odio verte reducido a esto. —Se mordió el labio, repentinamente entristecida.

Tal vez la falta de incomodidad de Aleksey debía preocuparle más.

Aleksey tomó un mechón de su pálido cabello y lo alisó entre sus dedos, acomodándolo con suavidad detrás de su oreja.

Roza se tensó sorprendida, pero luego se entregó con avidez al contacto.

—No puedo poseerlo mientras lleve esa medallita —le dijo Aleksey con un tono reconfortante—. El leshi originalmente me envió a espiarlo. Quiero saber más sobre sus dones sagrados. Quiero saber más sobre él. —Aleksey quería saber *todo* sobre Kazik—. Todavía estoy reuniendo información.

—¿Mientras recogen frutos juntos y comen helado?

Aleksey reprimió una chispa de irritación. Había momentos en los que lamentaba haber dejado que lo acompañara.

—Ya te dijes que es difícil acercarse a él. Estoy haciendo lo que tengo que hacer.

—Esa chica lo logró con bastante facilidad —refunfuñó Roza—. Su nueva amiga. Gisela. Se acercó a él. Debe ser tan cautivadora como una maldita rusalka.

Aleksey parpadeó, luego empezó a reír.

Roza miró hacia arriba, sorprendida.

—¿Qué?

Aleksey negó con la cabeza.

—Nada. No es importante.

—Aún me parece familiar, pero nada más no logro recordar en dónde la he visto antes —Roza susurró frustrada—. Es tan difícil pensar cuando estoy así.

En efecto, a veces era difícil pensar metido dentro de la carne de otra persona, dentro de su mente, asediado por el constante eco de sus pensamientos y emociones. Aunque tener acceso a los recuerdos de tu anfitrión facilitaba imitar su personalidad, también era peligroso. Era tan fácil perderse.

—Ya te acordarás —dijo Aleksey—. Mientras tanto, tengo una tarea para ti.

Roza se animó.

Gisela estaba tan ocupada ocultando su verdadera naturaleza que aún no se había dado cuenta de la de Aleksey, a pesar de las pistas que este había dejado. La mayoría de los espíritus no podían reconocer a un bies disfrazado de humano a menos que se delatara usando sus poderes. Aleksey no había tenido la intención de usar los suyos frente a Gisela. El impulso de protegerla lo sorprendió. Pero ella también lo había defendido en la casa de huéspedes. Nadie jamás había recibido un golpe por él. Nadie había pensado que fuera necesario.

Debería haberse sentido insultado de que ella lo viera como alguien lo suficientemente débil como para necesitar protección. ¿Quién se creía ella para pensar que necesitaba defenderlo? Pero, en cambio, un feroz instinto protector había surgido en él.

Afortunadamente, Gisela parecía creer que Domek había conjurado el torbellino de pétalos. Su conocimiento de lo que ciertos espíritus eran capaces de hacer claramente era limitado. Tampoco sabía qué era el latawiec. Aleksey no creía que ella llevara mucho tiempo siendo una ninfa acuática. Tenía la incómoda sensación de saber cómo había llegado a serlo, pero cruzaría ese puente cuando llegara a él.

La amenaza inmediata era el pequeño domowik. El espíritu del hogar casi había delatado a Aleksey frente a Kazik. Domek parecía haberse tomado en serio la garantía de Kazik de que eran amigos, pero Aleksey no podía asegurar que la creatura no dejaría escapar algo.

—Hay un domowik que vive en la casa de Kazik —le dijo a Roza—. Sabe lo que soy. Quiero que te deshagas de él. La casa está protegida, pero no tanto como los baños. Sentirás algo de incomodidad, pero deberías poder abrirte paso. Cómete al pequeño demonio o haz que se vaya, como tú quieras. Solo sé discreta.

—¿Un espíritu del hogar? —gruñó Roza—. ¿Eso es todo? Pensé que sería algo emocionante.

—¿No puedes manejarlo?

Roza frunció el ceño.

—Claro que puedo.

—Bien. Encárgate de eso entonces.

—¿Y tú te encargarás de Kazik?

—Cuando llegue el momento. Yo me encargaré.

—Eso espero —dijo Roza, con una preocupación evidente en la voz—. Recuerda, Aleksey, no podemos quedarnos a jugar a la casita para siempre. Sabes lo que dicen sobre los biesy que viven demasiado tiempo como mortales. Comienzan a desarrollar emociones humanas. Comienzan a olvidar que alguna vez fueron monstruos.

23
NO HAY DESCANSO PARA LOS MALVADOS

Gisela

—¡Cariño, ya llegué! —exclamó Gisela al entrar en la casa de Kazik sin tocar, consciente de que eso lo molestaría. Se quitó las sandalias prestadas junto a la puerta principal, curiosa por descubrir qué estaba haciendo ahora su reacio compañero de crimen. La última vez que ella y Aleksey irrumpieron durante el día, sorprendieron a Kazik en medio de uno de sus rituales de brujería. Tenía doce velas encendidas y vertía cera en un cuenco de agua helada sobre la cabeza de un hombre anciano.

Gisela se había impresionado de su capacidad para mantener la compostura. Kazik dio un salto, pero milagrosamente logró no dejar caer el recipiente y quemarle la cara al anciano con la cera caliente. Les lanzó una mirada fulminante, pero era su mirada de «no ustedes otra vez», en lugar de su otra mirada más letal de los «voy a matar». Ella estaba comenzando a reconocer la diferencia. Había una mueca particular en la boca de Kazik. Una arruga en su nariz. Era como aprender las palabras de un idioma secreto. Le gustaba estar conociendo un lado de Kazik que muy pocas personas veían.

Más tarde, una vez que su paciente se fue, él explicó que podía diagnosticar la enfermedad de una persona leyendo las formas que tomaba la cera. También podía leer el destino de esa manera, derramando cera a través del ojo de una vieja llave maestra robada de la iglesia y descifrando el significado de las sombras que la cera proyectaba sobre las paredes.

Todo era tan diferente de la magia que había visto en la isla. Tan profundamente enraizada en la fe y el ritual. La manera en que los visitantes de la casa observaban a Kazik con asombro y esperanza la hacía pensar que él realmente era algo especial. Algo fuera de lo común. Kazik podía indicarle a una mujer que encendiera tres velas en la iglesia durante tres días para ahuyentar la energía negativa que la rodeaba, o aliviar el dolor de una persona susurrando oraciones en su oído durante una hora. También podía, con la misma facilidad, dirigir a la gente al hospital. Porque no era un sustituto del médico, algo que muchas personas parecían no entender; no podía curar enfermedades con un toque ni sanar un hueso roto con un chasquido de dedos. Pero sí podía darle a los enfermos la fuerza que necesitaban para recuperarse naturalmente y, por supuesto, lidiar con espíritus y maldiciones que ninguna medicina moderna podía combatir.

Algo tenía que ver en su elemento, mandón y confiado, luciendo tan, tan responsable, tan increíblemente adulto…

Ni ella ni Aleksey podían apartar la vista de él.

Gisela lanzó una mirada hacia la sala, donde algunas manchas de tiza en las tablas del piso aún marcaban los restos descoloridos del círculo mágico en el que la había encerrado. Inhaló el ya familiar olor a incienso y lino quemado.

Hoy Kazik estaba de pie en la barra de la cocina con un trapo de cocina colgado sobre su hombro, sirviendo sopa fría de betabel en un plato con flores pintadas a mano. Levantó la vista al oír sus pasos y dejó escapar un largo suspiro de impaciencia.

—¿Cómo entras? ¿Te cuelas en todas las casas sin ser invitada?

Gisela se encogió de hombros sin sentir remordimientos.

—No puedo evitarlo. Soy un demonio malvado y maleducado. ¿Qué esperabas? Es como si no me conocieras. Además, tu puerta no estaba cerrada con llave.

—Eso no es una invitación.

Gisela se acercó flotando. Kazik incluso había preparado guarniciones. Había un plato de cremoso puré de papas cubierto con trocitos de tocino crujiente, y un pan de centeno oscuro reposaba enfriándose en el alféizar de la ventana.

Con el estómago rugiendo, Gisela sumergió un dedo en la sopa y lo lamió, pero se apartó rápida cuando Kazik la amenazó con el cucharón.

—¡Esa es mi comida!

—¡Vaya! Está rica, de hecho.

La sopa sabía a verano. A hogar. A la sopa que tía Zela solía hacer. Gisela había intentado recrear su receta —su padre esperaba una buena comida en las raras ocasiones en que estaba en casa— pero su tía había cocinado a ojo e intuición, por lo que Gisela nunca conseguía hacerla exactamente igual. Observó a Kazik adornar el rico caldo rosado con mitades de huevo cocido, flores comestibles y un toque de rábano en rodajas.

—Vas a ser una excelente ama de casa —le dijo Gisela.

Kazik se burló, pero las puntas de sus orejas se pusieron rosadas.

—¿Y tú? ¿Aquí para presumir tu éxito con Aleksey? Debí adivinar que ustedes dos se llevarían bien. Son igual de molestos.

—¿Es todo lo que esperabas que fuera? —preguntó, como si no le importara la respuesta, pero sin llegar a mirarla a los ojos.

Gisela mordió su labio.

—No sé si lo llamaría un éxito. Aún no me ha besado.

Y si él empezaba a sospechar lo que era, tal vez nunca lo haría.

Rápidamente apartó ese pensamiento, negándose a dejar que su mente cayera en lugares oscuros, por una vez. En cualquier caso, las cosas iban demasiado despacio. Ya se acercaba el verano. El tiempo seguía pasando. Las ninfas acuáticas no se llevaban bien con el frío. Pasaban los meses de otoño e invierno hibernando en las profundidades del río y no volvían al mundo de los vivos hasta que la tierra comenzaba a calentarse. Si Aleksey no la besaba pronto…

—Supongo que estamos avanzando. Pero, claro, tengo un excelente cupido. Sabe mucho sobre chicos. Y además es guapo.

—Los halagos no te llevarán a ningún lado —dijo Kazik.

—Entonces ¿realmente crees que le gusto a Aleksey? ¿Te dijo algo? No te ha preguntado si soy un demonio ni nada, ¿verdad?

Kazik resopló y negó con la cabeza.

—Creo que tu secreto está a salvo por ahora.

Gisela soltó un suspiro de alivio.

—Me gusta —admitió en voz baja, apoyándose en la mesa de la cocina—. No creo que de verdad me haya gustado ninguna de las personas de las que he intentado conseguir un beso antes. No tanto como él. Probablemente habría querido besar a Aleksey, aunque no tuviera un motivo oculto.

Kazik la observó desde detrás de sus lentes de alambre, con una expresión inescrutable.

—No te encariñes demasiado —advirtió—. Lo estás haciendo para poder irte de Leśna Woda. Para poder regresar a casa y cuidar a tu hermanito, ¿recuerdas?

—Claro que lo recuerdo —replicó Gisela, molesta. Si todo salía según lo planeado, conseguiría su beso y se iría. Recuperaría su humanidad y dejaría todo esto atrás. No se había olvidado de Hugo. Siempre había tenido que poner a su hermano primero. A veces, en secreto, resentía que él hubiera nacido. Si Hugo no existiera…

Inmediatamente se sintió horrible por siquiera haber pensado eso.

Gisela abrió un gabinete, miró el montón de platos y tazas, y lo cerró de golpe.

—Siempre tan ansioso por deshacerte de mí, Kazik.

—Ese fue nuestro acuerdo desde el principio.

Gisela resistió la tentación de rasguñarle la cara con las uñas. No debería dolerle que él aún estuviera deseoso de verla irse.

Había comenzado esto sabiendo que solo era un arreglo temporal. Después, cualquier confianza incómoda, cualquier vínculo que hubiera crecido entre ellos, moriría. Cada uno seguiría su camino. Probablemente nunca volvería a ver ni hablar con Kazik. Probablemente la olvidaría en el momento en que ella saliera de su vida. Ella regresaría a casa. Él reanudaría su papel de cazador implacable de Leśna Woda, sin verse ya obligado a tratar con espíritus malignos. Era tonto pensar que algo entre ellos había cambiado. Había dejado que las bromas de Miray y Zamira se le subieran a la cabeza.

—No te preocupes —dijo avergonzada—. Una vez que tenga mi beso, me iré, aunque intentes detenerme. —Con un resoplido, abrió y cerró otro gabinete al azar, haciendo ruido deliberadamente y ocupando espacio mientras Kazik se quejaba de que estaba poniendo sus impíos gérmenes en todo.

El dolor se transformó rápidamente en ira. Al pasar a su lado con actitud altiva, Gisela agarró un viejo bastón apoyado en la pared junto a un trapeador y una escoba.

—¡No lo hagas! —Kazik la agarró de la muñeca lo suficientemente fuerte como para dejarle moretones.

Gisela saltó, menos por la violencia de su agarre que por el estruendo del bastón cayendo al suelo.

—¿Qué hice ahora?

—E... era el bastón de mi abuela.

Oh.

—No le gustaría que lo tocaras.

Una nueva molestia burbujeó en el interior de Gisela, pero Kazik sonaba casi apenado, y no la soltó. Con una suavidad sorprendente, volteó su muñeca, inspeccionó su palma, cada uno de sus dedos, el dorso de su mano. Un pequeño escalofrío recorrió la columna de Gisela; sus palmas estaban cálidas como brasas.

—Está tallado en madera de arbusto de frambuesa. Nosotros hacemos rosarios con semillas de frambuesa. La madera protege a quienes la llevan de la brujería. Se supone que los espíritus tienen miedo de tocarla. —Kazik levantó la vista—. ¿Te duele algo?

Avergonzada, Gisela negó con la cabeza.

Kazik dejó escapar un suave suspiro de alivio.

—Mírate, tan preocupado por mí. Ten cuidado, podría empezar a pensar que te importo.

La expresión de Kazik se oscureció. Soltó su mano.

—No soy tan insensible como tú y Aleksey parecen pensar. —Se dio la vuelta rígidamente y volvió a colocar el bastón contra la pared.

Gisela se quedó mirando.

Después de un segundo de duda, Gisela sacó una silla de la mesa de la cocina y se sentó a observar mientras Kazik llevaba su plato de sopa a la mesa. Esperaba que él también se sentara, pero regresó a preparar un segundo plato y lo dejó frente a ella con un golpe seco, apartando un plato de pegajosos frutos silvestres que habían recogido en el bosque con Aleksey. La mesa estaba abarrotada de cosas: hojas de fresas silvestres esparcidas para secarse y tarros de vidrio con vegetales en conserva.

Gisela reprimió su sorpresa. Se le ocurrió una idea y la expresó antes de que Kazik cayera en uno de sus silencios melancólicos.

—He oído historias sobre ese bastón. De Wojciech. Al parecer, tu abuela solía golpearlo con él cada vez que lo encontraba intentando colarse en los baños.

Kazik soltó una risa aguda y genuina.

Gisela sonrió. Realmente pintaba una escena cómica. El famoso y todopoderoso goblin acuático huyendo de la ira de una anciana gruñona.

—Mi abuela solía golpearme con ese bastón cuando me portaba mal. —La voz de Kazik se suavizó—. Ella me crió. Ella y mi abuelo. Mi madre se desmoronó después de que mi padre se fue. Mis abuelos me enseñaron todo lo que sé.

—Tuviste suerte de haberlos tenido.

—Es cierto. —Kazik levantó una ceja—. Tú y el goblin acuático parecen… cercanos. Siempre hablas de él. —Sonaba abiertamente curioso.

Gisela puso los ojos en blanco.

—Le gusta pretender que somos una gran familia. —Una extraña familia disfuncional a la que ella nunca había decidido pertenecer—. Siempre está regañándome por algo o quejándose de que salgo demasiado. Es insoportable.

—La mayoría de las familias son así. —Kazik tocó el medallón que colgaba de la cadena alrededor de su cuello—. Mi abuela rescató el alma de su mejor amiga de las garras de Wojciech. La tenía atrapada en una de sus tazas de té. Babcia se zambulló en el río, entró en su palacio de cristal y le exigió que la devolviera. Mi abuelo solía contarnos esa historia cuando nos acostaba a mí y a mi primo.

La sonrisa de Gisela se amplió. Ella también había oído esa historia, de Yulia y Miray, que habían sido testigos del momento todos esos años atrás. Gisela deseaba haber visto la cara de Wojciech al darse cuenta de que una simple humana había logrado entrar en su reino acuático sin invitación.

Kazik llevó las guarniciones a la mesa.

—Ella falleció el año pasado después de una caída. Estaba intentando pizcar cerezas del árbol del jardín. Aunque yo le había dicho que lo iba a hacer.

Gisela podía oír la mezcla de dolor y frustración en la voz de Kazik.

—Nunca escuchaba a nadie. Todavía se estaba recuperando de lo que pasó con… —Se desvió hacia sus propios pensamientos.

Gisela inclinó la cabeza con curiosidad.

—¿No has recordado nada más de cómo te convertiste en una ninfa acuática? —preguntó Kazik.

Gisela jugueteó con las hojas de fresa silvestre que se estaban secando sobre la mesa; Kazik le había dicho que el té hecho con ellas era bueno para la artritis.

—No. Nada.

Nada, excepto las pesadillas habituales, el familiar dolor fantasma en la base de su cráneo y esos extraños destellos de recuerdos que había tenido cuando Domek los atacó: imágenes dispersas, borrosos colores, sonidos y formas, esa sensación de temor. Eran como pedazos de un sueño, y como con cualquier sueño, cuanto más intentaba aferrarse a los detalles, más rápido se escurrían entre sus dedos.

—¿Y estás completamente segura de que Wojciech no sabe nada?

Gisela levantó la vista.

—¿A qué estás tratando de llegar?

Por un momento, pareció que Kazik no iba a responder. Luego enderezó los hombros como si se estuviera preparando para una pelea.

—¿Sabes lo que es un bies?

Un demonio del bosque. Uno de esos espíritus que devoraban humanos solo por diversión.

—Claro que sé lo que es un *pies* —dijo Gisela.

—Bies —Kazik corrigió su pronunciación—. No *pies*.

Gisela frunció el ceño. Sabía que a veces pronunciaba mal las cosas. Este no era su primer idioma. Wojciech le había dicho que su acento era adorable, que tenía un tono anticuado que no había escuchado en décadas, probablemente porque había aprendido de su tía abuela.

—A los biesy les gusta poseer humanos —continuó Kazik—. Un par de ellos lograron infiltrarse en el pueblo de esa manera hace un año. La primavera pasada.

Un escalofrío recorrió la piel de Gisela.

—Los exorcicé de los cuerpos que habitaban, pero no pude destruirlos por completo. Uno de los demonios incluso hirió a mi abuela. Dijiste que Wojciech estaba distraído la noche en que moriste porque había oído sobre el ataque.

La mente de Gisela daba vueltas.

—¿Y tú piensas que...?

—No lo sé —dijo Kazik rápidamente—. Solo he estado pensando en eso desde que me dijiste cuándo moriste. El momento podría ser una coincidencia. He estado intentando averiguar más.

—¿Lo has hecho? —Hoy Kazik no dejaba de sorprenderla. Hace un mes, habría sido la última persona que ella habría esperado que se interesara lo suficiente como para investigar su pasado, como para preocuparse por quién o qué podría haberle hecho daño.

—La señora Mróz, la mujer que me dio los cirios del altar, me dijo que habías ido a dar un paseo por el bosque antes de desaparecer, y los biesy huyeron de nuevo al bosque, así que... —Sonaba aprensivo, casi avergonzado, como si se culpara por lo que pudiera haberle pasado, lo cual era completamente ridículo.

Gisela pasó un dedo alrededor del borde de su plato de sopa. Nunca había intentado recordar activamente lo que sucedió esa noche ni cuestionado Wojciech sobre los detalles que conocía de su muerte. Se había dicho a sí misma que tenía suerte de no recordar. Era mejor así.

—¿Uno de esos demonios hirió a tu abuela?

Kazik asintió con la cabeza, tenso.

Obviamente querría venganza por eso, y si había algo en su pasado que pudiera ayudarle a descubrir qué había pasado con los demonios, si ella podía hacer eso por él...

Gisela echó los mechones sueltos de su cabello mojado detrás de sus hombros.

—Voy a preguntarle a Wojciech si sabe algo más.

Kazik soltó un suave suspiro.

—Él estaba enamorado de tu abuela, ¿sabías? —añadió Gisela—. Estoy casi segura de que se colaba en los baños solo para poder verla. Siempre habla de lo feroz y hermosa que era. Dijo que eres igualito a ella.

La expresión horrorizada de Kazik realmente ayudó a aligerar el momento.

Así como la aparición de Domek. Una bola naranja se había lanzado desde la cocina al regazo de Gisela. Últimamente, el espíritu del hogar había decidido mostrarse como un gatito naranja y regordete, ya grande. Pasaba la mayor parte del tiempo dormido arriba de los suéteres de Kazik.

Kazik dirigió la mirada al techo y murmuró algo poco santo de su parte, pero Gisela deslizó una mano por la espalda de Domek y sonrió cuando este se arqueó ante el contacto.

—¿Sigues aquí, abuelo?

—No es posible deshacerme de él —dijo Kazik—. Igual que de alguien más que conozco.

—Si quieres que me vaya tan desesperadamente, deberías esforzarte más en ser mi cupido —replicó Gisela—. Mientras yo le hago preguntas a Wojciech, tú puedes planear una estrategia. Tenemos que darle prisa al asunto y ofrecerle a Aleksey una oportunidad perfecta para besarme. Tenemos que crear el ambiente, la atmósfera para el romance.

Chasqueó los dedos.

—Conozco a una willa. Tal vez podamos convencerla de atraer una tormenta para quedar atrapados juntos bajo una lluvia romántica. ¿O habrá algún baile o fiesta a la que podamos ir todos? Podría arreglarme, vestirme bonita.

La mirada de Kazik recorrió su figura. Llevaba su habitual atuendo blanco de fantasma, un vestido suelto de algodón pálido con tirantes que se ataban en pequeños moños sobre los hombros. Lo había tomado de un tendedero hacía algún tiempo. Tenía un pequeño agujero en la bastilla.

Apenada, Gisela movió la tela para ocultar el agujerito y rascó a Domek debajo de la barbilla.

—Abuelo, siéntete libre de aportar ideas.

«¿Ideas?». La voz áspera del domowik habló dentro de sus cabezas en lugar de en sus oídos. Sonaba medio dormido.

Gisela dejó de acariciarlo.

—Estamos tratando de idear una noche romántica. Quiero darle a Aleksey la oportunidad de besarme.

Domek bostezó y saltó sobre la mesa para inspeccionar el plato de sopa de Kazik. «Los humanos siempre celebran con un festival en la víspera de San Juan. Pero, ¿por qué querrías ser besada por ese…?».

—¡No metas tu nariz en eso! —Kazik le gritó.

—La víspera de San Juan —repitió Gisela, con los ojos muy abiertos.

—¿Sabes siquiera qué es eso? —dijo Kazik, escéptico, y alejó su sopa de Domek.

—¿Por qué sigues pensando que no sé nada? —Gisela tal vez no procedía de una familia muy devota, su padre solo iba a la iglesia en los días festivos importantes para mantener las apariencias, y la mitad de las veces ella tenía que darle un codazo para despertarlo cuando se quedaba dormido y empezaba a roncar, pero conocía a los santos y sabía cómo celebraban la víspera de San Juan en el continente.

El festival coincidía con el solsticio de verano. Era una noche en la que el velo entre el mundo de los muertos y el de los vivos era más delgado. Una noche salvaje en la que las brujas y los espíritus eran más poderosos que cualquier otro día del año. En la que los humanos encendían fogatas a lo largo de las orillas del río y las chicas echaban coronas de flores encantadas en el agua para adivinar si encontrarían el amor.

Era la oportunidad perfecta.

—¡Abuelo! —dijo, aplaudiendo de alegría—. ¡Eres un genio!

Domek movió sus bigotes. «¿Eso significa que puedo comerme la sopa?».

—Sí —dijo Gisela, al mismo tiempo que Kazik decía:

—No. Es mía. ¿Cómo sigues con hambre? Ya te comiste todos los panes de levadura con arándano que me dieron como regalo de agradecimiento.

«Dejé el último para ti», dijo Domek.

—¡Vaya, qué dulce! —exclamó Gisela—. ¿No es dulce, Kazik?

—¿Cómo es dulce si él fue el que se comió el resto?

Gisela abrió la boca para responder, pero antes de que pudiera hacerlo, sonaron unas llaves y la puerta principal se abrió con un crujido.

Kazik se volteó para mirarla con expresión de pánico.

Se escucharon pasos que se acercaban. Una voz gritó el nombre de Kazik. Gisela reconoció ese tono suave de la noche en que había entrado a escondidas en el cuarto de Kazik.

La voz le pertenecía a su prima.

—¡Rápido, salte! ¡No puede verte aquí! —Kazik la tomó por los hombros y la empujó hacia la puerta trasera antes de abrirla de golpe.

—Espera, espera, ¡mis zapatos! —Gisela lo agarró de la manga mientras él la empujaba hacia afuera, hacia la luz del atardecer que se apagaba—. Dejé mis sandalias en el frente… —Maldijo y bajó los escalones hacia el desordenado jardín trasero. La hierba le picaba entre los dedos de los pies. Se dio un golpe en el talón con una maceta tirada.

Kazik le hizo un gesto de que se alejara, como si fuera una mascota traviesa.

—¡Espera, Kazik!

Él cerró la puerta.

—¡Ni siquiera pude comerme mi sopa!

24
BENDICIONES MIXTAS

Kazik

—Bueno, pues te preparé como una semana de sopa de ruibarbo y fresa —dijo Zuzanna, entrando en la cocina—, y… ¿qué haces?

Kazik se volteó rápido desde la puerta trasera.

—¿Interrumpo algo?

—¿Sí? —intentó Kazik, con esperanzas de que ella captara la indirecta y se fuera para que pudiera gritarle a Gisela que entrara.

Pero su prima no captó la indirecta. Empezó a vaciar sus bolsas y dejó un paquete envuelto en papel café sobre la mesa de la cocina. Había regresado a la universidad por unas semanas, pero aquí estaba otra vez. Claramente, no iba a poder comer tranquilo.

—Hola, Zuza —murmuró Kazik entre dientes—. Qué amable de tu parte visitarme. ¿Te gustaría pasar?

—¿Qué dijiste?

—Nada.

—Te ves especialmente taciturno hoy.

—No estoy taciturno. Así es mi cara.

—No. —Zuzanna negó con la cabeza—. Esas cejas están definitivamente más fruncidas de lo normal, y estabas todo nervioso cuando entré. —Jugueteaba con uno de los rosarios alrededor de su cuello. Las lustrosas cuentas de madera chocaban entre sus dedos—. ¿Qué pasa?

—No pasa nada.

—¿Nada? —repitió Zuzanna, incrédula.

Kazik deseó que su prima no fuera tan endemoniadamente perceptiva. Babcia siempre decía que tenía un talento para ver dentro de los corazones de los demás.

—¿La ninfa acuática sigue dándote problemas?

La frente de Kazik se llenó de sudor.

—La tengo controlada.

—¿Ah, sí? —Zuzanna sacó una silla de la mesa y se acomodó en ella—. He oído que has estado ocupado... —Se detuvo de repente cuando por fin notó al gato gordo con aspecto de abuelo que estaba sobre la mesa detrás del plato de frutos silvestres. Las orejas de Domek estaban horizontales sobre su cabeza. En su prisa por esconder a Gisela, Kazik se había olvidado por completo del otro demonio en la casa.

Zuzanna saltó y trató de atrapar su silla cuando esta se inclinó hacia atrás.

—¡Eso no es un gato!

Kazik se preguntó qué lo habría delatado: ¿era simplemente que los sentidos de Zuza eran agudos, o habían sido los ojos rojo-ámbar y rasgados del espíritu del hogar? Si Kazik fuera una mejor persona, quizá habría confesado todo en ese momento, pero se llevó una mano al arete para ganar tiempo, temeroso de explicarse.

—Estaba causando problemas en una de las casas de huéspedes —dijo apresuradamente—. Era más fácil traerlo que exorcizarlo. Su familia se mudó y lo dejó atrás. Estamos intentando encontrar a algunos parientes para que se quede con ellos.

Domek se lamió la nariz. Zuzanna clavó la mirada en Kazik.

—*¿Estamos?*

Kazik maldijo internamente.

—Esto no era exactamente lo que me imaginé —dijo Zuzanna— cuando escuché que habías estado ocupado haciendo amigos.

—¿Amigos?

Las comisuras de los labios de Zuzanna se curvaron hacia arriba.

—La señora Mróz y su hermana me informaron que te han visto corriendo por ahí con una chica bonita.

¿Informaron? El calor subió por la nuca de Kazik.

—¿Es que no pueden ocuparse de sus propios asuntos?

—Probablemente no. Sabes cómo son las ancianas de aquí. Tienen su propia red de chismes.

Zuzanna tenía razón. Seguramente habían estado especulando sobre él y Gisela desde el primer segundo en que los vieron juntos. Kazik se pasó una mano por el cabello. Debería haber sido más cuidadoso.

Zuzanna le dio golpecitos al paquete que había dejado sobre la mesa.

—La señora Grigoryan también me dio esto para que te lo entregara. Tenía mucha curiosidad de saber para quién estabas comprando un regalo. ¿Me vas a decir qué es?

La cara de Kazik ardía.

—No.

Riéndose a carcajadas, Zuzanna tomó un frasco de pepinillos que él había dejado en la mesa. Forcejeó con la tapa hasta abrirla.

—Todavía no están listos.

—Mm, igual saben bien —dijo Zuzanna después de dar un mordisco. Chasqueó los labios. Y entonces, para sorpresa de Kazik, le ofreció otro pepinillo a Domek.

—¿Así que ahora vives aquí?

—Temporalmente —recalcó Kazik mientras Domek olfateaba ansiosamente la ofrenda.

—Será bueno para esta casa tener un domowik de nuevo —dijo Zuzanna para sí misma—. Me enojé mucho cuando dejaste que el último se fuera. —Acarició una de las orejas de Domek—. ¿Puedo dejar la casa bajo tu cuidado, abuelo? ¿Asustarás a cualquier intruso y mantendrás a Kazik a salvo? Te daré todas las ofrendas de comida que puedas desear.

Domek hundió sus pequeños dientes puntiagudos en la carne verde y ácida del pepinillo, luego empujó su cara contra la mano de Zuzanna, como para aceptar el trato. Saltó de la mesa y corrió debajo de la estufa con su premio, como si temiera que alguien se lo quitara.

—Zuza —protestó Kazik.

—Kazik —replicó ella, imitando su tono—. Los amuletos que rodean esta casa están diseñados para disuadir a los espíritus con malas intenciones de entrar. Pero eso no significa que no puedan ser traspasados por un demonio realmente poderoso. No hace daño tener un poco de ayuda. Los espíritus del hogar usan magia poderosa para proteger sus casas y pueden sentir cuando algo antinatural cruza el umbral.

Eso solo le recordó a Kazik todos los problemas que Domek había causado en la casa de huéspedes y algo que su abuelo le había dicho una vez: «Es difícil ganarse a los espíritus, pero si logras su lealtad, será para siempre. A veces, la mejor manera de derrotar a un enemigo poderoso no es destruirlo, Kazik, sino convertirlo en un aliado. Así tendrás un enemigo menos y un aliado fuerte».

Dziadek había sido menos devoto que su abuela y más cínico respecto a las enseñanzas de la iglesia. Dejaba ofrendas de comida y otros objetos para muchas creaturas de la zona, y a cambio, estas lo amaban y lo cuidaban. El último espíritu del hogar que vivió detrás de la estufa de la cocina incluso llegó a colarse en sus bolsillos para robarle los cigarrillos y reemplazarlos con piedras y botones extraños porque sabía que eran malos para su salud.

Ese mismo espíritu había hecho un gran berrinche y amenazado con quemar la casa antes de desaparecer el verano pasado, porque Kazik había dejado de dejarle comida. No estaba de humor para hacerle ofrendas a un espíritu después de perder a su abuela.

Un suave y contento crujido se escuchó desde debajo de la estufa.

Kazik observó cómo Zuzanna seleccionaba una fresa madura del plato sobre la mesa.

—Entonces, ¿no estás enojada?

—¿Por qué?

Kazik se dejó caer en el asiento frente a ella.

—Porque estoy ayudándolo. A un espíritu. A un demonio *literal*.

—¿Desde cuándo podemos darnos el lujo de elegir a quién ayudamos? Es una de nuestras reglas. Ayudamos a cualquiera que lo necesite. Incluso a nuestros mayores enemigos.

—¿Eso no aplica solo para los humanos? Babcia decía…

—Babcia decía que lleváramos castañas en los bolsillos de nuestros abrigos como protección contra las *peligrosas ondas modernas* que emiten las radios.

Kazik soltó una carcajada ahogada.

Zuzanna sonrió.

—No siempre los odiaste como ahora. Siento que se han convertido en un blanco fácil para tu enojo desde que ella murió. Incluso Babcia no buscaba activamente espíritus para exorcizarlos. Solo se ocupaba de los que causaban problemas, y no siempre tenía razón. Creció en una época diferente. Tal vez luchar siempre contra los espíritus no sea la única ni la mejor forma de proteger este lugar. Tienes un corazón más blando que ella. Deja de pensar en lo que ella haría y piensa en lo que tú quieres hacer. Toma tus propias decisiones.

—¿Y si todo se va al diablo?

¿Y si decepcionaba a todos? Las aguas extraídas de los manantiales sagrados de Leśna Woda a menudo tenían un efecto mayor en los espíritus que en los mortales. Villa Violetta era solo un ejemplo: los baños, protegidos por poderosos amuletos, obtenían su agua humeante del Manantial Violetta, famoso por sus poderes restaurativos. Una visita ahí revitalizaría a Kazik después de una enfermedad o una larga noche, pero si un demonio se bañaba o bebía de esa misma agua, aumentaría su magia y su fuerza. Con visitas repetidas, un demonio poderoso se volvería casi imposible de matar.

—Tengo más fe en ti que eso —dijo Zuzanna—. Ten más fe en ti mismo. Eres tan fuerte y hábil como Babcia. Incluso más.

—¿De verdad lo crees?

—Creo que la única diferencia entre ustedes dos es que a ti te falta convicción. Y aunque todo se vaya al diablo, siempre vendré a ayudarte a arreglar las cosas.

Kazik se hundió más en su asiento.

—¿Cuándo te volviste tan sabia?

—Siempre he sido así de sabia. Apenas te das cuenta. Personalmente, creo que si estás en posición de ayudar a alguien, deberías hacerlo.

Kazik se preguntó si ella aplicaría esa lógica con espíritus más peligrosos, como el latawiec herido que había llevado a casa el otro día, o con Gisela. Aunque últimamente incluso él había encontrado difícil recordar que Gisela era peligrosa.

Y eso lo asustaba.

—Ya no sé qué pensar —dijo Kazik, se subió los lentes al cabello y presionó las palmas de sus manos contra sus ojos—. Antes todo era más simple.

Claro y sencillo.

El tiempo que había pasado con Gisela no era suficiente para cambiar completamente su forma de pensar. No iba a abandonar todo su sistema de creencias tan rápido. Pero sin la guía de su abuela, sin su ejemplo a seguir, su perspectiva estaba cambiando. Al parecer, unas cuantas conversaciones nocturnas con una insoportable ninfa acuática bastaron para hacerle cuestionar cosas que nunca antes se había permitido cuestionar.

¿Realmente era tan ingenuo, estaba tan desesperadamente solo?

Era culpa suya. Como Zuzanna siempre le decía, si se esforzara más, si no se cerrara tanto a las personas, no se aferraría a la primera persona que se pegara a él como chicle.

Kazik limpió sus lentes con su camisa antes de ponérselos de nuevo.

Tenía que recordar que Gisela solo estaba cerca por el trato que habían hecho. Ese era el motivo de su relación. Ella solo lo estaba utilizando para acercarse a Aleksey. Todo esto no era más que un medio para un fin.

Zuzanna empujó hacia él el plato de sopa fría de betabel que había preparado.

—Entonces, ¿me vas a contar sobre esa chica con la que todos te han visto? ¿Y por qué hay dos platos de sopa en la mesa?

Kazik debería haber sabido que solo lo estaba calmando para luego interrogarlo.

—El otro plato es para el domowik.

—Ajá. Vamos, ¡me muero de curiosidad! Es lo único en lo que he podido pensar desde que lo supe.

—Quizá deberías buscarte un pasatiempo.

Zuzanna se volteó hacia la estufa y elevó la voz.

—Abuelo, ¿sabes quién es la chica misteriosa de Kazik?

—Solo es alguien a quien ayudo —dijo Kazik rápidamente y rezó para que Domek no apareciera. Miró a su alrededor en busca de una cuchara.

Zuzanna se la pasó.

—Si tú lo dices. Solo que… —Empezó a darle vueltas al rosario alrededor de un dedo—. ¿Una chica? —Sonaba aliviada, pero también un poco escéptica.

Kazik se tensó.

—También me gustan las chicas, Zuza.

Zuzanna parpadeó lentamente. Luego sonrió y se inclinó sobre la mesa para revolverle el cabello condescendientemente.

—Claro que sí —dijo, en un tono que dejaba claro que no le creía del todo—. Solo espero no haber dicho nada que te haya presionado o te haya hecho sentir que tienes que actuar como algo que no eres.

—Porque cuando te dije que tal vez me gustaban los chicos dijiste: «Yo no tengo problema, pero no se lo digas a Babcia, ni a mamá, ni a nadie más, ¿está bien?».

Zuzanna hizo una mueca.

Kazik sabía que lo había dicho desde un lugar de preocupación, pero eso no lo hizo menos doloroso. Y había seguido su consejo porque no podía permitirse el lujo de ser rechazado ni expulsado de la casa. La iglesia tenía opiniones pésimas sobre esas cosas, y aunque le gustaba pensar que sus abuelos lo habrían amado sin importar qué, al final había sido más fácil y seguro mantener la boca cerrada. No había querido hacerlos enojar después de todo lo que habían hecho por él.

Por milésima vez, se recordó a sí mismo que su sexualidad no era algo de lo que avergonzarse; que el hecho de que te gustaran las personas sin importar su género no significaba que hubiera algo mal contigo ni que fueras menos digno de amor. Había muchas cosas mal con él, pero esa no era una de ellas.

Zuzanna no se disculpó en voz alta, pero comenzó a ser más linda, preocupándose por él de la misma manera en que lo hacía Babcia cuando se sentía mal por algo que le había hecho. Lo apuró para que empezara a comerse la sopa, se levantó y cortó una generosa rebanada de pan de centeno del que se estaba enfriando en el alféizar de la ventana. Zuzanna era mejor con las palabras que él, pero cuando se trataba de demostrar lo que sentían, ambos preferían hablar con acciones.

—Escuché que es linda —intentó ella—. ¿Vas a invitarla al festival de la víspera de San Juan?

—No digas tonterías. Ni siquiera me gusta. La tolero.

—Para ti eso es prácticamente lo mismo.

—Le gusta alguien más, Zuza —dijo Kazik, con un leve tono de queja en su voz que lo hizo darse pena a sí mismo.

Las cejas de Zuzanna se alzaron.

—De acuerdo. Pero igual me alegra que hayas hecho una amiga. Ahora solo te falta hacer más.

—¿No basta con una?

—No. Es peligroso construir tu vida alrededor de una sola persona. ¿Qué pasa si las cosas no funcionan o si se va?

Kazik supuso que tenía razón. Su madre había construido toda su vida alrededor de su padre y se había desmoronado cuando él los abandonó sin decir una palabra. Y luego decidió que ni siquiera quería a Kazik y lo dejó con sus abuelos. Y luego sus abuelos lo habían dejado también, se los había robado la muerte.

Incluso Gisela eventualmente lo dejaría. Acababa de recordárselo. Conseguiría su beso y se iría, y ese sería el final. Estarían fuera de la vida del otro para siempre.

Esa idea no lo llenó de la alegría que sentía antes al pensar en deshacerse de ella.

«Tal vez», susurró una pequeña voz traicionera en su cabeza, «nada de esto funcione realmente. Tal vez se vea obligada a quedarse y rondar el río. A rondar cerca de mí».

—Esa vieja historia que solía contarnos el abuelo —Kazik jugueteó con su cuchara—. Sobre el monje que ayudó a una ninfa acuática a regresar al mundo de los vivos. ¿Crees que algo así podría suceder realmente?

Zuzanna alzó una ceja, claramente sorprendida por el cambio abrupto de tema.

—Sé que es solo un cuento de hadas —dijo Kazik rápidamente—. Quiero decir, que un espíritu recupere su humanidad solo porque alguien lo besa o promete casarse con él es…

—¿Ridículo? ¿Improbable? ¿Imposible? —Los ojos de Zuzanna se arrugaron en las orillas cuando sonrió—. Tal vez. Pero, ¿por qué no? ¿Por qué no podría pasar? Hay un tipo especial y poderoso de magia en las conexiones que hacemos con otras personas.

Un fuerte golpe interrumpió a Kazik antes de que pudiera pensar más en eso. Dejó la cuchara en la mesa. Zuzanna comenzó a levantarse, pero Kazik llegó primero.

—Yo me encargo.

De todos modos, ella lo siguió fuera de la cocina. La persona al otro lado de la puerta principal golpeaba con impaciencia. Quienquiera que fuese, tenía prisa. Por Dios, no creía poder manejar una cosa más en ese momento.

Frunciendo el ceño, Kazik abrió la puerta para encontrar a la agitada señora Mróz. Su rostro arrugado estaba enrojecido por el esfuerzo. Soltó un suspiro de alivio al verlos.

—Kazik, ¿tienes algo de tiempo esta noche? Quizás tenemos problemas.

25
EL PALACIO EN LAS PROFUNDIDADES

Gisela

Ya que Kazik estaba ocupado con su prima, Gisela decidió que era un buen momento para obtener algunas respuestas de Wojciech. El Palacio de Cristal siempre estaba solo al anochecer; todos abandonaban el río al salir la luna para rondar el mundo terrenal, pero esperaba poder encontrar al goblin acuático antes de que se marchara a bañarse bajo la luz de la luna.

El atrio central y el gran salón estaban vacíos, y cuando asomó la cabeza al comedor, solo vio a una bruja acuática con cara de rana juntar un montón de platos vacíos. Algo que Gisela definitivamente no extrañaba de su vida anterior era tener que lavar los platos o limpiar los tiraderos de Hugo y su padre.

La bruja alzó la vista al oír pasos, su cabello largo y su vestido de algas ondulaban con esa extraña gravedad acuática, única de ese lugar. Pero no dijo nada.

Sujetando una caja amarrada con un listón contra su pecho, Gisela siguió su camino. Las paredes, el suelo y el techo brillaban tenuemente en la oscuridad, como si la luz de la luna del mundo superior se reflejara directamente en el cristal. Eso hacía que el palacio pareciera una mera ilusión espectral, un hogar óptimo para las almas de los ahogados.

Se deslizó por un pasillo rodeado por pilares, pasó junto a una reluciente cascada interior y un estanque lleno de nenúfares tan blancos como la luna antes de llegar a su destino: un imponente par de puertas doradas que conducían a los aposentos privados de Wojciech.

Golpeó una vez. Dos veces. Tres veces.

Silencio. Ninguna voz la invitó a entrar.

Gisela cambió su peso de un pie al otro y echó un vistazo rápido por encima del hombro. Nunca había sido invitada a esos aposentos, y entrar sin permiso se sentía incorrecto. Sin embargo, abrazó la caja de regalo contra su pecho; al menos había traído una ofrenda de paz. Si había aprendido algo durante el último año, era que todos los espíritus, sin importar lo viejos o poderosos que fueran, tenían deseo de sobornos y las ofrendas.

Consciente de lo molesto que Wojciech había estado con ella últimamente, pensó que lo mejor era ir preparada.

Antes de perder el valor, Gisela empujó las puertas doradas.

—¿Hola? ¡Soy yo! Traigo regalos.

Más silencio.

Maldita sea. Seguro que ya estaba divirtiéndose bajo la luz de la luna con los demás, o haciendo lo que fuera que los ancianos hacían para entretenerse.

Fastidiada, Gisela infló las mejillas. Su mirada recorrió la habitación. Lámparas de ámbar resplandeciente, del tipo que provenía de su isla natal, Caldella, colgaban del techo como lágrimas, iluminando el espacio desordenado.

Los aposentos de Wojciech parecían pertenecerle a un acumulador o a un mago caótico. Estaban llenos de muebles antiguos y todo tipo de chucherías brillantes y objetos curiosos que había acumulado con el paso de los años: pilas de libros empapados, collares de coral tan pesados que le lastimarían el cuello si los usara, dagas con mangos de hueso, lentes para la ópera, pipas de tabaco, violines, cuadros enmarcados en oro y relojes de bolsillo con largas cadenas doradas.

Al avanzar, Gisela casi tropezó con una sombrerera y un gran carrete de seda teñida a mano.

Y, por supuesto, había más tazas de té.

Estaban guardadas dentro de un alto mueble de cristal en la pared del fondo y contenían las almas humanas más preciadas para Wojciech. El orgullo de su colección. Las almas de aquellos a quienes no podía dejar ir. Las almas que, por amor o despecho, estaba destinado a conservar con él para siempre y por toda la eternidad.

Gisela se estremeció. Tenía *serios* problemas de apego.

Los suspiros de esas almas llenaron sus oídos mientras se acercaba más, el tintineo etéreo y desesperado de las tazas de té sonaba suavemente sobre los platitos. Entre las piezas de porcelana más inusuales había varias pequeñas vasijas de barro con tapa, que supuso debía haber usado para atrapar almas antes de la invención de la porcelana fina. Era fácil olvidar que Wojciech era uno de los monstruos de los cuentos de hadas porque siempre actuaba como un regañón, porque se comportaba como si Gisela realmente le importara. A veces se preguntaba cómo habría sido su relación si se hubieran cruzado cuando ella era una simple chica humana.

De pronto, sintió la tentación de liberar a todas las almas dentro del mueble de cristal. Una vez había liberado accidentalmente a una. Una taza de té rosada se le había resbalado de las manos cuando la quiso acomodar en un estante, y se hizo añicos contra el suelo. La explosión de luz resultante casi la había dejado ciega. Aún podía recordar los gritos de Wojciech. El alma liberada había tomado la forma de una hermosa paloma blanca que se elevó hacia el cielo con un gorgojeo agudo antes de desaparecer y dejar únicamente plumas flotando a su paso.

Sacudió ese recuerdo de su mente y comenzó a alejarse del mueble, pero algo llamó su atención. En el estante más bajo, junto a una taza de té color jade pintada a mano con flores de durazno, había un pequeño frasco de perfume en forma de corazón con un tapón en forma de llama.

La voz de Zamira resonó en su cabeza: «Tiene una poción preparada por una bruja poderosa. Está hecha con media gota de

Agua Viva y puede devolverle temporalmente la vida a una ninfa acuática, transformarla en humana. La guarda en un mueble especial en sus aposentos, junto con sus tazas de té favoritas».

Gisela se mordió el labio. Un segundo después, la tentación pudo más que ella. Dejó en el suelo la caja que llevaba y abrió la puerta del mueble, que no estaba cerrado con llave. Probablemente Wojciech, con arrogancia, asumió que nadie se atrevería a entrar a su espacio privado sin invitación.

Estiró la mano, pero una sombra de duda la detuvo.

«La transformación es solo temporal. La poción se desvanece, y cuando lo hace, no regresas a tu forma actual. No volverías a ser una ninfa. Serías una sombra de lo que eres ahora. Una creatura sin forma ni sustancia. Un espectro».

Sus dedos temblaron. Ya era un espíritu no-muerto. Una abominación. Un monstruo que provocaba horror en los demás. ¿Realmente quería arriesgarse a convertirse en algo peor?

Pero…

Esta poción podría darle lo que necesitaba. ¿Cómo iba a avanzar en su relación si tenía demasiado miedo de tocar a Aleksey? Si la tomaba, disiparía cualquier sospecha que él pudiera tener sobre ella. No tendría que seguir huyendo al río en pánico como una princesa de cuento de hadas al sonar las campanadas de medianoche. Incluso si la transformación era temporal, seguramente podría lograr que él la besara antes de que los efectos se desvanecieran. Kazik prácticamente se estaba rindiendo. Esta era la oportunidad más cercana que tenía de recuperar su humanidad, y el tiempo se agotaba.

Gisela captó su reflejo en las puertas de cristal del mueble. Se mordió la mejilla, aferrándose al dolor para mantenerse tranquila. No era como si tuviera que beber la poción en ese momento. Solo se la llevaría por ahora, en caso de que decidiera usarla después. Una oportunidad así era demasiado buena como para dejarla pasar. Dudaba sinceramente que Wojciech se la entregara sin una pelea. O peor, sin otra de sus interminables lecciones. De esta forma, no tendría que hacerlo enojar.

El pequeño frasco en forma de corazón estaba tan frío como el hielo. Gisela lo levantó hacia la luz y lo estudió de cerca. El líquido en su interior tenía el color de la luz de la luna. Con curiosidad, destapó el frasco.

Un rastro de humo pálido salió y se elevó hacia el techo. Rápidamente volvió a ponerle el tapón al frasco, pero no antes de haber inhalado el embriagador aroma a miel y rosas cubiertas de rocío. La mareó un poco. Se aferró al borde del mueble para estabilizarse, luego se puso la larga cadena dorada del tapón alrededor del cuello y escondió el frasco en el frente de su vestido.

Con la garganta seca, Gisela huyó de la habitación como si escapara de la escena de un crimen, lo más rápido que pudo.

Los pasillos del palacio seguían vacíos de milagro, así que fue un choque brusco cuando, al doblar una esquina, casi se estrella con un ahogador. Un chico delgado como un sauce, con un tono azul mortecino sobre su piel oliva. Su largo cabello rojizo caía como olas sobre sus hombros. Al mirar sus pies descalzos, Gisela pudo ver las membranas de rana entre sus dedos.

Por dentro, maldijo. Normalmente se llevaba bien con los espíritus masculinos del agua, pero Akiva era la única excepción. De todos los ahogadores, ¿tenía que encontrarse con él justo ahora?

—¿Qué haces aquí? —exigió él—. Esta es nuestra ala del palacio. No se permiten rusalki ladronas.

Gisela puso los ojos en blanco. Akiva la resentía desde que intentó besar a una chica humana que él había estado cortejando. No sabía que a él le gustaba en ese momento. Y nada había salido de aquel coqueteo; Kazik, como siempre, había intervenido y le había advertido a la chica sobre ella.

—Ya te lo dije —respondió, retrocediendo un paso—. No sabía que te gustaba Helena, y no es mi culpa si ella pensó que yo sería mejor novio que tú.

Hay que admitir que eso no era difícil. La idea de romance de Akiva era dejar piedras del río y cosas muertas en las ventanas de sus enamoradas. Guijarros y huesos de peces. Lagartijas y pájaros pequeños. Era como un gato que dejaba regalos en la puerta de su dueño. Gisela no sabía cuántos años llevaba Akiva siendo un espíritu, pero claramente había estado ahí el tiempo suficiente como para olvidar cómo conquistar a las personas como un humano.

—Si quieres algunos consejos —ofreció magnánima—, estaría feliz de compartirte mi sabiduría.

Akiva soltó un gruñido.

—Crees que eres especial, ¿no? Solo porque a Wojciech le agradas.

Con un movimiento de muñeca, sacó humedad del aire, y condensó las gotas en un orbe que flotaba ominosamente sobre su palma.

—¿En serio? ¿Quieres pelear por esto? —Gisela metió una mano en el bolsillo de su vestido para buscar su peine.

—Tal vez deberías haberte quedado fuera de nuestro territorio.

Chorros de agua se dirigieron hacia ella. Más rápido de lo que Akiva pudo parpadear, Gisela pasó la peineta por el aire y redirigió el líquido.

Los ojos del ahogador se abrieron de par en par al ver que el agua respondía a su voluntad y no a la de él. Retrocedió tambaleándose mientras ella enviaba un pequeño torbellino tras él. Pero su triunfo fue breve, pues, en un instante, perdió el control del agua como si le arrancaran algo de las manos.

—¡Niños! —gritó una voz perpetuamente exasperada.

Antes de que el impacto pudiera registrarse por completo en el rostro de Gisela, el agua se transformó en listones que se enrollaron alrededor de sus tobillos y los de Akiva, lo que alejó sus pies del suelo y los levantó en el aire.

Gisela soltó un grito al quedar colgada cabeza abajo, suspendida.

Soltando el peine, Gisela agarró su vestido con una mano para tratar desesperadamente de evitar que la tela cayera sobre su rostro. Con la otra mano se aferró al frasco de la poción.

Wojciech dobló en una esquina del pasillo. Tan apuesto y juvenil como siempre, parecía como si hubiera estado nadando con su ropa elegante; sus pantalones verde bosque estaban empapados, y su camisa de lino tan mojada que se volvía translúcida y se adhería a las líneas delgadas de su pecho.

—Si tienen que pelear —espetó—, tengan al menos la inteligencia de hacerlo en un lugar donde no tenga que escucharlos.

—¡Ella empezó! —protestó Akiva—. ¡Ni siquiera debería estar en esta ala del palacio!

Los ojos de Wojciech se entrecerraron, fijos en Gisela. Por un instante, ella se preguntó si por fin lo había irritado lo suficiente como para que abandonara su acto de protector.

—Vaya, Gisela, qué amable de tu parte honrarnos finalmente con tu presencia. ¿A qué debemos este placer?

Genial, estaba de un humor sarcástico.

—¿Finalmente decidiste regresar a casa? ¿No se te ocurrió que preocuparías a todos al no decir dónde estabas? Mi palacio no es un hotel donde puedas entrar y salir a tu antojo.

—Está bien, *padre*. —No había una regla que exigiera regresar al palacio a cierta hora. O al menos nadie se la había mencionado.

—¿Qué es eso que tienes ahí?

Los dedos de Gisela se apretaron alrededor del frasco de la poción.

—¿De qué hablas?

Wojciech se acercó más.

—¿Qué es esa cadena alrededor de tu cuello? Tú no sueles usar joyas.

Gisela tragó saliva.

—Es solo u-un…

—Seguro es algo que robó —intervino Akiva, nada útil.

Gisela se volteó en el aire para verlo de frente.

—¡Nadie te pidió tu opinión, cara de pescado! Es solo un collar —mintió—. Un regalo de la Semana de las Rusalki que encontré en una rama. Me pareció bonito. Lo estoy usando para impresionar a un chico humano que me gusta.

—¿Un chico humano? —repitió Wojciech con tono agrio—. No será, por casualidad, cierto cazador con el que Yulia me dijo que has estado pasando tiempo, ¿verdad?

Mierda.

—¿Has estado saliendo con el cazador? —exclamó Akiva.

Gisela no dijo nada. Estaba demasiado ocupada pensando cómo asesinaría a Yulia.

La expresión de Wojciech se oscureció. Por todos los santos, ¿qué castigo se le ocurriría ahora? ¿Le prohibiría salir del palacio como había amenazado la última vez?

—Kazik solo quiere saber cómo morí —dijo rápidamente—. Cree que es extraño que no recuerde lo que pasó. Incluso piensa que los demonios del bosque que hirieron a su abuela podrían estar involucrados.

Wojciech parpadeó, sorprendido.

Gisela no le dio tiempo para recuperarse.

—¿Crees que eso podría ser cierto? ¿Crees que un bies podría haberme herido?

—Esos monstruos son capaces de cualquier cosa —intervino Akiva.

Wojciech le lanzó una mirada.

—Estoy seguro de que dicen lo mismo de los ahogadores. Esos *monstruos* no siempre estuvieron tan sedientos de sangre. Los mortales los demonizan, y los exorcistas los expulsan de sus hogares, así que consiguen su fuerza atacando a humanos débiles o hiriéndose entre ellos mismos. Pelean por las sobras de lo que queda de su territorio para desahogar su frustración y rabia. Pero eso no viene al caso, lo importante ahora es… —Su atención se centró de nuevo en Gisela—. Veo que incluso has logrado conseguir otro peine, después de que me tomé la molestia de confiscar el anterior.

Gisela tragó saliva, pero un fuerte y rítmico sonido de pies mojados interrumpió antes de que Wojciech pudiera decidir su destino. Una figura apareció en la esquina. Rechoncho. Rubio. Hans. Otro ahogador.

Hans le lanzó una breve mirada de desconcierto a Gisela y Akiva antes de detenerse frente a Wojciech. Las gotas de agua resbalaban como lluvia por sus mejillas redondas.

—Abuelo —dijo sin aliento—. Es Tamara. La nueva ninfa acuática. Arrastró a un hombre al río. Lo ahogó.

El estómago de Gisela dio un vuelco.

Akiva siseó.

—Siempre son las tímidas.

Las sogas de agua que los sostenían a él y a Gisela se disolvieron con un chapoteo, dejándolos caer abruptamente al suelo. Solo los rápidos reflejos sobrehumanos de Gisela la salvaron de aterrizar de cara en el piso.

Si Wojciech estaba enojado antes, no era nada comparado con cómo lucía ahora. Los ojos del goblin brillaban con un color rojo profundo.

—Esto es exactamente por lo que quería que la vigilaras. ¿Dónde? —espetó la última palabra a Hans.

—En la orilla del río, cerca del embarcadero de Villa Lilia.

Wojciech volteó hacia arriba, como si pudiera ver la escena a través del techo. Pasó junto a Gisela y le dejó caer unas palabras cargadas de veneno.

—Será mejor que reces para que la encontremos antes de que tu nuevo amigo cazador lo haga.

26

ESPINAS

Kazik

—Tendremos que manejar esto con mucho cuidado —dijo Zuzanna mientras caminaba a paso firme.

Kazik siguió a su prima a través de los jardines nocturnos de Villa Azalia, que florecían de forma encantadora. A pesar de lo tarde que era, aún había personas deambulando en los espacios públicos. Pasaron junto a una mucama de aspecto cansado que llevaba toallas sucias de los baños, y junto a un grupo de músicos callejeros que afinaban sus instrumentos cerca de una fuente que lanzaba chorros de agua hacia el cielo.

—No la enfrentes solo —continuó Zuzanna—. Iré contigo.

—Entonces, ¿crees que la señora Mróz podría tener razón?

—¿Tú qué piensas?

Cruzaron un puente que se arqueaba sobre un estanque, se respiraba el aroma del jazmín, Kazik se sumergió en sus recuerdos.

La señora Mróz los había llevado a un elegante pabellón de madera en el centro del perfectamente cuidado pasto del jardín. Ahí, les presentó a una mujer regordeta, de cabello rubio cenizo, mejillas sonrojadas, y ojos grises penetrantes. Kazik pensó que se le hacía conocida, pero no fue hasta que empezó a hablar que hizo la conexión.

—Se trata de mi hija, Roza —dijo—. No ha estado actuando como ella misma.

—Como mi esposo —intervino la señora Mróz, persignándose—. Podría estar poseída por otro de esos demonios del bosque.

La madre de Roza juntó las manos en su regazo. Kazik podía notar que no creía realmente que su hija estuviera poseída por ningún espíritu, lo delataba la expresión escéptica de su boca. La abuela de Kazik había tenido muchas dificultades para convencer a la familia de Roza de que colocara protecciones en Villa Azalia, lo cual era frustrante, porque las aguas de esos baños bendecían con suerte a quienes se bañaban en ellas. No era precisamente algo que Kazik quisiera regalarle a ningún espíritu.

—Me preocupa desde hace algún tiempo —continuó la madre de Roza, claramente tan angustiada por su hija como para buscar a Kazik—. Pero últimamente ha empeorado. Noté un cambio en ella el año pasado. Siempre hemos sido cercanas. Roza solía contarme todo. Ahora apenas me habla. Al principio pensé: Bueno, está creciendo. Tal vez no quiere pasar tanto tiempo con su madre. Pero ha habido otras cosas. Siempre ha sido una pianista talentosa. Toca hermoso. Ama la música, siempre la ha amado. Pero ha estado faltando a sus clases. Se viste diferente, desaparece a horas extrañas. Va y viene sin decir palabra. Nos trata a su familia como si fuéramos extraños. Incluso su pequeño perro, Poppy, ha estado comportándose de manera extraña. El otro día mordió a Roza y salió corriendo, y él la adoró desde el momento en que lo trajimos a casa —dijo.

Kazik se detuvo frente a una puerta escondida entre los setos del jardín; las barras de hierro casi se perdían detrás de un velo de enredaderas.

—Creo que necesito hablar con un amigo de ella.

No era la primera vez que un familiar ansioso venía a él convencido de que algo no estaba del todo bien con su ser querido. Había tratado con más de una madre convencida de que su hijo había sido raptado por un mamuna y reemplazado por un changeling. A menudo no había nada malo con el niño en cuestión.

Solo era un poco callado o no se ajustaba a los estrictos estándares de comportamiento de la sociedad.

Nada de lo que la madre de Roza había acusado era especialmente sospechoso. Solo era extraño que su perro hubiera cambiado tanto.

—Conozco a alguien cercano a ella —dijo—. Si ha estado actuando de forma extraña, Aleksey debe haberlo notado.

—¿Aleksey? —dijo Zuzanna—. ¿No es ese el chico que te gusta?

—¿De verdad tienes que mencionar eso ahora?

Zuzanna pareció debatir en su mente. Pero debió de decidir que la posibilidad de que Roza estuviera poseída por un bies era ligeramente más importante que los sentimientos de Kazik, porque dijo:

—¿Y si él ha notado algo?

La expresión de Kazik era sombría.

—Entonces lo manejaremos con cuidado, como dijiste.

Era arriesgado abordar esto de frente. Como todos los espíritus, los biesy tenían sus debilidades, pero eran extremadamente poderosos. Eran segundos en fuerza solo después del leshi, el señor del bosque, y no tenían reparos en usar a los humanos que poseían como escudos. Era increíblemente difícil, como Kazik había aprendido, separar a un bies de su anfitrión.

La puerta hizo un sonido molesto cuando él la empujó. Otra vez se topaba con esos demonios. Nunca, jamás los perdonaría.

—Tú regresa a la casa —le dijo a Zuzanna—. Voy a ver si Aleksey está en la suya.

Su prima alzó las cejas de manera pícara.

—No te distraigas.

Kazik le hizo un gesto grosero con la mano. Zuzanna rio. Pero él no estaba de humor para bromas. Se dio la vuelta, cambió de dirección, avanzó decidido entre las sombras del parque que separaba Villa Azalia de Villa Hyacinth, con todos los sentidos en alerta máxima por si algo lo atacaba desde la oscuridad. La luna llena tenía un brillo de otro mundo sobre los terrenos. Los espíritus siempre se embriagaban un poco con la luz de la luna en noches como esa, especialmente los espíritus acuáticos.

Había sido una noche iluminada por la luna cuando enfrentó al señor Mróz. ¿No había bastado con ahuyentar a esos dos últimos demonios para asustar a los espíritus del bosque? ¿Era posible que alguno de ellos hubiera vuelto en busca de venganza? Tendrían que ser unos tontos para intentarlo de nuevo contra él.

O tal vez no. Kazik no estaba seguro de poder siquiera reunir la fuerza para enfrentarlos en ese momento. ¿Podrían saberlo? ¿Acaso Gisela les había contado a los demás espíritus que él no había podido exorcizarla?

No.

Por inquietante que fuera admitirlo, confiaba en que ella había guardado su secreto. Más espíritus habrían ido tras él si ella hubiera dejado escapar algo.

Su mirada se dirigió hacia el cielo. ¿No podían los santos ver que ese era el peor momento para castigarlo, enseñarle una lección o lo que fuera que intentaban hacer?

«¿Por qué me han abandonado?».

«¿Cómo puedo redimirme?».

«¿Acaso no quieren que proteja a las personas?».

El sendero se curvó alrededor de un grupo de árboles cuidadosamente podados, y su destino apareció de repente: una cabaña blanca con postigos rosas, situada en una esquina de los extensos jardines de Villa Hyacinth. La casa estaba lejos del camino, cubierta de madreselva y enredaderas de rosales trepadores. Una cálida luz emanaba de las ventanas. Dos figuras se veían iluminadas no muy lejos de la puerta principal.

Kazik se detuvo a mitad del camino pues captó el murmullo de sus voces. Reconocería el tono grave de Aleksey en cualquier lugar. También reconoció a la chica que estaba con él: Roza. Su cabello brillaba como oro blanco bajo la tenue luz.

¿Qué hacía ahí tan tarde?

Kazik metió la mano en su bolsillo, sus dedos rozaron las cuentas de un rosario. Hablaban en un tono demasiado bajo como para que sus palabras se escucharan con claridad, como si no quisieran que nadie escuchara su conversación. Con el pulso acelerado, Kazik se acercó, intentando no revelar su presencia.

—Ellos no son tus amigos, Aleksey.

—Lo sé.

—¿De verdad? —La voz de Roza subió de tono, aguda y agitada.

Kazik alzó las cejas. El rostro de Aleksey estaba entre las sombras, pero podía ver la tensión en la línea amplia de sus hombros. Parecía que estaban discutiendo.

—Ya podrías haber…

—Ya lo sé.

—¿Por qué no lo has hecho, entonces?

—Ya te dije, estoy esperando el momento adecuado. Yo…

En algún lugar de la oscuridad, un ruiseñor cantó.

Aleksey y Roza levantaron la cabeza y se quedaron congelados, como dos ciervos sorprendidos. Un momento después, Aleksey murmuró algo que Kazik no alcanzó a entender. De repente, Roza se volteó y se alejó tan rápido que Kazik apenas tuvo tiempo de esconderse en la oscuridad al lado de la casa antes de que ella pasara furiosa. Miró hacia atrás y vio a Aleksey pasarse la mano por la mandíbula con brusquedad.

Kazik meditó un momento, sin saber qué pensar de todo aquello. Finalmente, salió de las sombras y rodeó la esquina de la casa. Una piedra crujió bajo su talón.

Aleksey se volteó bruscamente y maldijo.

—¿Kazik? —exclamó, y dio un paso tan abrupto hacia atrás que tropezó con una maceta y tuvo que agarrarse cómicamente del enrejado de rosas para recuperar el equilibrio—. ¿De dónde diablos saliste…? —Retiró la mano de la pared con un sonido de dolor.

Kazik estuvo a su lado en un instante.

—Déjame ver. —Agarró la muñeca de Aleksey y la sostuvo con firmeza mientras este intentaba zafarse—. Quédate quieto. Estás sangrando.

Separó los dedos de Aleksey para ver sus heridas y movió sus manos hacia la luz que salía de la ventana.

—Siempre supe que serías mi perdición —dijo Aleksey débilmente.

Kazik volteó los ojos y sacó un pañuelo del bolsillo para limpiar con cuidado la herida. Aleksey estaba siendo dramático. Era un corte feo del que manaba sangre, sí. Pero probablemente se lo había hecho con una espina. Por suerte era superficial y probablemente sanaría solo, sin necesidad de puntos. Ni siquiera dejaría una cicatriz.

Aleksey ya tenía una pequeña cicatriz blanca en el centro de la palma. Kazik pasó el pulgar sobre la carne levantada de forma inconsciente y se detuvo cuando Aleksey contuvo el aliento.

De repente, Kazik fue muy consciente de lo cerca que estaban el uno del otro. Cada músculo del cuerpo de Aleksey estaba tenso, como si estuviera listo para huir o luchar.

—Entonces —le dijo Aleksey. Había un tono extraño en su voz—, ¿cuál es el veredicto?

Tan cerca, sus ojos desiguales eran aún más fascinantes de lo habitual.

Kazik tragó saliva, pero logró mantener su rostro completamente inexpresivo.

—Me temo —dijo— que tendremos que amputar.

Aleksey parpadeó y luego soltó una carcajada, sorprendido, inclinó la barbilla hacia el pecho y dejó que su cabello dorado cayera sobre sus ojos.

—¿Acabas de hacer una broma?

Una pequeña y rara sonrisa curvó los labios de Kazik. Bajó la mirada, se concentró en envolver el pañuelo firmemente alrededor de la palma de Aleksey para detener el flujo de sangre. «Contrólate. Le gusta Gisela». En voz alta, dijo:

—Deberías limpiarlo y ponerle un poco de ungüento. Si tienes gasas aquí en tu casa, puedo vendártelo bien.

—¿No vas a besarlo para que sane?

Kazik no se atrevió a responder.

Lentamente, Kazik dejo ir la mano de Aleksey. Una brisa fresca, con olor a jazmín y vegetación sopló entre ellos.

—De verdad que... no eres lo que esperaba, ¿sabes? —dijo Aleksey de repente.

Kazik arqueó una ceja.

Aleksey negó con la cabeza.

—¿Qué haces aquí tan tarde? ¿Ahora me vigilas?

—Eres buen amigo de Roza, ¿verdad? —preguntó Kazik—. Su madre se acercó a mí hace un rato. Dijo que Roza ha estado actuando de forma extraña. Ha estado faltando a sus clases de piano, escapándose de su casa. Al parecer, su perro la mordió y salió corriendo. Quería preguntarte si has notado algo... extraño en ella últimamente.

Aleksey tardó en responder.

—Es un poco complicado —dijo después de una larga pausa.

—¿Complicado?

—Sí, la está pasando mal últimamente. Puede que no lo parezca, pero la madre de Roza es muy estricta y controladora. No sé qué más te haya contado, pero tiene toda su vida planeada y últimamente Roza siente que esa no es la vida que quiere para ella. —Aleksey se encogió de hombros—. Se está rebelando. Es solo drama familiar. Nada que deba preocuparte.

El nudo de preocupación en el pecho de Kazik se aflojó un poco.

—Pensé que podría ser algo así. —De cualquier forma, se propuso hablar con Roza él mismo lo antes posible. La mayoría de los espíritus eran expertos en disfrazar su verdadera naturaleza para engañar mejor a los humanos, y los biesy eran particularmente astutos—. Si notas algo, ¿me avisas?

—Por supuesto. ¿Por qué? ¿Te preocupa que un demonio la haya poseído?

Kazik sintió cómo el calor subía por su nuca. Las cejas burlonas de Aleksey lo hicieron sentirse como un tonto por siquiera considerar la idea.

Con una sonrisa cómplice, Aleksey señaló la casa con la barbilla.

—¿Vas a entrar? Mi madre me matará si no te ofrezco al menos un vaso de agua. Y creo que tenemos gasas. —Se dirigió hacia la puerta principal e hizo un gesto para que Kazik lo siguiera.

Kazik vaciló. Al fondo de su mente pudo escuchar a Zuzanna recordándole que no se distrajera. Pero le había prometido a Aleksey vendarlo como era debido, y cualquier oportunidad de pasar tiempo con él era una oportunidad para juntar más información para Gisela, descubrir lo que necesitaba para conquistarlo.

—Solo un momento —dijo y siguió a Aleksey hacia el interior.

27
AQUELLOS ESPÍRITUS QUE RONDAN LA TIERRA

Gisela

Encontraron a Tamara junto a la orilla del río, no muy lejos del embarcadero de Villa Lilia. Una neblina fría salía del agua, algo inusual para el verano. Gisela asumió que Wojciech la había conjurado como una especie de distracción. La niebla cubría la escena como una mortaja fúnebre. Tamara estaba sola, afortunadamente, sentada entre las raíces de un sauce con las rodillas contra su pecho y la espalda apoyada en el tronco.

No había rastro de Kazik. Ningún signo de alguien más, aparte de la figura que yacía boca abajo en la orilla, enredada entre los juncos y las cañas. La piel pálida del hombre y su camisa blanca arrugada brillaban bajo la luz de la luna.

Gisela se acercó lentamente, se movía como alguien atrapada en un sueño. Podía sentir su respiración acelerada. El mundo parecía inclinarse lentamente hacia un lado.

Wojciech se adelantó. Hans y Akiva pasaron junto a ella, se adentraron en las aguas oscuras. Juntos levantaron la figura inerte y empapada, la llevaron hasta la orilla y voltearon el cuerpo para que el rostro del hombre mirara al cielo. Sus ojos estaban abiertos, como si mirase a la nada, sus rasgos se quedaron congelados en una máscara de terror. Agua turbia goteaba de las comisuras de sus labios.

Gisela se cubrió la boca con una mano. Una oleada de náuseas la invadió y cayó de rodillas para vaciar el contenido de su estómago sobre el pasto. Conocía las historias. Había crecido con ellas. Sabía que las rusalki eran famosas por ahogar hombres. Pero nunca había visto a una persona muerta. No a una persona que estuviera realmente muerta.

¿Así se había visto ella cuando la encontraron? ¿Hans o Wojciech habían sacado su cuerpo hinchado e inerte del río? El horror la golpeó. Gisela se desplomó sobre sus rodillas, vio a Akiva inclinarse junto al hombre y, con una extraña ternura, apartar el cabello de su frente.

Un pequeño sollozo salió de Gisela. Todo esto era su culpa.

El agua lamía la orilla del río. Podía escuchar el canto lejano y melancólico de un ruiseñor y la voz baja de Wojciech.

—Llévense el cuerpo al bosque y quémenlo para que el alma del hombre se mueva rápidamente hacia el más allá. Si es necesario, pidan ayuda a los espíritus del fuego. Díganles que les deberé un favor. Tenemos que encubrir esto. No quiero darle al cazador razón alguna para perseguirnos.

Le tomó un momento registrar completamente sus palabras. El miedo volvió a florecer dentro del pecho de Gisela. ¿Cómo reaccionaría Kazik si descubriera que Tamara era responsable de la muerte de ese hombre? ¿La cazaría, la atraparía en un círculo mágico y trataría de exorcizarla?

—Hans —dijo Wojciech—. Asegúrate de realizar los ritos funerarios adecuados. Envuelve el cuerpo antes de quemarlo. Clava una estaca en su corazón. No queremos que vuelva como un utopiec. Solo causaría más problemas.

Gisela inhaló profundamente y se puso lentamente de pie. Se movía como si aún estuviera atrapada en una terrible pesadilla —deseaba que fuera un sueño; quería con desesperación despertar en casa, en su cama, y descubrir que todo había sido solo una pesadilla— y se acercó a la chica bajo el sauce.

Tamara no se había movido. Parecía un fantasma con su vestido blanco flotando, su piel reflejaba una luz extraña y etérea.

Gisela se arrodilló frente a ella. Tamara abrazaba sus rodillas con fuerza contra su pecho. La neblina se agitó cuando Wojciech se acercó a ellas.

—Lo siento —soltó Gisela, hacia ambos, con la cabeza inclinada—. Lo siento muchísimo.

—Pero tú no fuiste la que… —interrumpió Tamara.

—No, pero si yo hubiera… si no te hubiera dejado sola… si no hubiera estado tan concentrada en encontrar un beso… —Gisela se cubrió el rostro con las manos. Si no hubiera estado tan absorta en sí misma, si no hubiera estado tan egoístamente enfocada en su búsqueda por recuperar su humanidad, si hubiera escuchado a Wojciech, podría haber estado ahí para detener a Tamara antes de que lastimara a alguien.

Ahora… ahora alguien había muerto.

Era igual que su padre: estaba completamente inmersa en sus propios intereses, pensaba solo en sus propias necesidades y sentimientos.

—Oh, Gisela. —Tamara se inclinó y apartó las manos de Gisela de su rostro, las sujetó con fuerza entre las suyas—. No podrías haberme convencido de no hacerlo —dijo, como si pudiera leer la mente de Gisela—. Lo que hice no tiene nada que ver contigo. Tú no eres responsable de mis acciones. Te lo dije una vez, ¿no? Que después de que tomé el trabajo de mucama en los baños me enamoré de alguien de quien no debía. Él… —Tamara tragó saliva—. Él me lastimó. Él acabó con mi vida. Y nadie iba a castigarlo por ello. Escuché a los jardineros de Villa Lilia decir que me arrojé al río porque estaba desconsolada, porque no soporté descubrir que estaba comprometido para casarse. Yo no estaba desconsolada. No tenía el corazón roto. Estaba enojada de que no me lo hubiera dicho e iba a decirle la verdad a su prometida.

Todos los vellos de los brazos de Gisela se erizaron.

—Después de regresar en esta forma, todavía quería decírselo. Quería que supiera qué clase de hombre era. Creo que por eso regresé. No podía descansar hasta haber hecho pagar a la persona que me hizo esto. Así que me escabullía cuando sabía que tú y las demás estaban ocupadas. Vine a la orilla del río varias veces, solíamos encontrarnos aquí, y anoche lo vi de pie junto al agua. Estaba tan sorprendido de verme, ¿sabes? Fue más fácil de lo que pensé arrastrarlo al río y mantenerlo bajo el agua. Se sintió tan bien finalmente tener el poder de lastimarlo. Estaba tan enojada. Yo… no me arrepiento de lo que hice —dijo Tamara, aunque le lanzó una mirada algo temerosa a Wojciech.

—Si él fue quien te quitó la vida —dijo el goblin acuático—, entonces tenías todo el derecho a estar enojada. Se merecía su destino.

El labio de Tamara tembló, pero ella se enderezó ligeramente, las palabras de validación le dieron fuerza.

—Gracias, abuelo. Lamento haberte preocupado. Sé que esto probablemente te causará problemas con el cazador.

Wojciech alzó los hombros en un gesto de resignación.

—Esta no es la primera vez que tengo que cubrir a una de ustedes. Solo lamento que… —Su ira anterior había desaparecido. Ahora, su rostro solo mostraba tristeza—. Me gustaría que te hubieras quedado con nosotros un poco más.

Gisela lo miró bruscamente.

—¿Qué quieres decir? Acababas de decir… no puedes castigarla por…

—No es un castigo. —Tamara apretó los dedos de Gisela. Algo en el peso y la sensación de su agarre no era normal. El tacto era demasiado ligero. Un extraño resplandor la envolvía por completo, desde su piel hasta su corto cabello castaño, volviéndolo plateado.

Era similar al brillo de Gisela cuando cambiaba de forma.

—¿Qué te está pasando? —susurró.

Fue Wojciech quien respondió.

—Las ninfas acuáticas son doncellas que murieron de manera antinatural —dijo, repitiendo lo que Gisela le había contado a Tamara una vez, lo que él mismo le había dicho—. Están atadas aquí por su dolor y rencor, viven como espíritus que no pueden descansar, a menos que encuentren una forma de regresar al mundo mortal o vengar sus muertes.

Porque si lograban vengarse de quienes les habían hecho daño, podían pasar al más allá.

—No estés triste —dijo Tamara, claramente percibiendo lo alterada que estaba Gisela—. Ahora siento que puedo dejarlo todo atrás: toda la rabia, todo el arrepentimiento, todo lo que me mantenía anclada aquí. Me siento más ligera. Hice lo que necesitaba hacer. —Su mirada se desvió de nuevo hacia el agua—. No creo que haya sido la primera chica a la que él lastimó. Pero ya no puede dañar a nadie más. Estoy aliviada, de verdad, de dejar todo esto atrás.

—Pero… —Las palabras se atoraron en la garganta de Gisela—. ¿Tienes que irte ahora? ¿No quieres quedarte? Esta vez lo haré bien —prometió—. Te mostraré todo. Nos relajaremos juntas en los baños. Nos meteremos en las tinas de leche y flores. Exploraremos los jardines y te trenzaré el cabello. No tendrás que limpiar el tiradero de ningún huésped. Te presentaré a todos los espíritus. No solo a los que son como nosotras. Hay hermosas willy que viven en las nubes y también ogniki, espíritus del fuego que custodian tesoros escondidos. Incluso te presentaré a Kazik. El cazador. No es tan aterrador como todos piensan. Y podrás conocer a Domek. Su pelaje es tan suave y… y…

Gisela tuvo que detenerse para tomar aire.

Tamara le sonrió suavemente.

—¿Estás segura de que no eres tú la que quiere quedarse aquí?

La boca de Gisela se abrió y cerró.

—Estoy lista para seguir adelante —dijo Tamara—. Estoy emocionada por descubrir qué viene. Lo que decidas hacer, espero que seas feliz. Espero que encuentres paz. Y espero... —Su voz se quebró ligeramente.

Las lágrimas nublaron la vista de Gisela.

—Crecí creyendo en las viejas tradiciones —dijo Tamara—, creyendo que después de que las almas pasan tiempo en el más allá, regresan a este mundo y renacen. Así que espero que podamos encontrarnos en nuestras próximas vidas y tengamos la oportunidad de ser amigas.

Las manos de Tamara aún sujetaban las de Gisela, pero Gisela ya no podía sentirlas. El resplandor que emanaba de la piel de Tamara se volvió tan cegador que tuvo que cerrar los ojos.

Cuando los abrió de nuevo, vio a Tamara transformarse en un ave. Una hermosa creatura de alas translúcidas. Sacudió su plumaje blanco brillante y desplegó dos alas radiantes.

Un viento sopló como un suspiro entre las ramas del sauce. Gisela parpadeó mientras el ave soltaba un canto alegre y emprendía el vuelo hacia el cielo nocturno, subiendo más y más, siguiendo un camino iluminado por las estrellas y desapareciendo en la oscuridad.

28
HUMANA

Gisela

Gisela apenas recordaba haber regresado al palacio. Después de eso solo tenía un vago recuerdo de Wojciech ayudándola en silencio a subir la escalera del atrio y guiándola a través de la puerta detrás de la cascada que conducía a los aposentos de las ninfas acuáticas. Cada chica tenía su propia habitación, con un estanque que les funcionaba de espejo, un cofre tallado lleno de vestidos imposibles de usar en el mundo terrenal y una cama con dosel rodeada de cortinas ondulantes. Gisela hundió el rostro en las almohadas de plumas de su cama hasta quedarse sin lágrimas.

No durmió esa noche. No podía. Su mente no dejaba de revivir ese momento en la orilla del río. No podía dejar de ver aquel cuerpo pálido enredado entre los juncos. No podía dejar de ver a Tamara desapareciendo.

El dolor y la culpa la cubrieron como una ola y la arrastraron.

No se levantó al amanecer. No respondió cuando Miray y Zamira tocaron suavemente su puerta. No se movió cuando la noche cayó otra vez. No salió de la cama hasta un día después, cuando escuchó a las otras chicas bajar al comedor al mediodía.

No podía darles la cara.

Le costó toda su voluntad vestirse y lavarse la cara, las manos. Tenía tierra, lodo de la orilla del río, incrustado bajo sus uñas. Se frotó las yemas de los dedos hasta que le dolieron y luego desenredó su cabello húmedo con el peine que encontró en su mesa de noche.

Era su peine. El primero que le habían dado. El mismo que le había prestado a Tamara y que Wojciech le había confiscado. Color blanco hueso con perlas negras de río incrustadas. Wojciech debió haberlo dejado ahí para ella. No entendía por qué se lo había devuelto.

Debía estar furioso con ella después de todo lo que había sucedido. Pero tal vez pensaba que finalmente había aprendido la lección.

Tal vez pensaba que perder a Tamara había sido castigo suficiente.

Gisela dejó el peine a un lado. Probablemente él deseaba que nunca hubiera acabado en su reino, que nunca se hubiera convertido en una ninfa acuática. Todo lo que había hecho era causarle problemas.

Bueno, ya no más.

Desde el principio había tenido razón: ese no era su lugar. No merecía estar ahí. La mano de Gisela se deslizó hasta su cuello, hasta la cadena alrededor de él. La cadena de la que colgaba el pequeño frasco en forma de corazón que contenía la poción de Wojciech. Su brillo le recordó que no tenía que seguir ahí, si estaba dispuesta a correr un riesgo.

Levantó la botella hacia la luz. Probablemente todos los demás espíritus acuáticos también querían que se fuera. Les estaba haciendo un favor. No podría causarles más dolor si se iba.

Lentamente, le quitó el tapón al frasquito y lo levantó hacia sus labios. Tenía que pensar en Hugo; le había fallado a Tamara, pero no le fallaría a su hermano. Necesitaba el beso de un mortal ahora más que nunca, y si Aleksey estaba demasiado asqueado por su cuerpo actual como para tocarla, entonces…

Antes de pensarlo dos veces, se tomó la poción de un solo y profundo trago. Su boca se torció ante el sabor: sabía a cobre como la sangre, pero extrañamente dulce como la miel.

Por un instante, no pasó nada. Gisela se quedó con la diminuta botella aún cerca de sus labios, se sentía ridícula. Tal vez ni siquiera era la poción de la que hablaban las otras chicas.

De repente, sintió como un rayo de calor abrasador atravesó su centro. Soltó un jadeo cuando la magia la envolvió. Era como si un anzuelo la desgarrara por dentro. Nadie le había advertido que beber la poción dolería.

Gisela se dobló en dos, se agarró el vientre cuando el dolor se extendió e incendió cada nervio de su cuerpo. Era como si las llamas lamieran su interior. El dolor lo consumía todo, lo abarcaba todo. La estaba devorando viva.

El miedo se apoderó de ella. ¿Había cometido un error? Esto se sentía como morir, no como regresar a la vida.

Gisela tambaleó y cayó en su cama, clavó sus dedos en las sábanas. Perdió la noción de su entorno, del tiempo. El mundo se tornó en oscuridad.

El frío la despertó horas después, estaba temblando. El aire fresco, cargado de humedad, le erizó la piel. Su piel estaba extrañamente cálida.

Gisela se incorporó tan rápido que el mundo dio vueltas una segunda vez. El frío de aquel lugar nunca la había afectado de esa manera, y tenía una sensación extraña en su pecho. Sentía un golpeteo frenético, aterrador. Un latido que, al principio, no pudo identificar. Había pasado tanto tiempo.

Su corazón, comprendió de repente. Su corazón estaba latiendo.

Presionó una mano contra su pecho, contra la suave piel bajo su mandíbula, contra su garganta, contra sus muñecas, se deleitó con cada pulso. El ritmo de su corazón era la melodía más alentadora. Lo había logrado. La poción había funcionado. La había transformado en humana. O en algo casi humano.

Una mirada ansiosa al espejo de agua de su habitación confirmó que su piel ya no tenía el tono turquesa mortecino. Ahora era del color de los duraznos maduros en verano. Pero sus ojos seguían siendo de un tono demasiado rojizo. Quizá era una señal de que aún quedaba algo de magia en su interior.

Experimentó con su peine, dibujó listones con el agua del estanque y luego calmó la superficie hasta que quedó completamente quieta; descubrió que todavía podía manipular el agua. Yulia le había contado historias sobre humanos que cazaban ninfas acuáticas por sus peines, con la esperanza de robarles ese poder. Pero solo descubrían que, como mortales, no podían manejar la magia de estos. Así que no era completamente mortal, aún no.

Ocultó su cabello —su cabello seco— bajo un pañuelo bordado con rosetas pequeñas que había agarrado de un tendedero hacía algún tiempo y salió del palacio de puntitas. El frasco vacío en forma de corazón todavía colgaba de la cadena alrededor de su cuello cuando dejó el río y se dirigió a la casa de Kazik.

Llegó a la cabaña, casualmente, justo cuando su prima salía. Zuzanna frunció ligeramente el ceño, como si la reconociera, pero un par de cigüeñas que volaban sobre sus cabezas captaron su atención y Gisela se apresuró a pasar.

Entró sin tocar, atravesó la sala y se dirigió a la cocina.

—Cariño… —dijo, pero se detuvo.

Kazik estaba sentado en la mesa de la cocina, con los brazos cruzados sobre la madera y la cabeza apoyada en sus antebrazos. Tenía los ojos cerrados. Sus labios estaban ligeramente entreabiertos.

Está dormido, se dio cuenta Gisela.

Sus lentes de alambre estaban sobre la mesa frente a él. Sin ellos, se veía extrañamente vulnerable. Más joven.

Se acercó de puntitas y se detuvo cuando Kazik se movió, sus cejas oscuras fruncieron el ceño incluso en sus sueños. Murmuró algo inaudible.

Gisela contuvo el repentino e irracional impulso de alisar la expresión preocupada entre sus cejas con la yema del pulgar.

—Kazik —le dijo suavemente.

Sus pestañas revolotearon y su ceño fruncido se profundizó, los músculos de sus hombros se tensaron. Se preguntó si estaba teniendo una pesadilla.

—Kazik. —Gisela puso una mano sobre su brazo, con la intención de despertarlo.

Sus ojos se abrieron de golpe y su mano atrapó el brazo de Gisela en un agarre firme. Se levantó tan rápido que la silla se cayó al suelo con un estruendo.

—¡Por todos los santos, solo soy yo!

—¿Gisela? —Kazik parpadeó, obviamente confundido—. ¿Qué…? —La soltó, y enfocó sus ojos en su rostro—. ¿Dónde has estado?

—¿Por qué? —intentó Gisela, tratando de recuperar la compostura. Su corazón latía con fuerza—. ¿Me extrañaste?

—¡Por supuesto que no! —soltó Kazik, sus mejillas pasaron de bronceadas a rojas en un instante—. Yo solo… —Se pasó una mano por el cabello. Estaba tan despeinado que parecía que ya había hecho eso varias veces—. Estuviste fuera todo el día de ayer. No sabía qué pensar. Siempre estás por aquí. Pensé que algo podría haberte pasado. Especialmente con un bies rondando por ahí, posiblemente.

—¿Un bies? —dijo Gisela bruscamente—. ¿Pasó algo?

Kazik no respondió. Su atención se centró en una nota que estaba doblada sobre la mesa de la cocina. La tomó y maldijo después de leerla.

—¿Qué es?

—Una nota de mi prima. Un joven desapareció. Lo vieron caminando por los jardines de Villa Lilia anteanoche, pero nunca regresó a su hotel.

Un escalofrío recorrió la espalda de Gisela.

—Zuzanna fue a intentar descubrir si hay un espíritu involucrado. —Kazik presionó ambas manos contra su rostro e inhaló profundamente—. Esto es lo que pasa cuando bajo la guardia. Esto pasa porque ninguno de ustedes me teme, ¿verdad? Por eso siguen pasando estas cosas. Ninguno de ustedes me ve como una amenaza. Incluso los santos han perdido la fe en mí. —Su voz se quebró—. Si algo pasó, es mi culpa. Soy yo quien se supone que debe proteger el pueblo. Lo prometí…

—¡No es tu culpa! —exclamó Gisela. No pudo evitar dar un paso más cerca y poner una mano sobre su pecho.

Lo sintió tensarse, pero no se apartó. Verlo tan derrotado la desconcertó.

—Esto no tiene nada que ver contigo. Que seas o no una amenaza no importa. Los espíritus tienen sus razones para actuar como lo hacen. Tienen sus propios miedos, deseos y rencores, igual que los humanos. No es tu culpa si… si un espíritu fue responsable de la desaparición de ese hombre.

Se mordió el labio. Seguro ni siquiera Kazik podría decir que el destino de ese hombre no era su merecido. Él había herido a Tamara primero. Habían sido las consecuencias de sus propias acciones las que lo llevaron a su muerte a manos de Tamara.

Gisela quería contarle a Kazik lo que había pasado, pero no podía, las advertencias de Wojciech todavía estaban en el fondo de su mente. Tamara ya había seguido adelante, y Gisela no quería que Kazik persiguiera a alguna de sus compañeras en busca de venganza. Se tragó el impulso de confesar.

—No es tu culpa —repitió—. Te lo digo yo que soy un espíritu; tienes que creerme. Estás haciendo todo lo que puedes, incluso sin tus poderes.

Kazik resopló, pero Gisela se sintió aliviada al ver que parte de su angustia abandonaba su rostro.

—Es difícil no culparme —admitió en voz baja—. Cuando pasa algo así, siento que les estoy fallando a todos. Siento que debería haber hecho más o haber hecho las cosas de otra manera.

—Se frotó un nudillo contra el ojo; su mirada se había puesto cristalina. Se volteó y despejó su garganta, claramente avergonzado. Probablemente odiaba que alguien lo viera así de vulnerable.

Se alejó de ella y recogió sus lentes de la mesa. Se los puso.

—¿Ya le preguntaste al goblin acuático sobre tu muerte?

Gisela se quitó el pañuelo de la cabeza.

—No. No bien, al menos. Estuvimos ocupados con otras cosas —Dobló el pañuelo entre los dedos—. ¿A qué te referías cuando mencionaste que podría haber uno de esos demonios del bosque por ahí?

—¿Recuerdas a la amiga de Aleksey? —dijo Kazik—. La chica bonita del cementerio.

—¿Roza?

—Su madre dice que ha estado actuando de forma extraña. No estoy seguro de si está poseída. Hablé con Aleksey y él cree que es solo drama familiar.

—Él lo sabría —respondió Gisela, e intentó tranquilizarlo—. Dijo que ella es como una hermana menor para él.

—Eso espero. Aun así, quiero hablar con ella yo mismo. Ayer no pude encontrarla. Es como si me estuviera evitando —Kazik frunció el ceño—. No es que confrontarla vaya a servir de mucho si no puedo invocar el poder para lograr un exorcismo.

—Yo te ayudo —dijo Gisela antes de que él se angustiara de nuevo. Después de todo, todavía podía usar su peine mágico.

—¿Crees que eres lo suficientemente fuerte como para enfrentarte a uno de esos demonios?

Gisela frunció el ceño ante el tono de burla que utilizó Kazik.

—Tienes que dejar de subestimar a las ninfas acuáticas. No somos débiles.

—Tampoco lo son los biesy. Solo mantente alerta, ¿de acuerdo? —Kazik cruzó la cocina y recogió un paquete envuelto en papel café y atado con una cuerda.

El sonido de sus pasos debió haber despertado a Domek de una siesta, porque el espíritu del hogar asomó su cabeza bigotuda desde abajo de la estufa. Con un gran bostezo, se acercó y dio vueltas entre los tobillos de Gisela.

Kazik dejó caer el paquete en sus brazos.

—Es para ti.

—¿Para mí? —Gisela lo miró sorprendida—. ¿Qué es?

—Solo algo que te compré. —Kazik se rascó la nuca, cada vez más avergonzado—. No tienes que usarlo.

Con cuidado y con curiosidad, Gisela desató la cuerda y desplegó las capas de papel café para descubrir un vestido: un largo vestido verde menta, suelto y ligero, de mangas cortas y abombadas y con un escote amplio. Un listón ancho color crema rodeaba el área bajo el busto y se ataba en un gran moño en la espalda; además, la tela era increíblemente suave.

Era el vestido que había admirado en el escaparate de la tienda hacía semanas.

Gisela estaba demasiado sorprendida como para hacer algo más que quedársele viendo.

—¿Lo compraste para mí? ¿De esa tienda? ¿No fue caro?

—No importa. La modista es una vieja amiga de mi abuela. Estuvo feliz de hacerme un favor. —Kazik se encogió de hombros y evitó el contacto visual.

—Pero… ¿por qué?

—¿No dijiste que te gustaba? Necesitarás algo que ponerte mañana por la noche. Es la víspera de San Juan. Dijiste que era la oportunidad perfecta para verte bonita y conseguir el beso, ¿no? Seguro que Aleksey asistirá a las festividades.

Un calor floreció en el pecho de Gisela.

—Incluso hay una tradición —continuó Kazik—, en la que las chicas tejen coronas de flores silvestres y hierbas mágicas y las arrojan al río al anochecer. Si tu corona flota y el agua la lleva suavemente, significa que encontrarás el amor. Si tu corona se enreda en los juncos o la corriente la arrastra y se hunde, significa que el amor te ha abandonado. Y si tu corona va hacia una persona en particular, significa que están destinados a estar juntos, ya sea por una noche o para siempre. Puedes hacer una corona. Me aseguraré de que Aleksey esté de pie en la orilla del río cuando la pongas en el agua. Luego puedes darle un pequeño empujón con tu peine encantado y llevarla hacia él. Crearemos el momento romántico perfecto.

Había ideado todo un plan.

Gisela miró el vestido, el vestido que él recordó que le había gustado, que compró especialmente para ella, y rápidamente volvió a usar su habitual tono coqueto para encubrir el inesperado revoloteo de su corazón.

—Vaya, Kazik, de verdad sabes cómo hacer que una chica se sienta especial.

Kazik se sonrojó intensamente.

—Como dije antes, siempre que te veo por ahí, pareces un fantasma con tus vestidos blancos de funeral y tu cabello mojado que gotea por todos lados… —Se detuvo abruptamente y la miró fijamente con una expresión cada vez más aterrorizada—. Tu… tu…

Domek soltó un maullido de pánico, su cuerpo se arqueó en alarma.

Kazik agarró una jarra de agua y, antes de que Gisela pudiera reaccionar, ya había echado toda el agua helada sobre su cabeza.

29

REVELACIONES

Gisela

Gisela escupió agua y parpadeó.

—¿Qué diablos?

—¡Tu-tu cabello! —tartamudeó Kazik.

«Estaba seco», terminó Domek.

Gisela miró al espíritu de la casa y a Kazik, vio sus expresiones horrorizadas e idénticas. ¡Ah, claro! Se pasó un mechón de cabello mojado por la frente y suspiró para restarle importancia al asunto, como si no fuera nada, mientras una pequeña sonrisa traviesa atravesaba sus labios.

—Bueno, es porque ahora soy humana —Kazik la miró fijamente.

—Espera, ¿qué quiere decir? ¿Acaso...? —Sus ojos estaban tan grandes como platos.

—Aleksey ya te dio un beso, ¿verdad?

Gisela había olvidado cómo se sentía ruborizarse. La repentina y dolorosa oleada de calor en sus mejillas la hizo querer cubrirse la cara.

—¡No! Aún no.

—¿Pero cómo? —Kazik dejó la jarra de agua sobre la mesa y Gisela se secó la piel con una servilleta.

—Las ninfas mayores me dijeron que Wojciech tenía una poción que podía transformar a una ninfa acuática. Así que, eh, la bebí.

Domek emitió un fuerte maullido felino. «¿Por qué arruinarías tu vida así?».

Gisela volteó los ojos ante el dramatismo del espíritu del hogar.

—Porque quiero recuperar mi humanidad. No todos estamos contentos como espíritus, abuelo.

Los bigotes de Domek se movieron en desaprobación. Con un resoplido, se metió en un armario de la cocina que se había quedado entreabierto. Gisela esperaba que Kazik protestara, pero sacó una silla de la mesa y se sentó otra vez. No dejó de mirarla ni por un segundo, su expresión cambió lentamente de sorpresa a una especie de asombro. Gisela sonrió con malicia nuevamente y se sentó en la silla de a lado.

—¿Quieres sentir mi pulso? ¡Tengo uno!

Sin decir palabra, Kazik rodeó su muñeca con una sorprendente delicadeza, como si temiera que Gisela pudiera desvanecerse bajo sus manos. El calor irradiaba de sus dedos mientras trazaba el interior de su muñeca en busca de la vida en ella, del latido de su corazón. Una expresión de asombro puro e infantil cruzó por su rostro.

—Eres una bruja —le dijo Gisela en tono burlón—, ¿y te sorprenden los efectos de una pequeña poción?

—Es como algo sacado de un cuento —confesó Kazik—. Estoy acostumbrado a la magia y los espíritus, así que a veces olvido lo que es presenciar un verdadero milagro. No estoy seguro de si realmente creía que esto fuera posible, hasta ahora. Se le salió una risa entrecortada y sonrió de una manera tan radiante que el corazón de Gisela dio un salto. Kazik tenía una sonrisa muy bonita cuando recordaba usarla.

Casi valió la pena el riesgo de tomar la poción solo haberlo visto sonreír así.

—¿Por qué no tomaste la poción antes? —preguntó Kazik—. ¿Por qué molestarte con...?

—No sabía que existía, y la transformación es solo temporal. No durará. Todavía necesito que alguien me bese para que esto sea permanente.

Kazik se acomodó los lentes. Sus ojos recorrieron su rostro, absorbiéndola como si intentara memorizarla tal como era ahora, viendo a la chica humana ordinaria que ella podría haber sido. La chica que *había* sido. Una vez. El pulso de Gisela se aceleró bajo sus dedos y se preguntó si él podría sentirlo. El mundo se redujo a la suave presión de su pulgar contra la piel delicada de su muñeca y la admiración en la oscuridad de sus ojos, el roce de su rodilla contra la suya mientras se inclinaba hacia adelante en su silla.

Su mirada bajó a sus labios, y por un único e imposible momento, Gisela pensó que *él* iba a besarla.

Durante ese pequeño momento culpable, ella quiso que lo hiciera.

Los labios de Kazik estaban un poco agrietados, pero se veían increíblemente suaves, el labio inferior un poco más grande que el otro y ambos igual de cautivadores. El tiempo se detuvo; la respiración de Gisela se volvió más lenta hasta detenerse cuando Kazik se inclinó aún más cerca.

El golpe distante de la puerta principal y la voz de Aleksey los devolvió de repente a la realidad. El hechizo se rompió. Gisela se congeló en su lugar y Kazik retrocedió tan violentamente que su costado golpeó la mesa. Volvió a tirar su silla en su prisa por levantarse.

Cayó al suelo con un estruendo. Una vergüenza abrumadora envolvió a Gisela de la cabeza a los pies. Ya no solo le ardían las mejillas. Todo su cuerpo estaba en llamas. Sentía una poderosa necesidad de voltear a ver en cualquier dirección menos hacia Kazik. Aún podía sentir el calor de sus dedos como un eco fantasmal contra su muñeca.

—¡A-Aleksey! —tartamudeó cuando él entró a la cocina. Kazik se agachó para levantar la silla. Gisela no pudo ver su rostro, pero sus orejas estaban de un color rojo intenso. Aleksey no parecía molesto, si acaso parecía sumamente entretenido.

—¿Llegué en un mal momento? ¿Necesitan un minuto a solas?

—*¡No!* —soltó Gisela.

Kazik puso la silla de nuevo en su lugar.

—Tengo que… colgar la ropa. —Agarró una canasta de mimbre que estaba cerca de la puerta trasera y huyó al jardín.

—Yo-yo también debería irme a casa —dijo Gisela con un suspiro tembloroso. Su corazón seguía latiendo como loco. Intentó pensar en algo terriblemente poco atractivo: Wojciech desnudo, en su forma verdadera. Eso ayudó. Aleksey seguía viendo a Kazik, pero se volteó cuando ella se levantó de la mesa.

—¿Traes paraguas? Está lloviendo.

—¿En serio?

—En serio. Al forzar el oído, Gisela pudo escuchar el suave golpeteo de la lluvia sobre el techo y el canto de las ranas en alguna parte a lo lejos. ¿Qué estaba haciendo Kazik afuera bajo la lluvia, entonces? Rápidamente sacudió ese pensamiento de su cabeza. No le importaba.

—No tengo. —Las ninfas acuáticas no usaban paraguas. Les gustaba mucho caminar bajo la lluvia. Las otras chicas probablemente ya estaban afuera, bajo el aguacero, regocijándose y atrapando gotas con la lengua, bebiendo la lluvia directamente del cielo.

—Podemos compartir el mío —dijo Aleksey.

—Pero tú acabas de llegar —protestó Gisela—. ¿Necesitas algo?

—Solo pasaba por aquí y pensé en asomarme. Ayer no vi a ninguno de los dos. —Aleksey pasó una mano vendada por su cabello. Los ojos de Gisela se abrieron de par en par.

—Solo fue un rasguño —la tranquilizó Aleksey—. Nada grave. He tenido peores. —Dejó caer su brazo a un costado—. De todas formas, mi madre me espera en casa. Puedo acompañarte hasta el puente, si quieres.

—Eh, sí, sí, me gustaría eso. —Gisela dudó, pero luego agarró de la mesa el vestido que Kazik le había comprado. Lo dobló rápido dentro de su envoltorio de papel café. Los ojos de Aleksey se entrecerraron mientras la observaba. Inclinó la cabeza hacia un lado.

—Te ves…

«¡Terrible!», gritó Domek saliendo de nuevo del armario. «Mira lo que se ha hecho. Ha ido y…», Gisela le lanzó una mirada que indicaba que más le valía mantener la boca cerrada frente a Aleksey, o de lo contrario…

—Creo que se ve hermosa —dijo Aleksey. Gisela casi deja caer el paquete con el vestido. Domek fingió que se le atoraba una bola de pelo del asco.

«Claro, tú pensarías eso. Toda tu especie…».

—¿Nos vamos, Gisela? —interrumpió Aleksey y extendió la mano. Gisela deseaba desesperadamente irse antes de que Kazik regresara, así que asintió y dejó que él la guiara fuera de la casa. Si se quedaba en la cocina un momento más, se convertiría en una bola de nervios.

Afuera, Aleksey abrió un paraguas rojo carmesí sobre sus cabezas. Caminaron en silencio. Los pensamientos de Gisela iban a toda velocidad. Siempre había coqueteado con Kazik, pero eso era solo por costumbre. No significaba nada. Originalmente solo quería molestarlo. Era divertido verlo molesto, alterado y avergonzado. Se sonrojaba con facilidad. En la cocina simplemente se dejaron llevar por el momento, por la emoción de su transformación. Eso era todo.

Pero, si él estuvo a punto de besarla… ¿no debería haberlo dejado? ¿No era eso lo que había estado buscando todo ese tiempo? No importaba de quién recibiera el beso, mientras fuera mortal.

Gisela contuvo un grito. Quería darse una cachetada. Si solo se hubiera inclinado hacia él, habría conseguido exactamente lo que quería. Podría haber dejado de rondar ese lugar. Podría haber vuelto a casa, a donde pertenecía. Haber dejado todo esto atrás.

Por alguna razón, su corazón se hundió un poco al pensarlo, cuando debería haberse sentido eufórica.

Y lo estaba. Había decidido que eso era lo mejor. Había estado tan cerca de recuperar su antigua vida, de ver a Hugo de nuevo. Hugo, a quien extrañaba tanto. Entonces, ¿por qué también se sentía tan inexplicablemente triste?

Se preguntó si su hermano todavía tenía la esperanza de que ella regresara, o si ya la había superado.

La suave lluvia de verano golpeaba el paraguas de Aleksey.

—¿Estás... bien? —preguntó suavemente—. Estás un poco callada.

—¿Qué? ¡Sí, claro! Estoy perfectamente bien. De hecho, me encanta caminar bajo la lluvia. —Gisela sonrió. Solo necesitaba un momento para ordenar todos sus sentimientos confusos.

Aleksey imitó su sonrisa.

—¿Me estás diciendo solo lo que quiero oír?

—Como si tú no hicieras eso todo el tiempo.

Las cejas de Aleksey se alzaron.

Maldita sea. No había querido decir eso. Pero era algo que había notado más y más en el tiempo que pasaban juntos. Siempre estaba alegre y tranquilo. Sus respuestas eran rápidas y casi siempre decía lo que la otra persona quería escuchar. Nunca lo había visto molesto. Parecía tener una paciencia infinita con todos y con todo.

—A veces es difícil saber qué es lo que realmente piensas y sientes —confesó. Había algo reservado en Aleksey a pesar de su actitud relajada—. Solo tengo la sensación de que no siempre te sientes cómodo siendo tú mismo con otras personas.

—Vaya —dijo Aleksey—. Creo que eres la única que se ha dado cuenta.

Eso no era sorprendente. Había notado algo porque ella también lo hacía: ocultaba y enmascaraba sus emociones. Muchas veces, lo que la gente muestra sobre sí misma es en realidad solo las partes que se sienten cómodos de compartir.

Aleksey hizo girar el paraguas. Los paneles proyectaban una sombra color rojo sangre sobre la mitad superior de su rostro.

—Supongo que me preocupa que la gente no me vea de la misma manera si soy completamente yo mismo con ellos. Creo que solo les gusta la persona que piensan que soy. La persona que les muestro. Me pregunto si les agradaría el verdadero yo.

—¿Es el verdadero tú tan horrible?

Una sonrisa traviesa apareció en los labios de Aleksey.

—Oh, terrible. No tienes idea. Soy un verdadero monstruo. —Le mostró los dientes.

Gisela se rio.

—Tal vez algún día te muestre mi verdadera cara, Gisela, si prometes no alejarte horrorizada.

—Lo prometo —dijo Gisela de inmediato. Tal vez algún día también podría compartir una versión más honesta de sí misma con él—. Creo que todo el mundo tiene un lado de sí mismo que le oculta a los demás por miedo a ser rechazado. No solo tú. Todo el mundo se disfraza de alguna manera. La persona correcta aceptará cada parte de ti. Yo no te rechazaré... al verdadero tú.

—Eso espero. Te lo recordaré.

Pasaron la esquina y Aleksey inclinó la sombrilla. Gisela se dio cuenta de repente de que no era lo suficientemente grande para cubrirlos a los dos; Aleksey estuvo dejando que uno de sus hombros se mojara para cubrirla a ella por completo.

De verdad que a veces era demasiado bueno para ser real.

Gisela abrazó el vestido que Kazik le había dado contra su pecho y se armó de valor.

—¿Vas a ir a las festividades de la víspera de San Juan mañana por la noche? Pensé que podría ser divertido si vamos juntos. —Las palabras salieron en un solo aliento.

—Sí, me gustaría mucho.

—¿De verdad?

—Kazik también viene, ¿verdad?

El estómago de Gisela se retorció con la misma mezcla extraña de celos y posesividad que había sentido al ver a Kazik y Aleksey en el santuario del bosque.

—A veces pienso que te gusta más Kazik que yo, ¿sabes? —dijo.

—Me gustan los dos. Por diferentes razones. Los quiero por igual.

Gisela hizo un puchero.

—Eso no me hace sentir mejor.

Aleksey rio.

—Contigo nunca me aburro. Siempre me sorprendes. Y eres la primera persona que ha intentado protegerme.

Gisela lo miró sorprendida.

—En la casa de huéspedes, cuando Domek nos atacó.

Sí recordaba haberlo apartado del peligro, escudándolo con su cuerpo. Aleksey era tan alto y fuerte. Supuso que la mayoría de las personas no pensarían al verlo que necesitaría, o incluso le gustaría, ser protegido y tratado con cuidado.

Saltó sobre un charco, se sentía complacida consigo misma.

—Entonces, ¿me vas a decir qué está pasando entre tú y Kazik?

—Nada —dijo Gisela rápidamente.

—¿Discutieron?

—¿Discutir? —Gisela negó con la cabeza—. No estábamos discutiendo. Nosotros…

Realmente no quería explicarle a Aleksey lo que casi había pasado.

—Kazik solo está molesto por unos demonios del bosque. No sabe cómo va a lidiar con ellos ahora que ha perdido su magia.

Aleksey se detuvo en seco.

—¿Ahora que ha perdido qué? —Su voz era más cortante de lo que Gisela jamás la había escuchado.

Sintió un golpe de culpa por lo que acababa de decir. Pero necesitaba decir algo, y eso fue lo primero que se le ocurrió.

—Solo está teniendo problemas para exorcizar espíritus en este momento. Cree que los santos han perdido la fe en él.

—¿Alguien más sabe sobre esto?

—No lo creo —respondió. No se lo había dicho a nadie hasta ahora—. No creo que se lo haya contado ni a su prima. ¿Lo mantendrás en secreto, verdad? —le preguntó Gisela con ansiedad.

Aleksey miró al frente. Su expresión, inusualmente preocupada, la confundió.

—Por supuesto. No se lo diré a nadie.

Parte de la tensión abandonó el cuerpo de Gisela, quien exhaló profundamente.

Estaban siguiendo el camino de adoquines que iba junto al borde del río hasta que este daba vuelta para cruzar el Puente de los Deseos. Hacía tiempo, Gisela le había comentado a Aleksey que se estaba quedando en una casa de huéspedes cerca de ahí. Ese siempre era el lugar donde se despedían, pero hoy…

Sentía el impulso de decir algo más, cualquier cosa que prolongara un poco más ese momento. No quería regresar todavía al Palacio de Cristal. No estaba lista para enfrentarse a los otros espíritus acuáticos después de todo lo que había pasado con Tamara.

Pero la lluvia estaba arreciando, y Aleksey había mencionado que su madre lo esperaba. Parecía absorto en sus pensamientos. Gisela dibujó un círculo en el pavimento con la punta de su sandalia.

—¿Alguna vez… —Aleksey se detuvo un momento— has sentido que solo no quieres regresar a casa?

Gisela levantó la mirada.

—¿Quieres caminar un poco más? —preguntó él.

—¡Sí! Sí, hagámoslo.

30

SABÍA QUE TRAERÍAS PROBLEMAS

Aleksey

Había algo reconfortante en pasar tiempo con Gisela. A Aleksey le gustaba su forma de bromear. Le gustaba lo fácil que era hablar con ella. Le gustaba el tenue brillo verdoso de su largo cabello negro; le recordaba a las sombras del bosque. Le gustaba cómo podía hacerlo reír genuinamente. Estaba tan acostumbrado a planificar cada una de sus reacciones, cada sonrisa calculada, pensada para provocar una respuesta específica en quien estuviera con él. Así que, a pesar de la alarmante revelación de que Kazik, de alguna manera, había perdido su habilidad para exorcizar espíritus, Aleksey estaba de buen humor cuando finalmente regresó a la cabaña cubierta de rosas y madreselvas que actualmente llamaba hogar.

Un rayo de sol rompió las nubes grises que flotaban sobre él. Un charco reflejaba un fugaz pedazo de cielo azul. La brisa había arrancado tantas flores del enrejado que el camino parecía un mar de nieve rosada. Los pétalos se levantaban y giraban a su alrededor, rozándole los tobillos.

¿Qué terrible pecado había cometido Kazik para que los santos perdieran la fe en él? ¿Estaban molestos porque se había acercado a Gisela? ¿A Aleksey? ¿O era simplemente una cuestión de convicción? ¿Había perdido Kazik, acaso, su determinación?

Aleksey debería celebrar. Gisela había encontrado una grieta en la armadura de Kazik, y ahora todo lo que tenía que hacer él era clavar su espada. Esto haría que poseer el cuerpo del cazador fuera mucho más fácil, siempre y cuando ningún otro espíritu lo devorara antes. Él y Gisela tendrían que permanecer cerca de Kazik. Tendrían que protegerlo. Todavía quedaban rastros de poder divino en su sangre. Seguía siendo un alma apetecible para cualquier espíritu que quisiera alimentarse, especialmente aquellos ansiosos por aumentar su poder.

Aleksey se detuvo al abrir la puerta principal. Probablemente debía enviar un mensaje al leshi y avisarle a Roza. Sin embargo, no sentía deseos de hacerlo.

Se preguntó si ese sentimiento le pertenecía al Aleksey humano; no era propio de él dudar tanto.

El ama de llaves lo saludó al entrar y le informó que tenía una visita. Lo que quedaba de su buen humor se desvaneció inmediatamente. Encontró a Roza en la sala de estar, sentada con elegancia en el sillón favorito de su madre, leyendo una novela, en una pose claramente estudiada. Aleksey no se habría sorprendido si hubiera visto que estaba *leyendo* el libro al revés.

El ama de llaves colocó una bandeja con dos tazas y las galletas de jengibre favoritas de Aleksey entre ellos, luego se retiró. El rico aroma del café llenó la habitación.

—Te dije que escogieras un nuevo cuerpo —dijo Aleksey—. Kazik sospecha. Pensé que estarías encantada de dejar ese cuerpo por fin. Dijiste que se sentía como una jaula.

—Sí, se siente como una jaula —gruñó Roza y cerró su libro de golpe—. He estado evitando a Kazik, y ya escogí un nuevo cuerpo. Voy a poseer a su novia. A Gisela. Por fin recordé por qué me resulta tan familiar.

Lo observó atentamente, en espera de que reaccionara.

—Tú ya la reconociste, ¿verdad? —preguntó.

Aleksey mantuvo un rostro inexpresivo. Había tenido la sensación inquietante de haber visto a Gisela antes, una sensación incómoda de saber exactamente cómo había terminado su vida humana. Pero solo la había visto brevemente aquella noche de la primavera pasada, y no estaba en su sano juicio. Parte de él había esperado estar equivocado, pero el hecho de que Roza también la recordara solo confirmaba sus sospechas.

Cruzó la habitación hasta ponerse frente a las ventanas y pasó los dedos por el alféizar de madera, sintió el tenue latido del árbol del que había sido tallado.

—¿Por qué no dijiste nada? —dijo Roza—. Ella te vio tomar posesión de ese cuerpo. Nos vio. Ella…

—No lo recuerda. Claramente.

Roza parpadeó.

—¿No lo recuerda? Eso es muy extraño. —Frunció los labios pensativa—. Todo esto es tan extraño. Recuerdo haberla perseguido hasta la orilla del río. Se resbaló por el borde del muelle. Se hundió como una piedra. Honestamente, pensé que estaba muerta.

Un músculo se tensó en la mandíbula de Aleksey. Las ventanas de la sala daban al jardín. Podía ver el viejo roble y el columpio en el árbol del que él —no, Aleksey— se había caído y se había roto el brazo. Sacudió la cabeza para intentar liberarse de los recuerdos de ese cuerpo. Estaban surgiendo cada vez más a menudo últimamente.

—De todas formas, lo que no entiendo —continuó Roza— es cómo esa chica sigue por ahí.

—¿No has oído lo que le sucede a los humanos que mueren de manera antinatural?

Roza guardó silencio un momento antes de entender lo que sucedía.

—O sea que ella es una…

—Ninfa acuática. —Aleksey frunció el ceño al recordar el cambio en la apariencia de Gisela ese día—. O al menos… es una de las rusalki de la región.

—Entonces así es como logró hechizar a Kazik. Vaya. —Roza enrolló un mechón de su cabello blanco-dorado alrededor de un dedo—. Nunca he intentado poseer a una ninfa acuática.

—¿Crees que puedes? —dijo Aleksey con sequedad—. Ni siquiera lograste deshacerte del domowik como te pedí.

—Lo intenté. Fui a la casa, pero la prima de Kazik estaba ahí. ¿Qué se suponía que hiciera? Poseeré el cuerpo de Gisela y luego me ocuparé de eso.

Aleksey se apartó de la ventana y reprimió la irritación que comenzaba a florecer en su interior.

—Gisela está fuera de nuestro alcance. No la toques.

Roza lo miró fijamente.

—Puede que una vez haya sido una creatura del mundo mortal, pero ahora es una de nosotros. —Y a Aleksey le gustaba. Mucho más de lo que debería. Dejar que Roza poseyera a Gisela se sentía como una transgresión.

Como una traición.

—¿Es una de nosotros? —preguntó Roza—. Las rusalki no son espíritus verdaderos. Son solo humanas que no murieron totalmente. Chicas demasiado tercas para cruzar al más allá.

—Aun así, son las preciadas nietas del goblin acuático. Gisela podría estar actuando bajo sus órdenes. Si hieres a una de sus protegidas, te convertirá en un pez. Ni siquiera el leshi tolerará que empieces una pelea con Wojciech. —La alianza entre el bosque y el río era, en el mejor de los casos, frágil.

—¿Y si ella sí nos recuerda? —insistió Roza—. Estabas tan preocupado por el domowik. ¿Qué pasará si recupera sus recuerdos y le dice a Kazik que un demonio está habitando el cuerpo de su querido amigo Aleksey? ¿Que un bies está manipulando su carne como si fuera una marioneta?

Aleksey hizo una mueca.

—Además, estaría en una mejor posición para ayudarte. Podría acercarme mucho a Kazik mientras llevo su cuerpo. Apuesto a que incluso podría convencerlo de que se quite su medallón sagrado. ¿No es eso lo que quieres? Casi hace que valga la pena meterse con el goblin acuático. Vamos, ¡vamos a causar problemas como en los viejos tiempos! Terminemos con esto.

La mirada de Aleksey bajó al vendaje en su palma. Una imagen vívida de los dedos de Kazik sobre su piel cruzó por su mente. Ese toque dolorosamente gentil...

—No estoy listo para terminar con esto todavía.

Roza retrocedió como si la hubiera abofeteado.

—¿No te parece interesante cómo Kazik sigue cerca de Gisela, incluso consciente de lo que ella es? Y todavía no sé cuál es su objetivo. Ella dijo que él la estaba ayudando. Hay tantas cosas... —Aleksey se pasó una mano por el cabello. Había tantas cosas que no entendía. Tantas preguntas que quería responder.

El rostro de Roza estaba pálido.

—Y después vas a decir que has perdido el gusto por la sangre y decidiste hacer las paces con él.

—No digas tonterías.

—No estoy diciendo tonterías. —Roza acortó la distancia entre ambos—. Esto no es propio de ti. Por lo menos dime que tus acciones son parte de tu venganza. Dime que solo estás haciendo esto para ganarte la confianza de Kazik y luego romperle el corazón cuando te reveles. —Su rostro se tensó—. Dime, ¿cuánto de esto son los pensamientos y la personalidad del Aleksey humano infiltrándose en los tuyos? ¿Cuánto de ti está en control en este momento? ¿Siquiera lo sabes?

Aleksey fue invadido por dos sentimientos contradictorios: su propia irritación y una sensación ajena de culpa al ver a Roza tan alterada. No era su emoción, era la de Aleksey humano. Su corazón se apretó mientras la miraba.

Aplastó ese sentimiento, pero una diminuta semilla de incertidumbre germinó. ¿Actuaría de manera distinta si no estuviera en ese cuerpo? ¿Cuándo ese deseo de entender se había vuelto más fuerte que su hambre de venganza?

La mirada de Roza era tan afilada que parecía abrirlo.

—Casi no te reconozco. Necesitas reaccionar. Necesitas recordar quién eres. ¿Te imaginas lo que dirían los demás si pudieran verte ahora? —Dio un paso más y lo acorraló contra la ventana, invadiendo su espacio—. ¿Tienes miedo? ¿Es eso?

—¿Miedo? —Una chispa de furia ardió en el pecho de Aleksey.

—¿De Kazik? ¿De que las cosas terminen como la última vez? ¿Es esa la verdadera razón por la que estás retrasando todo? No te he seguido durante todos estos años para verte reducido a esto. Puede que estés perdiéndote en las emociones humanas y en la cobardía, pero yo no —Roza le clavó un dedo en el pecho con cada palabra, para enfatizar lo que decía—. Yo. No.

El pulso de Aleksey rugió en sus oídos.

—Basta.

—Y no voy a quedarme aquí viendo cómo haces el ridículo…

—¡He dicho basta! —El instinto tomó el control. Un segundo, las manos de Aleksey estaban tensas a sus costados; al siguiente, alrededor del cuello de Roza.

Ella jadeó.

Aleksey ahogó ese sonido, apretando más su agarre. Paso a paso, la obligó a retroceder hasta que su espalda chocó contra un mueble. Se inclinó hacia ella hasta que sus ojos quedaron al mismo nivel. Roza era mucho más pequeña que él, lo cual no era necesariamente algo malo. Aleksey había usado cuerpos con forma de chica antes y lo había disfrutado. No se sentían del todo adecuados, pero era divertido ser subestimado.

Roza arañó su mano, intentando aflojar sus dedos.

—Te olvidas de quién soy —le dijo—. ¿Con quién crees que estás hablando? Sigo siendo yo mismo. Puede que lleve esta forma y el rostro de otro, pero lo que soy, quien soy en mi esencia, no ha cambiado. Sé quién soy. Estoy en control.

Si parecía diferente, era simplemente porque estaba actuando. Sin importar el cuerpo que habitara, su mente —sus pensamientos y deseos— seguían siendo suyos. Y tal vez ahora no siempre fantaseaba con matar a Kazik, pero aún quería borrarle esa expresión de orgullo santurrón del rostro cuando hablaba de espíritus. Todavía quería devorarlo vivo, consumirlo lentamente, masticarlo con cuidado. Quería forzar su entrada en su piel y vivir dentro de él. No existían palabras humanas para describir ese sentimiento.

—No le tengo miedo. —Si lo que Gisela había revelado era cierto, Kazik era incluso menos peligroso en ese momento—. Y no me importa si crees que estoy postergando las cosas. Me la estoy pasando bien aquí. —No se había sentido tan vivo en mucho, mucho tiempo, y las cosas no hacían más que ponerse cada vez más interesantes.

Estaba retrasando lo inevitable, ¿y qué? ¿Qué daño había hecho al alargar esto un poco más? ¿Por qué Roza estaba tan ansiosa por terminar con todo? ¿Qué era el tiempo para seres como ellos? El tic-tac de los relojes, el campaneo de las campanas de la iglesia que marcaba cada hora, la frenética carrera de minutos y segundos: todo eso eran construcciones mortales.

—Háblame así de nuevo, y te arrancaré de este cuerpo con mis dientes.

Los ojos de Roza se abrieron tanto que Aleksey pudo ver el blanco alrededor de sus iris. Otro jadeo escapó de sus labios. Aleksey sonrió.

Pero esa sonrisa se desvaneció cuando una mueca de respuesta apareció en el rostro de Roza, su miedo se transformó en algo más cercano al alivio, en una adoración descarada. Soltó sus manos de las de él y dejó que sus brazos colgaran a los lados, aunque cada instinto dentro de ella debía estar gritándole que se defendiera.

Empezó a reír.

Desconcertado, Aleksey la soltó.

—Eso está mucho mejor —dijo Roza con voz ronca y se agarró el cuello—. Ahí está el verdadero tú.

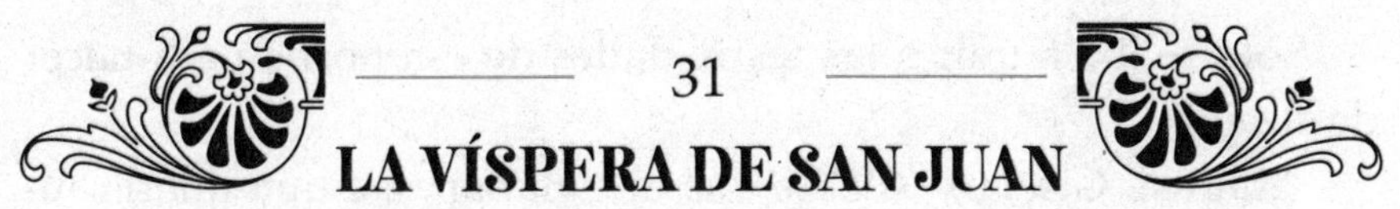

31
LA VÍSPERA DE SAN JUAN

Kazik

Siempre había mucho que hacer en la víspera de San Juan. Había raíces curativas y hierbas especiales que había que recolectar de los campos antes de que terminara el día, y la mitad de las chicas del pueblo y de los alrededores llegaban a la puerta de Kazik a preguntar cuáles eran las mejores flores para tejer las coronas que arrojarían al río para descubrir si encontrarían el amor. Incluso con su prima ahí ayudándole Kazik apenas tenía tiempo para respirar.

Zuzanna no había descubierto nada más sobre el hombre que había desaparecido —se había esfumado sin dejar rastro— pero tampoco había encontrado señales de que un espíritu estuviera involucrado en su desaparición. Kazik solo podía tener fe en que fuera así. También esperaba que Roza apareciera por la casa para poder tener una respuesta a esa pregunta.

Pero las horas pasaban y ella no aparecía, y ninguna de las otras chicas a las que les preguntó la había visto —un hecho que lo estaba poniendo bastante nervioso.

—¡Dios mío! —exclamó Zuzanna, lo que lo sacó de sus pensamientos—. ¿Por qué estás tan arreglado? ¿Es para una cita?

Kazik se sonrojó y terminó de amarrarse la corbata rápido.

—No seas ridícula.

Solo se iba a unir a las festividades de esa noche para hacer de cupido.

Aun así, Gisela y Aleksey se arreglarían, así que quería lucir decente. Había desenterrado uno de los viejos chalecos de su abuelo y se había afeitado y echado cera en el cabello para peinárselo hacia atrás. Incluso se había quitado los lentes. Veía mejor con ellos, pero no tanto como para tener que usarlos todo el tiempo.

Aunque ahora al ver a Zuzanna sonreírle burlona, se arrepentía.

—Es para una cita —dijo ella.

—¿No vas a salir? —le preguntó.

La expresión de Zuzanna se volvió melancólica.

—Tengo que tomar el autobús nocturno de regreso a la ciudad. Tengo un trabajo que entregarle a uno de mis profesores. Ya estoy retrasada… semanas.

—Tal vez lo habrías terminado antes si no estuvieras siempre aquí.

Zuzanna hizo una mueca.

—Volveré a ver cómo vas en unos días.

—Realmente no tienes que hacerlo.

—Como tu prima, es mi deber asegurarme de que sigas vivo. —Zuzanna dio un paso al frente, abrió la puerta principal para que Kazik pudiera salir—. Diviértete en tu cita.

—Ya vete y alcanza el autobús.

Zuzanna sonrió y cerró la puerta detrás de él. El aire fresco de la noche golpeó las mejillas rojas de Kazik. Comenzó a caminar por el sendero del jardín.

No fue el único que se dirigió al río al caer la tarde. Terminó siguiendo a un grupo de chicas ruidosas hasta que llegaron a la orilla del río. Las lámparas emitían un cálido resplandor romántico sobre el prado ligeramente inclinado donde se celebraban las festividades. Borrascas de humo azul ascendían de una gran hoguera y endulzaban el aire por las hierbas que arrojada a las llamas: ajenjo, artemisa, ortiga. Las plantas ardían como una protección contra las fuerzas malignas, las brujas y los espíritus, que tendrían su máximo poder esa noche.

Kazik se puso pálido ante la enorme cantidad de personas que se estaban reuniendo frente a él. Solo de pensar en ser llevado hacia esa multitud le provocaba dolor de cabeza. Había gente por todas partes. Más chicas con vestidos blancos y sueltos, con el cabello trenzado con listones rojos y el cuello adornado con hilos de cuentas de coral rojo. Chicos con el cabello peinado hacia atrás y las mangas de sus camisas blancas perfectamente dobladas hasta los codos. Adultos que platicaban y reían. Había banquetes en las mesas y personas bailando al ritmo de las canciones tradicionales interpretadas por una docena de músicos con flautas, violines y acordeones.

Al igual que con la Semana de las Rusalki, las festividades parecían haber perdido algo de su autenticidad; todo esto era por diversión, los rituales se veían como algo lindo y un poco tonto. La parte más cínica de Kazik se preguntaba si valía la pena preservar esas tradiciones si nadie las iba a tomar en serio. Pero la idea de que la gente había estado celebrando esa misma noche —saltando sobre fogatas junto a ese mismo río, arrojando coronas sobre esa misma agua— durante miles y miles de años, le hizo sentir que formaba parte de algo mucho más grande que él mismo, algo ancestral.

Tal vez todos los demás aquí sentían lo mismo.

Como siempre, su presencia causó cierto revuelo. Vio varias caras estudiarlo con curiosidad. Todo el mundo estaba ahí: las ancianas del grupo de rezos de Babcia. Sus compañeros de la infancia. Los turistas adinerados, fácilmente identificables por su elegante ropa extranjera; varios de ellos evidentemente habían visitado los baños de Villa Lilia antes, porque sus pieles brillaban como la luz de las estrellas.

Se sintió incómodo y pasó una mano por su cabello, solo para hacer una mueca cuando recordó de repente que se lo había peinado hacia atrás con cera. Los anillos en sus dedos reflejaron la luz cuando intentó limpiar discretamente su mano en sus pantalones perfectamente planchados.

Entrecerrando los ojos, intentó encontrar a Gisela entre los asistentes al festival. No la había visto desde que tuvieron ese momento juntos en la cocina, pero ella se había llevado el vestido cuando se fue, así que tenía que suponer que seguirían adelante con su plan. Luchó por mantener el recuerdo de su casi beso fuera de sus pensamientos para no pensar en la forma en que su pulso había titubeado bajo sus dedos, en cómo su boca había quedado a unos pocos centímetros de la suya, en lo que podría haber pasado si Aleksey no los hubiera interrumpido.

Por un segundo horrible, había querido ser él quien le diera lo que ella quería. Había querido ser él quien la besara. Devolverle la vida. Ella había ido a él en busca de ayuda. Había estado con ella desde el principio. La conocía mejor que Aleksey.

De hecho, ¿no sería mejor que fuera él quien la besara? Existía esa historia del monje y la ninfa acuática. Tenían que asegurarse de que funcionara. Gisela se sentiría muy triste si no lo lograban.

El estómago de Kazik dio un vuelco. Dios en el Cielo, ya era bastante malo que se hubiera acostumbrado a tenerla cerca, pero esto… ¿esto?

Debía estar perdiendo la maldita cabeza. Casi había besado a una rusalka. A un demonio. A una creatura malvada. Aunque ella hubiera tomado una poción para transformarse temporalmente en humana, seguía sin ser *completamente* humana.

Y había prometido emparejarla con otra persona.

Era una suerte que Kazik estuviera tan acostumbrado a reprimir sus emociones. Solo tendría que soportar una noche más y luego podría decir adiós a toda esa desafortunada situación.

Sumido en sus pensamientos, casi se pierde la figura familiar que entraba en su campo de visión. Kazik se dio la vuelta.

—Tomaste tu tiempo. —Se le cortó la respiración.

Gisela parecía un sueño de verano. Un hada. Un adorable rubor rosado teñía sus mejillas. Sus labios eran de un vivo color rojo fresa. Llevaba el vestido verde menta que él le había comprado. Una corona de flores silvestres adornaba su cabeza, y había más flores que surgían de la oscuridad de su cabello.

Su cabello, ya seco, había perdido ese raro resplandor verdoso. Kazik descubrió que casi extrañaba ese toque de sobrenaturalidad. Tragó con dificultad.

Gisela también parecía tener dificultades para verlo.

El calor subió por la nuca de Kazik. ¿Era la corbata? La corbata era demasiado, ¿verdad? O tal vez había usado demasiada cera para el cabello.

Por algún milagro, logró despegar su lengua del techo de su boca.

—Llegas tarde.

—Tuve que encontrar las hierbas y flores acuáticas adecuadas para la corona.—Gisela levantó la mano, sus dedos rozaron la hierba de San Juan, los ranúnculos y una ramita de ruda. Dio una pequeña vuelta que hizo que la falda de su vestido se abriera.

—Y bueno, ¿qué piensas? ¿Cómo me veo?

Kazik gruñó y miró hacia otro lado.

—Bien.

—Ni siquiera me estás viendo.

—No necesito hacerlo. Te ves bien con cualquier cosa.

Hubo un breve silencio. Kazik se tensó, horrorizado al darse cuenta de lo que acababa de decir. Ya era tarde para echarse atrás, demasiado tarde para salvar la situación.

Incluso Gisela se quedó momentáneamente sin palabras, pero se recuperó rápidamente y recurrió a su habitual coquetería exagerada.

—¡Vaya, Kazik! —Le dio un toque juguetón en el costado.

Kazik apartó sus manos. Las puntas de sus orejas ardían.

—Creo que es lo más bonito que me has dicho. Podía jurar que no te agradaba.

—¿Por qué piensas eso?

Un hombre empujó a Gisela mientras pasaba entre ellos. Kazik se movió para sostenerla y la atrapó contra su pecho. Ambos se quedaron congelados. Por un momento, una incomodidad insoportable se apoderó de ellos.

Kazik retiró sus brazos y metió las manos en sus bolsillos.

—¿Has visto a Aleksey por aquí? —dijo al mismo tiempo que Gisela exclamó:

—¡Tu corbata está torcida!

—¿E-en serio?

Gisela agarró su corbata rebelde y se la enderezó.

—Honestamente, ¿cómo sobrevivirías sin mí? —Su tono no era del todo adecuado, pero Kazik hizo un gesto de desdén con los ojos, agradecido por la familiaridad de la plática.

—Deberías estar pensando en cómo van a salir las cosas con Aleksey, no preocupándote por cómo me veo —dijo él—. Me aseguraré de que él esté en la orilla del río para que puedas dejar que tu corona flote hacia él. Esta es tu mejor oportunidad para conseguir un beso. No la estropees.

—Gracias por tu voto de confianza.

—Querías mi ayuda —le dijo Kazik sin simpatía.

Esperaba que ella respondiera algo. Pero Gisela guardó silencio. Soltó su corbata. Luego, antes de que él pudiera reaccionar, se inclinó y le dio un beso en la mejilla. Nada más que un roce ligero de labios, un breve segundo de contacto, pero Kazik sintió que todo su cuerpo se paralizaba.

—Gracias. Por ayudarme. Por todo. No habría llegado tan lejos con él sin ti.

La piel de Kazik hormigueó donde ella lo había besado. Aún podía sentir la suavidad sedosa de su mejilla contra la suya.

—Gisela, yo…

Como si fuera una señal, la multitud se movió y su mirada pasó por encima de la gente y llegó a Aleksey, que estaba rodeado de sus admiradores habituales. Su mirada se levantó y encontró la de Kazik a través del mar de personas.

Un rayo de culpa mortificante atravesó a Kazik.

Aleksey se abrió paso a través de la multitud con apenas una palabra de despedida a sus amigos.

—Perdón por hacerlos esperar —dijo al unirse a ellos.

Lucía endemoniadamente guapo, con una camisa recién almidonada que había dejado lo suficientemente desabrochada para revelar un tentador vistazo de su clavícula.

Era exasperante cómo el desarrollo de estos nuevos sentimientos por Gisela no había disminuido el enamoramiento que Kazik había sentido por Aleksey durante tanto tiempo. Así debía ser el Infierno. Algunas personas podrían pensar que sentir atracción por más de un género era una bendición porque había más oportunidades para encontrar el amor. Pero para Kazik, lo único que realmente significaba era más sufrimiento.

No le pasó desapercibido cómo los ojos de Aleksey se abrieron al ver a Gisela.

—Te ves tan bonita como una ninfa del bosque —le dijo suavemente—. ¿No es cierto, Kazik?

—¿Qué? —dijo Kazik estúpidamente. Sentía que estaba al borde de un ataque de pánico. El sudor brillaba en su frente. No sabía a dónde mirar.

—Tú tampoco te ves tan mal, se nota que te bañaste —dijo Gisela al ver a Aleksey de arriba a abajo en un barrido lento y descarado. Le guiñó un ojo.

Riéndose, Aleksey sacó una hermosa flor roja sangre con un gesto teatral y la metió suavemente detrás de la oreja de Gisela, junto a su corona. Kazik se preguntó si era una habilidad aprendida o si ser encantadores de manera tan natural era posible para ambos sin esfuerzo.

—¿Nos vamos? —dijo Aleksey.

Gisela tomó el brazo que él le ofrecía.

—Tú también deberías agarrarnos —le dijo Aleksey sobre su hombro a Kazik—, para no perdernos.

Eso era lo último que Kazik quería hacer, pero Gisela agarró su mano antes de que pudiera responder y entrelazó sus dedos con los suyos. Se sentía tan fuera de lugar, tan fuera de su elemento, arrastrado tras dos de las personas más hermosas de ahí como un goblincito torpe y desgarbado.

Quizás debería irse a casa. Dejarlos. Gisela quizá se enojaría, pero realmente no importaba. No era que ella aún lo necesitara. Claramente. No se suponía que fueran amigos, y después de esta noche… después de esta noche, si todo salía bien, podría no verla nunca más.

Santos, ¿por qué ese pensamiento no lo hacía feliz como antes? ¿Por qué no podía sentirse como al principio?

De repente se le ocurrió que Aleksey tampoco tendría más razones para seguir cerca de él después de esa noche; fue Gisela quien los había unido. Probablemente esa sería la última vez que estarían juntos de esa manera. Los tres.

«No es como si no hubiera sobrevivido a la pérdida de otras personas antes, se recordó. Lo superaré. La vida seguirá. Tal vez.»

—Oh, no —dijo Kazik, y clavó sus talones en el suelo cuando se acercaron al escenario improvisado donde los músicos tocaban—. Ustedes dos vayan, sigan. Yo no bailo.

—Mentiroso —dijo Gisela—. Te he visto moverte al ritmo de la radio.

—Bueno, si no quieres bailar —interrumpió suavemente Aleksey, rodeando con sus brazos los hombros de Gisela y Kazik antes de que pudieran empezar a discutir—. Podemos ir a buscar la flor de helecho juntos.

Un ardor febril recorrió las mejillas de Kazik.

—¿La flor de helecho? —preguntó Gisela, confundida—. ¿No es eso un cuento de hadas?

No lo sabía. Claro, no lo sabía. Era fácil olvidar que ella no había crecido ahí.

—La flor de helecho —explicó Aleksey y le mostró una sonrisa traviesa a Kazik— florece a medianoche en la víspera de San

Juan en los rincones más remotos del bosque, en los oscuros lugares donde los mortales e incluso algunos espíritus temen pisar. Si la encuentras, concederá el deseo de tu corazón. Serás dotado de magia y riquezas más allá de tus sueños más salvajes, siempre y cuando nunca compartas esos regalos con nadie. Si lo haces, lo perderás todo.

Lo cual era cierto, pero pedirle a alguien que fuera a buscar la flor de helecho contigo también era una manera pícara de preguntarle si quería tener algo más. Durante siglos, las parejas habían usado la excusa de buscar la flor mágica para escabullirse al bosque y tener un poco de tiempo a solas.

—¡Hagámoslo! —exclámó Gisela.

—Mejor no —dijo Kazik.

—Aw, ¿no quieres unirte a nosotros, Kazik? —Aleksey se rio—. En algunos cuentos dicen que la flor del helecho está custodiada por una bruja.

—Las brujas no son las únicas que se dice que la custodian —contraatacó Kazik—. Los espíritus malignos asustan deliberadamente a aquellos que intentan sacar la flor del bosque. Espíritus peligrosos, como los demonios del bosque.

Él y Gisela intercambiaron una mirada.

—¿Demonios del bosque? —preguntó Aleksey en voz baja.

—Son el peor tipo de espíritu —respondió Gisela—. Son feroces y sanguinarios.

—Vaya. —Algo destelló en el fondo de los ojos de Aleksey, pero luego su habitual expresión despreocupada volvió a colocarse en su rostro—. ¿De verdad? Personalmente, creo que los peores espíritus son las rusalki. La forma en que persiguen a los chicos humanos. Es totalmente descarada.

La boca de Gisela se abrió. Sonriendo ampliamente, Kazik pisó su pie antes de que pudiera responder con algo que luego lamentaría.

—Supongo que no nos queda de otra, entonces. —Aleksey apretó el hombro de Kazik y lo miró directamente a los ojos—. Te prometo que no te va a matar bailar conmigo.

«Podría hacerlo».

Gisela chasqueó la lengua.

—Lo estás haciendo mal, Aleksey. Si quieres que Kazik haga algo, no puedes pedírselo amablemente.

—¿Ah, sí? ¿Crees que deberíamos simplemente arrastrarlo?

—¿Qué? —Kazik retrocedió un paso cuando Gisela sonrió—. Esperen. Dije que no.

Los brazos de Aleksey se engancharon alrededor de la cintura de Kazik, aplastándolo contra su amplio pecho. Como siempre, el aroma a vegetación, a bosque, parecía impregnarse en la ropa, la piel y el cabello de Aleksey. Los pies de Kazik dejaron el suelo. Gisela agarró su chaleco cuidadosamente planchado.

—¡Por aquí!

—¡Espera! —gritó Kazik, medio forcejeando, medio riendo ahora mientras lo arrastraban a la fuerza hacia un mar giratorio y ondulante de cuerpos sudorosos. La banda arrancó con otra melodía. La música se intensificó, había un clima febril y frenético.

—¿Por qué son así ustedes dos? —Kazik no tenía idea de qué hacer con sus brazos ni con sus piernas. No sabía a dónde mirar: al contorno de los pechos de Gisela, al sudor que brillaba sobre el labio superior de Aleksey. Estaba atrapado entre ellos, con las manos de Gisela en sus hombros y las de Aleksey sujetando su cintura.

La forma en que se movían juntos le encendía un anhelo por más, un deseo que no debía tener. Despertaba cien mil necesidades que Kazik no debía sentir.

Iba a pasar horas de rodillas confesándose.

Girando mareado, con el pecho de Aleksey presionado firmemente contra su espalda, Kazik puso las manos en las caderas de Gisela y la acercó más, se inclinó y le gritó sobre la música:

—Eres una pesadilla.

Los labios de Gisela rozaron la curva de su oreja.

—Pero te gusta.

«Que el cielo me auxilie, creo que sí».

Un escalofrío recorrió la columna de Kazik cuando la risa de Aleksey rozó su nuca con un aliento cálido. Los ojos de Gisela brillaron con un rojo malicioso bajo la luz del fuego. Ese pequeño destello de monstruosidad persistente debería haber repugnado a Kazik, debería haberlo hecho buscar una botella de agua bendita. En cambio, la visión hizo que algo en su pecho se contrajera.

—Solo piensa en lo aburrida que sería tu vida —gritó ella—, si nunca te hubiera arrastrado a esto.

32

FUEGO, AGUA Y AMOR

Gisela

Las siguientes horas pasaron en un torbellino vertiginoso. Bailaron hasta que los pies les dolieron. Cantaron las canciones que tocaba la banda hasta quedarse afónicos. Mordisquearon salchichas recién sacadas del fuego, asadas en palos hasta quedar negras y crujientes por fuera y suaves y jugosas por dentro, y apagaron su sed con tragos de licor de cereza casero.

Las bebidas dejaron a Gisela tan mareada que Kazik tuvo que sostenerla, riéndose a carcajadas mientras lo hacía, lo que le hizo sospechar que él tampoco estaba del todo sobrio. Parte de ella estaba molesta, parte decepcionada y parte aliviada de que él estuviera fingiendo que su casi beso no había significado nada. Pero era mejor esto, se dijo a sí misma, que verlo actuar extraño o evitarla. Finalmente habían llegado a un punto donde no estaban tratando de estrangularse mutuamente. No quería arruinar eso. Si él quería seguir adelante con su plan de que Aleksey la besara, entonces no iba a ser ella quien dijera algo.

Aun así, había algo en su expresión, lo notó cuando bailaban, algo suave pero también triste cuando los miraba.

Al ver a Nina-Marie, Gisela se alejó. La otra ninfa acuática le hizo una señal con la mano, invitándola a acercarse. Gisela estuvo tentada a fingir que no la había visto. Todavía estaba evitando a las demás chicas. Pero la culpa la atormentaba.

—Vuelvo enseguida —les dijo, e intentó no arrastrar las palabras. Sus pensamientos estaban algo nublados. Su cuerpo se sentía liviano, como flotando.

Al alejarse de los agradables crujidos de la fogata, vio aún más seres místicos que estaban disfrutando de las festividades. Los mortales no eran las únicas creaturas que se divertían esa noche. Nadia, la hermosa willa que le había dicho dónde encontrar a Aleksey hacía ya varios días, estaba acostada en un largo banco de madera, jugando y tomando con Hans y otro ahogador.

Incluso Yulia estaba ahí, lucía increíblemente atractiva vestida con un pantalón a la cintura y una camisa desabotonada hasta la mitad de su pecho. Estaba coqueteando con una humana de cabello corto que también llevaba pantalón, la había levantado como si no pesara nada, como si fuera una princesa, mostrando su fortaleza sobrenatural. La chica se veía ya más que medio enamorada de Yulia.

Gisela negó con la cabeza, divertida. Antes de poder identificar a más de sus compañeras espíritus, un cabello rubio trigo llenó su visión, y Nina-Marie le agarró el codo y le dio un abrazo medio borracho. Gisela le devolvió el abrazo, logrando apenas encontrar equilibrio.

—¡Gisela! —Nina-Marie la estabilizó—. ¡Tu vestido es tan bonito!

Gisela se pavoneó.

—¿Verdad que sí? —Se inclinó para susurrar al oído de Nina-Marie—: Lo compró el cazador para mí.

—¿Qué?

Gisela se echó hacia atrás y rio suavemente. Esperaba verse bien con el vestido; la reacción de Kazik ciertamente había sido gratificante. El vestido le quedaba perfecto, pero resaltaba su pecho de una manera que no la hacía sentir del todo cómoda. A Gisela le gustaban los pechos en otras personas, no tanto en ella misma. Por eso lo siguiente que salió de su boca fue:

—¡Tu vestido también es precioso! Hace que tu pecho luzca increíble.

Y era cierto. El vestido de Nina-Marie, hecho de un chiffon rosa pálido, tenía mangas estilo linterna, y la tela diáfana se ajustaba a su figura en los lugares perfectos, acentuando su cintura y el contorno de sus pechos. Una oleada repentina de afecto ebrio recorrió a Gisela, y abrazó a la otra chica de nuevo.

Se sentía tan aliviada de que Nina-Marie no pareciera estar enfadada con ella.

—Estoy tan contenta de que no estés… —Gisela tragó saliva—. Lo siento mucho por lo de Tamara.

Nina-Marie la apretó contra sí.

—Yo también siento que no pudiera quedarse con nosotras más tiempo. Ojalá hubiéramos podido conocerla mejor. Pero nadie te culpa por lo que pasó. Ni siquiera Yulia.

—¿De verdad? —dijo Gisela, escéptica. No pudo evitar buscar en los ojos de Nina-Marie algún atisbo de acusación o resentimiento hacia ella.

—De verdad. —Nina-Marie se apartó un poco—. No te castigues por eso. Todas somos diferentes. Algunas chicas están felices de vivir como ninfas acuáticas. Otras anhelan encontrar una manera de regresar al mundo mortal —La empujó suavemente con un dedo—. Y otras solo quieren vengarse y seguir adelante.

—¿Cuál eres tú? ¿Te habría gustado vengarte de…?

—¿Quién dice que no lo hice? —interrumpió Nina-Marie con una sonrisa afilada—. Para Tamara, eso fue suficiente para encontrar paz. Para cerrar el capítulo. Estoy feliz por ella. ¿Yo? Aún no he terminado de divertirme aquí. Resiento no haber tenido la oportunidad de vivir la vida que quería, así que lo estoy haciendo ahora. En este mundo hermoso, de ensueño, donde puedo seguir siendo joven para siempre, donde no tengo que crecer ni envejecer, ni casarme con un hombre a quien no quiera, ni ser madre de sus hijos. Aquí puedo vivir abiertamente como soy, con todas ustedes. Con mi hermosa y solemne Clara.

—¿Nunca has extrañado tu vida anterior? ¿Nunca te has preocupado por tu familia?

Nina-Marie mordió el interior de su mejilla y luego se encogió de hombros con algo de timidez.

—No como tú. Pero mi familia no me trató de una manera que me hiciera desear volver con ellos, así que no creo que pudieran culparme. Algunas de nosotras nacimos en familias que nos apoyaban. Algunas tenemos que encontrar o crear la nuestra. ¿Tiene sentido?

Gisela asintió y pensó en su padre, siempre ausente, que aparecía solo de vez en cuando para comentar cómo habían crecido ella y Hugo antes de volver a desaparecer en su propio mundo.

Un grito fuerte interrumpió su conversación; una mujer de mediana edad estaba hablándole a las chicas que quisieran lanzar sus coronas al río. La piel de Gisela se erizó de nervios. Este era su momento.

Podría ser ahora.

Si Aleksey la besaba esta noche… estaba tan cerca de despedirse de todo esto.

La incertidumbre la envolvió.

—Debería… espera —dijo e hizo una pausa—. ¿Necesitabas algo? —Nina-Marie le había hablado, ¿no? Gisela se había distraído con todo esto.

—¡Ah, sí! —dijo Nina-Marie, también recordando—. ¡Tenía que advertirte! Wojciech está aquí. Alguien robó una poción valiosa de sus aposentos. Ha estado interrogando a todas, preguntándonos si te hablamos sobre ella. Umm… estoy bastante segura de que piensa que tú la tomaste.

La noticia cayó sobre Gisela como un balde de agua helada, quitándole de golpe el efecto del licor.

Mierda.

—¿Se veía… se veía enojado?

—No sé si «enojado» sea la palabra correcta. —Nina-Marie se enrolló un mechón de cabello húmedo alrededor de un dedo—. Más como decepcionado. Y preocupado.

De alguna manera, eso era peor.

Gisela se mordió el labio inferior.

—Gracias por la advertencia.

—No le des demasiada importancia —dijo Nina-Marie—. Wojciech siempre se pone gruñón y melancólico cuando una chica quiere dejarlo. Ha vivido tanto tiempo que ha tenido que despedirse demasiadas veces. Creo que le cuesta.

Gisela nunca había pensado en él de esa manera. Dejando a Nina-Marie, regresó por donde vino y empezó a preguntarse si debería buscar a Kazik y Aleksey primero o dirigirse directamente al río y confiar en que Kazik llevaría a Aleksey hasta la orilla del agua.

Un niño gritón pasó corriendo junto a ella, agitando una bengala, y detrás de él sus padres ansiosos. Un dolor familiar le estrujó la garganta. Una sensación parecida a la nostalgia, pero que no era nostalgia en absoluto, sino anhelo por el tipo de hogar y familia que nunca había tenido.

Las festividades de esa noche le recordaban mucho a cómo la isla celebraba los días festivos de otros santos, como San Sebastián y Santa Walburga. Era fascinante notar las similitudes y las diferencias, reconocer las tradiciones y creencias que los inmigrantes de los reinos del continente habían traído consigo a Caldella.

Un minuto después, totalmente perdida, Gisela se rindió en su lucha contra la multitud y bajó por la pendiente cubierta de hierba hasta la orilla del río, donde, porque así era su suerte, casi chocó directamente contra Wojciech.

Esa noche, el goblin acuático llevaba un traje verde esmeralda de tres piezas y, de no ser por su cabello oscuro y empapado, podría haber parecido alguien con quien su padre se habría encontrado en una gala de arte o en la ópera. Estaba conversando con un chico de la edad de su hermano. Por un momento desgarrador, una esperanza imposible se encendió en el pecho de Gisela, solo para desvanecerse al darse cuenta de que, no, los rasgos del rostro del chico eran más afilados que los de Hugo. Su piel era más pálida, y su cabello tenía un extraño tono negro azulado que brillaba como las alas de un cuervo. Además, nunca había visto a su hermanito usar una capa de plumas.

El chico que no era su hermano le dijo algo a Wojciech y ambos voltearon hacia el río.

Gisela siguió sus miradas y jadeó. Orbes de fuego fantasmal azul verdoso revoloteaban sobre la corriente, balanceándose al ritmo de la música distante, bailando juntos como luciérnagas. Solo que no eran luciérnagas.

Entrecerrando los ojos, apenas pudo distinguir los diminutos rostros en los cuerpos parpadeantes de los espíritus del fuego. Un pequeño espíritu se acercó flotando hasta Wojciech en un silencioso saludo. Otro revoloteó hacia ella, brillando de emoción. Los ogniki hablaban un lenguaje propio sin palabras, usando su luz; sus llamas resplandecían para expresar felicidad y titilaban cuando estaban tristes.

Gisela se rio ante las travesuras de los espíritus antes de recordar dónde estaba. Apresurada, intentó retirarse por el camino cubierto de hierba sin ser notada, pero la cabeza de Wojciech se volteó hacia ella repentinamente y se congeló en el acto. Su mano voló hacia su pecho, cubriendo con culpa el frasco brillante en forma de corazón que colgaba de la cadena dorada alrededor de su cuello.

—Mira nada más a quién tenemos aquí. —Wojciech agitó una mano, y los espíritus del fuego se dispersaron.

Gisela sintió una punzada al verlos desaparecer. Vio al chico de la capa de plumas mirándola con curiosidad, con la cabeza inclinada hacia un lado, como un ave, pero entonces la sombra de Wojciech lo cubrió.

—Hola, Gisela. Te ves terriblemente humana esta noche.

—Y tú tan juvenil como siempre, oh, anciano. ¿Cuál es tu secreto?

—Me hidrato.

Gisela no pudo evitarlo. Soltó una risita entre dientes.

La boca de Wojciech se curvó en lo que parecía una sonrisa fantasmal, pero se desvaneció mientras la examinaba de pies a cabeza. Su expresión se volvió melancólica.

—Estás tan desesperada por dejarnos que te atreviste a tomar la poción aun sabiendo los riesgos.

—Yo no estoy… —Gisela apretó los dedos alrededor del collar.

¿Por qué ahora siempre sentía ese extraño vacío en el pecho cuando pensaba en marcharse?

¿Por qué Wojciech no podía simplemente estar enojado con ella? Así no se sentiría tan… tan…

—Dejaste algo en mis aposentos —dijo Wojciech. Con un gesto y un suave sonido como de burbuja estallando, una caja cuadrada atada con un lazo apareció entre sus manos.

Era el regalo que había llevado para arreglarse con él cuando se coló en su habitación la otra noche. Lo había dejado ahí al tomar el frasco de la poción y lo había olvidado por completo. ¿Cómo Wojciech había notado la caja en medio de todo su desorden? Era un misterio.

Ya había reconocido el cambio en su apariencia. Dudaba que le creyera si mentía y decía que la caja no era suya. Y de todas formas…

—Era para ti. Un regalo.

—¿Un regalo? ¿Por qué?

—¿Tiene que haber una razón? Si no lo quieres… —Gisela extendió la mano hacia la caja—, me lo llevo.

Wojciech agarró el regalo.

—¡Nada de devoluciones! Es de mala educación rechazar una ofrenda. —Alzando la caja hasta su oído, le dio una ligera sacudida.

Gisela se tragó otra carcajada. Era hilarante ver a un ser de miles de años actuar como un niño en el día de su santo.

—Es frágil —advirtió.

Wojciech gruñó. El lazo rojo que rodeaba la caja se desató con un tirón. Una auténtica sorpresa se dibujó en sus rasgos atemporales mientras levantaba la tapa y miraba el objeto en su interior: una taza de té antigua con su platito, bañados de oro en un delicado patrón de nenúfares.

La había visto en el mercado nocturno y había convencido a un par de ogniki para que la guiaran a algún tesoro escondido en el bosque y así conseguir el dinero para comprarla. Incluso antes de que se le ocurriera usarlo como soborno, había pensado que sería agradable hacer algo por él después de todo lo que él había hecho por ella. Le había dado tantas cosas. De cierta forma, había querido devolverle el gesto. Equilibrar la balanza.

—En todos mis años —dijo Wojciech con voz ronca—, ninguna ninfa acuática me había regalado una taza de té.

Eso no le sorprendió. La mayoría de las chicas no querrían alentar activamente su hábito de coleccionar almas humanas. Después de todo, ellas mismas habían sido humanas. Gisela hizo un gran esfuerzo por no pensar en lo que él haría con su regalo.

—Será una excelente prisión para un alma.

Gisela hizo una mueca.

—¿No tienes suficientes ya?

—Nunca se puede tener demasiadas almas. Ni demasiadas tazas de té. —Wojciech sostuvo su mirada—. Gracias.

El calor inundó las mejillas de Gisela. Avergonzada, empezó a inclinar la cabeza, pero se detuvo cuando los dedos de Wojciech rozaron la flor que llevaba detrás de la oreja. Frunció el ceño.

—Pensé que estas solo crecían en el corazón del bosque.

—Aleksey me la dio.

—¿Y quién, si se puede saber, es Aleksey?

—¡El chico que me va a ayudar a recuperar mi humanidad de forma permanente!

Wojciech alzó los ojos al cielo, muy parecido a como lo hacía Kazik cuando rezaba pidiendo fuerza.

—¿Ya te besó?

—Lo hará.

—¿Y si no lo hace?

—Estoy dispuesta a correr ese riesgo.

Wojciech soltó un suspiro profundo, como si viniera desde su alma.

Gisela metió la mano en el bolsillo de su vestido.

—Toma. —Le extendió el peine que él le había devuelto, el mismo que le había dado cuando despertó por primera vez en su Palacio de Cristal—. Ya no lo voy a necesitar. Y yo... lo siento. Por siempre causarte problemas y por tomar la poción sin pedirte permiso. Sabía que no querrías dármela. Pero deberías estar aliviado. Ya no tendrás que soportarme más.

Wojciech miró el reluciente peine blanco hueso durante un largo momento. En la oscuridad, parecía brillar con luz propia, con un resplandor aperlado y fantasmal.

—Por exasperante que puedas ser, nunca me he visto obligado a «soportarte», Gisela. —Con suavidad, cerró sus dedos alrededor del peine—. Consérvalo un poco más. Es tuyo. Un regalo. Un recuerdo para que nos tengas presentes. Este mundo está lleno de monstruos; nunca sabes cuándo podrías necesitarlo. —Su atención regresó a la flor detrás de su oreja.

Un nudo se formó en la garganta de Gisela. Kazik había tenido razón aquella vez que le advirtió que no se encariñara demasiado con Aleksey. No debería haberse permitido encariñarse con nadie aquí, con nadie a quien extrañaría una vez que estuviera de regreso en casa.

—Te saldrán arrugas si sigues frunciendo el ceño de esa manera —dijo en un intento de bromear, desesperada por cambiar de tema para dejar de sentirse tan vulnerable.

Wojciech resopló.

—¿Has hablado más con el cazador sobre tu muerte?

—No. No, no mucho. No he podido recordar nada nuevo. Debería… debería buscarlo. —Gisela miró hacia la multitud—. Tenemos un plan. Necesito prepararme. No quiero perder la oportunidad de conseguir mi beso antes de que la poción se desvanezca.

Wojciech la agarró del codo justo cuando empezaba a alejarse.

—¿Hace cuánto la tomaste? Si comienza a desgastarse antes de que…

—No lo hará. Te preocupas demasiado por mí.

—Porque traer a los muertos a la vida no es una hazaña sencilla. Lo que estás intentando hacer, nunca lo he visto. No en todos los años de mi existencia.

Gisela se soltó.

—Siempre hay una primera vez para todo. Ya verás. Todo saldrá bien.

33
TENTACIÓN

Kazik

Kazik se apartó de la multitud y se dio una palmada en el antebrazo en un intento de matar un mosquito que llevaba media hora chupándole la sangre, pero no tuvo éxito.

—Son como vampiritos asesinos esta noche, ¿verdad?

Kazik alzó la vista, cerrando brevemente los ojos para detener el vértigo. Adam —cuya familia era propietaria de Villa Violetta, el chico que cantaba en el coro parroquial con la voz de un ángel y con quien Kazik se había besado una vez detrás de la iglesia— lo miraba parpadeando, sorprendido. Un momento de asombro mutuo se extendió entre ambos.

—Parece que viste un fantasma —dijo finalmente Kazik.

Adam recuperó la compostura.

—No me di cuenta de que eras tú. No traes tus lentes puestos. —Se pasó una mano por el cabello negro, cuidadosamente despeinado—. No pensé que estarías aquí.

Kazik arqueó una ceja.

—Es la víspera de San Juan. ¿No has oído? Todas las brujas y espíritus peligrosos salen en noches como esta.

Adam soltó una carcajada.

—No, pero quiero decir que no sueles venir a esta parte de la celebración. —Señaló el torbellino de bailarines que Kazik había dejado atrás para recuperar el aliento. La fogata al fondo los bañaba a ambos con su luz—. Siempre encuentras alguna excusa para escaparte.

Kazik alzó ambas cejas. De repente se preguntó si su constante insistencia en que no encajaba se había convertido en algo así como una profecía autocumplida.

—Es solo que no… —vaciló—. No bailo.

—¿Seguro? —Adam sonrió—. Te vi ahí afuera. Como dije, ni siquiera me di cuenta de que eras tú. Es agradable verte así. Te ves bien cuando te estás divirtiendo.

Un calor subió por la parte trasera del cuello de Kazik. Ese era el problema de tener algo con alguien que conocías y a quien volverías a ver: que volverías a verlo.

Adam miró brevemente por encima de su hombro cuando alguien dijo su nombre, antes de devolver su atención a Kazik. Sus ojos ámbar recorrieron el rostro de Kazik, bajaron por su cuerpo y luego volvieron a subir para sostener su mirada. Un tipo de calor diferente se encendió en el estómago de Kazik.

—Algunos de nosotros vamos a buscar la flor del helecho en el bosque. ¿Quieres venir?

Kazik casi se echó a reír. «¿Quiero fingir que busco una flor mágica y agarrarme con alguien?» ¿Cuántos chicos le iban a hacer esa pregunta esta noche?

Utilizó una mano para acomodarse los lentes, solo para recordar que no los llevaba puestos.

Una parte de él estuvo tentada. Extrañaba la emoción de conectar físicamente con alguien. Adam besaba bien, maldita sea, y él había estado tan tenso los últimos días, torturándose con fantasías patéticas sobre personas que no podía tener: Aleksey, Gisela, los dos juntos…

Y estaba halagado. Sorprendido, pero halagado. Había descartado lo de Adam como algo de una sola vez. Sabía que, para muchos de sus encuentros, él era alguien con quien sentían que podían experimentar de forma segura, alguien que usaban para saciar su curiosidad. Nada más que un desliz temporal.

Estaba acostumbrado. No le molestaba demasiado. A veces incluso lo hacía sentir algo poderoso.

Adam inclinó la cabeza, en espera de una respuesta.

—No quisiera inmiscuirme.

—No lo harías —respondió Adam rápidamente.

Kazik dudó, pero luego negó con la cabeza. Los encuentros casuales eran divertidos en el momento, pero muchas veces terminaba sintiéndose vacío después. Y ahora mismo, su corazón no estaba ahí. Adam no era a quien realmente quería.

—Bebí demasiado —añadió, para suavizar el rechazo—. No estoy en el mejor estado.

Adam se encogió de hombros, como diciendo: *Tú te lo pierdes.*

—Si cambias de opinión, ya sabes dónde encontrarme.

—Ten cuidado ahí afuera. No querrás que te devore algún hambriento espíritu del bosque.

Kazik no pudo escuchar la burla de Adam por encima de la música, pero estaba seguro que lo había hecho. Adam le dedicó una sonrisa melancólica, levantó una mano a modo de despedida y luego se volteó y corrió hacia el límite del bosque

Kazik, se tomó un momento para admirar el trasero de Adam mientras le daba un manotazo a otro mosquito y casi lamentó su decisión. Adam realmente tenía un muy buen…

—¿Qué quería Adam contigo? —le preguntó Aleksey, materializándose detrás de él y haciendo que el corazón de Kazik se acelerara.

—¡Por todos los santos! ¿Siempre tienes que aparecer así? —Kazik retrocedió instintivamente, tambaleándose un poco mientras lo hacía. No era mentira cuando dijo que había bebido demasiado. Podía sentir el calor del alcohol pulsando en su interior. Esperaba que Aleksey no lo notara. No parecía afectarle en absoluto. Porque Aleksey era demasiado perfecto para eso. Demasiado perfecto para ser real. Sus ojos brillaban con la luz de la fogata, una mezcla hipnótica de azul y verde.

—¿Ves algo que te guste? —bromeó Aleksey.

Kazik agradeció la oscuridad de la noche; de lo contrario, el rubor en sus mejillas habría sido inconfundible. Por eso no bebía. Una vez que empezaba, le costaba detenerse. Lo volvía descuidado, y no podía permitirse ser descuidado ni bajar la guardia. También desenterraba recuerdos no deseados, ecos desagradables del ruido que su padre hacía al llegar a casa tambaleándose, con el rostro enrojecido y soltando groserías las primeras horas de la mañana.

Kazik sacudió la cabeza para despejarse. ¿De qué estaban hablando?

—Quería que lo ayudara a buscar la flor del helecho —dijo, recordando que no había respondido a la primera pregunta de Aleksey.

Esos ojos hermosos se entrecerraron.

—¿Celoso? —Kazik dio otro paso tambaleante hacia un lado. Al menos no era el único borracho tropezando esa noche. Alguien más pasó tropezando y chocó con él, derramando cerveza en los zapatos de ambos.

Aleksey debería haber sido capaz de estabilizar a Kazik con facilidad, pero tal vez no estaba tan sobrio como aparentaba, porque tropezó al intentar sostenerlo. De alguna manera, Kazik terminó con el brazo alrededor de la estrecha cintura de Aleksey, «para ayudarlo a mantener el equilibrio», se dijo a sí mismo; «no porque… no porque quisiera».

Dios, ni siquiera podía seguir el torrente de sus propios pensamientos traicioneros.

—Te tengo. Vamos por aquí —dijo Aleksey, llevándolo hacia el río.

—¿Dónde está Gisela?

—No estoy seguro. Pero las chicas están comenzando a hacer flotar sus coronas en el agua.

Había llegado el momento.

—¿Vas a besar a Gisela si su corona flota hacia ti?

—¿Y tú, si flota hacia ti?

Kazik no respondió. Había una sensación desagradable en su pecho. No sabía cómo articular lo que sentía. No podía explicar que sí, quería ser él quien saltara al agua a recoger la corona de Gisela, pero al mismo tiempo quería ser Gisela y echar una corona al agua para que Aleksey la recogiera.

Estaba tan confundido por sus propios deseos que quería gritar.

La boca de Aleksey se curvó en una sonrisa.

—¿Deberíamos pelear por ella?

Una oleada de ira irracional recorrió a Kazik. Quería agarrar a Aleksey y estrellarle la cara contra algo sólido. Respiró profundamente por la nariz.

—Aquí. —Se apartó e hizo a un lado un montón de caña de río. El agua oscura lamió los dedos de sus zapatos. Si Aleksey se quedaba justo ahí, donde la orilla dibujaba una curva, Gisela debería tener una buena vista de él desde el lugar donde las chicas se estaban reuniendo. Con un poco de magia, ella podría hacer flotar su corona directamente hacia él.

Todo lo que quedaba era que Kazik se hiciera a un lado y los dejara vivir su historia de amor.

—Voy a conseguir otra bebida. Quédate aquí. No te muevas.

Kazik señaló a Aleksey con el dedo y luego tropezó de vuelta hacia arriba por la subida de hierba. Se preguntó si debería encontrar a Gisela y asegurarse de que estuviera lista. ¿Habría ido ya con las otras chicas o iría a buscarlo primero?

Kazik estaba a mitad de camino de la subida cuando vio a Roza, una visión pálida, a contraluz por el fuego de la fogata, su cabello blanco-oro resplandecía.

Se alejaba de las festividades, parecía dirigirse al bosque como había hecho Adam.

Era una señal.

En eso debía concentrarse Kazik. No debía distraerse. Caminó más rápido. Sintió el calor que emanaba de la fogata cuando pasó de prisa junto a las llamas.

Se secó el sudor de la frente y se adentró en el espacio oscuro bajo los árboles. A su alrededor, gruesos troncos de árboles crecían hacia la luna, y sus ramas proyectaban sombras negras sobre el suelo del bosque. La música y los sonidos de la fiesta se desvanecieron, dejaron solo el crujir de sus pasos a través de la maleza. Sintió el roce de los helechos contra sus pantalones.

—¡Roza! —gritó.

Una rama baja lo rasguñó como una mano y se enganchó en la cadena alrededor de su cuello.

Kazik la apartó bruscamente, frustrado, para intentar zafarse, su mente confundida por el alcohol se detuvo por completo cuando más manos acudieron a ayudar.

Los dedos de Aleksey trazaron la roja y dolorosa marca que la rama había dejado en el cuello de Kazik. Su voz sonaba tensa.

—¿No tomas nunca un descanso de cazar espíritus?

El pulso de Kazik se aceleró. Su mirada pasó rápidamente por encima de Aleksey, y vio cómo Roza desaparecía entre los árboles con un ápice de irritación.

—Yo...

Aleksey presionó su pulgar en el hueco de la base de la garganta de Kazik y consiguió su atención de nuevo.

—A mí se me ocurren varias cosas que preferiría hacer esta noche.

Antes de que Kazik pudiera moverse, antes de que pudiera decir algo, antes de que pudiera siquiera pensar, Aleksey cerró la distancia entre ellos y bajó su boca hacia la suya

La sorpresa recorrió su cuerpo. Se quedó tan inmóvil como si hubiera sido hechizado. Eso fue lo que sintió, como si lo hubieran hechizado, como si hubiera caído bajo un encantamiento. Porque esto no podía ser real. Esto no estaba pasando realmente.

Un par de manos firmes sostuvieron su mandíbula. Unos dientes mordieron su labio inferior. Su boca se abrió bajo la de Aleksey y lo recorrió un estremecimiento de deseo. Kazik sintió un árbol contra su espalda mientras Aleksey lo empujaba hacia atrás. Pudo saborear el licor de cereza que ambos habían estado tomando.

El beso era todo lo que su corazón traidor había soñado alguna vez. Los labios de Aleksey eran suaves, su boca húmeda y tan dolorosamente caliente, mil veces más caliente que una noche de verano. Estaba lamiendo fuego en la boca de Kazik. Un sonido grave y ávido retumbó en el fondo de su garganta.

Por un momento, no existió nada más que eso. Era todo de lo que estaba consciente hasta que un agudo suspiro cortó el aire.

El hechizo se rompió.

Kazik se apartó de golpe. Se volteó… y miró directamente al rostro pálido de Gisela.

34

TRAICIONADA POR UN BESO

Gisela

Sentía como si su pecho se estuviera hundiendo.

Se sentía tan estúpida. ¿Por qué no lo había visto venir? Debería haberlo sabido por la forma en que Aleksey miraba a Kazik, de una forma tan hambrienta, como si quisiera devorarlo con los ojos.

Pero había pensado que a Aleksey también le gustaba ella. Le había dicho que así era. Y había creído que Kazik estaba de su lado. Había creído en él cuando dijo que no sentía nada romántico por Aleksey. ¿Todo ese tiempo, le había mentido en su cara?

La traición fue como un golpe en el estómago. Se sentía más traicionada por eso que por el beso en sí. No creía que se sentiría tan devastada si hubiera sido cualquier otra persona quien besara a Aleksey. ¿Había sido todo eso una broma para él? ¿Se había estado riendo de ella a sus espaldas? ¿Riéndose de la ninfa acuática lo suficientemente tonta como para pedirle ayuda?

Maldita sea. *Maldita sea.*

Las lágrimas nublaron la visión de Gisela y su sandalia se enganchó en una rama caída mientras corría entre los árboles, tratando de poner toda la distancia posible entre ella y ellos.

Siguió intentando armar el rompecabezas, darle sentido a todo, pero su mente seguía en blanco. No quería creer que Kazik le había hecho eso. Había confiado en él. Incluso había empezado a gustarle. Había pensado que Kazik había comenzado a verla como algo más que una malvada y traviesa creatura, que la veía como una amiga, y tal vez algo más…

Debería haberlo sabido. No debería haber bajado la guardia. Kazik despreciaba a las creaturas como ella. Seguía siendo su enemigo, seguía siendo el cazador despiadado que había sido todo este tiempo. Pero en algún momento, entre sus charlas de medianoche, sus confesiones sobre chicos y ayudar a los espíritus juntos, lo había olvidado. Él se veía tan sincero cuando le dio el vestido.

De nuevo, Gisela tropezó y apenas pudo recuperar el equilibrio. Redujo la velocidad, y apoyó una mano en un abedul para estabilizarse. Al frente, la luz rosada de las lámparas y el resplandor anaranjado de la fogata se filtraban entre los árboles, parpadeando mientras las siluetas de parejas felices y festivos bailarines pasaban entre las llamas.

No era justo. Ese no era el plan para esa noche. Se frotó las lágrimas de las mejillas con el dorso de la mano, y surgieron más en su lugar. ¿Por qué sentía que estaba destinada a tener el corazón roto para siempre? ¿Estaba destinada a no ser amada en vida ni en muerte?

Cuando estuvo lo suficientemente cerca para distinguir las caras de los bailarines, creyó escuchar a alguien decir su nombre. Su respiración se detuvo.

Pero no era la voz de Kazik llamándola.

Ni la de Aleksey.

Giró la cabeza y vio a Yulia.

Claro, era Yulia. Era tan entrometida como Wojciech.

Los ojos de la ninfa acuática se agrandaron al encontrarse con la mirada empañada de lágrimas de Gisela.

Yulia era la última persona que Gisela quería ver en ese momento.

Ella le había advertido que no confiara en Kazik. Le había advertido que los vivos siempre elegirían estar con los vivos, que nadie querría besar a una chica muerta.

Se sentía ridícula por siquiera haber pensado que Aleksey o Kazik podrían desearla cuando podían estar el uno con el otro. Cuando podían estar con alguien que realmente estuviera vivo.

No podía soportar escuchar un solo *te lo dije* de Yulia.

Antes de que Yulia pudiera llegar a ella, Gisela corrió nuevamente entre los árboles, más rápido ahora. Corrió tan rápido que juraba sentir sus huesos temblar dentro de su piel. Corrió hasta que le dolió respirar, corrió hasta que cada nervio de su cuerpo suplicó que se detuviera, no sabía hacia dónde se dirigía. Solo necesitaba alejarse lo más posible de ahí.

Sus pies la llevaron cada vez más lejos. La luz de la luna transformó los árboles en esqueletos. Las ramas bajas se engancharon a su vestido, a sus brazos y al costado de su cuello. Una oleada de déjà vu la invadió; había hecho esto antes. Había corrido de esa manera antes.

Este era el camino que tomaba en sus pesadillas.

Un escalofrío de terror recorrió su piel. El crujido de los pasos que la seguían llenó sus oídos, real o en su memoria, Gisela no podía distinguirlo. Sus brazos y piernas se movieron más rápido aún. Su propia voz gritaba dentro de su cabeza: «¡No mires atrás!».

Las ramas crujieron bajo sus sandalias. Tropezó a ciegas con una raíz de árbol expuesta.

Salió de entre los árboles hacia un repentino claro de luna, se encontró de nuevo en el borde del río, en una orilla lodosa cubierta de juncos y cañas. Un muelle de madera vieja, una pequeña escollera, sobresalía del agua tan negra y sombría como un corazón roto.

Gisela dio un paso tambaleante y se detuvo, con el pecho agitado y la respiración entrecortada. Eso también le resultaba inquietantemente familiar. Algo se retorcía en el fondo de su mente, un recuerdo tratando de salir a la superficie. ¿De qué había estado huyendo? ¿Por qué esto se sentía tan, tan…

Un agudo dolor recorrió la base de su cráneo.

Jadeó, se sujetó la cabeza con ambas manos. La ira la invadió. ¿Por qué no podía recordar?

Dio un paso dudoso hacia adelante y algo cayó al suelo a sus pies. Algo pálido como el hueso y brillante.

Su peine.

El peine encantado que todas las rusalki tenían, que usaban para invocar y controlar el agua. El peine que Wojciech había insistido en que guardara.

«Quédate con él un poco más. Este mundo está lleno de monstruos; nunca sabes cuándo podrás necesitarlo».

Despacio, Gisela se agachó para recogerlo.

Pero sus dedos no pudieron sostenerlo. Pasaron a través del peine, a través de la hierba, sin siquiera hacer ruido.

Al principio, no lo entendió. Miró su mano, desconcertada. Su palma pálida y los cuatro dedos y el pulgar. A la luz de la luna, se veían extrañamente insustanciales, casi fantasmas, como si todo lo que necesitara fuera un soplo de viento para disolverse.

Un frío horror atravesó a Gisela cuando recordó.

«La poción se desvanece, y cuando lo haga, no regresarás a tu forma actual. Ya no serás una ninfa acuática. Serás una sombra de lo que eres ahora. Un espíritu sin cuerpo. Un ser fantasmal».

Las advertencias de las otras ninfas acuáticas resonaron en sus oídos, ahogando el repentino y frenético golpeteo de su corazón, lo que hizo de lado todas sus demás preocupaciones y tristezas. No era posible, la poción no podía estar perdiendo su efecto. No ahora. No tan pronto. Su suerte no podía ser tan cruel.

¿Cuánto tiempo se supone que duraría la transformación?

El dolor fantasma en la parte posterior de su cráneo se convirtió en un ardor abrasador. Las rodillas de Gisela golpearon la tierra húmeda mientras su visión se cerraba. Su cuerpo empezó a sufrir espasmos.

Contuvo un jadeo. Los bordes de su mano se desvanecían en el aire como humo, como si la misma esencia de su ser estuviera evaporándose.

El miedo se acumuló en su vientre. En un acto de negación, intentó tomar el peine por segunda vez, deseando que su cuerpo físico se mantuviera en su lugar, rogando para que su mano lo sujetara.

De nuevo, sus dedos pasaron a través de él.

Gisela dejó escapar un pequeño y desesperado sollozo, un sonido grave, animal, de horror.

«¿En qué me estoy convirtiendo?».

En el tercer intento desesperado, sintió el toque sedoso de las perlas de río incrustadas en el peine y el frío del hueso de su mango. Lo sujetó con todas sus fuerzas, y dejó escapar un grito desgarrado de alivio cuando logró levantarlo del suelo. Tal vez aún tenía tiempo antes de desvanecerse por completo.

Un destello de luz azul atrajo su atención hacia la izquierda. Una docena de ogniki cruzaron la superficie oscura del río como una advertencia, los brillantes orbes azules de fuego apenas rozaron el agua.

Estaba a punto de hablarles para pedir ayuda, pero ellos se alejaron tan repentinamente como habían aparecido, desvaneciéndose en la oscuridad.

Huyendo.

Detrás de Gisela, una rama crujió.

Se volteó hacia el sonido, y en ese momento, su concentración se rompió y el peine se resbaló entre sus dedos. Mordió su labio con fuerza suficiente para hacerlo sangrar y evitar gritar de frustración.

Una figura delgada emergió de la sombra de los árboles.

Roza.

La amiga bonita de Aleksey, con el cabello blanco-dorado. Llevaba una corona de flores silvestres, igual que la de Gisela.

Uno de los delicados tirantes de su vestido pálido se deslizó por su hombro. Inclinó la cabeza hacia un lado.

—Oh, ¿qué tenemos aquí? Vaya, qué coincidencia. Gisela, ¿no es así? Justo la persona que quería ver.

35

LAS FLORES QUE BROTAN EN LA OSCURIDAD

Kazik

Kazik se iba a ir al infierno.

Si antes había resentido a los santos por haberle quitado su magia, ahora sentía que tal castigo era completamente justificado. Si alguien merecía que le despojaran de sus poderes, era él. Se merecía ser castigado. Se sentía sucio de vergüenza.

Se abrió paso entre la multitud que todavía llenaba la ribera, se abrió camino entre los cuerpos sudorosos a codazos, buscando a Gisela entre los borrachos asistentes del festival y los turistas curiosos. Cuando ella había huido de él en el pasado, siempre se refugiaba en lugares llenos de gente y sin embargo no había señales de ella ahora.

Tenía que encontrarla. Tenía que arreglar esto. Tenía que explicarle. Tenía que…

«¿Cómo vas a verla a los ojos con el beso de Aleksey aún enfriándose en tus labios?». Una voz en su cabeza se burló.

Su estómago dio un vuelco. Deseaba poder decir que todo era pura estupidez de borracho, pero habría sido una mentira.

Recorrió el círculo del fuego, y consideró brevemente lanzarse a las llamas. Sentía que había viajado en el tiempo a cuando él y Gisela todavía eran enemigos. Sentía que había pasado la mitad de su vida persiguiéndola.

Realmente no ayudaba no traer lentes. La mitad de las caras se veían borrosas.

Maldita fuera su vista. Maldito Dios. «¿Por qué tuviste que hacerme tan miope? ¿Por qué tuviste que hacerme tan increíblemente estúpido?».

—¡Kazik! ¡Kazik, espera!

Ignoró la voz que gritaba su nombre.

Dondequiera que ella se hubiera ido, se había llevado también el corazón de Kazik. Había un vacío doloroso dentro de su pecho. Quería doblarse alrededor de la herida. Se sentía increíblemente pequeño.

La buscaría otra vez en el bosque. Tal vez no había intentado desaparecer entre la multitud esta vez. Se dirigió de nuevo hacia el límite del bosque y tropezó con un grupo de helechos despistado ante su entorno. El peor tipo de demonio podría haber salido de la oscuridad e intentado devorarlo, y él lo habría dejado.

Una raíz expuesta se extendió como una mano y lo atrapó por el tobillo. El suelo se apresuró a recibirlo. En un cruel eco del pasado, fue Aleksey quien lo agarró por los hombros para evitar que cayera.

Esta vez, Kazik lo empujó y se le abalanzó antes de poder pensar.

—¡No me toques! —Sintió el impacto de su puño contra la mandíbula de Aleksey y un dolor repentino en sus nudillos.

No hubo mucha fuerza en el golpe, pero la cabeza de Aleksey se sacudió hacia atrás, su labio se partió. Kazik escuchó cómo sus dientes se encontraron con un chasquido y probó algo caliente y metálico en su propia boca, como si él mismo hubiera recibido el golpe.

El shock amplió los hermosos ojos de Aleksey. Su pecho se elevó. Su respiración era áspera en el silencio que cayó entre ellos.

Se veía completamente deshecho. Salvaje. Como la tentación personificada, con la boca hinchada y hojas atrapadas en su corona de cabello dorado miel. Su expresión se oscureció, y por un momento, Kazik se preguntó si Aleksey escondía emociones tan intensas como las suyas detrás de esa máscara relajada.

Un escalofrío recorrió su piel. Sentía como si estuviera mirando a un chico completamente diferente, a alguien que nunca había conocido.

Lentamente, Aleksey levantó las manos en un gesto de rendición.

Una gota de sangre brotó de la esquina de sus labios. Kazik intentó, pero no pudo apartar la vista. No podía olvidar cómo se había sentido esa boca al estar caliente y hambrienta contra la suya.

Como penitencia, o tortura, su mente inmediatamente evocó la expresión de shock y dolor en el rostro de Gisela.

—¿Por qué hiciste eso? —El estómago de Kazik se revolvió con odio. Quería odiar a Aleksey por arrastrarlos a este lío, por empezar el beso, pero se odiaba más a sí mismo.

—Porque... porque quería —dijo Aleksey, y las palabras salieron como una confesión ahogada.

—¿Querías besarme? —Nunca en un millón de años Kazik había pensado... No pensó que a Aleksey le gustaran los chicos. Había sido más fácil creer que no era así, de esa manera Kazik no tendría esperanzas.

Colocó ambas manos detrás de su cuello y bajó la cabeza, apretando los ojos.

—Se suponía que debías besar a Gisela.

Había jurado ser su cupido, prometió ayudarla a recuperar su humanidad. Aleksey no debía quererlo a él.

—Le gustas. Dijiste que te gustaba.

—Sí, me gusta —dijo Aleksey.

—No podemos gustarte los dos.

—¿No pueden...? —La boca de Aleksey se curvó en una sonrisa sin humor—. ¿Por qué no?

—Porque... —Kazik apretó los dientes. Eso era como pedirle que explicara por qué el cielo es azul, por qué los demonios y los espíritus son malignos. Así funcionaba el mundo. Todos sabían que solo te podías enamorar de una persona. Únicamente podías querer besar a una persona.

Sin embargo, el propio corazón de Kazik lo traicionó. Porque se había enamorado y quería besar a innumerables personas. Los chicos con los que había estado en el pasado. Aleksey. Gisela. Sentía algo por los dos, y no podía separar sus sentimientos.

Y esa era la parte aterradora, que Dios lo perdonara, porque sabía que, si tuviera la oportunidad de viajar al pasado y rehacer la última hora de su vida, elegiría hacerlo todo de nuevo, sin importar las consecuencias. Incluso sabiendo lo que sucedería, aun así, besaría a Aleksey.

Kazik presionó las palmas de sus manos contra sus ojos. Hacía tiempo que había dejado de castigarse por su sexualidad. Sabía, en el fondo, que no había nada malo ni vergonzoso en tener muchos o varios compañeros, siempre y cuando todos los involucrados estuvieran de acuerdo. No había una manera correcta ni equivocada de amar.

Pero al mismo tiempo, una parte de él aún temía profundamente decepcionar a su abuela.

—Yo no quería esto tampoco —dijo Aleksey entre dientes—. Sería mucho más fácil si no sintiera nada por ninguno de los dos. ¿No podemos simplemente… continuar como hemos estado, los tres?

No podía en serio pensar que fuera tan simple.

¿*Podría* ser tan simple?

Era una solución demasiado fácil. Las cosas en la vida de Kazik nunca eran tan sencillas, y todavía había secretos entre ellos. Aleksey no sabía que Gisela era una ninfa. No sabía que Kazik había hecho un trato para emparejarlo con un demonio.

—¿Es un pecado tan terrible que te guste más de una persona?

Aleksey se acercó, cada paso era como un susurro en la hierba. Se movía como si se acercara a un animal acorralado que podría atacar con garras y dientes.

—No entiendes —dijo Kazik—, Gisela y yo… Ella no es… Ella es…

—¿Una ninfa acuática? —Aleksey terminó la frase por él.

Kazik lo miró.

—¿De verdad pensaste que no me daría cuenta?

—¿No te importaba? Nunca dijiste…

—Ese tipo de cosas no me importa.

—Realmente no puedo con ustedes dos —susurró Kazik. Si no era Gisela volcando su mundo, era el chico frente a él. Sería mil veces más fácil si Aleksey y Gisela simplemente se fueran juntos hacia el atardecer.

«Y solo imagina lo aburrida que sería la vida si lo hicieran».

Kazik inhaló profundamente. Solo necesitaba un momento para respirar. Un momento para recuperarse.

Todavía necesitaba encontrar a Gisela. Necesitaba hablar con ella. Necesitaba disculparse. Quería resolver todo esto, darle sentido, como si estuvieran teniendo una de sus conversaciones en susurros de medianoche.

Estaba tan aterrorizado por haber arruinado las cosas entre ellos para siempre.

—La encontraremos —dijo Aleksey, con una voz sorprendentemente suave, como si estuviera calmando a un niño—. Yo hablaré con ella. Sé que a ti también te gusta. Lo arreglaremos.

Kazik deseaba tanto aferrarse a la esperanza de que pudieran hacerlo, que aún hubiera una manera de salvar las cosas. Se pasó una mano por el cabello, sintiéndose terriblemente culpable. No importaba lo que Aleksey dijera, aún no le parecía correcto, no le parecía justo pedirle a Aleksey que lo ayudara a ir tras alguien más.

—¿Y si me odia? —La voz de Kazik se quebró con la última palabra.

—Ella… —La cabeza de Aleksey se volteó hacia los árboles cuando un rugido enojado y desgarrador atravesó el bosque.

La sangre de Kazik se heló. Su mano voló al medallón alrededor de su cuello. ¿Qué abominación impía había emitido un sonido como ese?

Fue entonces cuando se dio cuenta de lo inquietantemente silencioso que se había vuelto todo. Ningún pájaro de la noche cantaba en la oscuridad. Ningún animal nocturno corría por la maleza. No se oía el crujir de los zorros ni de los erizos, ni el suave zumbido de los grillos. Ni siquiera el zumbido de un mosquito. El bosque se había quedado en silencio. El sonido de su respiración y la de Aleksey era inquietantemente fuerte.

Los vellos se erizaron en la nuca de Kazik cuando las ramas de los árboles circundantes temblaron, produciendo un sonido como de dientes castañeando. Escaneó la oscuridad entre los troncos en busca de movimiento, buscando sombras entre sombras. Cuanto más tiempo permanecía ahí escuchando, más convencido estaba de que los árboles estaban hablando, el susurro de las hojas trataba de transmitir algún tipo de mensaje.

O advertencia.

Aleksey maldijo entre dientes, casi como si entendiera. Cruzaron miradas brevemente, el rostro de Aleksey en un gesto de la preocupación.

—El río. Ahí es donde iría. Tenemos que darnos prisa.

Kazik lo miró, su piel hormigueaba con recelo, pero no tuvo tiempo de concentrarse en el porqué, porque Aleksey ya estaba corriendo hacia los árboles. Kazik lo siguió, pisándole los talones.

36

BIES

Gisela

Roza se abrió paso a través de la hierba y se detuvo justo antes de donde Gisela estaba. Su bonito rostro se contorsionó en una extraña sonrisa que parecía falsa. Había algo en la mirada de sus ojos grises, una especie de diversión fría, que hizo que algo se agitara dentro de Gisela. Se sintió tensa de repente, pero no podía identificar por qué. Solo era Roza, la amiga de Aleksey.

La amiga de Aleksey cuya madre pensaba que se estaba comportando de manera extraña.

La amiga de Aleksey sobre la que Kazik le había advertido.

Una brisa le erizó la piel. Cerca, en la oscuridad, se escuchó el croac de una rana. Dioses, no tenía tiempo para lidiar con esto ahora. Tenía problemas mucho más urgentes, como el hecho de que estaba desapareciendo.

—Si buscas a Aleksey, él está…

No quería pensar en dónde estaba Aleksey ni qué podría estar haciendo, o con quién.

—Oh, no creo que necesitemos involucrarlo —dijo Roza—. Parece que no entiende que hay cosas más importantes aquí en juego que su diversión. Y creo que se ha encariñado demasiado contigo. No le hace bien.

Gisela frunció el ceño, confundida. ¿Estaba Roza celosa porque Aleksey no había ido a las fiestas con ella?

—No me recuerdas, ¿verdad?

—Nos conocimos en el mercado de agricultores.

Roza la miró de arriba a abajo y continuó como si Gisela no hubiera hablado.

—Supongo que ha pasado un tiempo, y en ese entonces me veía muy diferente.

—No lo… —dijo Gisela.

—¿No lo has descubierto aún? Escuché que ahora eres una ninfa acuática. ¿No puedes reconocer lo que soy?

Los sentidos de Gisela se agudizaron, su piel se erizó. La sonrisa de Roza era solo dientes. Algo en sus ojos cambió, y fue como si algo más, otra presencia, estuviera asomándose a través de ella. Ese rostro de repente parecía nada más que una máscara bonita.

Verla así desajustó algo en su interior. El sabor agrio del miedo subió por la garganta de Gisela. El olor del bosque llenó sus pulmones. Los recuerdos nadaron ante su vista, burbujeando desde las profundidades turbias de su mente, finalmente emergiendo a la superficie. El tiempo se detuvo. Luego retrocedió rápidamente, transportándola de vuelta a una tarde de la primavera pasada.

Había caído en uno de sus estados melancólicos, se sentía triste porque su padre estaba distraído y distante como siempre, atrapado en sus propios asuntos, demasiado ocupado para hacer tiempo para ella y Hugo, incluso en vacaciones. Al día siguiente era su cumpleaños, y sabía que él lo había olvidado. Había acostado a su hermano en el hotel al atardecer, y después se había escapado sola, quería desaparecer por un momento, escapar de todo.

Una pequeña parte de ella incluso esperaba que su padre se preocupara por saber dónde estaba. Tomó uno de los caminos más solitarios para caminar, siguió el sendero hasta que la condujo a un claro rodeado de árboles gigantes.

Ahí, un chico estaba arrodillado, encorvado sobre la hierba.

Respiraba con dificultad, luchaba por ponerse de pie. Sus manos se aferraban a sus brazos, casi desgarrando la tela de sus mangas. Un gemido de dolor atravesó el aire. Una ráfaga de viento rugió entre los árboles.

Gisela corrió hacia adelante, atravesó una lluvia de hojas y pétalos.

—¿Oye, estás bien?

La cabeza del chico se levantó de golpe. Ella inhaló con brusquedad. Sus ojos… el izquierdo era azul verano; el derecho, verde primavera. Unas sombras se deslizaban por sus iris como hilos de humo. Por un breve instante, algo más pareció mirarla desde el fondo de esa hermosa mirada, algo que no pertenecía a este mundo.

Una figura oscura se alzó detrás de él. Una enorme silueta monstruosa.

Parecía un jabalí salvaje caminando sobre sus patas traseras. Un pelaje verde moteado cubría su cuerpo bestial. Colmillos curvos salían de su boca. Grandes cuernos ramificados sobresalían de su cráneo.

Bies.

Uno de los demonios del bosque de las historias de su tía abuela.

Un par de ojos ardientes de oro sólido se fijaron en Gisela. Retrocediendo, impotente por el terror, se dio la vuelta y corrió.

Y corrió y corrió. Se agachó bajo las ramas; esquivó raíces, rocas y resbalosas alfombras de hojas caídas; se deslizó sobre el lodo y el musgo mientras la bestia pasaba golpeando los árboles detrás de ella.

Adelante, vio un destello. Agua oscura y una corriente. ¡El río! El terreno cedió a una pendiente, y Gisela llegó a la orilla.

¿Qué tan profunda estaba el agua? ¿Podría cruzar al otro lado nadando?

Miró frenéticamente a su alrededor. No había puente. La corriente iba rápido, pero… ahí.

Escondido entre los juncos, había un muelle. Un embarcadero de madera sobre el agua. ¿Quizás había un bote amarrado a los postes? Como los que estaban atados cerca del hotel.

Una horrible risa aguda impulsó a Gisela a seguir adelante. Los juncos azotaron sus piernas. Las tablas de madera podrida se doblaban y crujían bajo su peso.

Pero no había ningún bote atado al muelle.

No había bote.

Sintió el temblor de los pasos detrás de ella. Una sensación como de el aliento de alguien en la nuca. Se volteó en pánico, tropezó y perdió el equilibrio. El mundo se inclinó. El cielo se oscureció y brilló por encima de ella. Su cabeza se estrelló contra algo duro, la parte posterior de su cráneo rozó el borde del muelle mientras caía, aturdiéndola incluso antes de que se hundiera como una piedra en el agua. Demasiado aturdida para siquiera luchar.

—¿Sabes? Eres la primera humana que he conocido que ha vuelto como espíritu. —La voz de Roza se filtró en la conciencia de Gisela, trayéndola de regreso al presente.

Gisela vio sin mirar a la chica frente a ella, su mente todavía daba vueltas entre los recuerdos.

El bies. Eso era lo que la había perseguido. La caída había sido la manera en la que había muerto. Ahí, junto a ese muelle de madera vieja, en esa agua oscura como la tinta. Ahí fue donde se transformó en algo más.

Una lágrima rodó por su mejilla.

Y por eso fue que Aleksey le había resultado tan familiar. Lo había visto... no entendía lo que había presenciado en ese entonces. ¿El demonio lo había atacado a él también?

No hubo tiempo para sumergirse en la revelación porque Roza se acercaba sigilosamente.

«Corre», algo susurró dentro de la cabeza de Gisela. «Corre, ahora».

Pero sus piernas se negaban a escuchar. Sus pies estaban clavados al suelo. El terror, y una especie de incredulidad horrorizada, la mantenían atrapada. No podía moverse. No podía respirar. Era como si existiera en un lugar fuera de su propio cuerpo, como si estuviera mirando hacia abajo desde una gran altura, observándose a sí misma como lo haría la luna, viendo su final ante sus ojos.

—Te iba a usar como huésped en ese entonces, pero huiste tan rápido. Tal vez esta vez sea la vencida. —Roza, no, no era Roza. La miserable creatura que llevaba la piel de Roza extendió la mano y agarró la muñeca de Gisela.

El impacto de ese contacto no deseado envió un torrente de adrenalina a través de su cuerpo. Gisela retrocedió, jaló su brazo libre, tropezó torpemente hacia atrás. Se dio la vuelta y corrió, esquivando la maleza que se enredaba alrededor de sus piernas.

—¿Por qué corres? —gritó Roza, sonaba despreocupada—. ¡Tenemos tanto de qué ponernos al día!

Una raíz se apoderó del tobillo de Gisela y cayó hacia adelante con fuerza, su barbilla, palmas y rodillas se rasparon contra el suelo. Sintió el sabor de la tierra y la sangre.

Roza chasqueó la lengua.

—Mira lo que has hecho. Te has lastimado. Vas a arruinar ese cuerpo antes de que tenga la oportunidad de...

Gisela se empujó con sus manos y rodillas.

La raíz con la que tropezó se arrancó de la tierra y se enganchó alrededor de su pantorrilla. Gisela gritó mientras era arrastrada de vuelta a donde había estado, hacia los pies de Roza.

Arañó el suelo, luchando contra el jalón, sus dedos cavaron frenéticamente entre la hierba en busca de un palo, una piedra, algo, cualquier cosa, que pudiera usar para defenderse.

Agarró su peine con fuerza.

Su agarre fue lo suficientemente firme como para sostenerlo.

La raíz volteó a Gisela sobre su espalda. Lanzó un golpe, atacando a ciegas con su peine mientras Roza se inclinaba sobre ella. Los dientes de hueso fino perforaron la mejilla de Roza.

Roza soltó un grito que sacudió el bosque, retrocedió y sus manos le cubrieron la cara. Pero para horror de Gisela, tan pronto como recuperó el equilibrio, comenzó a reír, echó la cabeza hacia atrás con alegría.

Gisela se apresuró a ponerse de pie. Se arriesgó a mirar por encima de su hombro.

—¿Buscas ayuda? ¿De tu amigo el cazador? ¿De Aleksey?

Antes de que Gisela pudiera reaccionar, Roza saltó y atravesó el cuerpo de Gisela, como si estuviera hecha de niebla. Como si no fuera nada más que un fantasma.

—¿Qué demonios? —Roza se dio la vuelta con los ojos muy abiertos. Ya no reía.

—¿Sorprendida? —Gisela blandió su peine manchado de sangre y trató de no dejar que su voz temblara—. Como dijiste, yo también soy un monstruo ahora.

Los labios de Roza se curvaron en una mueca.

—¿Un monstruo? En absoluto. Solo eres una niña humana demasiado terca para morir como se debe. —La sangre se deslizó por su cuello y se acumuló en el hueco de su clavícula—. Menos mal que este no es mi cuerpo, o realmente estaría enojada.

La realización golpeó a Gisela: acababa de herir a una chica inocente. Una chica que había sido poseída. Una chica que era amiga de Aleksey. Alguien a quien él veía como una hermana.

—¿Por qué? —exigió Gisela.

—¿Por qué qué?

—¿Por qué estás haciendo esto?

—Para acercarme al cazador, por supuesto.

¿A Kazik?

—Si vas a enojarte con alguien —dijo Roza—, enójate con él. Fue por culpa de Kazik y su abuela que vinimos aquí en primer lugar. Fue por él que tuvimos que huir al bosque, donde nos encontraste. Fue por él que me vi obligada a esconderme dentro de este maldito cuerpo durante un año. Y es por él que vas a sufrir ahora. —Dio un paso hacia adelante.

Los dedos de Gisela se cerraron alrededor de su peine. Lo levantó, rezando para que no se le resbalara entre los dedos, pero vaciló en el último segundo. Quería hacerle daño al bies, no a la chica que era tan víctima como lo había sido Gisela.

Esa pausa fue su perdición.

Roza le quitó el peine de un manotazo. En el lapso de un suspiro, una mano pálida se cerró alrededor de la garganta de Gisela con una fuerza aterradora y la levantó del suelo.

Los pies de Gisela colgaban inútilmente. Se deshizo desesperadamente de la mano que la sostenía, tratando de soltarse de los dedos de Roza.

—¿Qué pasó con tu truco de fantasma? Nunca he visto a una ninfa acuática hacer eso. —La mano en la garganta de Gisela obligó a su cabeza a girar hacia la izquierda, luego hacia la derecha, examinó su rostro, la extraña insustancialidad de su carne. Había un atisbo de respeto renuente en la voz de Roza—: Tal vez Aleksey tuvo razón al ver algo en ti. Realmente te has convertido en algo interesante. Deberías agradecerme por eso.

La respiración de Gisela dudó. Manchas oscuras florecieron en las esquinas de su visión. Un sentimiento familiar de vacío y desesperación se apoderó de ella. Tal vez debía rendirse. Rendirse. Dejar que todo terminara. ¿Cuál era el objetivo de seguir luchando?

Incluso si Roza no le quitaba la vida que le quedaba y le robaba su cuerpo y ella lograba liberarse milagrosamente, Gisela de todos modos iba a disolverse, a convertirse en nada.

De cualquier forma, iba a morir ahí. Esta vez de verdad.

¿Y quién la extrañaría?

Nunca había conocido a su madre. La tía Zela ya no estaba. Su padre no tenía la capacidad de cuidarla. Ni siquiera se molestaba en regresar a casa la mitad del tiempo. Kazik siempre había querido que ella se fuera. Había fracasado en hacer que Aleksey la quisiera lo suficiente como para besarla. Había fracasado en recuperar su humanidad. Le había fallado a su hermano pequeño.

Había dejado a Hugo completamente solo.

El corazón de Gisela se rompió. Todo lo que quería era asegurarse de que él no creciera sin sentirse querido. Quería protegerlo, asegurarse de que nunca se sintiera solo, tan aislado y herido como ella se había sentido esa noche. Ahora nunca lo vería de nuevo, y era por culpa de este monstruo, el monstruo que la había separado de él en primer lugar.

Una ira incontrolable recorrió sus venas. Gisela pateó con todas sus fuerzas, y logró pegarle con mucha dureza a la espinilla de Roza.

Roza gruñó y se tambaleó, su agarre se aflojó lo suficiente para que Gisela pudiera tomar aire.

—¿Por qué eres tan terca?

«Porque no voy a ponértelo fácil».

Porque, a pesar de todos sus oscuros pensamientos y sus momentos de melancolía, no quería morir. Porque no había terminado aún. La última vez no había tenido la oportunidad de luchar, pero esta vez era diferente. El deseo de vivir, de arrancar a esa creatura de sus entrañas, ardió por todo el cuerpo de Gisela. Pateó una y otra vez. Retorciéndose. Forcejeando. Negándose a ceder.

Si no podía recuperar el amor ni su humanidad, entonces quería venganza.

Arañó los antebrazos de Roza, sin importarle ya a quién hiriera. Sus uñas desgarraron la piel de la chica hasta que sus manos resbalaban por la sangre.

Pero Roza simplemente sonrió.

El agarre en la garganta de Gisela se apretó. Su visión se ponía cada vez más borrosa. Sus extremidades se volvieron insensibles. Sus manos cayeron flácidas a sus costados. No tenía fuerzas para levantarlas.

Detrás de Roza, la fría superficie negra del río vibró. Luego, se desbordó.

37
RUSALKI

Gisela

El agua creció como en una ola gigante sobre sus cabezas y se estrelló contra sus cuerpos. Gisela cayó al suelo sobre su espalda. Roza aterrizó sobre ella, pero en solo un parpadeo estaba de pie otra vez, su cabello blanco-oro pegado a su rostro.

Al levantar la mirada, respirando con dificultad, Gisela vio a Yulia de pie en las aguas menos profundas. La luz de la luna la pintaba de plata, resaltando la palidez ahogada de su piel. Sus ojos brillaban de un tono rojo más intenso y mortal que de costumbre. En ese momento, realmente parecía una de las rusalki de las historias. Una creatura tanto atractiva como aterradora.

Un peine dorado brilló en las manos de Yulia. Su mirada pasó de Roza a Gisela con incertidumbre, y luego todo estalló.

Espinas negras y malvadas rasgaron la piel de Roza, surgieron a lo largo de sus antebrazos en una explosión de sangre. El suelo se abrió, y una raíz de árbol puntiaguda como una lanza se dirigió hacia Yulia.

Yulia volteó para esquivarla. Con un rápido movimiento de su peine, el río cobró vida, los arroyos de agua golpearon con fuerza a Roza como una serpiente de muchas cabezas.

—¡Espera! —le dijo Gisela y comenzó a toser con dolor.

Un par de manos la agarraron de los hombros.

—¿Gisela? ¿Gisela, estás herida?

Gisela negó con la cabeza, tenía la vista nublada y una mano en su garganta mientras Miray la ayudaba a ponerse de pie. Una lluvia de tierra y agua cayó sobre ellas.

Roza emitió un grito furioso cuando uno de los ataques de Yulia impactó contra ella, una ola de agua golpeó su costado.

—Oh, la pequeña ninfa acuática piensa que tiene dientes. Cuidado, podrías dañar a la humana que estoy usando.

—Lo dices como si pensaras que me importa —replicó Yulia.

Los árboles a lo largo de la ribera temblaron, sus grandes ramas se balancearon, y sus troncos gruñeron. Raíces retorcidas atravesaban el suelo, que parecía respirar.

Miray arrastró a Gisela a lo largo de la ribera, alejándola de la pelea.

—No pienses que te vas a escapar —gruñó Roza y con un movimiento de su muñeca, las raíces fueron hacia sus cabezas.

Rápidamente, Miray sacó su peine, extrajo agua del río y la levantó como una pared congelada para formar un escudo.

Las raíces chocaron contra la barrera con un estrepitoso crujido. Astillas de madera y hielo volaron en todas direcciones.

Algo cortó el antebrazo de Miray. Gisela gritó en pánico.

Maldiciendo, Yulia avanzó hacia adelante, solo para agacharse y saltar hacia atrás cuando una rama de árbol se lanzó hacia ella.

Pero el río aumentó mientras las coronas de tres cabezas más emergían lentamente del agua, seguidas por tres pares de ojos rojos brillantes.

La luz de la luna danzaba sobre los lentes de Nina-Marie. Caía sobre los rizos oscuros de Clara y Zamira. Listones de agua serpenteaban por el aire, brillando en la oscuridad.

Le apuntaban a Roza, envolvieron agua con fuerza alrededor de su torso, jalándola hacia el borde del río.

—Pequeñas plagas —escupió, luchando como loca, sus talones cavando marcas en el lodo—, ¡más les vale correr mientras todavía tienen la oportunidad! —Dejó escapar otro grito desgarrador.

Luego, en un instante, su cuerpo se relajó por completo. Sus ojos se metieron a su cabeza hasta que solo lo blanco quedó visible. Sombras se arrastraron por su córnea. Su espalda se arqueó tan violentamente que Gisela temió que su columna vertebral pudiera romperse en dos. Un humo oscuro salió de su boca, nariz y oídos, y formó una nube negra que se retorcía y se contorsionaba, condensándose en una forma verdaderamente grotesca.

Una forma demasiado familiar.

Aquello que la había perseguido.

Unos colmillos amarillentos sobresalían de la mandíbula del demonio. Un pelaje verde moteado cubría su enorme cuerpo, parecido al de un jabalí. Las astas rugosas como ramas que salían de su cráneo añadían medio metro a su altura.

Se alzaba sobre ellas.

—Dios mío —susurró Miray.

Incluso Yulia palideció y retrocedió un paso. ¿Era esta la verdadera forma del demonio del bosque? Gisela había escuchado que eran monstruosos o tan inhumanamente hermosos que podían cautivar incluso a los santos más puros.

El cuerpo de Roza cayó sin vida al suelo junto a los pies de la bestia. Su voz habló dentro de sus cabezas. «Esto es más de lo que pueden manejar, rusalki. Puede que hayan dejado atrás su humanidad, pero no son espíritus verdaderos; en el fondo, siguen siendo solo chicas humanas muertas».

El suelo tembló con sus pasos.

«Deberían saber cuál es su lugar. Voy a poner fin a esto de una vez por todas».

—¿De verdad crees que puedes? —La voz de Nina-Marie intervino.

La cabeza de Gisela se volteó hacia ella. Quería gritarle a las otras chicas que corrieran, pero su garganta ardía profundamente en donde Roza la había ahorcado.

—No nos subestimes tan rápido —dijo Nina-Marie—. Estás en desventaja, somos seis contra uno, y este es nuestro territorio.

Los ojos dorados del bies brillaron con burla. «Les daré puntos por su valentía. Dejen a Gisela y perdonaré al resto. No empiecen una pelea que no pueden ganar».

—Esa no es una posibilidad —dijo Clara, y le dio vuelta al peine de ámbar entre sus dedos—. Vas a lamentar habernos desafiado en nuestras propias aguas.

Con un rugido burbujeante, otra ola oscura se elevó del río.

Las chicas mayores se movieron tan rápido que Gisela apenas pudo seguir sus movimientos. No le dieron al demonio ni un segundo para respirar. Eran implacables. Valientes. Sonrieron y avanzaron, cortaron al bies con los dientes afilados de sus peines encantados, con agua filosa en fragmentos congelados, dagas de hielo. Atacaron con una velocidad inhumana, esquivando los zarpazos de las garras y colmillos con una gracia sorprendente, superando a su oponente golpe por golpe, sin cansarse ni una sola vez.

Todo lo que el demonio del bosque podía hacer era desviar y evadir sus ataques. Sus movimientos se volvieron cada vez más frenéticos mientras ellas golpeaban una y otra vez. La bestia podría ser más grande que ellas, pero eso solo significaba que el blanco era más grande. Los látigos de agua azotaron alrededor de los colmillos, alrededor de esas monstruosas astas ramificadas. Sus gritos desesperados estremecieron el aire. «¡Voy a matarlas a todas!».

Los juncos a lo largo de la orilla cobraron vida, atraparon a Zamira y a Clara en las aguas poco profundas, envolviéndose alrededor de sus extremidades como redes vivientes. Nina-Marie gritó indignada, cortó los juncos con su peine mientras estos se apretaban cada vez más alrededor de su novia. Miray corrió para ayudarlas.

Gisela se lanzó hacia adelante, buscando un cacho filoso de hielo. Se le escapó de los dedos como un espectro. En ese caso…

—No puedes matar… —dijo con dificultad, desviando la atención del demonio hacia ella— ¡lo que ya está muerto!

Con un rugido furioso, el bies se volteó y se le abalanzó, intentando rasguñarla furiosamente con sus garras. Gisela se adelantó al golpe como si lo recibiera con gusto. Las voces gritaron, pero las garras pasaron directamente a través del cuerpo de Gisela como si estuviera hecha de nada.

El movimiento desestabilizó al demonio y, segundos antes de que pudiera recuperarse, Yulia le lanzó una enorme pared de hielo, una ola congelada que se estrelló con su cabeza por atrás.

El bies se tambaleó, sus ojos se desorbitaron salvajemente, luego se desplomó al suelo con un estruendo que sacudió la tierra.

Por un momento, nadie se movió.

Nadie habló.

Nadie pudo apartar los ojos del demonio, como si ninguna de ellas pudiera creer que realmente lo habían dañado. La realidad de lo que habían hecho las golpeó a todas al mismo tiempo.

—¿Está... está muerto? —susurró Zamira y arrancó un junco ahora sin vida de su cintura.

—Mira su pecho. —Clara señaló—. Todavía respira.

—No creo que se levante por un rato —dijo Yulia con un tono sombrío, pateando su costado con el pie.

Las rodillas de Gisela cedieron. El alivio fue tan intenso que las lágrimas empezaron a caer por sus mejillas. Cerró los ojos ante la carnicería e inhaló una profunda respiración temblorosa.

—¿Qué hacemos ahora? —preguntó Clara, con tono nervioso—. ¿Yulia? Si se despierta y le dice a los otros espíritus del bosque que lo atacamos, podría haber problemas graves.

Gisela abrió los ojos y vio a Yulia inclinarse sobre la figura tendida de la verdadera humana Roza, puso un dedo en su pulso, en busca de una señal de vida.

—Está viva. —A pesar de que Yulia había dicho que no le importaba, sonaba increíblemente aliviada—. Zamira, ve a llamar la atención de algún humano y tráelos aquí. Ellos podrán cuidar de ella.

Zamira salió corriendo a gran velocidad.

—¿Deberíamos decirle a Wojciech? —preguntó Clara.

—¿Y si nos entrega al Abuelo Bosque para mantener la paz? —protestó Nina-Marie.

—No lo hará —dijo Yulia con firmeza, limpiándose las manos en sus pantalones—. Wojciech iría a la guerra por nosotras. No dudes de eso ni un segundo. Y el demonio nos atacó primero. Lo llevaremos abajo por ahora, antes de que recupere la consciencia —Miró a Miray.

Miray asintió.

—Tengo una idea de dónde podemos esconderlo.

Yulia, Nina-Marie y Clara sacaron más agua del río. Listones de líquido rodearon al bies, arrastraron su cuerpo a través del lodo y lo llevaron a las aguas poco profundas con un chapoteo.

Miray envolvió un brazo reconfortante alrededor de los hombros de Gisela.

—Vamos, hay que sacarte de aquí también.

Por un segundo, Gisela luchó contra el abrazo; todavía había demasiada adrenalina corriendo por sus venas y demasiados pensamientos cruzando su mente. Se mordió el labio con fuerza, se aferró al dolor para anclarse. Era una señal de que aún estaba viva. Aún aquí. Por ahora.

Caminaron juntas hacia el agua negra y ondulante, hundiéndose lentamente bajo la superficie.

38

ENVIADO DEL CIELO

Kazik

—¡Gisela! —El desesperado grito de Kazik atravesó la noche—. ¡Gisela, espera!

Adelante, más allá de los juncos flexibles que bordeaban la orilla del río, una familiar figura fantasmal se hundía en el agua, entrando bajo la superficie. El corazón de Kazik dio un salto en su pecho. La hierba se movía y azotaba sus pantorrillas. Podía escuchar el estruendo de los pasos de Aleksey a su lado, sus largas piernas siguiéndolo sin esfuerzo mientras llegaban al borde del agua.

Kazik se quitó el chaleco, se quitó los zapatos y los dejó caer en el lodo. Inhaló profundamente y se sumergió en el agua oscura, siguiendo a Gisela hacia las profundidades.

Un mes atrás, tal acto hubiera sido impensable para él. Un mes atrás, se habría alegrado de verla irse, habría celebrado ver su espalda. Pero de alguna forma, de una forma imposible, Gisela se había convertido en alguien que le importaba.

Y algo en su corazón le dijo que, si no iba tras ella ahora, la perdería para siempre.

El agua estaba tan fría que quemaba.

Kazik pateó con fuerza contra la corriente mientras esta intentaba arrastrarlo río abajo. Fluía más rápido y con más fuerza de lo que había imaginado. Se sumergió más profundo, impulsando su cuerpo a través del agua con movimientos desesperados, buscando, usando sus dedos a ciegas en la oscuridad. Tenía que estar ahí en alguna parte. El agua turbia le ardía en los ojos, pero se forzó a abrirlos.

No podía distinguir nada.

A pesar de la brillantez de la luna, solo había oscuridad infinita bajo la superficie. El río giraba a su alrededor. Su pecho ardía por la necesidad de aire.

Miró hacia arriba, ni siquiera estaba seguro de dónde estaba la superficie ya. Fue entonces cuando algo jaló su pierna. Kazik pateó en pánico. Un destello de miedo helado atravesó su cuerpo.

Él y Gisela no estaban solos ahí abajo.

Una figura luminosa se materializó desde el remolino de agua frente a él. Un chico de piel pálida como el hueso, ojos rojo vino y labios tan azules como la muerte. Su camisa blanca se levantaba de su torso delgado. Tenía el cabello castaño rojizo y se le pegaba como seda en las mejillas.

Utopiec.

Ahogador.

Un espíritu masculino del agua.

Los labios de Kazik se abrieron en shock, y de repente se ahogó con un trago de agua helada. El tan preciado aire se le escapó rápidamente antes de que cerrara los labios con fuerza.

El ahogador sonrió ampliamente, le mostró dientes tan puntiagudos como los de un animal. Dientes tan afilados que podían desgarrar carne y astillar huesos. En un abrir y cerrar de ojos, había rodeado su cintura e inmovilizado sus brazos a los costados.

Lo arrastró hacia abajo, hacia abajo, hacia abajo.

Kazik se retorció y pateó. Se dio vuelta, invocando toda la fuerza que tenía. Pero los brazos del espíritu solo apretaban más y más, hasta que sintió que sus costillas podrían romperse, sus pulmones podrían estallar.

No podía liberarse. Estaba hundiéndose más y más. Mucho más profundo de lo que el río debería llegar. Su pecho se tensó con la necesidad feroz de respirar. Su visión comenzaba a nublarse.

¿Cuáles eran las debilidades de un ahogador? Todo demonio tenía una debilidad, y Kazik había sido entrenado desde la infancia para memorizarlas todas. Pero ahora mismo, su mente estaba aterradoramente, espantosamente, vacía.

Buscó frenéticamente esa chispa de fuego divino en su interior.

Por favor.

¿No era la víspera de San Juan? ¿No era esta una noche en la que un brujo debía ser especialmente poderoso?

«Santos que velan por mí…».

Necesitaba aire. Necesitaba aire. En cualquier momento, iba a ceder a la fatal tentación de abrir los labios y terminar tomando un trago de líquido.

Kazik jadeó, luchó contra su propio cuerpo. Su corazón gritó en protesta, latiendo como un tambor.

¿Realmente el cielo lo había abandonado?

No podía terminar así. Tenía que encontrar a Gisela. ¿Había sentido ella eso cuando se ahogó? ¿Había sentido esa misma presión alrededor de su pecho? ¿Ese mismo y terrible sentimiento de impotencia?

Tenía que alcanzarla.

Necesitaba decirle… Tenía que hacer las cosas bien.

La luz floreció en la oscuridad.

Sobresaltado, el ahogador miró hacia arriba. Su sonrisa se desvaneció cuando el medallón plateado en la garganta de Kazik brilló con una luz titilante.

La luz creció, envolviéndolos, resplandeciendo intensamente en todas direcciones.

Kazik buscó la chispa en su interior, y en lugar de que la magia se desvaneciera al invocarla, vino a su llamado, llenando sus venas con calor. La fuerza fluyó a sus extremidades. El poder se hinchó dentro de él. La sensación que palpitaba por su sangre una vez más era tan abrumadora que casi lo hizo llorar.

Estrelló su frente contra la del ahogador. El chico retrocedió con un grito de agonía que resonó a través del río. Su agarre se aflojó.

La mano de Kazik se alzó, sus dedos se extendieron. Golpeó su palma contra el esternón del ahogador. Una luz abrasadora explotó desde su mano, arrojando al demonio hacia atrás.

Al mismo tiempo, algo pesado se lanzó al río detrás de Kazik, como si alguien o algo hubiera saltado al agua. La fuerza lo empujó hacia adelante. El ahogador tenía una expresión de shock mientras miraba por encima del hombro de Kazik. En un abrir y cerrar de ojos, el cuerpo del chico se disolvió y desapareció en un remolino de burbujas.

Kazik miró la oscuridad turbia donde había estado, luchando por entender qué estaba sucediendo. ¿Por qué había huido? ¿Había algo más en el agua? ¿Otro monstruo? ¿Algo lo suficientemente horrible como para hacer huir a un ahogador?

Se retorció de un lado a otro, tratando de ver, buscando desesperadamente cualquier señal de Gisela. Su pecho se tensó de nuevo, su fuerza ya desvaneciéndose. El resplandor de su medallón parpadeaba con urgencia.

Se le acababa el tiempo. Necesitaba volver a la superficie para tomar aire. Su corazón se hundió cuando empezó a nadar hacia arriba, pero entonces, en lo profundo, lo vio: un destello que respondía al suyo.

Kazik parpadeó, entrecerrando los ojos, tratando de enfocar mientras una niebla tenue llenaba su cabeza. Al principio, no era más que un brillo. El resplandor de un anillo perdido enterrado en el lodo.

¿Una alucinación de moribundo?

La visión pareció crecer ante sus ojos, revelando un lugar que solo había visitado en sus sueños, arrullado para dormir por historias de fantasmas y goblins. Sintió una mano espectral revolverle el cabello. El eco de la voz áspera de su abuelo retumbó en sus oídos:

«Y cuando los pies de tu abuela finalmente tocaron el fondo del río, ante ella se alzó la casa del goblin acuático, un gran palacio adornado con cúpulas relucientes y torres doradas, hecho del cristal más puro, claro y brillante como el vidrio».

La aparición surrealista ondulaba como un espejismo. Kazik extendió una mano desesperada hacia ella, sus dedos se cerraron vacíos en la oscuridad acuosa. Era un esfuerzo moverse, mantener los ojos abiertos. Las yemas de sus dedos se sentían entumecidas. Pero si tan solo pudiera…

Un nuevo par de brazos lo rodeó por la cintura desde atrás, arrastrándolo hacia abajo. Esta vez no pudo luchar.

La oscuridad se apoderó de su visión, borrando todo mientras perdía el conocimiento.

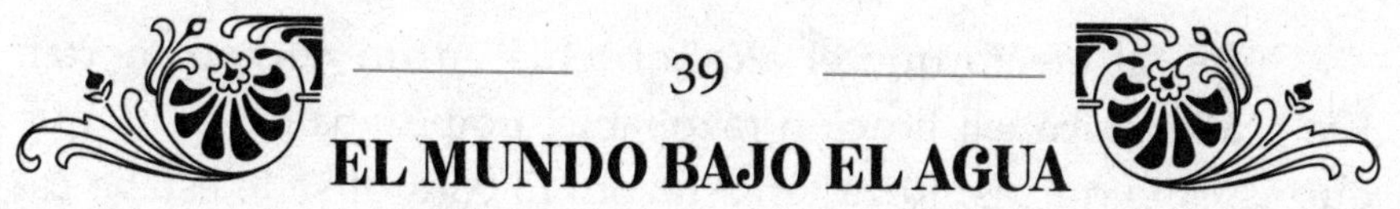

39
EL MUNDO BAJO EL AGUA

Aleksey

—¿Kazik? —dijo Aleksey y lo movió suavemente—. ¿Kazik?

Los ojos de Kazik se movieron bajo sus párpados, pero permaneció inconsciente, extendido en un charco sobre un suelo de cristal incrustado con intrincados patrones de oro de olas y lunas crecientes. Pero al menos estaba respirando. Su pulso era regular.

Aleksey suspiró profundamente, pasó los dedos por su cabello mojado.

—No debería sentirme tan aliviado —dijo en voz baja—, de que seas tan difícil de matar. —Su mirada se detuvo brevemente en los labios de Kazik. Solo recordar cómo se había sentido tener la boca y el cuerpo de Kazik presionados contra el suyo fue suficiente para reavivar un calor traicionero en su estómago. Había mil formas de distraer a Kazik y evitar que siguiera a Roza; Aleksey aún no sabía por qué besarlo había sido lo primero que se le ocurrió.

Un segundo después de haber presionado sus labios contra los de Kazik, supo que había sido un error. Un terrible pavor lo invadió cuando Kazik se quedó inmóvil, hasta que su boca se abrió bajo la de Aleksey, besándolo de vuelta. Todo el cuerpo de Aleksey respondió en ese momento, con tanto entusiasmo en ciertas partes que fue absolutamente mortificante.

Culpó al efecto que el alcohol tenía en un cuerpo mortal. Esa era la única explicación razonable. Empezaba a pensar que quizás, solo quizás, Roza tenía razón. El control se le estaba escapando; las emociones del Aleksey humano podrían haberse mezclado con las suyas. No había otra razón por la que pudiera haber reaccionado de esa manera.

Lo había *disfrutado*.

Sacudiendo el recuerdo, Aleksey se levantó tambaleándose.

Y ese era otro problema: Roza. Debería haber sabido que ignoraría sus amenazas. Confiar en un bies era como confiar en un gato que te miraría directamente a los ojos para luego tirar el vaso de la mesa solo para ver tu reacción. Hubo una pelea en la orilla del río. ¿Quién había ganado? No tuvo tiempo de pedirle detalles a los árboles. Si Roza había tocado a Gisela…

La ira se apoderó de Aleksey mientras escaneaba su entorno. El Palacio de Cristal era tan grandioso como decían los rumores. La luz de la luna se filtraba a través del techo, ondulando sobre las paredes tan brillantes como joyas. En el centro del cavernoso atrio se alzaba un pilar resplandeciente, lleno de estantes que solo podían albergar almas ahogadas.

El sonido de esas almas tratando de escapar de sus prisiones en tazas de té era un tintineo etéreo parecido a un campanilleo, era audible incluso por encima del distante rugido de la corriente del río. Había un olor en el aire como a rosas empapadas por la lluvia.

Aleksey volteó la cabeza y vio una urna de cristal llena de botones de rosa recién cortados. Un nudo en su pecho se aflojó. Había pensado que no habría vegetación ahí abajo, que había sido separado del bosque.

Ahora no estaría indefenso. Aun así, necesitaban encontrar a Gisela y salir de ahí rápidamente antes de que más espíritus acuáticos los descubrieran.

El tintineo nervioso de las tazas de té aumentó de repente en volumen. Aleksey se movió hacia el mueble. ¿Estaban las almas tratando de avisar que estaba aquí?

—Silencio —susurró.

Pero el ruido de las tazas solo aumentó.

Aleksey levantó una mano.

—Yo no tocaría eso si fuera tú.

Esas palabras fueron la única advertencia que recibió. Cuando Aleksey giró sobre sus talones, el agua acumulada en el suelo cobró vida, elevándose, formando una ola colosal e imposible que rompió sobre él con toda la fuerza de un cañón, lanzándolo hacia atrás hasta que su cuerpo chocó contra una pared. Sus huesos gritaron por el impacto. Su cabeza se estrelló contra el cristal y, por un escalofriante segundo, su visión se oscureció.

—En todos mis años de vida, solo una persona más se ha atrevido a forzar su entrada aquí.

La visión de Aleksey se aclaró justo a tiempo para ver una figura impecablemente vestida descender por una de las escaleras que estaban a los costados de la cámara, avanzando hacia él con pasos lentos y firmes.

¿Otro ahogador? ¿Como el chico que había atacado a Kazik? Este joven no compartía la palidez mortal y azul del otro, pero tenía los mismos ojos encapotados color rojo vino que Gisela, el mismo cabello negro verdoso.

La mirada de Aleksey se desvió hacia Kazik. Todavía estaba inconsciente. Aleksey tendría que acabar rápidamente con esa creatura mezquina antes de que el cazador despertara.

Se puso de pie, presionó una mano contra sus costillas, la otra la llevó a la parte posterior de su cabeza para ver si había alguna herida; iba a tener un feo moretón. El ahogador pagaría por eso. Aleksey iba a sembrar flores en sus pulmones y hacer que se ahogara con los pétalos.

A través de la cámara, la urna de botones de rosa estalló en una feroz ola color rojo sangre. Aleksey flexionó los dedos. Las zarzas serpenteaban por el suelo, creciendo rápidas y gruesas, enredándose en una jaula impenetrable de espinas alrededor de la figura que se acercaba, con un sonido como el rascar de unas garras.

El espíritu acuático se quedó quieto, sus ojos rojo vino entrecerrándose cuando una espina afilada se detuvo a centímetros de su rostro.

—Y yo aquí preguntándome quién sería tan tonto como para irrumpir en mi palacio.

Aleksey sonrió ampliamente. Hacía tiempo que no se desahogaba. Las enredaderas espinosas se alzaron como serpientes a punto de atacar.

—Sorpre... —Se detuvo en seco, sus pensamientos finalmente entendiendo las palabras del chico de hacía un momento.

Espera, *¿mi* palacio?

El hombre se movió más rápido de lo que Aleksey pudo seguir. En un segundo, estaba de pie en un charco al otro lado de la sala, rodeado por las zarzas; al siguiente, había desaparecido, para reaparecer directamente detrás de Aleksey, saliendo del charco a sus espaldas como si fuera un portal.

Pero claro, para un goblin acuático, un charco no era más que una puerta. Podía transportarse instantáneamente entre cuerpos de agua, hundirse en un charco y emerger de otro tan fácilmente como podía respirar.

Sus dedos largos crearon listones de líquido en el aire. Se enroscaron alrededor de las muñecas de Aleksey, alrededor de sus tobillos. Él jaló con un pie y giró violentamente, cortando las ataduras.

Gotas de agua volaron por todas partes mientras desgarraba los listones, pero por cada uno que rompía, aparecían dos más, alrededor de sus piernas, sus brazos, su torso. Un silbido escapó de sus labios mientras luchaba por liberarse, peleando hasta que una última cuerda líquida se enrolló alrededor de su cuello.

El aire se le escapó de los pulmones con la repentina presión sobre su garganta.

Esto… no era bueno. Nunca había conocido oficialmente al goblin acuático de ese río, pero había oído las historias. Todos los monstruos de esas tierras conocían al gobernante de los espíritus acuáticos solo por su reputación.

Wojciech se detuvo frente a él, con las manos entrelazadas detrás de su espalda.

—Estás limitado por esa carne mortal que habitas. Tendrás que abandonar ese cuerpo si piensas ofrecer una verdadera batalla.

Tenía razón. Aleksey no tenía ninguna oportunidad contra él en esa forma. Wojciech era tan viejo y poderoso como el leshi, fue por ello que Aleksey no esperaba que se viera tan joven.

Pero Wojciech podía tomar cualquier forma que deseara, ¿verdad? En ese aspecto, él y Aleksey no eran tan diferentes.

La mente de Aleksey corría a mil por hora. Un movimiento en falso aquí podría significar el fin. Podía sentir cómo el miedo del Aleksey humano devoraba su coraje, volviéndolo tímido.

Eso era inaceptable.

Respondió a la mirada examinadora del goblin acuático con un gruñido.

En respuesta, las cuerdas de agua tiraron de sus piernas, las torcieron y abrieron sus brazos. Con un horrendo crujido, su hombro izquierdo se salió de su cavidad. Su cabeza cayó hacia adelante con un gemido ahogado.

Chispas ardientes de agonía se dispararon como relámpagos por su brazo. No podía mover los dedos. Jadeaba del dolor, su pecho subía y bajaba. Mentalmente, trató de separarse de ese cuerpo, trató de ir a un lugar donde el dolor no pudiera alcanzarlo. «Esto no es nada. He soportado cosas peores».

—¿Trata así a todos sus invitados?

—Solo a aquellos que llegan sin invitación… Y tú enlodaste todo mi piso

—Perdón —gruñó Aleksey, con un tono que no tenía nada de arrepentimiento.

Los listones de agua jalaron sus brazos más y más. Se preguntó cuánto tiempo podría sobrevivir un cuerpo humano con todas sus extremidades arrancadas.

Una gota de agua cayó de la mandíbula de Wojciech, resbaló por su cuello y se deslizó debajo del cuello de su camisa.

—Te atreviste a mucho, pequeña flor. ¿Quién eres? ¿Te envió Leszek? El Señor del Bosque debería saber que no debe empezar una guerra conmigo. ¿Qué haces aquí?

Un leve gemido resonó en el aire como respuesta. Al otro lado de la habitación, Kazik comenzaba a moverse.

La cabeza de Wojciech giró. Una serie de emociones recorrió su rostro. Ira, principalmente, pero luego se transformó en sorpresa.

—Ese es…

—Somos amigos de Gisela —dijo Aleksey de prisa, dirigiendo nuevamente la atención del goblin acuático hacia él—. Venimos a hablar con ella. Hubo un malentendido. Ella desapareció en el río, así que Kazik se aventó para buscarla, y yo lo seguí para asegurarme de que llegara a salvo.

No estaba dispuesto a dejar que Kazik fuera al agua solo, sabiendo lo que podría haber aquí abajo. Él sería quien tomaría el último aliento de Kazik, no algún otro espíritu. De hecho, si Aleksey no hubiera arrastrado al cazador esa última parte a través de los círculos protectores que rodeaban el reino de Wojciech, Kazik probablemente se habría ahogado.

Un ceño fruncido arrugó el rostro increíblemente juvenil del goblin acuático. La mirada que le lanzó a Aleksey estaba llena de sospecha.

—¿Cuál es tu nombre? O debería decir, ¿cuál es el nombre del chico cuyo cuerpo estás usando?

Un músculo se tensó en la mandíbula de Aleksey.

—Mi nombre es Aleksey. —Su propio nombre, su verdadero nombre, era impronunciable por lenguas humanas.

—Aleksey —repitió el goblin acuático y cerró los ojos como si estuviera sufriendo. Los abrió nuevamente y continuó, cansado—, por supuesto. Eres el chico que le dio esa flor a Gisela. Ella no sabe lo que eres, ¿verdad? Y dudo que el exorcista lo sepa. —Frunció el ceño, claramente tratando de armar el rompecabezas—. Explícate.

Aleksey echó otra mirada cautelosa hacia Kazik, pero seguía tirado en el suelo en posición fetal. En voz baja, dijo,

—La primavera pasada me enviaron a observar a Kazik y a su abuela. El leshi había oído que la magia divina de la vieja bruja estaba desapareciendo. Pensó que esta podría ser nuestra oportunidad para recuperar el control de los manantiales sagrados de los humanos. Pero me descubrieron. Kazik y yo luchamos, y me retiré al bosque, donde me encontré con un chico dormido bajo un árbol. Siempre es más fácil entrar en un cuerpo que no puede defenderse…

—Así que tomaste el control de ese cuerpo y su identidad —terminó Wojciech por él.

—Necesitaba un lugar donde esconderme. Estaba… débil. —Le dolió el orgullo admitirlo en voz alta. Tampoco quería que los otros biesy supieran que lo habían derrotado tan gravemente. La fuerza era muy valorada entre los espíritus del bosque—. Estuve apenas consciente durante los primeros meses. Me ha tomado tiempo recuperar toda mi fuerza, y me di cuenta de que este chico que poseía sabía mucho sobre Kazik. Podría acercarme a Kazik de esta forma. Tal vez incluso lo suficiente como para apoderarme de su cuerpo.

—Y, sin embargo, sigues en ese cuerpo. —El goblin acuático levantó una ceja—. Un año completo y no encontraste ni una sola oportunidad para poseerlo. ¿Qué tanto lo has intentado realmente?

Aleksey se puso a la defensiva.

—Él es cuidadoso. Su abuela le dejó protecciones.

—¿Y Gisela? ¿Qué significa ella para ti? Si no me equivoco… —La voz de Wojciech bajó a un tono mortalmente bajo; los listones de agua se apretaron más y más alrededor del cuerpo de Aleksey—. Tú eres quien hirió a Kasia, y esa misma noche…

—Yo nunca toqué a Gisela —interrumpió Aleksey rápidamente—. Y la bruja me atacó primero. Solo me defendía. Gisela simplemente estaba en el lugar equivocado en el momento equivocado. Me vio apoderarme de este cuerpo. No creo que siquiera haya entendido lo que estaba pasando. —Y había estado con tanto dolor, retorciéndose en el suelo después de su pelea con Kazik, que no estaba en condiciones de intentar explicar lo sucedido, ni de detener a Roza de ir tras ella.

—Ella huyó asustada y cayó del viejo muelle. Su muerte fue un accidente desafortunado.

De verdad se sentía mal por ello. Era la primera vez que sentía algo cercano a la culpa. Pero, ¿cómo iba a saber entonces que esa chica era Gisela? ¿Cómo iba a saber entonces que ella era alguien por quien llegaría a preocuparse? No era su culpa. Si alguien tenía la culpa, eran los cazadores. Ellos eran los que demonizaban a los biesy. Ellos eran los que enseñaban a chicas como Gisela a temerle a los espíritus.

—Me gusta Gisela. La admiro. —Su influencia sobre Kazik, la forma lenta en que estaba transformando sus creencias, era más dañina que cualquier cosa que Aleksey hubiera logrado hacerle al cazador—. Al principio no podía entender por qué se estaba acercando tanto a Kazik. Supongo que tú la enviaste para seducirlo. ¿También la ayudaste a volverse humana para ese propósito?

La expresión de Wojciech se oscureció.

—No. Nunca usaría a las ninfas acuáticas de esa manera. Gisela bebió una poción que contenía media gota de Agua Viva. Ella desea recuperar su humanidad. Pero para hacerlo, debe recibir un beso de un mortal. Incluso logró engatusar al cazador para que hiciera de cupido. Desafortunadamente, el chico mortal en quien se fijó parece no ser tan mortal después de todo. —Y miró fijamente a Aleksey.

Oh.

Oh.

Muchas cosas de repente empezaron a tener sentido. Entonces esa era la razón por la que Gisela había estado tan cerca de Kazik, y esa era la razón por la que Kazik quería que la besara. Aleksey no pudo evitarlo. Se rio. En verdad, Gisela era fuera de lo común. Una chica diferente a cualquier otra que hubiera conocido antes. Cada vez que pensaba que la entendía, ella lo sorprendía.

Aunque al mismo tiempo, sintió una pequeña punzada de decepción. ¿Encontraba tan aborrecible ser un espíritu?

—¿Eso es siquiera posible? —dijo, medio para sí mismo—. ¿Puede una ninfa acuática realmente recuperar su humanidad? —Había visto la transformación actual de Gisela con sus propios ojos. Había sentido la calidez de su piel. Pero si se trataba de una transformación verdadera, eso era discutible.

La muerte había dejado huellas en Gisela cuando la convirtió en un espíritu. Había sido cambiada de maneras que no podían deshacerse, de maneras que quizás aún no eran claras.

No importaba lo que sucediera después, ningún espíritu vería a Gisela como una mortal común. Como Kazik, ella siempre sería algo más que humana.

—Si logra recuperar su vida, será algo completamente nuevo.

—Si lo logra —repitió Wojciech—. Si la poción pierde su efecto antes de que reciba un beso, se desvanecerá hasta desaparecer.

Los ojos de Aleksey se abrieron alarmados. Había notado el cambio en Gisela hacía más de un día.

—¿Cuánto tiempo le queda? ¿Cuánto duran los efectos…?

Un suave gemido lo interrumpió.

Volteó el cuello para encontrar a Kazik moviendo sus manos y rodillas con movimientos lentos y pesados.

—Va a llevarse una gran sorpresa cuando se entere de lo que eres —comentó Wojciech en voz baja.

—No creo que sea necesario revelar eso ahora, ¿o sí?

—¡Vaya! —Una sonrisa lenta se extendió por el rostro de Wojciech, mostrando un conjunto perfecto de dientes tan afilados como los de un tiburón—. ¿Es esa tu forma indirecta de pedirme que guarde tu secreto? Iba a matarte yo mismo, pero creo que será mucho más entretenido verlo a él hacerlo.

Aleksey mantuvo su rostro calmado y sereno, pero su corazón golpeaba fuerte en su pecho.

—¿Estás seguro de que eso es lo que quieres? Si le dices lo que soy, se irá a la basura todo el esfuerzo que Gisela y yo hemos hecho. Kazik ha estado comenzando a aceptar la idea de que no todos nosotros somos monstruos. Ha estado ayudando a los espíritus. Incluso se ha enamorado de uno.

Las cejas de Wojciech se alzaron.

—Él vino tras Gisela, ¿verdad? Se lanzó directamente al río sin dudar, sin importar los riesgos. —La abuela de Kazik se revolcaría en su tumba si lo supiera, y tal vez eso fuera suficiente venganza—. Si un beso de un mortal es lo que Gisela necesita… —Aleksey dejó la frase en el aire, reprimiendo una pequeña chispa de envidia al saber que Kazik tendría que ser quien la besara. Aleksey estaba en un cuerpo mortal. ¿No podría eso contar? Probablemente sería mejor no arriesgarse.

—Si revelas lo que soy, podrías poner en peligro la relación que tenemos los tres. Podrías hacer que Kazik se vuelva en contra de los espíritus otra vez. Contra Gisela.

El agua caía del cabello de Wojciech sobre sus ojos; ni siquiera parpadeó, mantuvo su mirada fija en Aleksey. Un latido pasó, luego otro.

Si Wojciech decidía exponerlo, no habría casi nada que Aleksey pudiera hacer para salvarse. Su pulso aumentó un poco pero luego, abruptamente, los listones de agua que lo ataban se disolvieron con un chapoteo.

40

EL GOBLIN ACUÁTICO

Kazik

La confusión inundó la mente de Kazik. Por un momento no supo dónde estaba. Su cabeza latía con un dolor que competía con el de su pecho y sus pulmones. Sus manos encontraron el suelo y se impulsó hacia arriba, se puso de rodillas, pero se movió un poco demasiado rápido. El mundo se desdibujó. Parpadeó con fuerza y enfocó el cuarto. Zarzas de rosa y charcos de agua cubrían el piso decorado con un patrón de lunas crecientes y olas doradas, cuyas formas reflejaban la luz de la luna que se filtraba a través del techo de cristal abovedado.

Cristal.

La adrenalina recorrió el cuerpo de Kazik mientras sus recuerdos regresaban de golpe: se sumergió en el río tras Gisela. El ahogador. Fue arrastrado hacia las profundidades. Su última visión borrosa del Palacio de Cristal del goblin acuático.

Un grito asustado y un fuerte golpe atrajo su atención hacia el otro lado de la habitación. Su mandíbula se abrió de par en par. Aleksey también estaba ahí, tendido en el suelo con una mano aferrada a su brazo opuesto, y de pie frente a él…

¿Otro ahogador?

Kazik se obligó a ponerse de pie. Estuvo al lado de Aleksey en un suspiro, con sus manos en los hombros de él, examinándolo en busca de heridas. ¿Cuándo había saltado al río?

—Estás herido.

—Solo del hombro. —Aleksey le sonrió de forma tranquilizadora, pero la sonrisa no llegó a sus ojos. Su mirada cayó—. Tal vez quieras tomarte un momento para rendir tus respetos, Kazik. Estás en presencia del famoso goblin acuático.

Kazik miró hacia atrás, sus ojos se agrandaron cada vez más conforme absorbía la imagen del espíritu ancestral. Había estado tan desesperado por alcanzar a Gisela que no había considerado qué o, mejor dicho, quién más podría estar acechando esas profundidades.

¿Esta era realmente la creatura a la que Gisela se refería como el viejo sapo? ¿El astuto y malvado espíritu con el que había chocado su abuela? Wojciech no parecía mucho mayor que Kazik. Aun así, había algo en su presencia, una amenaza silenciosa que no podía negarse. La boca de Kazik se abrió y se cerró. Se abrió de nuevo. «Dios me proteja». Las palabras empezaron a salir de su boca antes de que pudiera reconsiderarlas.

—Discúlpeme, no lo reconocí. Pensé que se vería más viejo.

La expresión de Wojciech se endureció.

Aleksey soltó un sonido ahogado que podría haber sido una risa, pero terminó convirtiéndose en un sonido de dolor.

Kazik se volteó hacia él.

—¿Qué te hizo?

—Mucho menos de lo que merecía. —Los ojos color vino del goblin acuático parecieron brillar en la penumbra de ese lugar frío y fantasmal—. Así que has logrado llegar hasta aquí, igual que lo hizo tu abuela. Pero, ¿cómo piensas escapar?

—No pensaba escapar. —La voz de Kazik salió rasposa.

Aclaró su garganta. Incluso el aire aquí era húmedo; casi esperaba que salieran burbujas de su boca al respirar.

—No vine aquí a pelear contigo, por favor perdona nuestra intrusión. Solo estaba tratando de llegar a Gisela. Necesito hablar con ella.

Wojciech lo miró con dureza durante un momento que se sintió eterno.

—Uno no llega a ser tan viejo como yo confiando en la palabra de los humanos.

—Por favor —le dijo Kazik, temblando. El agua escurría de su ropa. —Sé que no tienes absolutamente ninguna razón para confiar en mí. Pero te juro que no le haré daño a ella ni a nadie aquí. Solo necesito verla. Yo… necesito disculparme con ella.

—Yo puedo avalarlo —dijo alguien con una voz aguda.

Kazik escuchó la respiración sorprendida de Aleksey cuando un niño pequeño asomó la cabeza desde detrás de la gran columna en el centro de la habitación. Estaba vestido completamente de negro y llevaba una capa de plumas tan oscuras como la tinta. No, no era una capa. Eran alas. A medida que el niño se acercaba, Kazik vio que había más plumas negras entremezcladas con su cabello oscuro. La comprensión lo golpeó.

Latawiec.

—No recuerdo haber pedido tu opinión —le dijo Wojciech bruscamente.

El niño le dedicó a Kazik una sonrisa de dientes afilados. Sus ojos eran de un azul oscuro.

—Me ayudaron cuando un grupo de cuervos me atacó —le dijo a Wojciech—. Solo les estoy devolviendo el favor. Me enseñaste que eso son los modales.

—También te enseñé que es grosero escuchar en secreto.

—Solo a ti. Dijiste que estaba bien escuchar a los humanos.

Kazik se maravilló con el intercambio. No solía ver espíritus de diferentes afinidades interactuar. Su abuela había dicho que era usual que pelearan entre ellos casi tan a menudo como lo hacían con los mortales, en lugar de combinar su fuerza.

—Por favor —interrumpió Aleksey—. Deja que Kazik vea a Gisela.

La mandíbula de Wojciech se tensó. Por un momento, pareció que iba negarse solo por el gusto de ser difícil. Observó a Kazik durante otro largo momento, buscando algo en su rostro, su mirada bajó a la medalla plateada que Kazik llevaba, que había sido de su abuela. Los ojos de Wojciech se volvieron distantes, quizá fijos en algún recuerdo del pasado. Luego suspiró.

—Muy bien. Lo permitiré. Esta vez. Puedes verla. Ojalá no llegues demasiado tarde.

41
DESAPARECER

Gisela

—Aquí —dijo Miray con orgullo, y le entregó a Gisela una taza de té demasiado familiar, estampada con hojas de oro en un delicado patrón de lirios de agua.

«Será una excelente prisión para un alma», le había dicho Wojciech a Gisela solo unas horas antes. Casi quiso reírse de la ironía.

La taza de té volteada chocó con furia contra su plato. Había sido idea de Miray encerrar al bies dentro de ella. «¿Qué crees, que después de casi un siglo con el goblin acuático no he aprendido algunos de sus trucos?». Les había preguntado mientras trabajaba la magia.

Un tenue resplandor místico aún emanaba de la porcelana. Era un castigo adecuado, no pudo evitar pensar Gisela, estar atrapada dentro de una taza de té y enterrada en el fondo de un río por toda la eternidad. Después de todo, ese demonio había querido atraparla dentro de su propio cuerpo. La habría empujado hacia las profundidades de sí misma y la habría mantenido ahí, encerrada en la oscuridad.

—¿Dónde deberíamos…? —Gisela comenzó a toser. Su garganta estaba llena de moretones y su voz estaba ronca.

Miray tomó de nuevo la taza de té.

—Estaba pensando en esconderla entre la colección de Wojciech. ¿O prefieres guardarla tú?

Gisela negó con la cabeza vehementemente.

—Entonces le encontraré un lugar en las estanterías del atrio. Tuvo suerte de que Wojciech tuviera una taza vacía como esta por ahí —Miray salió de la habitación.

Gisela se sentó al borde de la cama con dosel de Yulia. Tenía los ojos enrojecidos y el cabello todo enredado. Sus rodillas estaban llenas de sangre y sus brazos cubiertos de rasguños rojos donde las ramas le habían dejado marcas mientras huía por el bosque. El hermoso vestido verde menta que Kazik le había regalado estaba irremediablemente embarrado de lodo. Se mordió una uña e intentó escuchar el alboroto fuera de la habitación: el apresurado golpeteo de pasos, los susurros ahogados y los murmullos emocionados de las otras ninfas acuáticas.

Sus voces se cortaron cuando la puerta del dormitorio se cerró con un clic detrás de Yulia. Por un segundo, ella se quedó viéndola, y luego dijo:

—Tomaste la poción, ¿verdad?

—¿Cómo lo supiste? —musitó Gisela. Incluso si no hubiera podido ver su apariencia desarreglada y borrosa en la superficie lisa del espejo de agua de Yulia, lo podía sentir. Se sentía ligera, pero no de la forma divertida en la que las bebidas del festival la habían hecho sentir, sino insustancial, como si la más ligera brisa pudiera desintegrarla. Sabía que tomar la poción era un riesgo, pero no había pensado que…

Se abrazó a sí misma en un intento desesperado de mantener su cuerpo ahí.

—Vi a ese demonio del bosque pasar sus garras directamente a través de ti —dijo Yulia, que tomó su pregunta literalmente—. La mayoría de nosotras lo vimos.

Gisela hizo una mueca.

—Ninguna de las otras dijo nada.

—No quieren molestarte. Eso, y están demasiado ocupadas buscando formas de ayudar.

Gisela se sentó derecha.

—Zamira está intentando convencer a todas de ir a buscar la flor de helecho en el bosque. Cree que su magia podría salvarte. Mientras que Miray sugirió que rompiéramos las protecciones de Villa Violetta y te lanzáramos a las aguas curativas de la fuente. Y Clara y Nina-Marie quieren arrastrar a ese chico que te gusta hasta aquí y hacerlo besarte por la fuerza. Están afuera afilando sus cuchillos en este momento.

La boca de Gisela se abrió y se cerró. Su corazón se sentía abierto como una herida. Había intentado con tantas fuerzas no pensar en ese lugar como su hogar, no pensar en estas chicas como sus hermanas. Pero estaba tan agradecida de estar ahí, al final, con ellas. Rodeada por personas que habían acudido a ayudarla cuando las necesitó, incluso sin pedirlo. Sabía sin ninguna duda que se preocupaban por ella, aunque algunas de ellas tuvieran una manera bastante asesina de demostrarlo.

No se sentía digna de su amor. No había hecho nada para merecerlo. Se desplomó de nuevo sobre la cama y se acurrucó en sí misma, presionando su frente contra sus rodillas, soltó un grito angustiado cuando se hundió directamente a través del colchón y la base de la cama.

—¡Gisela!

Gisela salió arrastrándose de debajo de la cama. No creía haber visto nunca a Yulia tan asustada, ni siquiera cuando estaban luchando contra el bies. La ninfa acuática estuvo a su lado en un instante, extendiendo la mano para ayudarla a levantarse.

La mano de Gisela pasó directamente a través de la de Yulia. Solo en el segundo intento fue lo suficientemente sólida como para tomarla. Le dio a Yulia una sonrisa acuosa.

—¿No vas a decir *te lo dije*?

—Lo diré cuando no te estés convirtiendo en un maldito fantasma. Dios mío. No llores. Por favor. Me harás llorar.

—Yulia pasó una mano frenética por su corto cabello castaño—. Lo solucionaremos. Tiene que haber una manera. Wojciech... Wojciech es tan viejo como este maldito río. Tiene que saber cómo librarte de esta magia. Habrá una forma. Algo. —Ahora estaba arrodillada en el suelo, sobre la alfombra junto a Gisela, cerca de un montón de ropa, de camisas y pantalones de hombre entre los que sin duda había estado decidiendo antes de elegir su atuendo para esa noche.

Gisela negó con la cabeza. No quería preocupar a Wojciech.

—Tal vez podamos atrapar tu alma en una de sus tazas de té o...

Yulia golpeó su palma con el puño.

—En mi pueblo solían decir que si el goblin acuática reclamaba a una chica como su esposa, se convertiría en un tipo especial de rusalka. ¡Podríamos hacer una boda!

—Tienes que estar bromeando. —La mirada de desaprobación que Gisela le dio a Yulia fue suficiente para hacer que la otra chica se retractara.

Yulia acercó sus rodillas al pecho y descansó su barbilla sobre ellas.

—Solo fue una idea —dijo a la defensiva. Y luego, más tranquilamente, añadió—: Lo siento. Por todo. Por cómo me he comportado. Cuando dijiste que querías irte a casa, me lo tomé personal. No estoy... no estaba celosa. Me caes muy bien, pero no me gustas de esa manera. Y sé que a veces digo cosas horribles sobre tu gusto por los chicos. Miray siempre me regaña por eso. Sé que son solo mis inseguridades. Pero cuando insistías tanto en irte, sentí que era un rechazo hacia nosotras. Sabes que entré en este río de forma voluntaria, ¿verdad? Elegí esto. Y te resentí por querer dejarlo todo y regresar al mundo normal. Porque sentí que no éramos lo suficientemente buenas para ti. —Sus palabras salieron precipitadas, como si estuviera tratando de decirlo todo de un solo aliento mientras aún tuviera la oportunidad, como si no tuvieran mucho tiempo.

Gisela supuso que no lo tenían y la vergüenza la invadió. Nunca había querido hacer que nadie, especialmente Yulia, pensara que no era lo suficiente para ella. Era justo como con Tamara. Estaba tan sumida en su propio dolor, tan enfocada en lograr su objetivo, que no se había dado cuenta de a quién estaba lastimando.

¿Por qué siempre se daba cuenta de estas cosas cuando ya era demasiado tarde?

—Sentí que no te importaban nuestros sentimientos —dijo Yulia—. Tu antigua familia podrá extrañarte si no regresas, pero nosotras, tu nueva familia, aquí, también te extrañaremos si te vas.

—Santos… —Gisela exclamó, a punto de llorar—. Ahora sí me siento como si me estuviera muriendo.

—No te estás…

—Desearía poder hacer ambas cosas —confesó—, quedarme aquí y regresar a casa —Si estos fueran sus últimos momentos, más valía que fuera honesta con Yulia y con ella misma—. La verdad es que me encanta estar aquí. Creo que he sido más feliz aquí de lo que jamás fui en casa. Pero me sentía culpable porque no podía compartir nada de esto con Hugo. Me sentía mal por disfrutarlo sabiendo que él no podía.

Si hubiera podido llevar a Hugo ahí para que experimentara los placeres que esa nueva vida le había dado también… Pero los mortales comunes no podían sobrevivir en el mundo de los espíritus bajo las aguas; con el tiempo también se convertirían en espíritus. Y Gisela sabía en el fondo que parte de la razón por la cual disfrutaba tanto su tiempo ahí era porque podía vivir una vida que no giraba en torno a su hermano.

Tragando con dificultad, comenzó a quitarse la corona de flores de la cabeza, sacando los alfileres que la mantenían en su lugar. Intentó concentrarse en las cosas buenas. Hacer las paces con lo que estaba a punto de suceder. Se suponía que debía haber muerto un año atrás. En cambio, le habían regalado tiempo extra.

Había experimentado más en su corta vida que las personas que vivían durante años y años. Había conocido a Yulia, Miray, Zamira, Nina-Marie y Clara. Tamara. Wojciech. Había conocido tantos espíritus, algunos malvados, algunos buenos. Había conocido a Aleksey y Kazik. Había hecho tantas cosas que no había tenido la oportunidad de hacer en casa. Había experimentado más de lo que jamás soñó.

Colocó la corona sobre la alfombra. Las flores ya se estaban marchitando.

—Mi corona siempre se hundía —dijo Yulia suavemente—, cuando intentaba hacerla flotar en el río. Cada víspera de San Juan. Sin falta. Cada corona que hacía se hundía como una piedra. Dicen que eso significa que tienes mala suerte en el amor. Solía desear que una hermosa rusalka nadara hacia mí, me robara la corona y me llevara con ella.

Gisela soltó una risa.

—Tal vez tengas que hacer eso.

—¿Qué?

—Robarle la corona a una chica humana y traértela.

—¿Ser la novia monstruo que quiero ver en el mundo, quieres decir?

—¿Por qué no? —dijo Gisela—. Debe haber otras chicas por ahí esperando que una ninfa acuática les robe la corona.

—Pero olvidas que odio a los humanos.

—No parecía que odiaras a la chica que estabas cargando esta noche. —Gisela levantó las cejas con picardía—. Vi la forma en que te miraba.

Yulia esbozó una sonrisa.

—¿Celosa? Es muy guapa, ¿verdad? Casi tan guapa como yo.

Gisela puso los ojos en blanco, y por un breve momento, todo se sintió tan normal: las dos ahí, sobre la alfombra en la habitación de Yulia, compartiendo chismes y secretos. Lo había extrañado. Había extrañado hablar con Yulia así. Había extrañado a su amiga.

Los ojos de Yulia volvieron a llenarse de lágrimas, probablemente estaba pensando lo mismo. Se acercó, y dejó caer su cabeza sobre el hombro descubierto de Gisela, rodeándola con un brazo.

—No quiero que te vayas. Quiero que te quedes.

El rostro de Gisela se arrugó. Nuevas lágrimas resbalaron por sus mejillas. Lloró ruidosa y desordenadamente, como una niña, apretó los ojos y presionó su rostro contra el cuello de Yulia. Yulia intentó frotar círculos en su espalda, pero nuevamente el toque pasó a través de Gisela como si no fuera más que aire.

¿Qué iba a hacer? ¿Cuánto tiempo le quedaba? No estaba lista para dejar ese mundo. No creía estarlo alguna vez.

—Estoy asustada —susurró.

—Está bien —dijo Yulia con firmeza—. No te vas a ir a ningún lado. No te voy a dejar…

Alguien golpeó fuerte la puerta.

Gisela se apartó, se talló los ojos frenéticamente. La puerta se abrió de golpe. Miray, Nina-Marie y Clara entraron precipitadamente en la habitación. Justo detrás de ellas, una figura delgada de cabello castaño rojizo entró.

Gisela le enseñó los dientes a Akiva.

—¿Qué haces aquí?

—Créeme —dijo él—. Preferiría estar en cualquier otro lugar.

—¡Tenemos noticias! —interrumpió Miray con urgencia—. Algo extraño está pasando.

—¿Extraño? —Yulia se levantó de un salto.

Miray empujó a Akiva.

—Diles, rápido.

El ahogador aclaró su garganta con importancia, tomándose su tiempo.

—Entonces, ahí estaba yo, bebiendo tranquilamente a la luz de la luna, flotando boca abajo en el río, fingiendo ser un cadáver para asustar a los humanos en el festival, cuando siento que ustedes causan un alboroto en el agua. Por supuesto, voy a ver qué pasa.

—Por supuesto —murmuró Gisela. Probablemente esperaba meterlas a todos en problemas con Wojciech.

—De todos modos, la pelea, o lo que haya sido, terminó antes de que yo llegara. Pero, mientras miraba alrededor, de repente este chico corre y se tira al río. Momentos después de que todas ustedes se sumergieron. ¿Y saben quién era? —Akiva hizo una pausa para crear dramatismo—. El maldito cazador.

—¿Qué? Gisela y Yulia dijeron al unísono.

—Así que pensé —continuó Akiva—, debería ahogarlo. Está en nuestro territorio. Era la oportunidad perfecta. Empiezo a arrastrarlo hacia abajo, pero luego empieza a brillar y me lanza un golpe justo aquí.

Se abrió la camisa, mostrando una zona de carne chamuscada.

—¡Con fuego santo o algo así! En serio. ¡Bajo el agua! Pensé que iba a morir.

Y luego, otro chico humano salta al río de la nada. Había algo en él…

Akiva hizo una pausa, temblando.

—Pero como sea, debieron ver la mirada que me lanzó. Me dio escalofríos. Ahí fue cuando salí corriendo.

Gisela lo miró fijamente. No podía entender la historia. Nada de eso tenía sentido. Kazik saltando al río. Invocando fuego santo. ¿Había vuelto su magia? Y el otro chico…

¿Aleksey?

Los recuerdos pasaron ante sus ojos, aún más vívidos esta vez: el claro cubierto de hojas. La lluvia de pétalos rojos. El crujir de las ramas bajo sus zapatos. El aroma dulce y terroso del bosque. Su respiración se detuvo al ver la figura agachada en la hierba. Un chico luchando por levantarse, y detrás de él… la sombra monstruosa de los cuernos del bies.

El sonido de Yulia moviéndose hizo a Gisela volver al presente. Estaba medio convencida de que su mente le estaba jugando trucos. ¿Quizá estaba recordando mal? ¿Tal vez ese chico no era

Aleksey? ¿No habría mostrado alguna señal de reconocimiento cuando se conocieron? Pero esos ojos...

Gisela miró de reojo. Yulia parecía tan confundida como ella.

—Gisela, ¿sabes por qué Kazik saltaría al río? —preguntó Nina-Marie con ansiedad—. ¿Crees que piensa que herimos a esa chica humana? La que estaba poseída. Tal vez no debimos dejarla...

El sonido de pasos acercándose hizo que todas se tensaran.

Pero resultó ser solo Zamira.

Entró en la habitación a toda velocidad, sus rizos negros y brillantes rebotaban sobre sus hombros, casi tropieza con sus propios pies pequeños.

—¡Gisela! ¡Gisela! ¡Es el cazador! ¡Está aquí! ¡Se metió en el palacio para verte! Wojciech dijo que puede, si tú estás de acuerdo.

Gisela se quedó boquiabierta con la noticia. Todas lo hicieron. Todas excepto Yulia.

—Voy a hablar con ese viejo sapo —dijo, furiosa. Tenía un pie fuera de la puerta cuando Gisela la agarró de la manga.

—¡Espera! ¡Espera, Yulia! Yo... yo me encargaré de él. Hablaré con Kazik.

Tenía que hacerlo, aunque fuera lo último que hiciera.

42

LA CONFESIÓN

Gisela

Se sentaron en la galería, un largo pasillo curvo lleno de sombras verdes y azules desde las que se podía ver directamente a través de las paredes de cristal del palacio hacia el río afuera. Kazik ya estaba ahí, de espaldas, viendo una escuela de peces plateados nadar entre un grupo de juncos verdes que se movían con la corriente. Su cabello y ropa estaban empapados. Parecía que realmente se había tirado al río tras ella, como había dicho Akiva.

¿Pero por qué? Gisela no lo entendía. ¿Por qué molestarse en ir tras ella?

De repente, él se volteó al percibir su presencia. Sus ojos cafés, profundos, la encontraron antes de que bajara la vista al suelo, e hizo una mueca, como si le doliera físicamente mirarla. Una pequeña parte de Gisela se sintió satisfecha de verlo tan culpable, como un ladrón atrapado con las manos en la masa.

Debería sentirse culpable. Su boca se abrió y cerró, las palabras y excusas murieron en sus labios.

Se preguntó cómo la vería él, si la vería horrible con su vestido rasgado y sucio, si la vería enojada. Quería estar enojada, y lo estaba, pero después de todo lo que había pasado —después del terror de descubrir que la poción estaba por llegar a su fin, después de luchar por su vida en la orilla del río— ese enojo parecía casi superficial, especialmente en comparación con la furia que había sentido cuando enfrentó al bies.

Demasiadas cosas habían sucedido a la vez. Fue demasiado, demasiado rápido. Solo se sentía vacía. Hueca. Ni siquiera había procesado lo que acababa de suceder. Sentía como si hubiera visto a Kazik besar a Aleksey hacía toda una vida.

Sus pies descalzos no hicieron ruido al acercarse, cada paso era tan silencioso y suave como el de un fantasma. Le había tomado tres intentos lograr que su mano se volviera lo suficientemente sólida como para abrir la puerta hacia la galería.

Se detuvo frente a él. Un pesado silencio se instaló entre ellos, ambos esperaron que el otro lo rompiera, ninguno de los dos sabía cómo, ninguno quiso ser el primero en hablar.

Después de una larga pausa, Gisela dijo:

—Bien jugado.

Al mismo tiempo, Kazik dijo:

—Yo…

Se miraron fijamente.

—De verdad te creí —dijo Gisela—. Te creí que me estabas ayudando. ¿Te divertiste viéndome hacer el ridículo por Aleksey? ¿Todo esto fue solo una broma para ti?

Kazik se estremeció como si las palabras lo hubieran golpeado.

—No, yo… —Se pasó una mano por el cabello, angustiado.

—Hasta pensé que yo te gustaba. —La garganta de Gisela comenzó a arder. Podía sentir que le costaba hablar, pero se negó a llorar frente a él. Había sido tan tonta.

—¿Por qué no dijiste algo cuando te metí en esto, cuando te pregunté si te gustaba él?

Porque eso era lo que más le dolía. Si él le hubiera dicho cómo se sentía, ella le habría pedido que la emparejara con alguien más. No se habría hecho ilusiones. Se frotó los ojos traidores con su mano derecha.

—¿Por qué estás aquí, Kazik? ¿Qué quieres? ¿Sabes siquiera en qué palacio estás parado? —Era un milagro que Wojciech aún no hubiera atrapado el alma del cazador en una taza de té—. ¿Sabes cuánto peligro corres?

—Tengo miedo de perderte. Tengo *más* miedo de perderte que de lo que pueda pasarme aquí.

Gisela se quedó tan sorprendida por la confesión que se le olvidó lo que iba a decir a continuación.

—Iría a peores lugares por ti —le dijo Kazik, dando un paso más cerca.

Gisela dio inmediatamente dos pasos atrás. Sus omóplatos chocaron con la pared detrás de ella. O deberían haberlo hecho.

En su lugar, la solidez de la pared cedió como agua. Ella pasó directamente a través del cristal. Por un momento desgarrador, pareció derretirse en la pared.

—¡Gisela! —Kazik saltó hacia adelante.

Gisela levantó las manos.

—¡No! ¡No me toques!

Kazik se quedó inmóvil. Los brazos extendidos de Gisela parpadeaban, desapareciendo y reapareciendo, ausentes un momento y luego de nuevo ahí al siguiente. Temblando, se inclinó hacia adelante, apartándose de la pared.

—¿Qué te está pasando? —susurró Kazik.

—La poción se está acabando. Puede que haya algunos, um, efectos secundarios.

—¿Qué tipo de efectos secundarios?

Gisela tragó con dificultad. Intentó mantener el temblor fuera de su voz.

—¿Me estoy convirtiendo en un fantasma? —Pudo ver su propio miedo reflejado en el rostro de Kazik. Era la primera vez que lo veía realmente asustado.

Miró su reflejo en la pared cristalina. Sus bordes se desvanecían, etéreos como el humo que se levanta de la llama de una vela. Se veía tan efímera como la niebla, como si bastara un solo aliento de Kazik para borrarla de la existencia. No había nada que la mantuviera anclada ahí. Nada que la retuviera.

—¿Qué? —dijo débilmente— ¿Ni una sonrisa? ¿No es esto lo que querías desde el principio? Pensé que estarías feliz. Un monstruo menos en el mundo, ¿verdad? Tus santos estarán complacidos. Tal vez por eso finalmente has recuperado tu magia.

—Eso no es… Esa no puede ser la razón… —Kazik respiró hondo, luchando contra el pánico. Sus manos se cerraron en puños a los lados—. ¿Cómo lo arreglamos?

—No puedes. Así funciona la poción.

Kazik la miró horrorizado.

—¿Sabías de los efectos secundarios antes de beberla?

Gisela no respondió.

Kazik levantó los ojos al cielo.

—Siento que es muy injusto que me juzgues ahora, cuando literalmente podría tener solo segundos antes de desvanecerme por completo. ¡Pensé que podría hacer que Aleksey me besara antes de que se me pasara! ¡Así recuperaría mi humanidad para siempre! No esperaba que él besara a otra persona. —La garganta de Gisela se apretó.

Kazik miró al suelo.

—¿Eso aún funcionará? —preguntó en voz baja.

—¿Qué?

—¿Recuperarás tu humanidad si un mortal te besa?

No lo sabía. ¿Lo haría? ¿Realmente importaba ya?

Kazik se acercó más.

—¡No! Solo… —Gisela se estremeció, esperando que sus dedos pasaran a través de ella. Pero cuando sus manos descansaron sobre sus hombros, no se deslizaron a través de ella. Pudo sentir su peso. Su calor sujetándola en su lugar. Era como si sus manos sobre ella fueran lo único que la ataba a este mundo. Y tal vez, en ese momento, lo eran.

Kazik se inclinó. ¿De verdad iba a…?

—No tienes que hacerlo —soltó Gisela, cuando apenas había un suspiro de aire entre sus labios—. ¿Y Aleksey? ¿Y qué pasa si no funciona? —Su corazón latía con fuerza. ¿Y si ya era demasiado tarde? ¿Y si ya no podía recuperar su humanidad?

—Entonces lo resolveremos juntos —Kazik apretó su agarre sobre sus hombros—. No me importa si eres humana, espíritu o algo completamente diferente. No importa en lo que te conviertas, qué forma tomes, en qué demonio te transformes. No voy a dejarte ir.

—¿Y si eso significa que pierdes tu magia otra vez?

El nudo en la garganta de Kazik se movió cuando tragó.

—No me importa.

La visión de Gisela se nubló.

—Mentiroso. No tienes que forzarlo.

—No lo estoy forzando —dijo Kazik con firmeza—. Creo que he querido besarte durante mucho tiempo. Quería besarte incluso cuando eras insoportable. Yo... quería besarte a ti y a Aleksey. Creo que estoy un poco enamorado de los dos. Sé que tal vez no te guste eso. —Su rostro cayó, sus rasgos se pintaron de incertidumbre—. Si no quieres que te bese... puedo entender por qué te sentirías así. Puedo ir a buscar a Aleksey. Ambos vinimos por ti. Él insistió en que hablara contigo primero.

—¿Aleksey también está aquí? —La voz de Gisela salió como un susurro. Nuevamente, sus pensamientos giraron por los recuerdos recientemente recuperados. Vio el claro en el bosque y la gran sombra de cuernos que se levantó detrás de Aleksey mientras se arrodillaba en la hierba. Vio el torbellino violento de pétalos rojo sangre que la había protegido del fuego de Domek.

«Tal vez algún día te muestre mi verdadera cara, Gisela, si prometes no alejarte horrorizada».

Una horrible sospecha empezó a habitar lentamente la parte posterior de su mente.

Pero si había algo raro con Aleksey, si estaba poseído por un bies, entonces seguramente Wojciech lo habría notado. No dejaría entrar al palacio a nadie que fuera una amenaza.

¿Y un demonio del bosque sediento de sangre realmente estaría dispuesto a seguirla hasta lo más profundo del río solo para recuperarla?

La cabeza de Gisela daba vueltas por la duda. Estaba demasiado agotada, su mente demasiado consumida por los miedos inmediatos como para intentar armar el rompecabezas. Descifraría esto más tarde.

—Voy a buscarlo —dijo Kazik alejándose, interpretando su duda como una respuesta.

Gisela lo agarró del frente de su camisa.

—¡No! Yo… quiero que tú lo hagas. Bésame.

Las puntas de las orejas de Kazik se pusieron rosas. Buscó su rostro, trató de encontrar alguna señal de disgusto.

—¿No te parece raro?

—¿Que quieras besarnos a los dos?

—¿Tú quieres besarnos a los dos?

—¿Aleksey quiere? —replicó Gisela.

Kazik asintió. Gisela respiró hondo para procesarlo. Si fuera honesta, admitiría que se sentía un poco sorprendida y ligeramente escandalizada, pero no exactamente de una mala manera. Se sentía, sobre todo, profundamente aliviada de que ambos todavía la quisieran, de que ambos la desearan también. No quería perder a ninguno de los dos, y no pensaba ser capaz de elegir entre ellos de haber llegado a ese punto. Y si había aprendido algo, era que la vida podía ser dolorosamente corta. Así que, ¿por qué no enamorarse de tantas personas como pudiera? Como siempre, recurrió al humor para cubrir lo que realmente sentía:

—Bueno, si los cielos quieren que tenga dos novios, ¿quién soy yo para cuestionar…?

—Por el amor de Dios —dijo Kazik—, deja de hablar antes de que cambie de opinión.

—Solo digo, si este es mi destino… —Kazik se inclinó hacia adelante y cubrió su boca con la suya. Fue solo un pequeño beso, casi tímido, un ligero toque, un suave calor, pero inundó todo el cuerpo de Gisela. Fue un rayo como de relámpago. El aliento de Kazik acarició sus labios. Sus narices se rozaron.

—¿Eso es lo mejor que puedes hacer? —susurró Gisela, separándose solo lo suficiente para mirarlo a los ojos—. Casi ni lo sentí.

La mano de Kazik acarició su mejilla y su boca chocó contra la suya. Apretó una palma contra su pequeña espalda, aplastándola contra él con tal fuerza que pudo sentir cada plano firme de su cuerpo.

Cerrando los ojos, Gisela deslizó sus manos por su pecho y alrededor de su cuello antes de hundir los dedos en su cabello, acercándolo aún más, abriendo su boca contra la suya.

Una deliciosa calidez se desplegó dentro de ella, hormigueó a lo largo de sus brazos y piernas y llegó hasta sus pies. La sensación de euforia creció y creció hasta que sintió que se derretía, ardía, flotaba, hasta que lo único que la anclaba a este mundo era ese beso. Todo su ser hormigueaba. Sus rodillas empezaron a ceder.

Un suave resplandor plateado recorrió su piel, su brillo se extendió, creció hacia afuera como una rosa floreciendo hasta que blanqueó su visión. Con un destello de luz cegadora, todo desapareció.

43
NO MÁS SECRETOS

Gisela

Una suave voz reconfortante llamó a Gisela de vuelta a la consciencia. Se sentía… extraña. Su cuerpo estaba inusualmente pesado. La somnolencia la envolvía como una manta, pero no recordaba haberse quedado dormida. Estaba en una cama que no era la suya. Lo supo incluso antes de abrir los ojos. El colchón no era tan suave, las sábanas no eran de seda fría, y olían a lavanda y algo parecido al incienso.

—¿Gisela?

Con gran esfuerzo, abrió los ojos solo un poco. Formas y colores giraban y se unían. La luz del sol se deslizaba sobre los rasgos atemporales de Wojciech. Sus cejas estaban fruncidas por la preocupación. Estaba sentado en una silla junto a la cama.

—Aquí, bebe un poco de agua. Debes tener sed. —Le acercó un vaso a los labios—. ¿Cómo te sientes?

—Yo… —El mundo dio vueltas cuando intentó levantarse—. Mareada —dijo aturdida, y tomó un sorbo del vaso—. ¿Qué pasó? —Levantó una mano temblorosa para ver las sutiles venas verdiazules al interior de su muñeca, su palma pálida y sus dedos delgados, medio en espera de verlos desvanecerse.

No lo hicieron.

Gisela se pasó las manos por los brazos, por las piernas, por el torso, asegurándose de que aún estaba ahí. Se sentía… tangible.

Completa. Podía ver, sentir lo sólida que era su piel. Era una criatura de carne y sangre cálida y viva. Su corazón latía con un ritmo reconfortante en su pecho.

Se volteó hacia Wojciech con una pregunta en los ojos, casi demasiado temerosa de hacerla. «¿Es esto real? ¿Estoy soñando?».

La expresión del goblin acuático era agridulce.

—Supongo que debería ofrecerte mis felicitaciones.

Gisela estalló en sollozos.

—No puedo creer que realmente… —Se ahogó. Sus hombros temblaron durante varios momentos, no encontró palabras. Porque había funcionado. *Había funcionado.* Hizo un ruido al sollozar y se limpió las mejillas con fuerza.

Wojciech sacó un pañuelo de su bolsillo, solo para fruncir el ceño cuando el agua goteó de la húmeda tela de seda.

La imagen hizo que Gisela riera entre lágrimas. Se limpió la cara con el borde de la sábana de la cama, tomó una profunda y temblorosa bocanada de aire y cerró los ojos, tomándose un momento para saborear, para recordar lo que se sentía estar tan dolorosamente viva.

—¿Dónde estamos? —Miró a su alrededor en la habitación, observó el techo de madera inclinado y la ropa interior secándose en el radiador. Se dio cuenta de que era el dormitorio de Kazik.

—Esta es la cabaña de Kasia —dijo Wojciech—. Mi reino no es lugar para mortales, como bien sabes. Tenía la sensación de que no querrías arriesgarte a convertirte en espíritu otra vez, así que te traje aquí con la bendición de Kazik. Has estado dormida durante tres días.

—¿Tres *días*?

¿Había estado dormida durante tres días enteros? Gisela se miró a sí misma. Llevaba una camisa de algodón limpia, lo que significaba que alguien le había cambiado la ropa. El calor le subió a las mejillas. Esperaba que no hubiera sido Wojciech.

Él ajustó las almohadas, reacomodándolas detrás de ella, Gisela no pudo hacer más que dejarlo. Había algo reconfortante en ser consentida. Reclinado en su silla, el goblin acuático observó la habitación de muebles simples con palpable desdén.

—Ciertamente, no es un hogar digno de alguien de mi estatus. Nunca entenderé por qué Kasia prefirió un agujero como este antes que mi palacio.

—Aw, ¿también le pediste a la bruja que fuera tu hermosa novia del río? De repente ya no me siento tan especial.

—Me sorprende que estés celosa. Yulia me dijo que rechazaste la idea de casarte conmigo incluso cuando estabas a punto de desaparecer.

Gisela frunció el ceño.

—¿Yulia te cuenta literalmente todo?

—Oh, no podría guardar un secreto ni para salvar su vida. Es una de las cosas que me gustan de ella. Es una persona que comparte todo, en exceso. ¿También mencionó algo sobre que desearías poder quedarte aquí? —Era una pregunta, no una afirmación—. Ya no estás atada a las aguas en las que te ahogaste. Eres libre de regresar a casa cuando desees.

Casa.

Gisela se quedó sin aliento cuando por fin entendió.

Ahora podría regresar a casa. Podría ver a su familia otra vez. Era libre para dejar de rondar el río y regresar a su isla, a su antigua vida, a Hugo.

La emoción la recorrió, junto con un poco de incertidumbre. Wojciech debió haber leído la emoción en su rostro, porque dijo:

—Querer cosas para ti misma, Gisela, no borra tu amor por tu padre y tu hermano.

—Lo sé. —Gisela alisó una arruga de las sábanas. Lo sabía. Ahora. Aún amaba a su familia con pasión. Pero ahora entendía las cosas diferente, después de todo lo vivido. Cuidar de Hugo le había dado un sentido de propósito y le había hecho sentirse valorada, orgullosa y amada, pero también le había costado. Se había perdido muchas cosas que sus compañeros daban por sentadas. Se había perdido más de lo que había comprendido.

Se había sentido más sola de lo que había comprendido.

Incluso el demonio que poseía a Roza lo había dicho: se había convertido en algo interesante. Se había convertido en algo diferente. Había cambiado. Y tal vez fuera egoísta, pero ahora quería más para sí misma. Quería algo mejor para ella. Aún quería ser una buena hermana para Hugo, pero no quería ser su niñera. No quería ser su madre. Quería la oportunidad de vivir su propia vida. Quería que su padre estuviera presente en sus vidas, y cuando regresara a casa, pelearía por eso.

—No pongas esa cara tan esperanzada —le dijo a Wojciech—. Me estás haciendo sentir culpable. Yo… yo voy a regresar a casa. Lo necesito. Quiero hacerlo. Sé que mi familia no es perfecta, pero aún los amo. No creo dejar de amarlos nunca —Gisela respiró hondo nuevamente—. Pero eso no significa que no vaya a volver.

Ahora era libre de ir y venir como quisiera, sin la amenaza de secarse.

—Encontraré una manera de regresar aquí, después de asegurarme de que Hugo esté bien, y no me iré aún. —Gisela le envió una disculpa silenciosa a su hermano pequeño, pero aún tenía que averiguar exactamente cómo iba a regresar a casa y cómo iba a explicar dónde había estado todo este tiempo.

Y también había personas aquí que le importaban.

Personas que la habían ayudado. La habían salvado. Les debía lo mismo a cambio. Yulia y las otras chicas habían luchado contra un monstruo para protegerla. No podía dejarlas lidiar con las consecuencias. ¿Y si el bies escapaba de su prisión en la taza de té? ¿Y si más espíritus del bosque venían a buscarlo? Tenía una responsabilidad con sus hermanas ninfas acuáticas y con Kazik, el demonio había querido usarla para llegar a él. Ahora que ya no estaba en pánico por la posibilidad de desaparecer, podía pensar más claramente, sobre todo.

Sobre su muerte.

Sobre Aleksey.

Gisela se sentó derecha.

—Tengo asuntos pendientes aquí y una pregunta que quiero que me respondas.

Las cejas de Wojciech se elevaron. Apoyó un pie sobre su rodilla y se inclinó hacia ella.

—¿Qué es lo que quieres saber con tanto afán?

—Hipotéticamente —dijo Gisela—, ¿cómo podrías saber si alguien está poseído por un demonio?

44
MONSTRUOS Y MILAGROS

Kazik

—¿Entonces lo que estás diciendo —dijo Zuzanna, sacudiendo las manos sobre su falda y dejándose caer en la silla frente a Kazik en la mesa de la cocina— es que el joven increíblemente apuesto y un poco mojado que está arriba es el goblin acuático? ¿*El* goblin acuático? ¿El de los cuentos? ¿El que Babcia...?

—Sí —dijo Kazik—, ese goblin acuático.

Zuzanna lo miró boquiabierta.

—¡Esto no es lo que tenía en mente cuando te dije que hicieras más amigos!

—Tal vez debiste haber sido más específica. —Kazik cerró los ojos y le dio un largo y lento sorbo a su té de frambuesa en uno de los vasos de cristal que Babcia había dejado y que, además, sabía por su abuelo que Wojciech se los había regalado en su boda.

Le había contado todo a su prima. Sobre Gisela. Sobre el trato impío que habían hecho y cómo temía haber perdido su magia. Le había contado sobre Aleksey y cómo había intentado hacer de cupido, y finalmente, le había contado sobre lo que había sucedido en la víspera de San Juan.

Su mirada se desvió hacia el techo. ¿Despertaría Gisela algún día?

A la luz del día, las hazañas de la otra noche se sentían casi como un sueño. Necesitaba una confirmación de que todo lo que había pasado entre ellos había sido real. Tenía que saber dónde estaban. Y tenía que saber: ¿se iba a ir ahora, a regresar a su casa en ese mismo instante, después de todo lo que había sucedido?

Eso era, después de todo, lo que ella le había prometido.

Miró a Zuzanna, quien parecía horrorizada y fascinada en cantidades iguales. Kazik estaba simplemente agradecido de no verla enojada. Había temido que estuviera furiosa por los riesgos que había tomado, asqueada por las cosas que había hecho. Pero, al mismo tiempo, había estado casi desesperado por confesar, por revelar todo y que ella lo perdonara.

Zuzanna presionó su rostro contra sus manos.

—No sé si debería sentirme aliviada de que hayas resuelto todo por ti mismo o dejarlo todo y regresar aquí para ayudarte.

—No puedes abandonar tus estudios, Zuza. No necesito tu ayuda.

—¿De verdad no?

—Mira. —Kazik extendió la mano y buscó esa chispa dentro de él. Ese fuego en su interior. Cerró los ojos.

«Que los santos que me protegen…».

Una sensación de fuego susurró a través de él. El calor se extendió bajo su piel. Se concentró, atrajo mentalmente de la sensación hasta que una llama blanca floreció en su mano.

—¿Ves? Mi magia regresó.

Aún no estaba seguro de lo que había hecho para recuperar la confianza de los santos. Tal vez fuera una combinación de cosas. No podría decir honestamente que era la misma persona que había sido al principio de todo esto.

—Deben creer que usarás tu poder sabiamente —musitó Zuzanna—, y no abusarás.

—No pensé que estuviera abusando de él —gruñó Kazik—. Podrían haberme enviado un sueño para avisarme que estaban descontentos en lugar de castigarme.

—Tal vez no lo consideraron un castigo. Los santos trabajan de maneras misteriosas. Puede que hayan visto quitarte tus poderes como un regalo, una oportunidad para aprender.

Kazik frunció el ceño. Santos y espíritus, todos hacían las cosas de manera tan caótica. Cerró el puño y la llama desapareció.

—En fin… —Zuzanna puso ambas manos sobre la mesa—. Voy a venir más seguido.

—Vienes prácticamente todas las semanas.

—No me gusta pensar en ti solo en una casa vacía.

—Ya no está tan vacía —dijo Kazik, sus ojos se desviaron hacia el alféizar de la ventana de la cocina, donde Domek estaba estirado tomando el sol.

Zuzanna sonrió al ver eso.

—¿Aún aquí, abuelo? Pensé que el plan era que Kazik te reuniera con tu familia.

Domek se lamió perezosamente una pata. «Estoy cómodo aquí. Aunque Kazik no limpia los closets con suficiente frecuencia».

Kazik soltó una carcajada.

—Bueno, saber que no estás solo me hace sentir mejor, pero… —dijo Zuzanna.

—Si abandonas la universidad —interrumpió Kazik—, yo seré el que se sienta mal. Solo uno de nosotros necesita ocupar el lugar de Babcia.

—No es eso. O sea, me siento culpable por dejar que manejes todo tú solo. Pero aún tengo esos sueños en los que el bosque te devora. Y no creo que te des cuenta de lo que has hecho. ¿Sabes lo que todo esto significa, verdad? ¿Adoptar a Domek? ¿Ayudar a Gisela a recuperar su humanidad? —Zuzanna se reclinó en su silla con un suspiro—. En cuanto se corra la voz, todos van a empezar a venir a ti con peticiones. ¡Todo tipo de demonios y espíritus!

Kazik palideció, el vaso de té quedó a medio camino hacia sus labios.

—Seguramente no pensarán de verdad que les ayudaré.

«Tiene razón», confirmó Domek y levantó sin vergüenza una pata en el aire para acicalar su estómago. «Ayer vi a una ninfa de las nubes intentando hechizos protectores. Me dijo que necesitaba tu ayuda».

Una repentina y terrible visión del futuro se desplegó ante Kazik. Debería haber sabido que las cosas solo podían empeorar.

—Vamos, no pongas esa cara —una voz familiar lo regañó detrás de él—. Te gusta ayudar a la gente, ¿no?

Por un segundo, el corazón de Kazik dejó de latir. Se levantó de su asiento, el interior de sus rodillas chocó con el borde de la silla, lo que la envió hacia atrás con un chirrido. Cruzó la cocina en un abrir y cerrar de ojos antes de agarrar a Gisela de las muñecas y llevarla al salón para estar a solas, sin preocuparse de que Zuzanna lo viera.

—¡Por fin! ¿Estás...? —Su voz titubeó. La observó con ansiedad de arriba a abajo—. ¿Estás bien?

—Estoy mucho más que bien.

Kazik soltó un sonido que fue mitad exhalación, mitad risa. Gisela le echó los brazos alrededor del cuello. Kazik la abrazó también, su corazón latió con alivio. Durante un largo rato, simplemente se quedaron así, existiendo el uno en los brazos del otro.

Finalmente la soltó, dio un paso atrás y como por impulso, desabrochó la cadena de plata de su cuello y se quitó la medallita de su santo. Antes de pensarlo dos veces, colocó el medallón de San Hyacinth sobre la leve hendidura de la clavícula de Gisela y pasó sus manos alrededor de ella para cerrar el broche detrás de su cuello, apartando suavemente su cabello. El gesto fue extrañamente íntimo, casi tan íntimo como lo había sido su beso. Kazik se sintió como un novio que tímidamente desliza un anillo en el dedo de su novia.

El medallón latió caliente contra la piel de Gisela.

Ella inclinó la cabeza hacia él con sorpresa.

—Hay un viejo cuento popular que mi abuelo solía contar —dijo Kazik—, sobre un monje que ayuda a una ninfa acuática a convertirse en humana. Le ata su cruz alrededor del cuello y le promete casarse con ella, y pensé que… —Un rubor subió por su cuello—. Simplemente me pareció lo correcto. Por si acaso. No es que te esté pidiendo que te cases conmigo ni nada por el estilo.

—Creo que tendrías que pedir la aprobación de Wojciech —dijo Gisela, y giró el medallón entre sus dedos. Sus mejillas también estaban sonrojadas—. Así que realmente te gusto.

—Eres el espíritu más irritante que he conocido, y no quiero que dejes de perseguirme nunca.

Gisela estalló en una sonrisa deslumbrante.

—Qué bueno, porque aún no he terminado contigo.

El estómago de Kazik dio un vuelco.

—¿No te vas a ir? —Todos siempre lo dejaban, de una forma u otra.

—¿Realmente pensaste que sería tan fácil deshacerte de mí?

—Pero tu hermano…

—Esperará. Por ahora. No vayas a pensar que esto terminó.

¿Y por qué le resultó tan reconfortante escuchar eso?

Gisela le dio una de sus malditas sonrisas burlonas, pero la expresión en sus ojos era seria. Aún eran de un tono demasiado rojizo para decir que eran cafés. Kazik se preguntó si había otras cualidades no tan humanas que había retenido de su tiempo como ninfa acuática, a pesar de su reciente transformación.

—No puedo irme aún —dijo ella—. Tengo asuntos pendientes aquí. Una cuenta por saldar. Además, me extrañarías demasiado.

 45 

EPÍLOGO

Aleksey

Estaba tan silencioso todo alrededor del viejo muelle de madera que Aleksey podía distinguir el suave susurro de la hierba despejando el camino para sus pasos. El terreno que descendía hacia el río era desigual y se notaba en algunos lugares que las raíces de los árboles habían sido arrancadas del suelo. Algunas permanecían expuestas, retorcidas en grandes nudos sobre la tierra.

Miró sin ver el agua iluminada por el sol, imaginó cómo había sido la pelea. Los segundos pasaron, se convirtieron en minutos, y aun así permanecía ahí perdido en sus pensamientos. Una libélula pasó volando. Aleksey levantó la mano y se posó en sus dedos, sus alas iridiscentes desplegadas en descanso.

Parecía que todos necesitaban descansar en ese momento. Según lo que Aleksey sabía, Gisela seguía profundamente dormida, y Kazik seguía a su lado, y Roza —bueno, la Roza humana— también estaba postrada en cama en ese momento. Acababa de regresar de visitarla. Según su madre, había estado involucrada en un accidente en la víspera de San Juan. No recordaba esa noche ni mucho de lo que había sucedido en el último año. El doctor pensaba que tal vez se había golpeado la cabeza.

Aleksey podría haberles dicho que era perfectamente normal que un humano no recordara el tiempo que pasó poseído por un bies. Toda la experiencia se sentiría como un sueño febril del que había estado entrando y saliendo. Pero no les dijo eso, por supuesto. En lugar de eso, había venido aquí.

Su Roza aún no había regresado a Leśna Woda, de ninguna forma. Había esperado, listo para sacar su ira contra ella, pensaba que seguro había poseído a otro mortal o se había escondido después de lo que sucedió con Gisela tres días atrás. Aunque ahora, su ausencia comenzaba a preocuparlo. Incluso el perrito de la Roza humana, Poppy, había regresado de donde fuera que se hubiera estado escondiendo y había retomado su lugar a su lado.

Entonces, ¿dónde estaba su Roza?

Por más que a veces le molestara, había dicho la verdad cuando le dijo a Gisela que la consideraba una hermana menor. Ella lo había seguido toda una eternidad, escuchado cada una de sus palabras, lo había acompañado siempre que decidía causar alguna travesura en el mundo mortal, incluso cuando no entendía qué encontraba tan fascinante de los humanos. Sabía que era en parte para protegerse. Ningún otro espíritu del bosque se atrevería a dañarla, porque hacerlo significaba meterse con él. Pero con el tiempo, había llegado a sentirse casi encariñado con su presencia.

La necesitaba ahí. Ahora más que nunca, cuando su control se estaba desmoronando, cuando lo asaltaban todos esos extraños y nuevos sentimientos. La necesitaba para recordarle quién era y por qué estaba ahí.

Para vengarse. Para ayudarlo a recuperar los manantiales sagrados de los humanos que querían mantener esa magia solo para ellos.

El leshiy le había advertido: «No te distraigas. No te encariñes con ningún mortal que conozcas».

Aleksey ajustó la venda que sostenía su hombro herido. Su expresión se volvió seria mientras miraba a los árboles.

—Necesito que me digan… —dijo, en la lengua de las hojas y las ramas— exactamente qué pasó aquí.

AGRADECIMIENTOS

El beso final es probablemente el libro más largo y difícil que he escrito hasta ahora, y no existiría en la forma en que lo hace hoy sin la ayuda de tantas personas increíbles.

Gracias infinitas:

A mi brillante editora, Jonah Heller, por ayudarme a transformar esta historia en algo de lo que realmente me siento orgullosa. ¡Trabajar contigo ha sido un sueño hecho realidad!

A Clare Hallifax y Brooklyn O'Connell de Walker Books Australia, gracias por unirse a Jonah y apostar por mí.

A mi maravilloso corrector de estilo: Manu Shadow Velasco.

A mi fabulosa correctora de pruebas: Emily Stone.

Y a Andie Lugtu y Lily Steele por crear una portada tan hermosa y de ensueño para este libro.

A los lectores de mis trabajos anteriores que me pidieron más historias, ¡sus palabras de ánimo hacen que siga escribiendo!

A todos mis maravillosos amigos, gracias por apoyarme y no resentirse cuando desaparezco porque tengo un plazo de entrega. (Un agradecimiento especial a Aully Qian, quien siempre me escucha quejarme de la industria editorial).

A mi familia, siempre. Gracias, mamá y papá, por fomentar mi amor por los libros y darme cuentos populares polacos cuando era niña, esas historias han vivido en mi mente sin pagar renta desde entonces. Gracias también a mi hermana, por nunca quejarse cuando pido su ayuda de último minuto para tomar fotos y actualizar mi sitio web.

Finalmente, a todos los que leyeron este libro. ¡Espero que hayan disfrutado esta historia tanto como yo disfruté escribirla!